2015 年度国家社科基金项目（15BZW009）
阶段性成果

当代中国文学理论批判丛书

丛书主编 李春青

作为学科的文学理论

当代文艺学学科反思问题研究

肖明华 著

Contemporary Chinese
Literary Theory Criticism Series

北京师范大学出版集团
BEIJING NORMAL UNIVERSITY PUBLISHING GROUP
北京师范大学出版社

《当代中国文学理论批判丛书》

总　序

　　自 20 世纪 70 年代末以来，中国新时期文学理论东摇西摆地走过了近四十年的风雨历程。当年那些叱咤风云、无比真诚地探寻"文学本质""美的本质""文学规律"以及"创作的奥秘"的领军人物们如今都已入耄耋之年，其中许多人已经逝去了。而当年那些初出茅庐，被《查拉图斯特拉如是说》和《查泰莱夫人的情人》激动得脸颊潮红的热血青年们，如今也大都满脸褶皱、两鬓斑白，盘算着退休后的日子了。时光如水，思之令人心颤！然而文学理论向何处去以及相连带的中西问题、古今问题等当年曾经纠缠过老一辈们的困惑，却像服了长生不老药一样依然健在着。莫非困惑注定是当代中国学人的宿命吗？

　　对文学理论近四十年来走过的道路，学界早就开始反思了。现在我们对当年围绕"审美本质""审美意识形态""主体性""方法热""向内转"等话题的讨论已经清楚地明了其缘由与得失。后现代主义、文化研究、日常生活审美化等也早成了令人生厌的老话题，甚至连"理论之死""后理论时代"等提法，也很难吸引人们的眼球了。新一代学人越来越注重对各种当下文学与文化现象进行具体而细致的分析，而不再热衷于纯理论概念的炒来炒去。在这种情况下，我们的文学理论似乎更加困惑了：这门学问真的还有存在的合理性吗？这就意味着，反思与批判依然是当今文学理论研究的重要任务。走过了近四十年的历程，我们的文学理论究竟在多大程度上被"西化"了？中国古代文论在中国今日的文学理论话语体系中占有怎样的位置？我们的文学理论有没有属于自己的文化身份，这种文化身份是必要的吗？如果是必要的，那么如何才能建立起来？这些问题都只有通过反思才有可能找到答案。

我的老师童庆炳先生曾多次给我打电话，嘱我一定要组织一套丛书，专门探讨新时期中国文学理论取得的成绩和存在的问题。他说我们北京师范大学文艺学研究中心是教育部重点研究基地，有责任对当下文学理论领域重大问题展开研究并做出回应。他甚至帮我策划这套丛书的具体内容，还亲自帮我邀请了一批作者。在老师的一再催促下，我拟定了十五个选题，分别确定好作者，并且于2015年上半年申请到北京师范大学的自主科研项目支持，工作有条不紊地展开了。按照童老师的设想，这套书2015年初布置下去，作者们用三个月时间收集资料，三个月时间撰写初稿，再用三个月的时间修改润色，到年底就可以完成。他老人家想得过于乐观了，时至今日，整整两年过去了，我们仅仅完成了六部。而且据我所知，这六部书的作者几年前在这方面就已经有了相当的研究。可以说，这六部书都是厚积薄发的产物，并非急就章。

《文学概论》教材的编写在近四十年来的文学理论建设中起到了巨大的作用，像童庆炳先生这样的学者在学术上的贡献在很大程度上正是通过教材编写来实现的。从某种意义上说，教材引领了文学理论研究的发展，普及了文学理论知识。而从另一方面看，教材也是文学理论发展在不同阶段的最佳标示，清晰地呈现了文学理论研究范式的转变。蔡莹副教授的《在西方化与本土化之间——新时期文学理论教材建设四十年》正是对《文学概论》教材的专门研究，其学术意义自不待言。"文艺心理学"在 20 世纪八九十年代曾经被称为"显学"，有大量的论文、著作以及相关译著问世，并形成了若干近乎学术流派的研究团队，鲁枢元、童庆炳、畅广元、王先霈等先生分别是各个团队的领军人物。文艺心理学研究与 80 年代人文知识分子的政治诉求、价值取向以及思维方式都有着极为密切的联系，从这个意义上说，文艺心理学的研究关涉甚广，是我们考察一代知识分子心路历程的绝佳视角。田忠辉教授的《探究隐秘世界的努力——中国当代文艺心理学研究反思》对当年文艺心理学研究的发展过程、核心话题、学术意义进行了深入考察。古代文论一直是当代中国文学理论研究领域一个非常重要的方面，近四十年来有大量成果问世，无论是数量还是质量都达到空前的水平。而且古代文论还是当下文学理论建设不可或缺的思想资源。从这个角度看，刘思宇博士的《重回天人之际——反思新时期古代文论研究方式的转换》的学术意义就不只是对学科史进行知识梳理，对中国当下的文学理论建设也有着重要的参照价值。"典型"这个概念在中国现当代文学理论话语系统中曾经占有极为重要的位置，围绕这个概念形成的典型论集中体现了一代学人对文学的基本理解和思考方式。而且更为重要的是，典型论还可以被视为是文学参与国民想象的一种文化实践，是文学对中国国家现代转型要求形塑现代国民的一种回应。典型论在中国发生和衍变的曲折过程，正是中国国家现代转型艰难历程在文学理论上的折射。薛学财博士的《想象国民的方法——典型论在中国的兴起与衍变》一书绝不是简单的"旧话重提"，而是具有独特的学术价值与现实意义的新阐释。从 20 世纪 90 年代后期开始，在文学理论界，"反思"就成为一个出现频率很高的关键词，甚至可以说已经形成了一种"反思性文学理论"。当代文学理论学科反思以文学理论自身为研究对象，这可以说是文学理论学科走向自觉的标志，在某种程度上也有助于彰显文学理论知识生产的历史感，其所建构的反思性文学理论知识形态甚至代表了文学理论的一种发展方向。故而，对"反思"的反思就显得十分必要了。肖明华副教授的《**作为学科的文学理论——当代文艺学学科反思问题研究**》对这种"反思性文学理论"进行了梳理与批判。就当代中国文论所面对的思想资源而言，中国古代文论是一个传统，西方文论是一个传统，在中西融汇中形成的现代文论是另一个传统。中国当代文论正是在这三大传统的基础上所进行的新的创构。因此，把中国当代文学理论放置于中国现代以来新的文化传统的形成过程来审视，追问中国当代文学理论形成的历史原因与文化渊源，进而揭示中国当代文学理论形成的学术轨迹与其所隐含的文化逻辑，就显得十分必要了。李春青的《**新的学术传统之创构——中国当代文学理论的学术轨迹与文化逻辑**》在这方面展开了讨论。

时光飞逝！转眼间童庆炳先生去世已经一年半了。他的谆谆嘱托言犹在耳，做学生的无能，无法圆满完成老师交给的重任，只能以这套小丛书聊以告慰他的在天之灵了。

李春青

2016 年 12 月 12 日于北京京师园

序

文学理论学科反思实际上就是把文学理论自身作为研究对象，属于文学基础理论研究的一部分。它无疑是一个成熟的学科必须反复经历的过程。当某一学科知识生产所关涉的社会文化语境及其所依托的"元叙事"发生转型时，这种反思往往就要到来了。在我看来，20世纪90年代以来所出现的文学理论学科反思表征了文学理论学科能够主动与社会文化语境的转型形成互证互释的良性关系，因而表明了文学理论学科有重构知识合法性的内在诉求和能力，这是一种成熟的表现，值得肯定。

学界对文学理论学科所进行的反思，投入了非常多的精力。我也撰写了不少相关文章。有些文章还引起了较大反响，甚至成了当时文学理论界的"事件"。但一晃十几年过去了，对于文学理论学科反思的效果如何，当今的文学理论知识生产状况怎样，未来的文学理论如何等问题，我们很有必要做一次相对全面的梳理。肖明华撰写的《作为学科的文学理论——当代文艺学学科反思问题研究》一书正有此意，其学术价值不言而喻。

该书将文学理论学科反思的现象呈现了出来，围绕着文学理论学科反思所涉及的文学理论知识生产的对象、范围、范式、走向等方面的问题一一进行述评。这对于学界重新认知文学理论学科反思问题大有裨益。同时，此书也有不少创见。这里仅列举两例。其一，该书认为，文学理论学科历经反思之后，形塑了反思性文学理论的知识形态。我认为，这种观察和概括既是到位的，也是有新意的。虽然我很少用反思性文学理论的说法，但是我写过一篇《走向自觉反思的文学理论》的论文。实际上，其中的观点与反思性文学理论的说法是契合的。而且，我自己倡导的建构主义文学理论，说到底也是强调文学理论的反思性。比如，反思"什么人在什么情况下，出于什么需要和目的，通过什么手段，建构了什么样的'文学'理论？又是在什么情况下，何种关于文学的理论何以取得了支配或统治地位，被封为'真理'甚至'绝对真理'？何种文学理论被排斥到边缘地位或者干脆被枪毙？原因是什么？这个中心化—边缘化、包含—排除的过程是否表现为一个平等、理性的协商对话过程？是否符合民主自由的政治程序和文化精神？"①换言之，建构主义文学理论在某种程度上也的确可以名之为反思性文学理论。我还注意到学界李春青、赵勇合著过一本名为《反思文艺学》②的书，而他俩也曾参与文学理论的学科反思。就此而言，肖明华的概括是符合实际的。其二，本书为"没有文学"的文学理论所进行的辩护也非常有识见。在当前文化语境下，这种辩护是有针对性的。同时，在某种意义上，这种辩护也是在守护文学理论学科反思的成果。如果我们不加反思地把文学理论理解为文学解读学，那么这显然不利于文学理论参与到大众文学/文化乃至整个社会历史实践中去，文学理论学科的道路恐怕又会越走越窄。因此，虽然"没有文学的文

---

① 陶东风：《文学理论与公共言说》，176 页，北京，中国社会科学出版社，2012。
② 李春青、赵勇：《反思文艺学》，北京，北京师范大学出版社，2009。

学理论"这个问题并不是新话题，但对它的再阐释有新的意义。这是值得肯定的。肖明华此书还给了我们不少可观测的点。例如，关于文学理论的知识学反思与文学理论的合法性重构问题的讨论，对文学理论的历史书写与另一种文学理论学科反思的挖掘，对"文学理论家"和"好文学理论"的追问，等等，这些都是有观察价值的。这里我就不一一列举和详谈了。读者若有兴趣，不妨自己去阅读。

肖明华是我当年在北京师范大学兼职时带的博士生。读书期间他就对文学理论学科反思的问题特别感兴趣，恰好我那时给他上课讲的是布迪厄的反思社会学理论。他领悟能力较好，在课程结束时，就能运用反思社会学的理论和方法思考文学理论的基本问题了。这有他曾经发表的论文为证。2011 年毕业以后，他依然在文学理论学科反思问题上孜孜以求，现终于写成此书。这是值得祝贺的！因此，当他打电话邀我写序时，我欣然同意。作为他的老师，我为他感到由衷的高兴。希望肖明华能够继续把这一研究深入下去，在学科反思之后，如何在知识形态层面推进文学理论学科的根本改变，如何在具体的文学研究中落实学科反思的实践指向，诸如此类的重要问题需要展开持续性的研究。这恐怕也是整个文学理论界的研究重任！

不妨说，当前的文学理论界越来越分化了，从事基础理论研究的学人似乎也找不到新的共同话题了。或者，即使找到了恐怕也很难有文艺学学科反思时期的那般热情了。这是"理论之后"的症候，还是说明如今的文学理论历经反思之后逐渐去意识形态化了？如果答案是肯定的，那就说明文学理论学科失去的是"轰动效应"，换来的是"学术解放"。这个时候，正是回望文学理论学科反思的大好时机，也是耕耘文学理论田地的大好春天。此书的出版因此适逢其时。为此，我要再一次祝贺肖明华，也希望他在未来的学术道路上越走越顺利。

是为序！

陶东风

2016 年 12 月 10 日

于首都师范大学

目 录

引　言

文学理论学科反思，简单地说，就是把文学理论自身作为研究对象。这样的研究与文学的关联似乎没那么直接了。但是，这并不意味着文学理论学科反思就不是文学理论研究了。恰恰相反，文学理论学科反思其实是要追寻"好的文学理论"。所谓"好的文学理论"，至少有这样几个意思。

其一，好的文学理论一定是有效的。这也就要求人们在言说文学的时候，在生产和运用文学理论知识之际，一定要力求有效，从而避免学科危机。有效的文学理论往往是能够解释清楚文学现象、文学问题和文学活动的知识。例如，能够解释清楚《沉沦》是一部好作品的文学理论就是有效的。当然，有些文学理论也可能不直接去解释与文学有关的现象、问题与活动，但它可能提供批判性地反思一种文学现象、问题与活动之所以如此这般的社会文化缘由、文化心理意图等，这样的文学理论知识也是有效的。例如，某种大众文学呈现出感官化、娱乐化特点，我们可以通过分析这种大众文化的生产机制，对其做知识社会学的解读。这样的解读无疑是有效的，可以算是文学理论研究。不过，这样的文学理论研究所运用和再生产的知识可能不是文学理论知识。然而，我们却不可否认这种知识的有效性。一旦有效，它就可被归为好的文学理论研究。如此说来，我们就不可简单地否认文学理论研究史上所生产和使用过的一些看似非文学的理论知识，因为它们有可能具有较强的文学阐释能力。例如，文化记忆理论的知识就能有效地被运用于文学研究。因此，有学者将其创构为一种"文艺与记忆"的研究范式。① 这是值得肯定的。事实上，走进学术史我们就会发现，这种间接而有效的文学理论知识在古今中外的文学理论史上为数不少。越是到20世纪，我们就越会发现这一点。我们不妨听取一段伊格尔顿在《二十世纪西方文学理论》第二版序言中的坦陈："事实上并没有什么下述意义上的'文学理论'，亦即某种仅仅源于文学并仅仅适用于文学的独立理论。本书中所勾勒的任何一种理论，从现象学和符号学到结构主义和精神分析，都并非仅仅与'文学'作品有关。相反，它们皆出现于人文研究的其他领域，并且都具有远远超出文学本身的意义。"如果考虑到当代文学理论向理论、后理论的转型②，我们会越发认同于此。

其二，好的文学理论一定是自觉的。这就要求文学理论研究者能够有所反思，在研究对象的选择、研究方法的使用和研究目标的设定等方面做到心中有数。例如，文学理论研究者能够清醒地意识到自己从事有关文学的研究究竟是出于何缘由，又是在怎样的社会条件和文化语境中展开的，自己从事的这种文学理论研究在学术史的进程中具有怎样的意义等。顺便说一下，自觉的文学理论研究也与有效性相关联。自觉的文学理论研究往往会放弃那种包打天下的有效性，不再认为一种文学理论知识能够放之四海皆准，而是承认文学理论知识的

---

① 参见陶东风：《"文艺与记忆"研究范式及其批评实践——以三个关键词为核心的考察》，载《文艺研究》，2011(6)。

② 拉曼·塞尔登等人曾指出："在'当代文学理论'的语境中，最近出现了一个更为瞩目的转变，那就是向'文化理论'的发展，'文化理论'成为整个领域中学术研究的一个笼罩一切的术语。本版《导读》中后面的一些章节——特别是关于后现代主义、后殖民主义、同性恋与酷儿理论等——都大大超越了'文学的'范畴，看到这一点是很重要的。这些理论在全球范围内促进了对一切话语形式的重新阐释和调整，成了激进的文化政治的一部分，而'文学的'（研究和理论）只不过是其中一个多少有点意思的再现形式而已。"参见[英]拉曼·塞尔登、彼得·威德森、彼得·布鲁克：《当代文学理论导读》，10页，北京，北京大学出版社，2006。中国学人也曾就此撰文指出文学理论的理论、后理论转型问题。参见周宪：《文学理论、理论与后理论》，载《文学评论》，2008(5)。

有效性是有条件、有限度的。文学理论学科反思所追求的有效的文学理论知识往往是当下的具体的有效，也就是能够对当前某地新出现的文学现象、文学问题和文学活动有较强的阐释力。

其三，好的文学理论一定是反思性的。其意是说，好的文学理论研究永远在路上，它要不停地追问，无止境地把自己关于文学的"思""路"修行下去。它要永不满足地对文学现象、文学问题和文学活动进行批判性思考。因此，它保证了文学理论研究的生生不息。与此一致，关于文学的理论知识似乎永远没有最对的，而只有最触碰到了文学本体的，最能够与文学形成互证互释的关系的，最把握到了文学处身其间的时代精神的。而当一种文学理论观念失去了阐释某一文学的能力，并阻碍了文学的发展时，新出现的文学理论往往具有较强的反思性，这种反思性使得它有可能就是新出现的好的文学理论。这也是因为反思性会使这种文学理论积极获取有效阐释文学的能力。当然，反思性也难免会使文学理论出现新旧更替，但这种新旧更替不一定是线性的先进与落后的更替。它更可能是自觉到了某一种文学理论自身的有效限度，并因此将某一文学理论置于使其有效的时空之中。

不可否认，文学理论学科反思就是对这种好的文学理论研究所具有的有效、自觉和反思性几个特质的积极追寻。而仅凭其对好的文学理论研究有追寻这一点，我们就不可否认其与文学的关联。它无疑还是一种文学理论，如果非要命名的话，则可以命名为"作为学科的文学理论"。这种文学理论关注学科的基本问题，如什么是好的文学理论，文学理论的知识学属性是怎样的，研究文学理论有什么意义，文学理论的出路在哪，等等。同时，作为学科的文学理论也对该学科生产的文学知识有自己的理解和认证。

历经文学理论学科反思之后，人们对文学知识的理解至少有三点基本共识。其一，文学知识是知识。作为知识，它找到了文学规律，能够说出一种文学之为文学的所以然。这种知识是文学研究者自觉有效的研究诉求的产物。在一定的历史时期里，在特定的时空中，关于文学的言说是有深浅乃至对错之分的，至少有说服力的强弱之别。正常情况下，那种属于知识的文学理论会在特定学术场域的角逐中争得胜利，获得承认。其二，文学知识是具有公共性的知识。文学知识的公共性表现在它往往是批判性的知识，是有人文关怀的知识，是培养公共领域所需要的独立之精神与自由之思想的知识。或也因此，真正的文学家往往是公共知识分子。文学知识也许不能直接生产社会财富，也不能提供专业的治国方略，但文学知识的公共使用可以揭示社会真相、守护伦理底线和慰藉情感需求。拥有这种知识的人往往可以凭其文学化的书写而获得生命的不朽。其三，文学知识是可以反思的知识。这就意味着，文学知识不是绝对真理，它的存在不能完全脱离社会历史条件。同时，文学知识不是完全与认知兴趣、价值立场乃至生活方式无关的知识。

由于文学知识可以反思也需要反思，因此就有一种专门反思文学知识的学问。这门学问就是文学理论。简而言之，文学理论就是反思一种文学知识之为知识的学问。这种文学理论似乎已经与文学隔了两层。但虽隔了两层，它却须臾不可无，因为作为反思文学知识的知识，文学理论使得文学知识自觉有效。目前的学界，已然有不少学者认同这种文学理论。他们或用建构论文学理论①，或用反思文艺学②，或用文学知识学③，或用文学理论学④，或用元文艺学⑤来为这种文学理论命名。⑥ 例如，陶东风就持有建构主义文论观。依其之见，某一

---

① 参见陶东风：《文学理论的公共性——重建政治批评》，145 页，福州，福建教育出版社，2008。

② 参见李春青、赵勇：《反思文艺学》，北京，北京师范大学出版社，2009。

③ 参见余虹：《文学知识学》，北京，北京大学出版社，2009。

④ 参见董学文等：《文学理论学导论》，北京，北京大学出版社，2004。

⑤ 参见郑元者：《走向元文艺学——评〈文艺学方法论纲〉》，载《文学评论》，1996(4)。

⑥ 这几种文学理论观共享了知识论、反思性等特点，但它们之间也是有区别的。例如，余虹所持的文学知识学对文学知识的理解与陶东风所持的建构论文学理论对文学知识的理解就有差异。参见陶东风：《文学理论知识建构中的经验事实和价值规范》，载《天津社会科学》，2006(5)；余虹：《在事实和价值之间——文学本质论问题论纲》，载《天津社会科学》，2006(5)。

种关于文学的理论当然是知识，否则就是彻底的反本质主义的知识立场了。他承认文学知识的存在，只是他认为文学知识是在特定社会历史语境下被建构的知识，而这种知识是有条件的，是能够反思的。他曾经明确地确认自己不是彻底的反本质主义者，并且说自己是"一个建构主义者，强调文艺学知识(其实也包括其他人文社会科学知识)的建构性"①。换言之，他要否认的恐怕是，某一种文学知识被视为天然如此，不可反思，而且只能被教条地被运用于文学批评实践或者被运用于管控人们对于文学的理解。显然，这是不符合好文学知识观念的，不是好的文学研究所为。为此之故，我们在从事文学理论学科研究时，就要反思这样的文学知识观，要伸张文学知识的建构观。如果认同这种做法，那么他所认同并实践的就是建构论的文学理论了。

不妨说，在正常情况下，文学理论学科反思一定是伴随着文学理论知识生产的全过程，只是这种反思有时候自觉一些，有时候非自觉一些；有时候是个人行为，有时候则可能形成一种理论潮流等。例如，20世纪90年代初期以来，就有一些学者对文学理论学科的危机问题展开了反思，并且写了系列论文。但那时候的文学理论学科反思并没有得到学术史的"视野融合"，也就没有获得学术共同体的集体关注，这应该是事实。但为什么此时段的反思在学界的反响会是这样的呢？按理说，那时候的反思也是有原因的。因为随着20世纪八九十年代之交的社会历史转型，文学也发生了激荡与变革。在这一语境下，反思文学理论的危机与出路是很正常的，果其然，就应该引发学界的共鸣啊？要解释个中缘由，恐怕可以有多种致思路径。这里仅说其一。我们认为，大概那时候的反思尚没有达到范式意义的高度。具体而言，那时候的文学理论界尚没有出现与文学理论故有范式发生冲突的文化研究范式。这大概就是陶东风的《大学文艺学学科反思》一文能够引发文艺学学科反思热潮的学理原因。

---

① 陶东风：《反思社会学视野中的文艺学知识建构》，载《文学评论》，2007(5)。

如今，文学理论学科反思已然过去近二十年。回顾起来，它也取得了一定的成绩。其一，文学理论的知识学依据得到了追问。历经反思，学界对文学理论知识的中介性、寄生性特点有了较为明确的认知①，对于文学理论的知识立场有本质主义、建构主义与反本质主义几种类型也了然于胸②，并且意识到这样的立场会影响文学知识的生产。同时，在大众文化语境下，学界对文学理论的身份认同要从立法者走向阐释者③，文学理论的学术资源要从哲学、心理学转换为社会理论、政治哲学等也颇有认同。④ 凡此有关文学理论的知识学依据的追问，既有利于文学理论知识生产自觉，也有利于在新语境下重建文学理论知识生产合法性，因此是值得肯定的成绩。当然，这并不意味着文学理论知识生产就只能"顺我者昌，逆我者亡"。相反，在文学理论知识生产过程中，如果有学人还是要"我行我素"地从事自己感兴趣的知识生产，也未尝不可。毕竟，文学理论的知识不是完全排他的，也不会造成多少社会危害，因此是包容的。⑤ 其二，为文学理论转型

① 参见李春青：《文学理论的中介性与合法性》，载《汕头大学学报（人文社会科学版）》，2004(4)；冯黎明：《明天谁来招安文学理论？》，载《三峡大学学报（人文社会科学版）》，2006(5)；余虹：《文学理论的学理性与寄生性》，载《文学评论》，2007(4)；李西建：《文化转向与文艺学知识形态的构建》，载《文学评论》，2007(5)；孙文宪：《中国当代文学理论研究的知识状况》，载《学习与探索》，2007(3)；张荣翼、许明、蒋述卓等：《关于文艺学知识依据的对话》，载《长江学术》，2008(1)。

② 参见陶东风：《反思社会学视野中的文艺学知识建构》，载《文学评论》，2007(5)。

③ 参见李春青：《在审美与意识形态之间——中国当代文学理论研究反思》，250~256页，北京，北京大学出版社，2006。

④ 参见陶东风：《文化与美学的视野交融——陶东风学术自选集》，263页，福州，福建教育出版社，2000；王光明、南帆、孙绍振等：《关于学科开放与文艺理论建设的对话》，载《福建师范大学学报（哲学社会科学版）》，1999(3)；王晓明、蔡翔：《美和诗意如何产生——有关一个栏目的设想和对话》，载《当代作家评论》，2003(4)。

⑤ 例如，美学界就经常有学人阅顾20世纪五六十年代美学大讨论、八九十年代实践美学与后实践美学之争的成绩，当然也忽视21世纪以来的美学研究动态，依旧坚持自己的美学观念，从而显得朴素而不入流，这也未尝不可。毕竟它不会造成社会危害，其学术信念甚至可嘉。

发展提供了思路。文学理论学科反思的一个目的就是推动文学理论的变革发展。如果说，1990 年以来的当代文学理论发生了转型，那么这种转型的推动与文学理论学科反思不无关联。如上所述，它其实是直接由文化研究引发和推动的。但是，文学理论转型的思路并非只是文化研究。目前，历经反思之后，学界至少提供了阐释论文学理论①、建构论文学理论②、关系论文学理论③、文化诗学④、批评论文学理论⑤等几种重要的思路。这些思路都是值得承继发扬的。

　　文学理论学科反思的发生与发展已近二十年了，检视当前的文学理论学科建设与发展，它是否接续并受惠于当初的文学理论学科反思呢？我们有必要在考察完持续多年的文学理论学科反思的历程本身，特别是对其所涉及的文学理论研究对象、思维方式、价值认同、知识构型、转型发展和未来走向等问题进行梳理之后，再在结语部分回应和讨论这一问题。

---

①　参见李春青：《走向阐释的文学理论——文学理论学科性反思之一》，载《学术研究》，2001(7)。

②　参见陶东风：《反思社会学视野中的文艺学知识建构》，载《文学评论》，2007(5)。

③　参见南帆：《关系与结构》，17～18 页，长春，吉林出版集团有限责任公司，2009。

④　参见童庆炳：《文化诗学的理论与实践》，北京，北京师范大学出版社，2016。

⑤　参见王一川：《文艺理论的批评化》，载《文艺争鸣》，1993(4)；陈晓明：《"文学理论建设与批评实践"笔谈——元理论的终结与批评的开始》，载《中国社会科学》，2004(6)。

第一章 文学"终结说"与文学理论学科反思的先声

　　直接而言，文学理论研究对象的"终结说"并没有直接引发文学理论界对本学科的自觉反思，但我们依然可以认为它是文学理论学科反思的先声。理由至少有两点。其一，从研究对象入手对文学理论学科合法性问题进行思考，这种非常有冲击力的做法在文学理论界产生了震惊效应，从此以后，有关文学理论合法性危机的焦虑与讨论恐怕都与此有关。其二，持文学理论研究对象之终结说者，隐微表达了文学研究走向义化研究的诉求，这无疑也是此后文艺学学科反思的内在动机。① 就此而言，我们不可否认文学理论研究对象之"终结说"的确是从文学理论研究对象的角度对文学理论学科自身展开反思。

---

　　① 2000 年 7 月 29 日至 31 日，在北京举行的由北京语言文化大学、美国加州大学尔湾分校、中国中外文艺理论学会、澳大利亚墨尔本大学、山东大学和中国广播电视学会等单位共同主办的"文学理论的未来：中国与世界"国际研讨会，一定意义上也可视为文学理论学科反思先声的会议。理由有三。其一，这次会议的主题即思考文学理论学科的未来，本身便有自我反思的意味。其二，与文学理论学科反思有重要关联的文学"终结说"乃米勒在此次会议上提出的。其三，与文学理论学科反思关联密切的所谓文学理论与文化研究的"冲突与共融"在此次会议上也成了议题。参见斯义宁：《"文学理论的未来：中国与世界"国际研讨会综述》，载《南方文坛》，2000(6)。当然，需要说明的是，早在 1997 年，《文学评论》就刊发了米勒的《全球化对文学研究的影响》(王逢振译)一文。该文虽然没有直接表达文学"终结说"，但表达了文学失去重要性和文学研究经受挑战并发生新变的观点，只是该文当时并没有引起什么关注。

第一节　文学"终结说"的提出

文学"终结说"源自是美国学者 J. 希利斯·米勒 2000 年 7 月在北京语言文化大学参加"文学理论的未来：中国与世界"国际学术会议时提交的论文。① 该论文几个月后以《全球化时代文学研究还会继续存在吗?》为题刊发在了《文学评论》上。

这篇颇有影响力的论文②以讨论德里达《明信片》中的一段文字作为开头，而这段文字借虚构的主人公之口传达了两点信息。一是文学将在电信技术时代走向终结，即德里达的著名论断："在特定的电信技术王国中（从这个意义上说，政治影响倒在其次），整个的所谓文学的时代（即使不是全部）将不复存在。哲学、精神分析学都在劫难逃，甚至连情书也不能幸免。"③二是研究文学的理念和方式变了。人们研究文学不再是因为喜欢文学，而是要借文学来言说其他社会问题。

在讨论德里达这段引文时，米勒虽然也表现出了复杂的心绪，但他基本上还是相信并认同德里达的观念的，认为德里达是正确的。④由此，米勒还是沿着德里达的思考，表达了与文学及文学研究相关的"德里达式"见解。

第一，电信非常重要，它将统治这个世界，其力量甚至超越了政治统治。米勒写道："照相机、电报、打印机、电话、留声机、电影放映机、无线电收音机、卡式录音机、电视机，还有现

---

① 参见王宁：《走向东西方对话和开放建构的文学理论——"文学理论的未来：中国与世界"国际研讨会综述》，载《文学评论》，2000(6)。

② 这从该文迄今被引用 550 余次可见一斑。

③ ［美]J. 希利斯·米勒：《全球化时代文学研究还会继续存在吗?》，载《文学评论》，2001(1)。

④ 参见[美]J. 希利斯·米勒：《土著与数码冲浪者——米勒中国演讲集》，192 页，长春，吉林人民出版社，2004。

在的激光唱盘、VCD 和 DVD、移动电话、电脑、通信卫星和国际互联网——我们都知道这些装置是什么，而且深刻地领会到了它们的力量和影响怎样在过去的 150 年间变得越来越大。"①米勒对电信重要性的描述，人们几乎凭借日常生活经验就可以感知到。但人们感知不到的恐怕是，电信在发挥其重要性的同时，也带来了不为人所知的后果。

依米勒之见，后果有三："民族独立国家自治权力的衰落或者说减弱、新的电子社区(electronic communities)或者说网上社区(communities in cyberspace)的出现和发展、可能出现的将会导致感知经验变异的全新的人类感受(正是这些变异将会造就全新的网络人类，他们远离甚至拒绝文学、精神分析、哲学的情书)。"②其中一个后果会导致文学终结。米勒没有对文学终结与这三个后果之间的直接关联进行具体阐释。他只是说，电信时代导致感知经验变异，产生全新的人类感受，这将使得文学被远离、被拒绝。而后，他又宏观地指出文学之所以会在电信时代走向终结，就是因为文学是印刷业时代的产物，"印刷技术使文学、情书、哲学、精神分析，以及民族独立国家的概念成为可能。新的电信时代正在产生新的形式来取代这一切"③。为什么印刷业时代有文学，而电信时代文学会走向终结？印刷业时代鼓励并强化主客体分离，即使自我有内外之分，而电信时代彰显的是公开性和开放性，从而使得自我表达无处藏身，私人交流的空间日趋逼仄，现代意义上的文学因此必定终结。④

---

① ［美］J. 希利斯·米勒：《全球化时代文学研究还会继续存在吗?》，载《文学评论》，2001(1)。

② ［美］J. 希利斯·米勒：《全球化时代文学研究还会继续存在吗?》，载《文学评论》，2001(1)。

③ ［美］J. 希利斯·米勒：《全球化时代文学研究还会继续存在吗?》，载《文学评论》，2001(1)。

④ 参见［美］J. 希利斯·米勒：《全球化时代文学研究还会继续存在吗?》，载《文学评论》，2001(1)。

第二，面对新的电信统治时代，文学研究如何可能？米勒认为，文学研究从来就不合时宜，但文学研究肯定会存在，只是不是那种为了达到文学自身目的而进行的研究。他写道："文学研究又会怎么样呢？它还会继续存在吗？文学研究的时代已经过去了。再也不会出现这样一个时代——为了文学自身的目的，撇开理论的或者政治方面的思考而单纯去研究文学。那样做不合时宜。我非常怀疑文学研究是否还会逢时，或者还会不会有繁荣的时期。"①

从上述对米勒论文的引介中，我们可看出其对于文学理论的反思。简而言之，米勒认为，在电信时代，文学理论的研究对象出现了"问题"，因此研究文学的文学理论/文学研究也将出现"问题"。为此之故，有必要对文学研究自身展开反思。或也因此，米勒要取一个一眼望去就略能感知其反思意味的论文标题——"全球化时代文学研究还会继续存在吗？"

第二节　争鸣：文学"终结说"与文学理论的未来

米勒的文学终结论犹如惊涛之拍岸，激起了文学理论界参与讨论文学理论学科合法性的极大声浪。按理，作为美国学者的米勒对文学理论学科的反思与中国恐怕没有直接关联，但为什么会有如此大的反响呢？直接来讲，恐怕是因为米勒对文学理论的反思过于"残忍"，因此不能不引发对文学有热情的人们去否认文学的"终结说"。同时，米勒对文学理论合法性的质疑，又不能不引发正在如火如荼地展开学科建设的中国文论研究者的质疑甚至不解。因为在中国，2000 年前后的文学理论似乎进入了黄金期。一如王宁所言，2000 年甚至是"文学理

---

① ［美］J. 希利斯·米勒：《全球化时代文学研究还会继续存在吗？》，载《文学评论》，2001(1)。

论年"①，因此米勒之论无论如何也不能得到中国学人的认同，发生争鸣也就在所难免。

但另一方面，经济全球化背景中的中国，又逐渐进入了米勒所言之"电信时代"，人们也越发能够感受到作为文学理论研究对象之文学在悄悄地发生变化。特别是20世纪90年代以来的文学存在于市场语境之下，其处境的确不可与20世纪80年代同日而语。简而言之，文学越来越市场化、媒介化和图像化了。然而，面对变化了的社会、文化与文学，文学理论却不能很好地与其形成互证互释的良性关系，甚至出现了阐释力式微之势。这不能不引起学界重视。事实上，文学理论界早就有人对文学理论学科进行反思，也出现了从文学理论走向文化研究之势。换言之，米勒之"文学研究还会存在吗?"在中国也是一个"问题"，因此，米勒的"终结说"一出，应者云集成为必然，赞同者有之，反对者有之，持中立者也不乏其人。

2001年开始，便有童庆炳、钱中文、李衍柱、彭亚非、杜书瀛、赖大仁、姚文放、金惠敏、盛宁、王宁、王一川、余虹、土逢振、吴泽泉等学者加入讨论中来。② 此后，亦有以此作为硕士学位论文选题者，相关专著也有出现。尤其值得一提的是，米勒的"终结说"还引发

---

① 王宁:《走向东西方对话和开放建构的文学理论——"文学理论的未来:中国与世界"国际研讨会综述》，载《文学评论》，2000(6)。

② 米勒在2000年文论会议上的发言随即引发了讨论，王宁先生的会议综述这样写道:"与会的不少中外学者都认为，只要有人类存在，对文学的阅读和欣赏就永远不会完结，而作为一种以文学现象为主要研究对象的文学理论，则无论就其自身的学科意义而言，还是对批评实践，都有着不可取代的存在理由和意义，因此过早地宣布'文学理论已经死亡'至少是短视的和不负责任的。但在当今这个全球化的时代，文学理论的作用显然不可像过去那样具有巨大的启蒙和指导作用，它将和文化研究共存，而不会被后者所吞没。只是文学研究的领域已得到了拓展和扩大，不少文化研究的课题也进入了文学理论家的视野，因此文学研究与文化研究并非一定要形成对立的局面。"参见王宁:《走向东西方对话和开放建构的文学理论——"文学理论的未来:中国与世界"国际研讨会综述》，载《文学评论》，2000(6)。

了诸多有关"全球化时代"的文学和文论主题的学术会议。① 在这些讨论会上，中外学人继续对文学理论展开反思，并就此发表了诸多相关论文。

综观这些讨论，大体也是围绕文学理论研究的两个问题来展开的。

一、文学理论的研究对象终结了吗

童庆炳在《全球化时代的文学和文学批评会消失吗？——与米勒先生对话》中认为，文学不会终结。其原因有以下几点。

首先，文学的变化取决于情感生活的变化，而不是取决于媒体的变化。虽然文学会随着媒体的变化而改变形式，但文学作为一种人类的情感表现形式，不会因媒体的变化而消亡。即使到了今天的电子媒介时代，依旧还有口头媒介的文学存在，这就可以说明这一点。因此，只要人类的情感不会消失，只要人类需要文学来表现自己的情感，那么文学就不会终结。②

其次，文学可以与电视、电影等电子图像文化形成良性互动关系。好的文学作品会为影视提供资源，成功的影视改编也会让文学作品热销，因此，文学不会因媒介变化而消亡。

最后，读者阅读文学与观看图像文化存在差别。观看图像文化会带来诸如想象力和理解力匮乏的问题，而阅读文学则会增长知识和理解力，带给读者审美愉悦。因此，文学不会在读图时代终结。换言之，虽然"越来越多的人正在花越来越多的时间看电视或看电影"③，

---

① 例如，2001 年 8 月，北京师范大学文艺学研究中心召开了"全球化时代中的文化、文学与人"国际讨论会。参见梁刚：《"全球化语境中的文化、文学与人"国际学术研讨会综述》，载《文艺争鸣》，2001(11)。

② 参见童庆炳：《全球化时代的文学和文学批评会消失吗？——与米勒先生对话》，载《社会科学辑刊》，2002(1)。

③ ［美］J. 希利斯·米勒：《土著与数码冲浪者——米勒中国演讲集》，111 页，长春，吉林人民出版社，2004。

但也不必因此惊慌文学会走向终结，因为阅读文学的功能不会完全被观看图像所取代。

在《文学独特审美场域与文学入口——与文学终结论者对话》一文中，童庆炳先生重申文学不会终结。他提出了三点文学不会终结的新理由。

理由之一是，我们要区分文学边沿化与文学终结的不同。文学终结即文学会消亡，而文学边沿化，是说文学不是社会的中心，它没有那么重要的社会地位。文学边沿化是文学正常化的表现，是常态。相反，文学中心化强调文学处于社会的中心，能发挥极大的作用。这是"异态"，是对文学的伤害，容易造成悲剧。这也是被历史所证明了的。回到现实，我们会发现 20 世纪 90 年代以来的文学正是处于正常的边沿化时期，这是常态。在正常的年代里，文学本就不应该有那么重要的作用。我们不要把这种正常的边沿化视为文学终结的症候！文学不会因为边沿化而走向终结。① 换言之，只要我们区分了文学边沿化与文学终结，我们就不会如米勒那样，一发现文学的作用越来越小就悲观失望，惊呼文学在终结，会终结。

理由之二是，文学有其独特的审美场域。与影视艺术等相比，文学是语言的艺术，它有属于自己的"心象"，在文字语言之外有其意义、气氛、情调、声律、色泽等，读者所面对的不是电影、电视中演员的直接形象，而是"内视形象"，要用"心眼"来欣赏，其丰富性和再生性是其他审美文化所无法比拟和超越的。这一点确保了文学不会因电子媒体的兴起而终结，米勒所言之"一度由小说提供的文化功能——如 19 世纪的英国——现在已经转由电影、流行音乐和电脑游戏提供"②也就不可能完全真实，不可能彻底实现，因为文学的独特性

① 参见童庆炳：《文学独特审美场域与文学入口——与文学终结论者对话》，载《文艺争鸣》，2005(3)。

② ［美］J. 希利斯·米勒：《土著与数码冲浪者——米勒中国演讲集》，111 页，长春，吉林人民出版社，2004。

导致了文学的功能具有不可替代性。同时,文学语言所构成的丰富的整体体验往往使得它具有一定的不可翻译性,以至于"一部让我们着迷的文学作品,要是把它改编为电影或电视剧,也可能让人感到索然无味"①。因此,文学的这种独特审美场域保证了文学不会因被影视图像文化所取代而走向终结。

理由之三是,永远会有阅读文学的人。除了文学的独特性能保证文学总有人阅读之外,语文教育也能保证文学人口,社会上的文学爱好者也是文学阅读人口。回到现实经验来看,文学人口也是一直存在的,因为每年都有很多部阅读量达到百万的畅销文学作品。即使在主张文学终结论的德里达的故乡,也有很多文学人口。这就从经验层面上否证了文学"终结说"。

李衍柱也否证过文学"终结说"。他主要从以下三个方面来立论。

首先,米勒的文学"终结说"是特定社会语境下的观点,是面对美国社会实践的理论总结。具体来说,它"基于美国文学界的现状","与美国社会盛行的技术理性有关",因此对我们来说是无效的。

其次,电子信息媒介对文艺的生产、传播与接受等各个方面都有积极功能。电子信息媒介不是文学的敌人,更不会导致文学的终结。比如,网络媒体的出现,引发了传播方式的革命,为人类极大地拓展了集成性空间,将文字、图像与视频结合在一起,让文艺变得更绚丽多彩,同时又为文艺的跨文化传播提供了前所未有的条件。

最后,文学是语言的艺术。语言是确证人之为人的重要标志。人不同于动物的特性就是人能够运用语言思维,会运用语言表达自己的情感体验和思想认识。仅此一点,只要人不沦落为动物,还与动物有区别,只要人还存在,那么人就一定需要文学,文学就不会终结。何

---

① 童庆炳:《文学独特审美场域与文学入口——与文学终结论者对话》,载《文艺争鸣》,2005(3)。

况作为语言的文学，它有其他类型的艺术所不具有的独特之处。①

彭亚非也撰文参与讨论，认为在视像文化占主导地位的时代，文学不会终结。依其之见，"后现代图像文化的消费性狂潮确实在很大程度上挤压了文学的空间和取代了文本言说的文化逻辑，但是文学永存的理由和它不可抗拒的未来，事实上依然牢牢掌握在它自己的手中——因为决定文学命运的终究是它固有的、特定的人文本性和人文价值"②。具体而言，彭亚非之所以认为文学不会终结，主要是因为文学是内视性的。内视性保证了文学具有更大的审美想象空间，同时也保证了文学具有更深刻的精神意蕴。它虽然不及其他图像文化那样容易使人获得感官愉悦，但以历史深度和人文深度见长。为此，彭亚非写道："文学是唯一不具有生理实在性的内视性艺术和内视性审美活动，因此与其他任何审美方式都毫无共同之处。这是文学永远无法被其他审美方式所取代的根本原因之一。"③同时，由于文学创造了一个内视化的世界，进入这个世界，"存在的诗意才能得到普遍的呈现与揭示"④，而人类永远需要这一存在的诗意。这也就保证了文学不会终结。彭亚非接着指出："文学的内视性想象和对存在诗意的内在体验使人类超越了物质性空间生存的制约而进入了时间性的存在之中。"⑤换言之，由于文学是内视性的，因此它更有精神意味，这使得文学让人的生存更具超越性，从而更能满足人的精神需要。在彭亚非看来，文学的内视性和时间性决定了文学并不存在终结的问题。彭亚非的观点有较大影响。例如，杜书瀛在《文学会消亡吗——学术前沿沉思录》《新时期文艺学前沿扫描》等著作中多次直接引用彭亚非的内视性观点

---

① 参见李衍柱：《文学理论：面对信息时代的幽灵——兼与 J. 希利斯·米勒先生商榷》，载《文学评论》，2002(1)。

② 彭亚非：《图像社会与文学的未来》，载《文学评论》，2003(5)。

③ 彭亚非：《图像社会与文学的未来》，载《文学评论》，2003(5)。

④ 彭亚非：《图像社会与文学的未来》，载《文学评论》，2003(5)。

⑤ 彭亚非：《图像社会与文学的未来》，载《文学评论》，2003(5)。

来论证文学不会终结。①

关于文学终结问题的讨论，也有与米勒较为一致的观点，其中尤以金惠敏、吴泽泉、余虹为代表。

金惠敏在《趋零距离与文学的当前危机——"第二媒介时代"的文学和文学研究》一文中，提出了几点与文学"终结说"有关的见解。

第一，要优化关于文学"终结说"的理解前提。这就要求我们一方面，要有"世界文论"视角和观念，把文学"终结说"的讨论看成中外学者共同进行学术研讨的一次实践，如此才不至于因为族性问题而有意误读米勒，以至于不承认文学"终结说"。另一方面，要知道米勒对文学怀抱执着，他本人其实并非有意要让文学终结。他之所以提出文学"终结说"，乃是对电信时代文学命运的忧虑。

第二，电信时代导致了物理意义上的"距离趋零"，文学与情书一样没有传达的必要了，文学终结因此近在眼前。这是无可奈何之事。

第三，有一种文学即距离的说法，一如伊瑟尔所认为的那样，我们需要文学是因为它能够在认知话语无能为力之处以操演的方式沟通存在与非存在、可知与不可知、确定性与不确定性之间的距离。这种距离是形而上学意义上的。在德里达看来，这种意义上的文学是要终结的。换言之，德里达所认为的文学终结是特指的。米勒说电信时代打破了印刷媒介时代内心与外部世界的二分法，即形而上学意义上的距离消失了，因此这种印刷媒介时代能够沟通距离的文学必定在电信时代终结。就此而言，米勒所谓的"文学终结"也是特指的。

第四，虽然米勒说电信时代有文学终结了，但他认为文学研究还会继续，他本人就试图用阅读的伦理创新文学研究，认为一切符号都是阅读的对象。换言之，他对文学研究走向文化研究是持开放宽容态

---

① 参见杜书瀛：《文学会消亡吗——学术前沿沉思录》，23～26 页，广州，中山大学出版社，2006。

度的。① 金惠敏对文学"终结说"的细读,无疑有助于我们更好地理解德里达和米勒的文学"终结说"。显然,金惠敏很认同米勒的文学"终结说",同时他也提醒我们要理解文学"终结说"的复杂意涵,不要仅仅停留在文学会终结还是不会终结,或者支持米勒还是反对米勒上。

当然,也有学人直接为米勒辩护。例如,吴泽泉就为米勒辩护,认为媒介的改变对文学意义重大,确实会导致文学终结的发生,这是要理性面对的事情。②

关于文学终结问题的讨论,值得一提的还有余虹的观点。他在《文学的终结与文学性蔓延——兼谈后现代文学研究的任务》一文中,对文学终结进行了后现代性的分析,认为在后现代语境下文学终结其实是文学边缘化的诗意化表达,其意无非是说,文学越来越不重要了。这典型地表现在以下两个方面。

第一,文学在艺术家族中的主导地位已被影视所取代。其被取代的原因有三。一是物质媒介之故。科技飞速发展,影视艺术凭借综合媒介而优于单一语言媒介的文学。二是观念文化之故。尼采之前的文学被认为有神性或伦理道德、精神性等深刻的内涵,而尼采之后的美学乃生理学,审美经验即纯粹的感官快乐,而长于感官快乐的影视因此取代了文学的统治地位。三是社会之故。中产阶级和消费大众兴起之后,由于他们"偏爱当下直接的感官快乐而厌倦间接缥缈的精神韵味"③,因此影视更受青睐,文学则居于边缘。

第二,文学在整个文化系统中的中心地位已被科学所代替。科学在后现代语境下取得了中心地位,于是科学的大家族按科学性程度的

---

① 参见金惠敏:《趋零距离与文学的当前危机——"第二媒介时代"的文学和文学研究》,载《文学评论》,2004(2)。

② 参见吴泽泉:《对"文学终结论"的再思考——为德里达和米勒辩护》,载《新余高专学报》,2003(1)。

③ 余虹:《文学的终结与文学性蔓延——兼谈后现代文学研究的任务》,载《文艺研究》,2002(6)。

高低分为自然科学、社会科学和人文科学。在人文科学中，史学因其实证性、哲学因其逻辑性而居于文学之上。

然而，余虹指出事情没这么简单，因为在文学终结的同时，文学性正在蔓延。文学性在后现代思想学术、消费市场、媒体信息、公共表演等领域中确立了统治地位。为此之故，后现代条件下的文学研究应该将文学性视为研究对象。

我们认为，文学终结问题的讨论，无论是认为文学不会终结，还是认为文学会终结，只有少数学人将这一问题纳入文学理论研究对象上来考虑，并且鲜有对文学理论学科的合法性问题进行反思者。因此，余虹的思考显得弥足珍贵。他意识到了文学终结乃是一个牵涉到文学研究对象、文学研究未来的重要问题，并且极力从学理上为后现代语境下的文学研究寻找出路。其实，米勒提出文学"终结说"，也是在思考文学研究能否以及如何继续的问题，是在对文学理论学科进行某种反思。余虹的这篇文章可以说一定意义上是接着米勒说的，而且从学理上推进了一步，只是他没有回到中国语境对文学理论学科进行更为具体的反思。①

总之，将文学终结论置于学科反思的框架中，我们可以很容易地发现，这种反思主要是从两个方面进行的：一是就文学理论学科基本问题的反思，主要思考文学的功能、性质、境遇、未来等问题；二是就文学理论学科本身的反思，主要讨论文学理论学科在电信时代如何可能的问题。

二、文学理论研究如何可能

米勒在《全球化时代文学研究还会继续存在吗？》一文中表达了文学研究如何可能的看法。他认为，文学研究还会继续存在，但文学研

---

① 这个方面的工作，就目前掌握的材料看，主要是由陶东风完成的。这也使得陶东风能够在文艺学学科反思中居于核心位置。当然，其他学人如杜卫、许明等也做了一些切合本土语境的学科反思工作。

究要转型。那种以文学自身为目的的文学研究，撇开理论的或者政治方面的思考而单纯去研究文学的情况将不合时宜，文学研究要让位给文化研究。原因之一乃是，电信时代的文学终结了，人们转向了图像文化，"男人、女人和孩子个人的、排他的'一书在手，浑然忘忧'的读书行为，让位于'环视'和'环绕音响'这些现代化视听设备"①。对此，米勒曾经自问道："为什么会在 1980 年前后发生声势浩大的从基于语言的理论向文化研究的转变呢？这种转变无疑有其客观的必然性。这里有很多的因素。其中的一个关键就是新通信交流技术的日益增长的影响。"②米勒后来还提出了阅读伦理学的问题。他特别强调"阅读"，认为："不应该把讨论理论的中心放在这种或那种理论概念自身的有效性上，而应放在某一特定理论有助于阅读的种种方式上。这里所指的阅读是扩展意义上的。也就是说，不仅要阅读文学作品，而且要阅读历史文献、艺术品、手工艺品乃至一切文化符号。"③文学研究不要限制研究对象，要面对电信时代的新情况，开放研究领域，将一切符号纳入研究。

对于米勒引发的文学理论如何可能的问题，中国学者也积极参与了讨论。

综观之，讨论的核心问题主要有两个。

第一，文学研究会不会终结。这主要是针对米勒的文学研究是否还会继续的问题所做的回应。大多数学人认为，文学研究还会继续，因为文学理论研究的对象——文学——不会终结。童庆炳指出："既然文学人口不会消失，那么，文学研究就是必需的，文学和文学研究

---

① ［美］J. 希利斯·米勒：《全球化时代文学研究还会继续存在吗？》，载《文学评论》，2001(1)。

② ［美］J. 希利斯·米勒：《土著与数码冲浪者——米勒中国演讲集》，113 页，长春，吉林人民出版社，2004。

③ J. Hillis Miller, *The Ethics of Reading*, NewYork, Columbia University Press, 1986，p.108.

也就不会在电影、电视和网络等媒体面前终结。"①就实际经验看，文学研究也没有终结。李衍柱认为，米勒关于文学研究时代已成为过去的感叹，主要是基于对美国文学界现状的观察，而在中国还不至于做出这样的结论。② 因为诚如米勒所描述的那样，在美国，由于政府支持幅度下滑，经费压缩，科研项目锐减，文学研究队伍提前退休。但在中国，专门研究文学理论的学术队伍已经相当庞大，而且都是在有体制保障的公办高校和科研机构内稳定存在。

第二，文学研究走向文化研究。针对米勒有关文学研究走向的问题，中国学者当时很少直接回应，钱中文《全球化语境与文学理论的前景》一文因此显得特别重要。钱中文在该文中指出："对于米勒等学者所作的表述，如果我理解得不错的话，还有另一方面的问题，那就是认为，一，文学理论不可能再去探讨文学自身的问题，这样做已不合时宜；二，不可能再形成一个文学研究的繁荣期、一个文学研究的时代；当然，文学研究还会存在；三，文学研究在美国已转向文化研究，文化研究的某些方法，可以为文学研究提供一些视角，丰富文学研究。但不管怎么说，文学研究和文学理论研究，已退居到次要地位。美国学者的上述意见，透露了一个重要的信息，这就是在全球化语境的文化氛围中，文学理论能否继续存在并获得发展。"③对于文学理论的发展走向，钱中文先生认为，文学理论会按着自身的规律发展，而不会被文化研究所吞噬。其原因至少有两点。

第一点，文学理论建设要有自我主体性，不能因为西方走向了文化研究，我们就必定要走向文化研究。虽然全球语境下中西文论要交

---

① 童庆炳：《文学独特审美场域与文学入口——与文学终结论者对话》，载《文艺争鸣》，2005(3)。

② 参见李衍柱：《文学理论：面对信息时代的幽灵——兼与 J. 希利斯·米勒先生商榷》，载《文学评论》，2002(1)。

③ 钱中文：《全球化语境与文学理论的前景》，载《文学评论》，2001(3)。

往，但不能因此亦步亦趋。实际上，中西文论往往不能同步，20世纪80年代以前，西方主导的是内部研究，而我们是外部研究；20世纪80年代初期，西方主导外部研究，而我们以内部研究为指归；当前中西方文学理论也许又要错位了，因为我们的文学理论建设要面向现代性的诉求，面向新理性精神，而西方却兴起以后现代性为主导的文化研究。现代性的文学理论是自主性的文学理论、回归文学的文学理论，是讲究学理的文学理论，而西方学者所推崇的文化研究却表现出广泛的社会性、政治性特征，因此与我们20世纪90年代以来的文学和文学理论诉求不合。

第二点，文学理论与文化研究是两种异质的研究范式，文学理论以研究文学为目的，文化研究却不以研究文学为目的。但实际上，文学是有其独特性的，是艺术思维的产物，不能引起审美感受的文字是不会成为文学艺术的，因此文学理论有独立存在的理由。当然，文学理论要借鉴文化研究以丰富完善自己，但这并不意味着文学理论要被文化研究所取代。钱中文为此写道："以文化研究的那种综合性研究来取代文学理论、批评研究，是很困难的；抹去文化研究与文学理论研究的界限，效果未必会是积极的。"①

钱中文对文学理论学科走向的思考，回应了米勒，算得上对文学理论学科的反思。这种反思值得注意的一点是，它彰显了文学理论与文化研究的冲突。钱中文先生更多的是将这种冲突放置在中西之争的框架中来讨论，而不是将文化研究的发生与变化了的中国文学状况关联起来，因此有意无意地把文化研究视为西方话语。很显然，这种认知装置下的文学理论尚没有完全摆脱意识形态的知识型，以至于认为20世纪90年代以来的文学理论要远离新时期以前的意识形态，实际上还是在为新的意识形态建构服务，而没有移置于阐释变化了的文学/文化现实。这或许也是钱中文先生认同现代性的文学理论，并担

---

① 钱中文：《全球化语境与文学理论的前景》，载《文学评论》，2001(3)。

心文化研究会破坏文学自主性的原因。

第三节　文学理论学科知识生产的一个反思

虽然我们认为因米勒而生的文学"终结说"是文学理论学科反思的先声，但实际上针对米勒"终结说"的文章，并没有非常自觉地对文学理论展开学科反思，更多的是出于辩论的需要。这样的文学理论知识生产，本身就值得反思。20世纪90年代以来，很多文学理论论文是经由会议催生的，而非因个人焦虑时代的文学问题而生。这就导致了做文学理论研究不需要阅读文学作品，而只需要参加会议，回应某一时兴话题，的确有纯粹比文献阅读量多少和写作技巧高下的嫌疑。更要命的是，一些学术刊物倾向于围绕会议生产的话题发表论文，往往不理睬那些回到文学现场和思索真问题的扎实研究。这样的文论知识生产机制难道不应该反思吗？

虽然我们不否认会议话题的出现自有其时代感，但问题是这样的时代感并不一定是切入我们社会肌理的时代感，并不一定是我们的文学问题。或也因此，为辩论而生产的文论话语往往吊诡。比如，假定我们认为文学不会终结，认为这个问题不是一个真问题，那我们又何必花费精力去研究它呢？如果这个问题是真问题，那为什么我们自己不会提出这个问题，却要等到一个外国学者来提问，然后再去附和，再去研究呢？这难道不值得我们反思吗？

为此之故，文学理论学科如何可能？

要回答这个问题，首先我们要反思文学理论知识生产的机制。20世纪90年代以来，随着学科建设问题纳入国家层面运作，各地都在为不同层级的学科点和研究基地上下奔波。为了这些点和基地的获批和检查评估，大家甚至都不能停下来对自身的研究兴趣和研究效用等问题做一静观，而只能不停地去制造话题，生产国家所需要的科研成果。① 文学理论学科的科研成果也毫不例外地是在这样的语境和机制下生产出来的，是通过文学理论学科建设的那架"学术生产机器"生产出来的。那架机器使得我们甚至没有自己的具体问题，而只有什么文章好发表就生产什么文章，什么课题好申报就申报什么课题，甚至什么会议最时尚就召开什么会议。这难道不值得反思吗？因此可以说，如果文学理论知识生产的机制没有根本的改变，无论文学理论学科再怎样建设，恐怕都很难生产出有历史感和现实性，有学理性和阐释力的文论知识。②

---

① 之所以说这些科研成果是国家需要的，是因为 20 世纪 90 年代以来的学术体制乃政府主导。无论是课题、奖项、论文，还是职称、荣誉和资助，甚至是高校排名等，基本都是在政府的主导下进行的。当然，政府所主导的学术体制化建设功不可没，只是尚需更尊重学术自身规则，切实为学术自主建设服务。

② 最近阅读文献时读到一段相关文字，不妨将其抄录在此："在任何社会形态、社会制度中，占统治地位的意识形态为维护自己的统治都不会放弃对文学研究的控制与监督，其区别只在于方式方法不同。当中国社会进入 90 年代后，政府为适应时代的新需要改变了以往的策略，不再直接发动文学问题的讨论，也不再直接为文学讨论当法官，而是退居幕后间接影响，且其介入的方式方法也呈现出多样化的趋势。这种介入方式方法的多样化表现为从以前单纯的主导研究方向、规定研究范围、为研究成果定性的简单方式变为加强文学理论研究资源的宏观管理，公布了'社科基金项目'鼓励学者积极'投标'，加大政府奖项的授奖范围和力度，并将这些与学者自身的物质利益紧密联系，从而通过政府计划和利益杠杆的双重手段介入文学理论的研究。特别是设立于 1991 年的全国哲学社会科学规划办公室管理的国家社会科学基金，在对文学理论研究的控制与监督方面起到了明确的示范作用。有了国家社会科学基金这个参照物，那么各个省区市，甚至是一些国务院部委机构，都可以通过模仿建立起相应的课题管理体系，从而形成一张巨大的控制网络。在这个网络中，各个管理机构先是通过制定题目引导学者研究的注意力，而公布的项目内容又都和社会主义思想文化建设、马克思主义哲学以及中国的社会现实紧密结合（当然，学者也可以根据自己的兴趣或专长自建课题项目提出申请，但其如果与相关项目的管理制度或主导思想及其体现出的规定性有较大的距离，是难以得到相关机构的资助的）；并与之相配套地建立起了学者自主申请，主管单位审批、专家审核的管理系统，从而加强了各类资源的宏观管理。而且，这些课题的申请立项、结项评比都匹配着相应的行政级别，并与学者的职称晋升、奖金工资的发放密切联系，从而使得 90 年代的文学理论研究者溶入了一条完全不同于以往的知识生产流水线。"参见陈力：《20 世纪 90 年代文学理论研究中的转型阐释和话语建构》，52 页，北京，中国社会科学出版社，2014。

若要具体回答文学理论如何可能，我们认为要做到以下两点。

第一，要展开研究，而且要研究具体的问题。巴赫金研究陀思妥耶夫斯基，提出了复调理论。本雅明研究机械复制时代的艺术作品，提出了灵韵说。我们研究了什么具体问题吗？我们更多的是在追寻别人的研究，搞懂别人的研究，而没有落到实地去做自己的具体研究。为什么会这样？原因之一恐怕是那样的研究不容易出科研成果，即不符合当前学术生产机器的运行机制。原因之二在于，我们的文学理论知识生产仍是意识形态化的，还不是以生产"知识"为要务，而是以服务于意识形态建构为追求。因此，这样的文学理论总是在为文学立法，而非为文学阅读者阐释文学。米勒在面对电信时代文学研究走向的时候，提出了"阅读"的问题。他曾经说："文学系的课程，应该是对阅读与写作的基本训练，应该阅读文学的鸿篇巨制。当然，经典的概念应当更加宽泛，而且，在训练阅读的同时，也应该训练阅读各种符号：油画、电影、电视、报纸、历史资料、物质文化的资料，等等。今日一个受过教育的人，一位有知识的选民，应该是一个会阅读的人，应该具有阅读所有符号的能力。这并非易事。"①显然，米勒没有完全否认意识形态对文学研究的影响，他坚定地认为，文学研究要为一切符号的阅读和写作训练服务。换言之，米勒恐怕是认为文学研究要能够生产有助于阅读与写作的操作性知识。这是值得我们深思的。

第二，要开放，要自觉地向外界学习，和学术史对话。但开放、学习和对话不是模仿别人，更不是重复别人，而是要反思已有的研究成果，具体分析这些研究成果是在什么语境下出于什么原因生产出来的，再回到我们的现实中，去思考我们可以怎样生产。或许，只有这样我们才算是在做研究。

---

① ［美］J. 希利斯·米勒：《重申解构主义》，250 页，北京，中国社会科学出版社，2000。

这里不妨举文学"终结说"之争为例。有学人为了论证文学不会终结，从抽象的人类学的角度来论证，这显然不妥。因为米勒的文学终结是具体语境下的问题，而抽象地说人类总是需要文学，需要用文学来确证人之为人，这样没有问题意识的所谓的学理论证多少有点不伦不类。有学人因此不无道理地认为："这方面的对话，并没有在同一个层面上进行。文学是否会终结，这是一个对于我们的理论思考具有巨大的冲击力的命题。那种从人类存在或人类情感存在来论证文学存在的做法，似乎已经把文学的概念无限扩大了。文学是否会终结，应该通过研究来回答。"①确实，我们要做的恐怕不是判断米勒的话正确与否，然后去做辨析，我们急需的是反思分析米勒为什么"说"这样的"话"，循其逻辑，回到文学实际中去勘探我们存在什么样的文学问题，我们可以说什么话，这也许才是在从事"研究"，才是在生产我们的知识话语，才是在解决我们的文学问题。借此，我们才可能有自己的原创文学理论。

---

① 　高建平：《人文社会科学前沿扫描》，载《中国社会科学院院报》，2004-06-17。

第二章　文学理论研究对象的"泛化"与文学理论学科反思的发生

　　米勒所引发的文学"终结说"，一定意义上使得人们开始从研究对象入手对文艺学学科展开反思。两年后，因"文学泛化"所引发的文艺学学科反思，则成了学术共同体的"知识型"。相比较而言，文学终结如果从"文学消亡"的语义理解，并不是可经验的。但不可否认的是，文学理论的研究对象"泛化"了，人们向来所认为的构成文学内核的审美已然日常生活化了，文学扩散为文学性了。相对而言，这多多少少是文学理论研究者通过经验所能得到的。①

　　在"文学泛化"面前，文学理论发生了学科危机，一如赵勇所言："面对已经出现和正在出现的各种文学与泛文学现象，文学理论又逐渐丧失了其应有的阐释能力。"②众多学者为此积极回应，展开反思和讨论，试图找到文学理论的出路。③ 也因此，文学理论研究对象的"泛化"与文学理论学科反思的发生有着紧密的关联。

------

　　① 赵勇曾视当今文学泛化为"文学现实"，并描述道："大众文化的勃兴首先把种种文化产品变成了泛文学的作品，它们一经出现就既改变了文学的既定结构，也形成了一种新的生产与消费模式，还把许多人对文学的理解引导到了大众文化的思路当中。这不仅意味着文学的生产已规模化与批量化，而且意味着文学受众接受文学的渠道与途径也发生了很大的变化。"参见赵勇：《新世纪文学理论的生长点在哪里？》，载《文艺争鸣》，2004(3)。

　　② 赵勇：《新世纪文学理论的生长点在哪里？》，载《文艺争鸣》，2004(3)。

　　③ 参见钱中文：《文艺学的合法性危机》，载《暨南学报(人文科学与社会科学版)》，2004(2)。

第一节 "文学泛化"与"日常生活审美化"

对"文学泛化"的理解，主要落在两个命题上：一是日常生活审美化；二是文学性蔓延。① 但合而言之，其意是说后现代语境下的日常生活具有审美性，审美并非"特定"文艺的专利，文学性也非由文学主导，日常生活中处处飘散着审美、艺术、文学的气息，这使我们能够观察到文学与非文学的界限趋于模糊，文学与生活的鸿沟在逐渐被填平。

这里我们仅围绕"日常生活审美化"这一"文学泛化"现象做考察。

"日常生活审美化"最早是由陶东风先生提出的。据说，他在 2000 年的扬州会议上就已经谈及此一话题。② 但就发表的文献看，"日常生活审美化"的出现与 2002 年陶东风等人在《浙江社会科学》发表的一组文艺学学科反思的文章有关。这组文章包括陶东风《日常生活的审美化与文化研究的兴起——兼论文艺学的学科反思》、黄应全《多元化：克服文学理论危机的最佳抉择》、贾奋然《本质主义与历史主义的悖论》、王南《再谈文艺学的"呈现"性》等。在这组文章中，陶东风首次将日常生活审美化与文化研究关联起来，并首次将它放置在文艺学学科反思的框架内予以讨论。

2003 年 11 月，首都师范大学文艺学学科联合《文艺研究》杂志，专门召开"日常生活审美化与文艺学美学学科反思"讨论会。③ 这次讨

---

① 关于文学性蔓延的描述，可参考如下文献。余虹：《文学的终结与文学性蔓延——兼谈后现代文学研究的任务》，载《文艺研究》，2002(6)；金元浦：《别了，蛋糕上的酥皮——寻找当下审美性、文学性变革问题的答案》，载《文艺争鸣》，2003(6)；陈晓明：《文学的消失或幽灵化？》，载《东方杂志》，2003(1)。

② 参见陶东风：《大众消费文化研究的三种范式及其西方资源——兼答鲁枢元先生》，载《文艺争鸣》，2004(5)。

③ 参见《文艺研究》2014 年第 1 期第 15 页的"当代文艺学学科反思"编者按。

论会，标志着"日常生活审美化作为一个学术话题而正式出台"①。

此后，"日常生活审美化对于传统文艺学研究的影响和冲击无疑成为这一时期最受关注的学术议题之一"②。众多会议和刊物热议日常生活审美化与文艺学学科反思问题。不妨举其要者如下。

第一，刊物发文情况。

2003 年第 6 期《文艺争鸣》，刊发了题为"新世纪文艺理论的生活论话题"的一组文章，包括王德胜《视像与快感——我们时代日常生活的美学现实》、陶东风《日常生活审美化与新文化媒介人的兴起》、金元浦《别了，蛋糕上的酥皮——寻找当下审美性、文学性变革问题的答案》、朱国华《中国人也在诗意地栖居吗？——略论日常生活审美化的语境条件》、阎景娟《从日常生活的文艺化到文化研究》、黄应全《日常生活的审美化与中西不同的"美学泛化"》、魏家川《有关身体的日常语汇的审美生活分析》、陶东风等《日常生活审美化：一个讨论——兼及当前文艺学的变革与出路》共 8 篇文章。

2004 年第 1 期《文艺研究》，发表了以"当代文艺学学科反思"为题的一组文章，包括陶东风《日常生活的审美化与文艺社会学的重建》、陈晓明《历史断裂与接轨之后：对当代文艺学的反思》、曹卫东《认同话语与文艺学学科反思》、高小康《从文化批判回到学术研究》等文。2004 年第 2 期《暨南学报》，发表了题为"文艺学学科建设笔谈"的一组文章，包括童庆炳《再谈文化诗学》、刘中树《文艺学学科建设要守正纳新、守正创新》、钱中文《文艺学的合法性危机》、蒋述卓《跨学科交叉对文艺学开拓与创新的推进》、王元骧《文艺学不应回避艺术本体的研究》、曾繁仁《当代社会文化转向与文艺学学科建设》等文。2004 年第 4 期《河北学刊》，发表了由童庆炳主持的题为"文学理论的'越界'

---

①　陶东风、和磊：《当代中国文艺学研究（1949—2009）》，613 页，北京，中国社会科学出版社，2011。

②　陶东风、和磊：《当代中国文艺学研究（1949—2009）》，623 页，北京，中国社会科学出版社，2011。

问题"的专题讨论文章，包括金元浦《当代文学艺术的边界的移动》、童庆炳《文艺学边界应当如何移动》、陈太胜《文学理论：不断扩展的边界及其界限》、陈雪虎《文学性：现代内涵及其当代限度》等文。2004 年第 5 期《河北学刊》，发表了赵勇《谁的"日常生活审美化"？怎样做"文化研究"？——与陶东风教授商榷》、陶东风《研究大众消费文化与消费主义的三种范式及其西方资源——兼谈"日常生活审美化"并答赵勇博士》两篇商榷文章。2004 年第 5 期《人文杂志》，发表了题为"文学理论的界限"的一组文章，包括童庆炳《"日常生活审美化"与文艺学的"越界"》、杜书瀛《艺术与生活并未合一》、李春青《我们还需不需要文学理论》、陆扬《文学研究和文化研究》等文。① 2004 年第 6 期《文学评论》，发表了"关于'文学理论边界'的讨论"的专题文章，包括童庆炳的《文艺学边界三题》、陶东风《移动的边界与文学理论的开放性》等文。2004 年第 3 期《文艺争鸣》，发表了鲁枢元《评所谓"新的美学原则"的崛起——"审美日常生活化"的价值取向析疑》等文。2004 年第 5 期《文艺争鸣》，发表了王德胜《为"新的美学原则"辩护——答鲁枢元先生》、陶东风《大众消费文化研究的三种范式及其西方资源——兼答鲁枢元先生》、朱志荣《论日常生活的审美现象与审美本质》等文。2004 年第 6 期《文艺争鸣》，发表了鲁枢元《价值选择与审美理念——关于"日常生活审美化"的再思考》、赵勇《再谈日常生活审美化》等文。2004 年第 6 期《求是学刊》，发表了名为"文化研究语境中的文学理论"的一组笔谈，包括李春青《文化研究语境中的文学理论建设》、黄卓越《从文化研究到文学研究——若干问题的再澄清》等文。

2005 年 1 月，《中华读书报》刊发了童庆炳《日常生活审美化和文艺学》、陶东风《也谈日常生活审美化》等文。2005 年第 2 期《学术月刊》，发表了题为"作为话题的'日常生活审美化'及其论争"的一组文

---

① 这组文章是 2004 年 5 月中国文艺理论学会和北京师范大学文艺学研究中心联合召开的"文学理论的界限"研讨会的会议论文。

章，包括朱立元《文学的边界就是文艺学的边界》、刘凯《"日常生活审美化"：作为一个表征》、谢勇《现代性理论预设与多元化的文艺学学科》等文。①

第二，会议情况。

2003 年 11 月，首都师范大学文艺学学科与《文艺研究》杂志社召开"日常生活审美化与文艺学美学学科反思"研讨会。2003 年 12 月，在暨南大学召开的"第四届全国文艺学及相关学科建设研讨会"上，"文艺学学科的拓展与边界"是中心议题。②

2004 年 4 月，首都师范大学文艺学重点学科与《文学评论》编辑部等召开以"身体写作与消费时代的文化症状"为题的学术研讨会，一定意义上起到了回应日常生活审美化的效果。③ 之前，2004 年 1 月，在中国社会科学院"文学理论研究中心"成立大会暨首届学术研讨会上，与会学者就文化研究与文学研究的关系问题展开讨论。④ 2004 年 5 月 16 日，中国中外文艺理论学会和北京师范大学文艺学研究中心联合主办"文学理论边界问题"学术研讨会，这次会议是学者们首次面对面就"日常生活审美化"展开论争。⑤ 2004 年 6 月，中国中外文艺理论学会与中国人民大学联合召开"多元对话语境中的文学理论建构"国际学术

---

① 其他相关文章数不胜数，亦包含以下重要文章。李春青：《在消费文化面前文艺学何为？》，载《北京师范大学学报（人文社会科学版）》，2004(2)；王元骧：《文艺理论中的文化主义与审美主义》，载《文艺研究》，2005(4)。

② 参见李亚萍、杨铜，《文艺学，危机与突破——第四届全国文艺学及相关学科建设研讨会综述》，载《暨南学报（人文科学与社会科学版）》，2004(1)。

③ 参见贺玉高等：《"身体写作与消费时代的文化症状学术研讨会"综述》，载《文学评论》，2004(4)。

④ 参见李媛媛：《"文学理论研究中心"成立暨首届学术研讨会综述》，载《文学评论》，2004(2)。

⑤ 参见陶东风、和磊：《当代中国文艺学研究(1949—2009)》，622 页，北京，中国社会科学出版社，2011。

讨论会，日常生活审美化与文艺学边界问题依然是会议论争的热点。①
2004 年 6 月，在成都召开的"中国消费时代的文学与文化研究"研讨会
上，日常生活审美化问题也被积极讨论。② 2004 年 10 月，在复旦大
学举办的"全球化语境下的文艺学应对策略"研讨会上，日常生活审美
化问题也是重要主题之一。③ 在 2004 年 10 月东北师范大学文学院主
办、《文艺争鸣》杂志社协办的"全球化语境下的中国文学理论及文学批
评发展状况"研讨会上，日常生活审美化与文艺学范式转换问题也是热
点议题。④

2005 年 1 月，中国传媒大学文学院和《文学评论》编辑部举办"交
叉与融通：文艺学学科建设 2005 高峰论坛"，就文艺学的边界问题展
开了讨论。⑤ 2005 年 10 月 29 日至 11 月 1 日，在中国中外文艺理论学
会、北京师范大学文艺研究中心、四川大学文学与新闻学院、中南大
学文学院共同主办的"2005：新时期文学理论的回顾与展望"学术研讨
会上，文艺学学科边界问题也是热议话题之一，其会议综述的标题亦
有"文艺学的学科边界"这一语词。⑥

综观上述文献及会议⑦，可以发现，从 2003 年到 2005 年，文艺

---

① 参见王淑林：《文学的流散与理论的边界——"多元对话语境中的文学理论建构国
际研讨会"述评》，见王杰：《东方丛刊》第 4 辑，桂州，广西师范大学出版社，2004。

② 参见李诚、阎嘉：《消费时代的文学与文化研究走向》，载《文学评论》，2004(6)。

③ 参见杨俊蕾、田欢：《"全球化语境下的文艺学应对策略"学术研讨会综述》，载
《文学评论》，2005(3)。

④ 参见李明彦、苏奎：《全球化语境与中国经验——"全球化语境下的中国文学理论
及文学批评发展状况"学术研讨会综述》，载《文艺评论》，2005(3)。

⑤ 参见张晶：《"交叉与融通：文艺学学科建设 2005 高峰论坛"记略》，载《文学评
论》，2005(3)。

⑥ 参见欧阳友权、聂庆璞：《文艺学的学科边界与问题意识——新时期文学理论的
回顾与展望会议综述》，见曹顺庆：《中外文化与文论》第 13 辑，198～202 页，成都，四川
大学出版社，2006。

⑦ 相关会议还有一些。比如，2003 年 10 月，中国社会科学院文学研究所与南阳师
范学院联合举办"文论何为"学术研讨会，会上也讨论了日常生活审美化问题。参见张德
礼、陈定家：《"文论何为"学术研讨会综述》，载《文学评论》，2004(6)。

学学科聚焦在日常生活审美化与文艺学学科反思问题上，几乎使其成了学术共同体的"知识型"。正如有学人所评议的那样："有关日常生活审美化研究的兴起正是文艺学、美学在当今时代为应对挑战、面向现实所做出的众多转向努力中的一个代表。"①围绕着"日常生活审美化"，文艺学学科主要反思讨论了两大问题：其一，文艺学研究的对象问题；其二，文艺学研究的范式的问题。但说到底，这其实是文学理论与文化研究之争。

第二节　反思：从研究对象到研究范式

从研究对象入手对文学理论进行学科反思，直接而言，是要探讨当今文学理论能否对当前现实生活中的文艺现象做出有效的阐释，文学理论的研究对象是否要做出调整，文学理论的研究范式是否要改变。②

一、"日常生活审美化"：能否研究和怎么研究

早在 2002 年刊发的《日常生活的审美化与文化研究的兴起——兼论文艺学的学科反思》一文中，陶东风就认为，20 世纪 90 年代以来，文学理论的研究对象应该做出调整，要高度重视日常生活审美化现象。所谓"日常生活审美化"，即审美、艺术、文学已经与日常生活关联密切而"泛化"成了"文化"。对此，陶东风做了很经典的描述："审美活动已经超出所谓纯艺术/文学的范围，渗透到大众的日常生活中。

---

① 杨光.《文艺学、美学新焦点：日常生活审美化》，载《中华读书报》，2003-12-17。

② 需要说明的是，围绕着文艺学学科反思所发生的一系列争鸣具有非常自觉的学术自主性，这里不妨以童庆炳的一段话为例证："我和曾经是我学生的陶东风争论问题，纯属学术讨论。从我们建立起师生关系以来，我们的学术观点常有不同，讨论甚至争论是经常的。我认为这是最为正常的最模范的师生关系。我为此感到自豪。因为这表明我们的关系是建立在一心一意追求真理基础上的。如果我后面还要写文章与某些青年朋友讨论问题，也要作如是观。无端的猜测是毫无根据的。"参见童庆炳：《文学理论的边界——从当前文学图书印数谈起》，载《江西社会科学》，2004(6)。

占据大众文化生活中心的已经不是小说、诗歌、散文、戏剧、绘画、雕塑等经典的艺术门类，而是一些新兴的泛审美/艺术门类或审美、艺术活动，如广告、流行歌曲、时装、电视连续剧乃至环境设计、城市规划、居室装修等。艺术活动的场所也已经远远逸出与大众的日常生活严重隔离的高雅艺术场馆（如北京的中国美术馆、北京音乐厅、首都剧场等），深入大众的日常生活空间中。可以说，今天的审美/艺术活动更多地发生在城市广场、购物中心、超级市场、街心花园等与其他社会活动没有严格界限的社会空间与生活场所。在这些场所中，文化活动、审美活动、商业活动、社交活动之间不存在严格的界限。"①为了确证这种日常生活审美化现象的存在，陶东风试图对"日常生活审美化"做学理分析，并引用韦尔施、费瑟斯通等人的说法进行论证。但不可否认，就社会形态而言，日常生活审美化毕竟是"后现代"现象。这一点，除了费瑟斯通的书名"后现代主义与日常生活的审美化"已然表明之外，詹姆逊也曾指出："在六十年代，即后现代的开端，发生了这样一种情况：文化扩张了，其中美学冲破了艺术品的狭窄框架，艺术的对象（即构成艺术的内容）消失在世界里了。有一个革命性的思想是这样的：世界变得审美化了，从某种意义上说，生活本身变成艺术品了，艺术也许就消失了。"②

日常生活审美化就学理和语境而言，更多是国外后现代文化现象，这与我们依然由现代性诉求主导的语境恐怕不和。陶东风也意识到了这个问题，于是接着指出，日常生活审美化也是我们能体验感受到的，即使我们从价值评价上可能会不承认，但不可否认其存在的事实。他写道："在中国的许多大城市中分明也可以感受到这种审美的泛化或日常生活的审美化趋势（当然有人把这种"泛化"视为艺术的堕落则属于价值

---

① 陶东风：《日常生活的审美化与文化研究的兴起——兼论文艺学的学科反思》，载《浙江社会科学》，2002(1)。

② ［美］詹明信、张敦敏：《回归"当前事件的哲学"》，载《读书》，2002(12)。本文将詹姆逊译为詹明信。——编者注

评价的问题，它毋宁从另一个角度承认了泛化的事实)。"①

2003 年，陶东风发表了《日常生活审美化与新文化媒介人的兴起》一文。该文认为，随着社会文化的转型，特别是文化产业结构的变化、文化的转型以及人文教育越来越与社会接轨，当今时代产生了一批与原来的人文知识分子相异的"新文化媒介人"阶层，他们的工作是把文化艺术产业化、市场化，以实现经济与商业利益。新文化媒介人"知道利用自己手中掌握的媒体力量，向社会推销审美的生活方式并把它市场化。新型媒介人阶层的这种努力得到了企业的支持，也深得政府的肯定，因为以投资于身体与生活方式为核心的所谓'文化产业'正越来越显示出自己强大的经济潜力"②。新文化媒介人恐怕是当今时代的成功人士。陶东风在肯定这一群体的同时，也做了批判性思考。他希望人文教育与文化产业良性互动，即新文化媒介人自身要有人文素养，同时不要丧失基本的社会担当。陶东风此文实际上告诉我们，新文化媒介人是日常生活审美化的实践者和推动力量。这其实从一个方面论证了日常生活审美化的事实存在。

然而，由于文艺学学科存在严重的本质主义思维方式，并固守一套自律论的文艺学观念，这使得它在研究对象选择方面故步自封，对新的社会文化现象(如日常生活审美化现象)的事实存在一概拒斥甚至否认，最终导致文艺学出现了突出的问题："不能积极有效地介入当下的社会文化与审美/艺术活动，不能令人满意地解释改革开放以来(特别是 90 年代以来)的文学艺术活动，尤其是大众的日常文化/艺术生产与消费活动所发生的深刻变化。"③对此，陶东风认为，文艺学学科的研究对象要予以调整，同时要更新研究方法和学术范式。在他看

---

① 陶东风：《日常生活的审美化与文化研究的兴起——兼论文艺学的学科反思》，载《浙江社会科学》，2002(1)。

② 陶东风：《日常生活审美化与新文化媒介人的兴起》，载《文艺争鸣》，2003(6)。

③ 陶东风：《日常生活的审美化与文化研究的兴起——兼论文艺学的学科反思》，载《浙江社会科学》，2002(1)。

来，文化研究的方法及范式是最佳选择。"导致文艺/审美活动巨大变化的根本原因是当代中国的社会文化环境而不是艺术本身，所以文艺学研究的当务之急是重建文艺学与现实生活之间的有机的、积极的联系。在这里，自律论文艺学那种局限于文艺内部的所谓'内在研究'方法已经很难担当这个使命。我们应当大量吸收当代西方的社会文化理论，结合中国的实际，创造性地建立中国的文化研究/文化批评范式，这样才能有效地解释当代文艺与文化活动的变化并对其深刻的社会原因做出分析。这是文化研究/文化批评历史性出场的现实要求。"①看得出来，陶东风引入日常生活审美化，其实是在反思文艺学学科，其直接目的是革新文学理论的研究对象、研究方法乃至研究范式。

由于陶东风的研究涉及学科研究对象方法与范式的重大问题，与学术场域的调整不无关系，因此相关的学术争鸣也就可以预见。②

赵勇针对陶东风的日常生活审美化研究进行了个案式批评。在《谁的"日常生活审美化"？怎样做"文化研究"？——与陶东风教授商榷》一文中，赵勇认为，陶东风在研究中使用西方后现代社会理论资源时未对其做适用性分析，并且缺乏价值判断。依赵勇先生之见，"从价值判断的层面上看，日常生活审美化这个命题的深层含义其实就是对现实的粉饰和装饰。它隔断了人与真正的现实的联系，并让人沉浸在一种虚假而肤浅的审美幻觉当中，误以为他所接触的现实就是真正的现实"③。赵勇认为，面对日常生活审美化的虚假，人文知识分子应该为它"祛魅"，并对它进行阿多诺式的批判，可陶东风先生却采取后现代的"后撤的立场与姿态"。基于此，赵勇对包括陶东风在内的一些学者所从事的文化研究进行了批判，认为存在"批判精神的下滑"

---

① 陶东风：《日常生活的审美化与文化研究的兴起——兼论文艺学的学科反思》，载《浙江社会科学》，2002(1)。

② 这里，我们主要关注在文艺学学科反思框架下直接批评陶东风的相关文章。

③ 赵勇：《谁的"日常生活审美化"？怎样做"文化研究"？——与陶东风教授商榷》，载《河北学刊》，2004(5)。

"问题意识的缺席"和"价值立场的暧昧"等问题。

赵勇还认为，日常生活审美化乃后现代文化景观，这与中国现实语境不符；用后现代理论分析极具现代性诉求的现实，难免会发生错位。用他的话来说："这种研究本身既远离了中国的现实，又很容易遮蔽、忽略或遗忘掉真正的、更需要关注的现实问题，也很容易使文化研究演化为一种话语游戏而脱离开它所倡导的社会实践，还很容易使文化研究获得了一种'全球性'却丧失了它所应该具有的'中国性'。"①

应该说，赵勇对陶东风的批评有一定道理，但其实二人并没有根本的冲突，至多存在对知识分子的性质和功能的理解差异，并表现出各异的大众文化研究入思方式。陶东风并不是失去了批判性，一如他针对赵勇先生的批评所言："我的立场绝对不是站在那些中产阶级、白领或新贵阶层一边，而是站在真正的'大众'与弱势群体一边的。"②同时，对于消费文化，他也看出了其"中国特色"。因此，陶东风对消费文化的立场显得复杂：一方面，他肯定了消费文化在消解主流文化中表现出来的批判价值；另一方面，他又对它可能消解民众参与公共领域的政治热情这一点深表忧虑。③ 在这里，我们可以看出陶东风不主张那种"批判理论"的批判，是因为他要语境化地选择立场，并具体地表达批判。用他自己的话来说就是："我倡导一种具体的、结合中国的实际的社会历史批判，而不是抽象的道德批判或审美批判，这与我以前的研究范式是一致的。我认为中国的消费文化并不必然是进步的也不必然是保守的。它的政治含义取决于它所处的具体历史语境。"④

---

① 赵勇：《再谈"日常生活审美化"——对陶东风先生一文的简短回应》，载《文艺争鸣》，2004(6)。

② 陶东风：《研究大众文化与消费主义的三种范式及其西方资源——兼谈"日常生活审美化"并答赵勇博士》，载《河北学刊》，2004(5)。

③ 参见陶东风：《日常生活的审美化与文艺学的学科反思》，载《天津社会科学》，2004(4)。

④ 陶东风：《研究大众文化与消费主义的三种范式及其西方资源——兼谈"日常生活审美化"并答赵勇博士》，载《河北学刊》，2004(5)。

不管怎么说，回到文艺学学科反思的角度看，赵勇并没有否认对日常生活审美化研究的必要性。在他看来，倡导研究日常生活审美化现象乃是将文学理论学科带入文化研究，对此，他表示支持和认同。他也从研究对象的方面展开了文学理论学科的反思："从文学理论的体系结构方面去考察，现行的文学理论体系是建立在对文学经典的阐释的基础之上的，但由于与现实的脱节，文学理论面对当今的文学与泛文学（尤其是面对大众文化）已丧失了应有的阐释能力，一旦发言，即意味着错位和扑空。所以，文学理论只有把那种面向经典的阐释模式转换为直面现实的阐释模式，进而介入大众文化的研究中，才能拓展其生长空间。"①这与陶东风的意见应该是一致的。换言之，关于日常生活审美化的争论，看来不是要不要研究的问题，而是怎样研究的问题。面对变化了的社会文化文学现实，文学理论学人其实都在琢磨本学科的发展走向问题。

需要提及的是，关于日常生活审美化现象的研究，也有从美学角度切入的，其中以王德胜为代表。2003 年，王德胜发表了《视像与快感——我们时代日常生活的美学现实》一文。该文首先对日常生活审美化进行了一番描述："在今天的日常生活中，康德所反对的，却恰恰在以一种压倒性优势瓦解着康德所主张的：'过度'享受的生活正在不断软化着理性主义者曾经坚强的思想神经，'为了口味的感官而极力营造过剩和多样性'正在日益成为一种我们时代日常生活的美学现实。这样一种美学现实，极为突出地表现在人们对于日常生活的视觉性表达和享乐满足上。"②换言之，审美已经日常生活化了，并且主要以视像的生产与消费为主，而且其品质已不再是让心灵沉醉的美感而是让身体享乐的快感。王德胜将日常生活审美化升华为一种学理，并确认为一种"新的美学原则"："视像与快感之间形成了一致性的关系，并确立起一种新的美学原则：视像的消费与生产在使精神的美学平面化的同

---

① 赵勇：《谁的"日常生活审美化"？怎样做"文化研究"？——与陶东风教授商榷》，载《河北学刊》，2004(5)。

② 王德胜：《视像与快感——我们时代日常生活的美学现实》，载《文艺争鸣》，2003(6)。

时，也肯定了一种新的美学话语，即非超越的、消费性的日常生活活动的美学合法性。"①王德胜举了上海、北京和广州等大城市的酒吧、咖啡馆、白领社区、近郊别墅小楼、各种大型展会、高档商场等一些生活中可遇到的例子来佐证这一"新的美学原则"的确是在实际运作着。

王德胜在他颇有才气的描述中没有表现出丝毫的价值批判倾向，因此引发了学界质疑。

鲁枢元的《评所谓"新的美学原则"的崛起——"审美日常生活化"的价值取向析疑》随即针对王德胜的日常生活审美化研究提出了自己的批评意见。②虽然鲁枢元注意到研究日常生活审美化的学者们是希望通过介入研究确立对此一现象的学术话语权，而不是为日常生活审美化的现实辩护，但是他依然不认同已有的日常生活审美化研究，原因大致有五。其一，他认为日常生活的审美化不能完全等同于审美的日常生活化，两者的区别是明显的："'审美的日常生活化'，是技术对审美的操纵，功利对情欲的利用，是感官享乐对精神愉悦的替补。而'日常生活的审美化'，则是技术层面向艺术层面的过度，是精心操作向自由王国的迈进，是功利实用的劳作向本真澄明的生存之境的提升。二者的不同在于，一是精神生活对物质生活的依附；一是物质生活向精神生活的升华。"③鲁枢元认为，现有的"日常生活的审美化"研究，其实是"审美的日常生活化"研究。其二，现有的日常生活审美化研究者对于审美技术对人的操控无动于衷，甚至欢呼雀跃，而没有如西方理论家一样意识到技术进步是以对价值的颠覆为代价的。其三，现有的日常生活审美化研究没有对导致这一现象出现的消费社会及其

---

① 王德胜：《视像与快感——我们时代日常生活的美学现实》，载《文艺争鸣》，2003(6)。

② 需要说明的是，鲁枢元该文主要针对王德胜《视像与快感——我们时代日常生活的美学现实》一文，但也涉及陶东风、金元浦。另外，鲁枢元该文标题乃刊物所取，为此他曾写信给陶东风等人致歉。参见鲁枢元：《价值选择与审美理念——关于"日常生活审美论"的再思考》，载《文艺争鸣》，2004(6)。

③ 鲁枢元：《评所谓"新的美学原则"的崛起——"审美日常生活化"的价值取向析疑》，载《文艺争鸣》，2004(3)。

资本逻辑进行有效的揭示和必要的批判。其四，现有的日常生活审美化没有生态维度，而日常生活审美化却会导致生态危机，这种生态危机不仅是自然资源意义上的，还是人的情感、伦理等方面的。这是应该引起注意的。其五，日常生活审美化与全球化密切相关，一定意义上是全球化推动了日常生活审美化，但全球化并非铁板一块，要改变现有日常生活审美化研究者所认定的资本和技术推动的全球化及其所带来的日常生活审美化，张扬一种"与人类精神、与自然生态保持和谐的审美原则，一种'诗性的智慧'，能够渗透到科学的领域、技术的领域、产业的领域，甚至市场的领域、资本的领域，让审美的原则在我们的日常生活乃至时代生活中发挥指导作用、支配作用"①。这恐怕就是鲁枢元所认同的日常生活的审美化。

面对鲁枢元的批评，王德胜进行了回应。其一，关于何谓"日常生活审美化"，王德胜认为，鲁枢元基于理想的理性主义美学话语体系，把审美视为对生活的升华，反对任何形式的审美实用化、市场化，于是把当下现实出现的"日常生活审美化"现象归之于"审美的日常生活化"，也就是将此视为对审美的亵渎。这样，他自然而然会反对基于日常生活审美化的"新的美学原则"。其二，关于如何充分正视"日常生活审美化"现象，王德胜认为，鲁枢元所判断的"'审美的日常生活化'，是技术对审美的操纵，功利对情欲的利用，是感官享乐对精神愉悦的替补"是成问题的，因为我们不能因为技术有负面性而完全否认它对日常生活审美化的积极价值。同时，我们不能否认人的感性权利，人的感性实现本来就是美学的基本出发点，更不能将理性与感性二元对立，并完全否认日常生活审美化所表征的人的感性欲望和感性的审美快乐诉求。而且，日常生活审美化即使目前只是一部分人的生活现实，但有可能转化为大众的现实，而目前恐怕也是大众的梦

---

① 鲁枢元：《评所谓"新的美学原则"的崛起——"审美日常生活化"的价值取向析疑》，载《文艺争鸣》，2004(3)。

想，因此不能用阶级分析的框架限定它的存在，更不能将它视为不道德、不合法的。王德胜最后说："面对'日常生活审美化'现象及其问题，美学需要的是能够解释问题的现实的立场和态度，而不是某种理想主义的精神自慰。否则，'一个审美化了的生态乌托邦'，在强大的现实面前，也只能是'一个多么脆弱与渺茫的梦幻'！"①

在美学学科之内进行日常生活审美化的论争②，虽然与文艺学学科反思有些距离，但其实关联甚为紧密。其一，围绕着日常生活审美化展开辩论，在客观上为它被纳为文学理论研究对象有明显作用。例如，鲁枢元并没有从文艺学学科反思的角度讨论日常生活审美化，但就研究本身而言，他还是很认同对日常生活审美化的学术研究。其二，由于文艺学研究日常生活审美化不可避免会涉及审美观问题，因此从美学角度讨论日常生活审美化的"新的美学原则"，对于松动甚至改变文艺学研究者的审美观有一定作用，而这种松动或改变与文艺学学科反思不无关联。③

当然，日常生活审美化研究主要还是在文艺学学科反思的问题框架下进行的，因为就研究对象而言，日常生活审美化是大众文化现象，适合对它做文化研究，而当初陶东风对文艺学学科进行的反思，

---

① 王德胜：《为"新的美学原则"辩护——答鲁枢元教授》，载《文艺争鸣》，2004(5)。

② 需要说明的是，其一，王德胜、鲁枢元的日常生活审美化争鸣，也并非完全在美学领域内争鸣。因为对一个牵涉到生存价值的社会文化问题的争论，很难不突破学科限制。换言之，我们也可以认为要讨论日常生活审美化便不得不从原来的哲学美学、文艺美学向文化美学转型。其二，围绕王德胜"新的美学原则"的批评，尚有一些值得关注的文献，如毛崇杰：《知识论与价值论上的"日常生活审美化"——也评"新的美学原则"》，载《文学评论》，2005(5)；朱志荣：《论日常生活的审美现象与审美本质》，载《文艺争鸣》，2004(5)；桑农，《"日常生活审美化"论争中的价值问题——兼为"新的美学原则"辩护》，载《文艺争鸣》，2006(3)。此后，美学界还出现了一些与日常生活审美化相关的研究文章，陈望衡、张玉能、高建平、杨春时、彭锋、刘悦笛等学人都有相关著述。

③ 童庆炳先生在讨论文艺学学科边界的时候就提及"日常生活审美化"学派的审美观问题。依其之见，日常生活审美化的审美是"感觉的评价"，是眼睛的美学，而非"感情的评价"，更非心灵的审美。而在中国国情下，"感觉上的悦目、悦耳的审美，对于多数人来说还不是第一位的"，因此日常生活审美化不值得提倡。参见童庆炳：《文艺学边界三题》，载《文学评论》，2004(6)。

就是要将文学理论带入文化研究中。关于这一点，我们可以从其 2002 年所发文章的标题"日常生活的审美化与文化研究的兴起——兼论文艺学的学科反思"中见出。对此，批评日常生活审美化的赵勇也很认同："如果说'日常生活审美化'指的就是这个（事实上它指的就是这个），这不是一种典型的消费文化现象吗？既然是一种消费文化或社会文化现象，用社会学的外部视角加以考察正中下怀，焉有不对之理？所以，当有的学者以《日常生活的审美化与文艺社会学的重建》或《日常生活审美化与文化研究的兴起》为题来形成问题意识，并进而确认日常生活审美化与文艺社会学或文化研究之间的因果关系时，尽管我不能完全同意其文中观点，但起码那个逻辑思路是顺畅的。"①

因此，日常生活审美化的讨论此后更为直接地与文学理论的研究对象和研究范式关联起来了。

二、文艺学边界：能否移动和怎么移动

由于日常生活审美化讨论是从研究对象切入文艺学学科，既而形成学科反思的，因此，讨论文艺学学科的边界问题就显得顺理成章了，当然在讨论边界问题时，必定还要关联日常生活审美化问题。

不可否认，是童庆炳较早从文艺学学科反思的角度回应首都师范大学学科点推出的日常生活审美化话题，并引起学界较大关注的。②

---

① 赵勇：《价值批评，何错之有？——对"日常生活审美化"的再思考》，载《文艺争鸣》，2006(6)。

② 就文献看，童庆炳主要针对的是 2003 年第 6 期《文艺争鸣》的 8 篇文章和 2004 年第 1 期《文艺研究》以"文艺学的学科反思"为题的 4 篇文章。其中，8 篇文章分别是：王德胜《视像与快感——我们时代日常生活的美学现实》、陶东风《日常生活审美化与新文化媒介人的兴起》、金元浦《别了，蛋糕上的酥皮——寻找当下审美性、文学性变革问题的答案》、朱国华《中国人也在诗意地栖居吗？——略论日常生活审美化的语境条件》、阎景娟《从日常生活的文艺化到文化研究》、黄应全《日常生活的审美化与中西不同的"美学泛化"》、魏家川《有关身体的日常语汇的审美生活分析》、陶东风等《日常生活审美化：一个讨论——兼及当前文艺学的变革与出路》。4 篇文章分别是：陶东风《日常生活的审美化与文艺社会学的重建》、陈晓明《历史断裂与接轨之后：对当代文艺学的反思》、曹卫东《认同话语与文艺学学科反思》、高小康《从文化批判回到学术研究》。

2003 年 11 月，在首都师范大学文艺学学科与《文艺研究》杂志社召开的"日常生活审美化与文艺学美学学科反思"研讨会上，童庆炳就反对将日常生活审美化现象纳入文艺学学科研究中。① 2004 年 5 月，童庆炳所在的北京师范大学文艺学研究中心和中国中外文艺理论学会主办了"文学理论边界问题"学术研讨会。这次会议更直接、更集中地讨论了文艺学学科的边界问题，算是从研究对象的角度对文艺学学科的自觉反思。② 2004 年第 4 期《河北学刊》，发表童庆炳的《文艺学边界应当如何移动》一文。2004 年第 5 期《人文杂志》，发表了题为"文学理论的界限"的一组文章，包括童庆炳《"日常生活审美化"与文艺学的"越界"》一文。2004 年第 6 期《文学评论》，刊发了名为"关于'文学理论边界'的讨论"的专题文章，其中有童庆炳的《文艺学边界三题》一文。2004 年第 6 期《江西社会科学》，刊发了童庆炳的《文学理论的边界——从当前文学图书印数谈起》一文。2005 年 1 月，《中华读书报》发表童庆炳的《日常生活审美化与文艺学》一文。

综观这些文献，童庆炳的观点是，对当前文艺学学科进行反思是必要的，也是合理的，但反思中出现的这种将文艺学研究对象置换为日常生活审美化的倾向则是值得商榷的。依其之见，文艺学越界去研究日常生活审美化没有必要，也不正当。

首先，文艺学的研究对象应该是文学，文学是不会终结的，因此无须为文艺学寻找所谓新的研究对象。

在童庆炳看来，"日常生活审美化"学派试图将文艺学的研究对象文学置换为"日常生活的审美化"③，这是受米勒文学"终结说"影响的结果，即认为文学要终结了，因此无须也无法研究文学了，而应越界

---

① 参见贺玉高等：《"身体写作与消费时代的文化症状候学术研讨会"综述》，载《文学评论》，2004(4)。

② 参见陶东风、和磊：《当代中国文艺学研究(1949—2009)》，622 页，北京，中国社会科学出版社，2011。

③ 童庆炳：《日常生活审美化与文艺学》，载《中华读书报》，2005-01-26。

扩容，去研究那些多多少少有点文学性的日常生活审美化现象。在童庆炳看来，这是多余的担心。文学虽然会随时代而变化，因媒体而改变，并可能会走向边沿化，但文学因其独特的审美场域而永远不会终结。回到现实情况看，文学作品的印数也是非常惊人的。文学还是很多人的精神食粮，它并没有在图像时代和消费社会终结，同时也有大量的文学问题需要我们去研究。① 因此，没有必要担心文艺学会因文学终结而失去研究对象，同时文艺学也就没有必要以日常生活审美化现象为研究对象。他写道："文艺学作为一个学科的主要研究对象应该是文学事实、文学经验和文学问题，而不是什么城市规划、购物中心、街心花园、超级市场、流行歌曲、广告、时装、环境设计、居室装修、健身房、咖啡厅。"②诚然，文学理论研究对象的边界可以移动，但无论怎么移动也不能离开文学，这是要守住的界限。为此之故，童庆炳一再告诫："文学理论的边界虽然是在移动的，不断地移动的，但是随着文学事实、文学经验和文学问题的移动而移动。文学总是文学。文学不可能是日常生活里的几乎一切具有一点文学性的东西。"③如果抛开文学去研究日常生活审美化，那么这样的研究不是文艺学。

其次，日常生活审美化之审美与文学审美不可同日而语，在当前语境下不值得提倡，也不值得文艺学越界去研究。

童庆炳认为，日常生活审美化虽然和文学一样也有审美，但这种审美是"感觉的评价"，是眼睛的美学，而非"感情的评价"，远非心灵的审美。这种"眼睛的美学"，不会引起人们对社会深层次问题的批判性思考，反而会使人们"忘掉那些社会上存在的种种问题（如贫富悬

---

① 参见童庆炳：《文学理论的边界——从当前文学图书印数谈起》，载《江西社会科学》，2004(6)。

② 童庆炳：《文艺学边界三题》，载《文学评论》，2004(6)。他一再强调："文艺学的对象就是文学事实、文学问题和文学活动。"参见童庆炳：《日常生活审美化与文艺学》，载《中华读书报》，2005-01-26。

③ 童庆炳：《文学理论的边界——从当前文学图书印数谈起》，载《江西社会科学》，2004(6)。

殊、东西部发展不平衡、城市农村的巨大差异、环境污染、贪污受贿、分配不公等)"①。换言之，它有可能让人们在所谓的日常生活审美化之中忘记现实的苦难，也忘记自身的担当，在娱乐消费中沉沦，因此，对于人生和社会起不到积极的作用。同时，日常生活审美化也远非当前大多数人的现实生活状况，"感觉上的悦目、悦耳的审美，对于多数人来说还不是第一位的"②，因此，日常生活审美化不值得提倡，更不足以被确立为"新的审美原则"。

最后，文学理论不能走向文化研究，文化研究不是文学研究。

如果文学理论不研究文学而去研究日常生活审美化，那么这样的文学理论其实不是研究文学的文学理论，而是文化研究。虽然文化研究对于文学研究有所助益，如可以提供新鲜的视角，但是文化研究的研究对象往往不总是文学，甚至可以完全不以文学为研究对象，这就导致文化研究很可能不是文学研究，而是社会学、政治学研究。这显然是不可取的。道理很简单，因为不研究文学的文艺学很难成为一个名副其实的学科。确保某一学科的独特性最为关键的是其研究对象能够与别的学科相区隔。童庆炳为此写道："衡量一种研究是不是文艺学研究，主要是看研究的对象是否是文学事实、文学经验和文学问题，而不必过分看重方法本身，方法是可以自由选择的。"③

在文学边界问题上，陶东风所持意见与童庆炳的观点表现出了明

---

①　童庆炳：《文艺学边界三题》，载《文学评论》，2004(6)。

②　童庆炳：《文艺学边界三题》，载《文学评论》，2004(6)。

③　童庆炳：《文艺学边界应当如何移动》，载《河北学刊》，2004(4)。对于一个学科而言，确保其与其他学科相区隔的关键因素是什么？在这个问题上，陶东风持有不同意见："一种研究是否属于文艺学研究并不取决于对象是否属于纯正的文学(何况'纯正'的标准也是变化的、历史性的)，而更多地取决于研究方法与研究旨趣。即使对于《诗经》《红楼梦》这样的经典文学，也存在诸如天文学、医学、农学等非文学角度的研究；而对于那些审美因素、商业因素、经济因素等混合一体的对象(如广告)，则可以借用文艺学的方法研究其中的审美/艺术、文化、意识形态维度(巴尔特从符号学角度对广告的研究是经典性的例子)。在我看来，后者离文艺学的研究更近一些。"参见陶东风：《日常生活的审美化与文艺社会学的重建》，载《文艺研究》，2004(1)。

显的差异。

第一，对学科知识生产以什么为导向这一问题的理解存在差异。

陶东风认为，文学理论研究者所从事的知识生产与学术研究活动，当以问题为中心，而不必以既定的学科规范为导向。身处文艺学学科之内进行知识生产的陶东风不太顾及学科规训，认为文学理论知识生产者不是非得要研究文学，只要能够研究好现实生活中的问题便足矣。他写道："现实本身就是跨学科的，而人文学科的首要目的则是理解和解释正在世界上发生的事情。如果我们人文科学研究者、我们知识分子不是首先想着回答现实生活中重要的、令自己难以抑制地激动的问题，而是首先考虑自己的学科边界，甚至自己的饭碗，难道不是有点不正常吗？"①这显然是惊世骇俗地挑战学科之举。但问题是，陶东风为什么不直接走出文艺学而免去对文艺学学科的反思？原因之一恐怕是陶东风试图创新文艺学学科范式，从而将它带入新境。在他看来，文艺学研究方法对于实现人文社会学科的研究目的有重要帮助，而通过学科反思，我们的文艺学知识生产会实现他所期待的人文社会科学的研究目的。陶东风以霍加特、威廉斯为例，说明文学研究对于理解生活方式的复杂性和真实性有重要帮助。陶东风期待通过文艺学学科反思，实现文艺学的研究对象和研究方法的更新，继而产生如《识字的用途》这样的著作，其意并不是要取消文学研究。与童庆炳一样，陶东风的目的也是生产出有效的文学理论知识，把文艺学学科建设好。

第二，对文学知识和文学理论学科范式的理解也有差异。

陶东风认为，文学、文学理论学科（包括其研究对象、方法）并不是等待人去发现的实体存在，相反地，它是复杂的社会文化力量的建构物。他写道："文艺学的学科边界也好，其研究对象与方法也好，乃至于'文学''艺术'的概念本身，都不是一成不变的，而是移动的、

① 陶东风：《移动的边界与文学理论的开放性》，载《文学评论》，2004(6)。

变化的，它不是一种'客观'存在于那里等待人去发现的永恒实体，而是各种复杂的社会文化力量的建构物，不是被发现的而是被建构的。"①正是由于这种建构性的存在，文学观念才有其自身的历史，这是可以考证的。同时，正是由于学科建构性的永恒存在，所以某一学科即使完成了现代学科建制，但也不能保证其研究对象、方法永恒不变。鉴于此，我们并没有充分的理由认为那种坚守审美的文学理论和局限于文本之内的文学理论研究就天然正当合法和绝对正宗，更不可非此即彼地把其他文学理论研究视为异端。相反，当某一种文艺学范式无法有效阐释现实文学文化问题的时候，我们有必要对它做出一定的调整。为此之故，陶东风认为文艺学应该抛弃学科成规，调整、拓展研究对象和研究方法，积极关注日常生活审美化现象，因为"只有开放文学理论才能发展文学理论"②。

对于文艺学边界问题的讨论，也有一些学者提出了独到的意见。比如，朱立元和张诚在梳理文学边界移动的历史后，发现文学的边界的确发生过移动，但宏观而言，则只移动了两次：第一次是由广到窄的移动，这一次的移动确立了文学的审美特性，划分了文学的边界；第二次是由窄到广的移动，这一次移动是在守护文学特性的前提下进行的，并没有导致文学边界的模糊和消失。朱立元和张诚于是下结论说，自从文学定性后，虽然依旧有变动调整，但其边界是稳定的，而且在可遇见的未来这一边界都是有效的、难以突破的。为此，文艺学要坚守文学艺术的自律立场，以文学为中心而不能无限扩容。"文艺学既以文学为研究对象，那么，文学的边界也就是文艺学的边界。"③朱立元和张诚其实是说，文艺学要越界扩容，但要在守护文学的审美特性的前提下越界扩容。他们的主张是："不反对文学的扩容，但不赞成把杂七杂八非文学的文化现象胡乱地扩容进来，而主张把真正属

---

① 陶东风：《移动的边界与文学理论的开放性》，载《文学评论》，2004(6)。

② 陶东风：《移动的边界与文学理论的开放性》，载《文学评论》，2004(6)。

③ 朱立元、张诚：《文学的边界就是文艺学的边界》，载《学术月刊》，2005(2)。

于大众需要和欣赏的通俗文学'扩'进文学的版图，进而扩大文艺学研究的范围。"①朱立元和张诚的观点，一方面是对童庆炳先生坚守文学边界的细化；另一方面又实现了陶东风、金元浦等先生的文学越界扩容，只不过其越界扩容是有度的。我们无法确认文学的审美特性是否会又何时会在未来的日子里被彻底抛弃，而当前人们尚对文学的审美特性有一定的认同度，因此现在的文艺学要研究文学，特别是要研究尚未完全受到重视的通俗文学。这倒是很中和的观点。这恐怕也是文艺学学科反思过程中出现的一种对文艺学学科发展很有建设性和操作性的意见。

第三节　文学泛化时代的文学理论如何可能再讨论

文学理论研究对象问题十分重要，所以才能引发争鸣。童庆炳曾指出，文学边界问题"隐含了许多重大问题。比如，我们究竟处于什么时代？是后现代，还是现代，还是前现代、现代和后现代共存？又如，当今社会流行的'主义'是什么？是消费主义，还是求温饱'主义'，还是消费与求温饱并存？再如，文学是否会消亡，还是已经消亡？对于费瑟斯通一类学者的舶来品，我们是拿来就用，还是要加以鉴别和批判？当我们吸收外来东西的时候，是否还要主体性？对于今天高科技的发展给我们带来的东西，我们是否要加以分析？在商业大潮面前，人文知识分子是否要保持批判精神？"②

对于争鸣本身的重要性，早有学者发觉并做了相关反思研究。这里我们仅以李春青的研究为例。李春青以自觉的反思意识，对这一边界之争进行了多维度的解读，这恐怕也是目前我们所能见到的关于此一问题的最深入解读。

---

①　朱立元、张诚：《文学的边界就是文艺学的边界》，载《学术月刊》，2005(2)。
②　童庆炳：《文艺学边界应当如何移动》，载《河北学刊》，2004(4)。

李春青认为，边界之争是具有重要意义的学术事件，其背后乃是文学理论与文化研究两种研究范式的较量，因此牵涉到文学理论学科的发展走向问题。[①] 为此，他对讨论的原因进行了深入挖掘。依他之见，论争之所以发生，是因为存在多方面的分歧。

第一，在言说立场方面，文学理论研究模式持 20 世纪 80 年代的人道主义精神和精英意识，表现出一种审美中心主义的姿态，将审美与自由、人性相勾连，把维护文学的审美特征视为对知识分子自身的社会担当和价值理想的坚守。而文化研究模式则有明显的后现代主义倾向，已然不相信任何本质，也失去了人文激情，往往很理性地与其研究对象保持相当的距离，即使批判，也是隐微书写其关于社会政治体制的具体批判。

第二，在言说者身份方面，相对而言，文学理论研究模式偏于认同"立法者"身份，而文化研究模式则往往以"阐释者"身份自居。持前一种身份的文学理论研究者往往以社会导师自居，试图引领文学趣味；而持后一种身份的文化研究者则以平等的姿态与他人从事"有教养的交谈"。

第三，就文学场域中的位置而言，持文学理论研究模式者在场域中占有有利位置，他们不愿意放弃自己的文化资本，不甘于被文化研究模式所取代；而持文化研究模式者为了改变场域位置，另起炉灶，操新话语以获得文化资本，既而改变在场域中的位置。

第四，就常识而言，坚持文学理论模式者，因为其知识结构比较适合阐释文学，因而对新出现的日常生活审美化难以接受；主张文化研究模式者无非是对新出现的东西比较敏感，有兴趣。[②]

李春青承认这四个方面的见解非个人见解，只是理论视角下的一

---

① 参见李春青：《在审美与意识形态之间——中国当代文学理论研究反思》，250 页，北京，北京大学出版社，2006。

② 参见李春青：《在审美与意识形态之间——中国当代文学理论研究反思》，250～256 页，北京，北京大学出版社，2006。

些说法。但这样的解读的确有助于我们看清边界之争的"真相"。这里，我们接着李春青的研究，勉为其难地再提出几点与文学边界及文学理论学科发展有关的问题予以简要讨论。

首先，对学科专业的理解问题。

在现代学科体制下，保持必要的学科界限是可取的。只有通过学科才能实现专业化。而既然需要学科，那么如果一个学科没有独特的研究对象，其存在的必要性恐怕将大打折扣。就此说来，文学理论的确要研究文学。通过研究文学，文学理论研究者具备了专门的"文学知识"，在面对文学文本时，能够说出非文学理论专业人士说不出来的"文学话语"，这当是学术研究的目的之一。如果能成为专业的文学理论家，就再合适不过了。这当是持文化研究模式者也会认同的。然而，如果把文学理论视为"意识哲学"，局限在学科专业术语里思辨，而不去关注文学在当今时代的生存处境，由此恐怕很难确证当下文学理论学科的合法性。从这个方面看，文学理论开放自我是有其必要性的。这种开放既包括学科与学科之间的开放，也包括学科与日常生活之间的开放。只有学科间的开放，才能保证知识生产的有效。事实上，面对复杂的研究对象，也只有打破学科壁垒，实现学科串联，才能获得关于研究对象的有效阐释。同时，任何学科都只有在积极回应现实生活提出的问题时，才能循此介入现实，实现学科研究的目的。

文学理论学科也不例外。它在从事专业知识生产的时候无疑有开放自我的内在诉求。如果认同文学理论并非原发性的生产知识的学科①，那么文学理论甚至只有在这种开放中才能获得关于文学的知识。而由于今日的文学有了新变化，所以出现了学人描述过的新景观："今天社会的审美活动已经大大不同于过去时代的文学艺术的界限和范围。从某种程度上看，今天占据大众文化生活中心的已经不是小说、诗歌、散文、戏剧、绘画、雕塑等经典的艺术门类，而是一些新

———————

① 参见李春青：《谈文学理论在社会文化系统中的位置》，载《文艺争鸣》，2005(4)。

兴的泛审美泛艺术门类的活动，如广告、流行歌曲、MTV、KTV、电视连续剧、网络游戏乃至时装、健美等。艺术活动的场所也已经远远逸出与大众的日常生活隔离的高雅艺术场馆，深入到大众的日常生活空间之中。"①这时，文学理论无疑是要突破既定的学科体制在研究对象选择上的惯例，对新的文学现象开放，并将其接纳为研究对象，从而实现文学理论的创新。如果文学理论上述两种意义上的开放都有需要的话，那么它自然而然地会有文化研究转型的诉求。因为文化研究有意识地突破学科体制的束缚，因而是反学科甚至后学科的智识领域。对此，金元浦写道："文化研究本质上的多样性，呼唤人文社会学科的'综合治理'——形成由不同学科切入、遵循不同学科方法进行研究的多元话语方式。因此，文化研究是多种范式指导下的各种不同的话语形成的共生并在又相互对话、相反相成的集合形态。"②同时，文化研究又有积极介入现实、回应生活的冲动与能力，即"关注日常生活中的新的审美现象，这是文艺学文化转向的题中应有之义"③。文化研究的这两个特点，使得当前危机中的文学理论与文化研究有了关联。不妨说，这正是文艺学学科反思过程中需要处理的关键问题，是持文学理论模式者所要特别加以重视的。

其次，对文化研究的理解与选择问题。

就实际的情况看，文化研究至少有两种形态：一种可名之为研究文学的文化研究，另一种可名之为不研究文学的文化研究。前一种文化研究的目的是优化现代学科体制下的文学理论，这种文化研究并非不研究文学，只是对文学的理解不循规蹈矩，不承认故有的文学惯例与等级区隔，不主张仅对象性地研究文学本身，不以鉴定文学的好坏优劣为最终目的。毋宁说，它是要反思一种文学之所以如其所是的社会条件和生产机制。通过这种分析，我们一样能够达到人文学科的社

---

① 金元浦：《当代文学艺术的边界的移动》，载《河北学刊》，2004(4)。
② 金元浦：《当代文学艺术的边界的移动》，载《河北学刊》，2004(4)。
③ 金元浦：《重构一种陈述——关于当下文艺学的学科检讨》，载《文艺研究》，2005(7)。

会关怀效果。同时，它一改立法者身份，不再直接地抒发文学理想及彰显社会伦理规范，而是将知识生产的目标锁定在切实地阐释现实处境上，告诉人们当今时代的文学为什么会是这个样子的。这样的文化研究是有其存在的理由的。不可否认的是，20 世纪 90 年代以来的文学已然市场化，并出现了重大变化，一如有学人所概括的那样："一是文化作为精神活动开始向物质活动靠拢，物质活动的产出方式与目标结果为文化'产业'所仿效和跟随；二是文化的消费需求被高度重视，策划营销、包装炒作等商业活动手段被引入文化实践活动中，催生了市场条件下中间行业的出现；三是社会文化发展的最终目的，虽然仍是不断满足日益增长的社会文化需求，使人们获得相应的精神享受和审美愉悦，但是，人们对利润的追逐向往，造成了社会文化终极目标的变异。"①在这种情况下，如果我们还守住原来的文学研究范式，恐怕难以奏效。此时，文学理论适当地借鉴文化研究的理念与方法无疑是可取的。这也是持文学理论模式者所认同的。

但不可否认的是，其实尚有另一种文化研究，它不承认现代学科体制，在研究对象的选择上也不拘于一格。依其之见，整个世界都是文本，都是表意实践的符号。对于研究者而言，关键是通过解读、分析这些文本符号建立与这个世界的真实联系，实现人们对身处其中的世界的自觉认知。这种文化研究是跨学科甚至反学科的，具有明显的后现代性。诸如关于影视、网络、微信、酒吧、广告、时装、拍客、恶搞、御宅等大众文化现象的研究都算是这种文化研究。伯明翰文化研究代表作之一《识字的用途》即这样一种文化研究。持文学理论模式者所反对的，正是这种文化研究。然而，持文化研究模式的陶东风先生对这种文化研究却甚为认同："秉承英国文化研究的传统，中国当代的文化研究/批评已经极大地超出了体制化、学院化的文艺学藩篱，拓展了文艺学的研究范围与方法，从经典文学艺术走向日常生活的文

---

①　方伟：《当代文学的市场化倾向》，载《河北学刊》，2004(2)。

化（如酒吧、广告、时装表演、城市广场等）。这种研究进入了文化分析、社会历史分析、话语分析、政治经济学分析的综合运用层次，其研究的主旨已经不是简单地揭示对象的审美特征或艺术特征，而在于解读文化生产、文化消费与政治经济之间的复杂互动。"①倘若明白了文化研究的这两种形态，则会避免很多不必要的争论。但问题是，后一种文化研究与文学理论是怎样的关系呢？这就牵涉到文学泛化时代文学理论如何可能的问题了。

最后，文学泛化时代的文学理论如何可能的问题。

如果文学已经泛化了，已经幽灵化为文学性，那么文学理论便没有理由不发生转型，并从事文学性研究。这里我们非常认同余虹的说法：文学理论学科的危机一定意义上就是研究对象的危机，在文学边缘化而文学性中心化的语境下，调整和重建文学理论的对象是必要的也是必需的。②为此，余虹认为："我们可以尝试跨越现代学科分类的界限，将形形色色的人类话语经验作为总体文学来设想，而不同的话语只是总体文学的特例，它们都具有文学性。如果这样，我们就可以将一篇社论、一条广告、一个企业的营销手册、一条新闻报道、一个理论甚至一个政治家、一个企业家、一个学术明星当作文学作品来研究。这种研究不是说被研究的对象只是'文学作品'，而是说可以对它的文学性加以研究，这种研究将有助于对其政治的、经济的、历史的、道德的、宗教的意义之理解。"③从事文学性研究有助于我们的文学理论介入现实，参与到当前的社会构造中来。否则，文学理论与文

---

① 陶东风．《日常生活的审美化与文艺社会学的重建》，载《文艺研究》，2004(1)。

② 参见余虹：《文学的终结与文学性蔓延——兼谈后现代文学研究的任务》，载《文艺研究》，2002(6)。另外，可参见余虹：《白色的文学与文学性——再谈后现代文学研究的任务》，见钱中文等：《中外文化与文论》第10辑，2～7页，成都，四川教育出版社，2003；欧阳文风：《从文学到文学性：图像时代文学研究的重心转移》，载《理论与创作》，2008(2)。

③ 余虹：《白色的文学与文学性——再谈后现代文学研究的任务》，见钱中文等：《中外文化与文论》第10辑，6～7页，成都，四川教育出版社，2003。

学文化及社会现实之间的良性互动关系很难建立起来，更遑论臻于互证互释之境。20世纪90年代以来，面对文艺的泛化，文学理论研究也出现了一些问题。

一是对文艺的泛化，尤其是对泛化过程中出现的新文艺/文化现象持排斥态度。其原因恐怕是研究者用过去的理论观念看待新文艺/文化现象，正如谭好哲所指出的那样："有一些文艺研究者和批评家对新的变化中的文艺创作现象缺乏审美上的敏感和理论上的把握，依然从旧有的惯常的思维定式和文艺观念出发，用老旧的话语来阐释甚至欲图规范新的现象，在理论武器的陈旧与创作实践的新锐之间形成明显的脱节和反差。"[1]这典型地体现在大众文化/大众文学的研究上。有些学人持精英的立场和故有的知识观念，因此认为新出现的大众文学/文化现象不值一顾。例如，用经典的文艺规范要求新出现的文学/文化现象，以至于对它们或置若罔闻或大加挞伐。[2] 对此，李春青曾指出，由于大众文化不是在知识阶层的审美趣味的影响或引导下出现的，它完全取决于市场和新传媒的力量，因此，仅仅简单地否定无济于事，"唯一恰当的态度就是积极地介入"[3]。

二是对于文学泛化以及新出现的文艺/文化新现象、新问题，仅停留在口头关注上，而没有展开研究实践。这种口头关注又主要表现在两个方面。一方面，有学人认为要积极关注新文艺/文化现象，并且也意识到这种新文艺/文化的新特质，但是未曾切实对这些新文艺/

---

① 谭好哲：《走向文艺理论研究的综合创新》，载《文史哲》，2003(6)。

② 对此，赵勇曾做了很好的分析。他认为过去的经典是印刷文化语境中的产物，而今天的文学与大众文化是电子文化或数字文化产品，因此要用适合对象本身的方式去把握对象。而且，赵勇认为，"无论从哪方面看，大众文化都成了当今主要的文学形式"，因此研究大众文化就顺理成章了。他为此写道："文学理论有必要改变自己既成的思维方式，调整自己的僵硬姿态，把一种面向经典的阐释模式转换为直面现实的阐释模式。文学理论必须面向大众文化发言。"参见赵勇：《新世纪文学理论的生长点在哪里？》，载《文艺争鸣》，2004(3)。

③ 李春青：《在审美与意识形态之间——中国当代文学理论研究反思》，238页，北京，北京大学出版社，2006。

文化现象文本进行分析，也不切实地对这些新文艺的生产、消费机制做深入、具体的"民族志"式的研究。另一方面，有学人也在积极关注文学泛化的新现象和新问题，但是以一种立法者的身份对这种新文艺/文化现象做出批判，指责新文艺/文化现象的种种局限，并且提出理想的新文艺/文化规范，可就是没有去分析这些新文艺/文化何以如其所是，也鲜从受众的角度考察新文艺/文化接受和消费效应等重要问题，这终究是于事无补的。对此，李春青有过一段精彩的分析，我们不妨引用于此："知识阶层安之若素的那种言说立场已经失去了物质基础，本身就具有意识形态功能的高科技、现代传媒、文化消费需求已然悄然无息地取代了知识阶层'立法者'的社会角色，它们成为真正的'立法者'。经过长期启蒙精神的熏陶与文化普及而改变了精神状态的平民百姓成了新的'立法者'的忠实拥护者，他们之间业已形成'共谋'关系，而靠话语建构为社会立法的知识阶层实际上被挤压到了社会的边缘地位。对于知识阶层来说，这当然是令人沮丧的事情，但这还不是其悲剧性之根本所在。悲剧性的真正根源是那些精英知识阶层完全没有意识到他们的这种社会境遇的根本性变化，依然认同着原来的社会角色，并且苦心孤诣地进行着话语建构。"[①]与其以一种悲剧情怀去做否定性的批判，还不如改变策略，通过对这种新文艺/文化的具体分析和阐释，提出具体的意见与建议，并通过各种渠道来多多少少地对它的生产、传播与消费产生一些影响。

三是将新文艺/文化现象用作他国理论的例证，而不做切合语境的具体研究。对此，谭好哲做了很好的总结："有一些所谓学院派研究者和批评家则热衷于以追'新'逐'后'的心态操练从欧美引进的新潮理论，仅仅把中国的文艺实践作为证明其演练之舶来理论的例证，实际上完全脱离了对中国文艺实践的具体分析……不能解决任何实践问

---

① 李春青:《在审美与意识形态之间——中国当代文学理论研究反思》，231～232页，北京，北京大学出版社，2006。

题。"①不对文艺/文化新现象、新问题做具体研究，直接套用他国理论的做法，表面上是做了研究，有时也能说出一些惊人之语，实际上却无论如何都有生搬硬套之嫌疑。他国理论的引进终究不能替代地方性的知识生产。

诚然，面对文学泛化和借此出现的新文艺/文化现象及问题，恐怕唯有介入参与才是文学理论的正途。陶东风早已指出："文艺学的出路在于正视审美泛化的事实，紧密关注日常生活中新出现的文化/艺术活动方式，及时地调整、拓宽自己的研究对象与研究方法，呼吁重新建立新的'文学—社会'研究范式，弥补单纯的内部研究的不足。"②陶东风之见或已逐渐成为共识③，然而时至今日，如何具体地展开研究却依然是一个任重道远的问题。

---

① 谭好哲：《走向文艺理论研究的综合创新》，载《文史哲》，2003(6)。

② 陶东风：《文化批评的兴起及其与文学自主性的关系——兼与吴炫先生商榷》，载《山花》，2004(9)。

③ 关于这一点，我们或许可以从人们对日常生活审美化讨论的评价中获得。例如，曾繁仁认为："这场讨论已经远远超越了讨论自身具体的内容，而具有在崭新的社会与文化形势面前如何建设真正适应现实需要的文艺学理论的重大意义。"参见曾繁仁、谭好哲：《当代文艺理论问题》，90页，北京，人民出版社，2016。

第三章　文学理论学科反思与文化研究的合法化论证

　　毋庸置疑，文学理论学科反思与文化研究有特别紧密而重要的关联，这是我们可以从文学"终结说"和日常生活审美化所引发的文艺学学科反思先声中发现的。甚至从陶东风 2002 年发表的《日常生活审美化与文化研究的兴起——兼论文艺学的学科反思》一文的题名中，我们就可以看出这种关联。这种关联的存在，乃是因为在从研究对象入手反思文学理论学科的同时，其意也是要推动文学理论的文化研究转型，而文艺学学科反思的发生从某种意义上说又主要是文化研究的兴起及其对文学理论的挑战所致。不妨说，文学理论学科反思之际，也是文化研究的合法化论证之时。因此，在考察文学理论学科反思之时，有必要对它与文化研究合法化论证的关联及问题展开更为详尽的讨论。

第一节　文化研究的合法化：以文学理论反思的方式

　　事实上，通过学科反思的方式来对文化研究展开合法化论证，是文化研究在中国进行合法化论证的最主要方式。其做法往往是，先指陈文学理论学科存在的局限乃至危机，然后声称自身具有解决这种局限和危机问题的能力，甚至认为只有走文化研究之途，才有可能解除已有文学理论研究的学科危机。但文艺学学科反思并非在文学"终结说"、日常生活审美化出现后才开始启动的，因此对文化研究的合法化论证也不是肇始于此。

就现有文献看，文艺学学科反思在 20 世纪 90 年代就已经开始，其间有蒋济永、余虹、郑元者、张荣翼、郭淑梅、孙津、陶东风、杜卫、许明、王光明、南帆、孙绍振等学者发表的多篇相关论文。① 但较早对文学理论学科进行反思，并将这种反思与文化研究勾连起来的文献，应该是杜卫 1996 年发表的《评新时期文学理论中的"审美论"倾向》一文。

该文对新时期以来的文学理论将其研究对象建构为一种审美论的文学观进行了语境化的反思，较为具体地考察了这种审美论文学观的建构历程，认为它是特定时期出于对普遍人性、人情和人道主义的张扬而生产出来的一种具有理论价值和现实意义的文学观念。但是，这种审美论的文学观，无论是在理论上，还是在现实中，都具有一定的局限性。比如，它难以切实地区分文学与其他艺术类型审美特性的不同，难以揭示文学所具有的丰富性和复杂性，等等。

---

① 相关的 20 世纪 90 年代的文献大致包括以下诸种。童庆炳：《论文艺学研究的客体、视角、学术空间》，载《学术月刊》，1991(9)；蒋济永：《当代文艺理论的危机(之一)——理论体系的危机》，载《柳州师专学报》，1993(3)；蒋济永：《当代文艺理论的危机(之二)——伪马克思主义的理论倾向》，载《柳州师专学报》，1994(1)；蒋济永：《当代文艺理论的危机(之三)——本体论走向虚幻》，载《柳州师专学报》，1994(2)；蒋济永：《当代文艺理论的危机(之四)——"当代形态"建构中的问题》，载《柳州师专学报》，1994(3)；蒋济永：《当代文艺理论的危机(之五)——文艺学作为一门学科的终结》，载《柳州师专学报》；1994(4)；蒋济永：《补牢：对"当代文艺理论危机"的再叙述——答亡羊先生》，载《柳州师专学报》，1995(3)；余虹：《对二十世纪中国文论叙述的反思》，载《文艺研究》，1996(5)；郑元者：《走向元文艺学——评〈文艺学方法论纲〉》，载《文学评论》，1996(4)；张荣翼：《文艺理论阿基米德点的寻求》，载《海南大学学报(人文社会科学版)》，1997(3)；郭淑梅、孙津：《世纪末断想——文艺理论的动荡与危机(上)》，载《文艺评论》，1997(5)；郭淑梅、孙津：《世纪末断想——文艺理论的动荡与危机(下)》，载《文艺评论》，1997(6)；陶东风：《80 年代中国文艺学主流话语的反思》，载《学习与探索》，1999(2)；杜卫：《走出审美城——新时期文学审美论的批判性解读》，北京，东方出版社，1999；许明：《作为科学的文艺学是否可能？——文学研究的个人经验》，载《文学前沿》，1999(1)；王光明、南帆、孙绍振等：《关于学科开放与文艺理论建设的对话》，载《福建师范大学学报(哲学社会科学版)》，1999(3)。

而且，它还有一个最根本的局限性，即"它从注重文学的自律性而走向对文学的社会历史关联的忽视，无法适当地说明文学的社会性"①。为此之故，该文认为到了"向外转"的时候了，诸如文学中的性别、种族、权力、国际政治文化关系等问题都应该引起文学理论的关注。这恐怕就是一种隐约的文化研究话语了，虽然它并未使用"文化研究"一词。

如果说，这篇文献之于文化研究的合法化论证还不甚直接，那么到了1998年，《文化研究视野中的文学》一文则已经明确地使用了"文化研究"这一语词。其作者受文化研究的启发，且以其为理论出发点，在总结了已有的审美论、文化论文学观之后得出结论："我们的文学理论不应该一味地给文学画地为牢，使它变成一个固定的、封闭的'对象'，而是应该把审美话语的组织形式及其文化意义作为研究的核心，并引进多学科的研究视野和方法，把文学作为一个研究领域做多学科的批评性探讨。"②这不能不说已经发生了文化研究与文学理论的直接关联了，因为一方面，它已经表达了与此前文学理论在研究对象上的不同看法；另一方面，它明确地吁求一种跨学科的研究方法。不过，需要指出的是，它最终还是走了一条综合的道路，将文学界说为"审美话语"，并且认为"作为审美话语的文学是人的生命世界的实现和伸展"③。这就说明，该文并没有完全抛弃原有的文学审美观，只是将文化研究作为一种视野，而不愿意彻底地"走出审美城"。但不管怎么说，它已然展开了文化研究的合法性论证工作，只是没有将文化研究视为替代性的方案，而仅将其作为一种扩充故有研究的有益视野。

真正自觉地对文学理论进行反思的，应该是陶东风的《在社会历史语境中反思当代中国文艺学美学》一文。因为它借用了布迪厄的反

---

① 杜卫：《评新时期文学理论中的"审美论"倾向》，载《学术月刊》，1996(9)。

② 杜卫：《文化研究视野中的文学》，载《浙江师范大学学报(社会科学版)》，1998(5)。

③ 杜卫：《文化研究视野中的文学》，载《浙江师范大学学报(社会科学版)》，1998(5)。

思社会学方法，在对 20 世纪 80 年代以来的文学理论的主导话语进行反思之时，自觉地涉及了具体的社会文化历史语境，因此表现得更为专门。同时，这种社会理论视角的反思使得它有可能与文化研究勾连起来。陶东风认为："只有与具体的、语境化的、充分考虑实践活动的差异性的社会文化理论结合，才能有效地解释社会文化活动，包括审美与文艺活动。"①这无疑是在以文化研究的视野看待文学理论研究，也因此可谓在为文化研究合法化做论证工作了。

不过，真正将这种自觉的反思与文化研究较为直接地勾连起来，从而为文化研究做了较有力度的合法化工作的，是陶东风的《80 年代中国文艺学主流话语的反思》一文。该文首先聚焦社会学的知识框架，对 20 世纪 80 年代的主流文学理论观念进行反思，认为所谓文学自主性、文学主体性等，都是特定语境下生产出来的具有利益诉求的知识。例如，这种远离政治、凸显个体自由的思想观念，契合了主流意识形态反思极左政治的需求，因而具有思想解放的效用。然而，这种知识在 20 世纪 90 年代新的语境下已然失效，主要因为它"失去了对 90 年代中国社会文化极度复杂化了的新状况的言说能力，以及对于新产生的审美活动与艺术生产、艺术消费方式的阐释能力"②。为此，该文认为，20 世纪 90 年代，文学理论知识生产不能固守 20 世纪 80 年代的成规，而应该走具有历史化、语境化特点的文化研究式的知识生产之路。同时，出于这种研究旨趣，该文对大众文化研究的合法性进行了论说，认为应该对大众文化的生产和接受机制进行具体的分析，进而找到有效的阐释框架。不妨说，这样的结论是有说服力的，因为它既有理论的学理性证明，又有问题意识的有效引导，还深得语境的契合和支持。

至此，我们可以认为，上述诸文已然很好地完成了阶段性的文化

① 陶东风：《80 年代中国文艺学主流话语的反思》，载《学习与探索》，1999(2)。
② 陶东风：《80 年代中国文艺学主流话语的反思》，载《学习与探索》，1999(2)。

研究的合法化重建工作。简而言之，它较有说服力地告诉了人们，20世纪 80 年代以来的文学理论主导观念既不具有天然的合法性，也不具有永恒的合法性。文艺理论在 20 世纪 90 年代遭遇了危机，因此也是正常的。而文化研究的理念和方法，能够在 90 年代的社会语境下，帮助克服 80 年代以来的文学理论危机。为此之故，我们不应该因为大众文化不甚符合 20 世纪 80 年代的主导观念，就对其加以排斥和挞伐，而应该走进它，并有效地去研究它。如果不这样，就有可能导致文学理论找不到研究对象，找不到那种能够建立起与社会生活真实关联的研究对象，或者即使找到了，也生产不出有效的知识。如果联系 20 世纪 90 年代以来大众文化研究几近专门化了的现状，我们难免不会想起这样联系文学理论来言说大众文化，难道不是为大众文化研究的合法性进行论证吗？这又何尝不是要让大众文化研究浮出水面呢？答案应该是肯定的。我们甚至可以直接地认为，它已然让文学理论与大众文化研究勾连起来了，并且视大众文化研究为 20 世纪 90 年代文学理论的一种有效的知识生产方式。当然，需要说明的是，在大众文化研究的过程中，并非没有为其合法性进行过论证，但自觉联系文学理论来进行论证者在 90 年代尚不多见。这也正是上述诸文，尤其是《80 年代中国文艺学主流话语的反思》一文的重要贡献。

应该说，文化研究主动地对文学理论提出了挑战，并且获得了一定的效果。

第一，文化研究推动了文学理论的发展。以文学理论界的著名学者童庆炳的研究为例，童庆炳 1999 年发表了《文化诗学是可能的》《文化诗学的学术空间》《中西比较文论视野中的文化诗学》等文，其意是要在新的社会文化语境下提倡文化诗学的文论研究范式。不可否认的是，文化诗学受到了文化研究的影响，这一点有童庆炳之言为证："'文化诗学'这个词最早是美国的'新历史主义'提出来的，但是我在读'新历史主义'的著作时并没有很注意他们的'文化诗学'这个提法，我说的'文化诗学'更多是和'文化研究'有关。"①如果不是文化研究对童庆炳产生了影响，恐怕他不会提出"文化诗学"这一引领文学理论发展走向的研究构想。

第二，文化研究在文学理论场域中获得了一定的承认。这可以从童庆炳 2001 年的中肯评论中见出："文化研究由于其跨学科的开阔视野和关怀现实的品格，也可以扩大文学理论研究的领域和密切与社会现实的关系，使文学理论焕发出又一届青春，这难道不是一个发展自己的绝好的机遇吗？"②"'文化研究'就是从事文学理论研究的学者参与社会的主要形式之一。"③虽然童庆炳并不躬身于文化研究，甚至还对文化研究有一定的担心，但他的言论表明了文化研究在文学理论场域中占有一席之地。

事实上，文化研究的合法性论证并没有就此完成，文学理论的学科局限并没有因为文化诗学的提出而得已克服，新一轮的文学理论学科反思因此在所难免，具体表现在以下几个方面。

其一，文学理论并没有因为文化研究的影响而在研究对象方面做出切实的调整，甚至文学理论尚不承认大众文化，文学泛化的现象也没引起足够的重视，这就使得文学理论依旧不能有效回应现实中的文学/文化现象和问题。其二，文学理论的研究范式并没有调整，其言说立场、言说身份和研究旨趣并未脱胎换骨，甚至学界尚有对文学理论研究范式转向的怀疑、抵制和否认。其三，由于文化研究尚处于兴起阶段，所以它并未借文艺学学科反思获得其在学术场域中的理想位置，它与文学及文学理论的关系也远未厘清。

为此之故，在世纪之交，文化研究在借推动文学理论学科反思的

---

① 童庆炳：《植根于现实土壤的"文化诗学"》，载《文学评论》，2001(6)。

② 童庆炳、马新国：《文化诗学刍议》，载《北京师范大学学报(人文社会科学版)》，2001(3)。

③ 童庆炳：《植根于现实土壤的"文化诗学"》，载《文学评论》，2001(6)。

方式来展开合法化论证工作之时，越来越直接和自觉了。这表现在诸多的争鸣事件之中。2000 年以来所出现的一些重要的争鸣，如"文学终结论之争""日常生活审美化之争""文艺学边界之争""文学研究/批评与文化研究/批评之争"等，无疑都共享了反思文学理论合法性与建构文化研究的合法性这一问题意识。这些争鸣在 2004 年前后声势浩大，以至于有学人甚至将 2004 年视为文学理论与文化研究之间发生"战争"的年份。①

综观之，文化研究通过文学理论学科反思的方式进行合法化论证，其工作主要从以下两个方面展开。

第一，从学理上，特别是从研究对象、研究方法的角度对文学理论展开反思，借此论证文化研究的合法化。就文献看，它主要与米勒的《全球化时代文学研究还会继续存在吗？》及陶东风的《日常生活的审美化与文化研究的兴起——兼论文艺学的学科反思》等文有关。②

米勒一文先论证电信时代的文学终结了，然后声称文学研究不合时宜，并下结论道："文学研究又会怎么样呢？它还会继续存在吗？文学研究的时代已经过去了。再也不会出现这样一个时代——为了文学自身，撇开理论的或者政治方面的思考而单纯去研究文学。那样做不合时宜。我非常怀疑文学研究是否还会逢时，或者还会不会有繁荣的时期。"③米勒回应德里达所谓文学终结论，抽空了文学理论的研究

---

① 参见张法：《文学理论与文化研究之争——对 2004 年一种学术现象的中国症候学研究》，载《天津社会科学》，2005(3)。

② 需要说明的是，尚有诸多文献对文化研究的合法化有重要效用，因篇幅所限无法一一列举。比如，李春青的《文化研究语境中的文学理论建设》(《求是学刊》2004 年第 6 期)等文也能起到为文化研究进行合法化论证的作用。李西建的《文化转向与文艺学知识形态的构建》(《文学评论》2007 年第 5 期)一文对于文化研究之于文学理论知识建构的积极意义进行了挖掘。这里主要选取文化研究代表人物的相关文献。

③ [美]J. 希利斯·米勒：《全球化时代文学研究还会继续存在吗？》，载《文学评论》，2001(1)。

对象。同时，米勒对未来文学研究的描述与文化研究契合，因为通过文化研究展开文学研究往往不是为了文学自身，这常常被文学理论所不齿，但米勒在此文中似乎将此视为不可阻挡的未来趋势而加以认同。这对于文学理论而言无疑是一个巨大的打击，但对文化研究的合法化论证来说却起到了不小的作用。

2002年，陶东风又直接从研究对象入手，对文艺学展开反思，写就了一篇影响力巨大的长文——《日常生活的审美化与文化研究的兴起——兼论文艺学的学科反思》。该文先对文学泛化现象进行了学理性的描述，并将之命名为"日常生活审美化"，然后指陈文学理论学科对这一新审美现象关注不够，而且由于没有调整思维、观念和方法，因此也不可能甚至没有能力去关注，此时文学理论只有走向文化研究方有转机。陶东风写道："文艺学研究的当务之急是重建文艺学与现实生活之间的有机的、积极的联系。在这里，自律论文艺学那种局限于文艺内部的所谓'内在研究'方法已经很难担当这个使命。我们应当大量吸收当代西方的社会文化理论，结合中国的实际，创造性地建立中国的文化研究/文化批评范式，这样才能有效地解释当代文艺与文化活动的变化并对其深刻的社会原因做出分析。这是文化研究/文化批评历史性出场的现实要求。"[①]陶东风此文的写作目的非常明确，一方面是要反思文学理论学科，另一方面则是要为文化研究进行合法化论证。该文代表了文化研究合法化的典型方式。

此外，金元浦的《别了，蛋糕上的酥皮——寻找当下审美性、文学性变革问题的答案》《文艺学的问题意识与文化转向》及《重构一种陈述——关于当下文艺学的学科检讨》等文，也从研究对象入手对文学理论学科展开了有影响力的反思，其核心观点包括以下两个方面。

一方面，在后现代消费文化语境下，文学理论的研究对象已经不

---

① 陶东风：《日常生活的审美化与文化研究的兴起——兼论文艺学的学科反思》，载《浙江社会科学》，2002(1)。

再想当然地是过去的文学了，文学已经发生了文化转向，也就是说文学具有文化性，文学泛化是为了文学性。这一点，也是 20 世纪 90 年代以后我们在中国尤其是某些发达地区所能发现的，所以金元浦先生说："我国文化艺术场域发生了整体转型，它不再是原来意义上的'文学'和'艺术'了。它在越界、在扩容、在转型，经过'学科大联合'的交叉、突破，重新选择和确定自己的对象与边界。"①另一方面，面对文学的改变，文学理论也只好发生相应的改变，并且只能通向文化研究转型来应对现实，才能带领文学理论从困境中突围出来。② 金元浦诸文旗帜鲜明地为文学的文化转型和文学理论的文化研究转向辩护，既起到了反思文学理论学科的作用，也取得了为文化研究合法化论证的效果。

第二，从知识生产的建制方面，直接挑战文学理论学科，从而达到反思文学理论学科和论证文化研究合法化的双重目的。其方式主要包括以下四种。

一是召开相关学术研讨会。以直接命名为"文学理论与文化研究"的学术会议为例，世纪之交的 1999 年，学界在首都师范大学召开了"文学理论与文化研究"学术会议，围绕着"文化研究的历史、特征与概况""如何评价中国 90 年代的文化研究、文化批评以及它与西方文化研究的关系""中国文学研究中的文化研究方法的适用性及其成果""关于文化研究与文化领导权以及知识分子的关系"等问题展开了积极研讨。③ 我们可以从研讨的主题中见出本次会议其实是以文化研究为主角的，明显起到了在学界扩大文化研究声势的效果。

接着，2000 年 4 月，学界又在北京师范大学召开了"文艺学与文化研究"专题研讨会。从事后的会议综述可以见出，虽然会议对

---

① 金元浦：《别了，蛋糕上的酥皮——寻找当下审美性、文学性变革问题的答案》，载《文艺争鸣》，2003(6)。

② 参见金元浦：《文艺学的问题意识与文化转向》，载《中国人民大学学报》，2003(6)。

③ 参见陶东风：《"文学理论和文化研究"研讨会综述》，载《文艺研究》，2000(3)。

文化研究有所警惕，并寄希望于从文化研究转向文化诗学，但毕竟如会议综述所写："代表们认为，世纪之交文学理论要有所突破，就要从文化研究中汲取营养，这是文艺学界希望文学能够更多地触及社会和现实问题，希望文学研究正面应对大众文化崛起而形成的必然要求。根植于现实土壤中的文化研究是社会所推动的历史的必然，是文艺学发展的一种新趋势。"①这明确地表达了对文化研究的积极肯定，而且这种积极肯定，几乎无一不是针对故有的文学理论的。即使主张走文化诗学之路，这也是在反思了文学理论的局限之后做出的选择，似乎证明文化研究视野下的文学理论反思起到了作用。因此，我们不可否认任何一次有关会议的召开。也许由于在会议上人们可以面对面交流，而且会议会使得某一论题在学界被集中讨论，因此其效果不可小觑。② 如果不是举办了这两次会议，文学理论学科反思与文化研究合法化论证也许依然会进行下去，但其进程恐怕不会这么快。③

此外，还有很多不是直接以文化研究与文学理论为名的相关会议，它们也自觉不自觉地从文学理论学科反思的角度切入文化研究的合法化论证，起到了一定的推动作用。④

二是创办学术刊物和网站。1999 年首都师范大学在召开"文学理论与文化研究"会议的同时也开展了《文学前沿》创刊的座谈

---

① 陈雪虎：《走向文化诗学的文学理论——"文艺学与文化研究"学术研讨会在京举行》，载《文学评论》，2000(4)。

② 比如，每次举办会议之后，就会有专题讨论文章。或者可以说，会议会促使学人写相关文章，引领学术走向。这是值得重视的现象。

③ 值得一提的是，米勒的文学"终结说"，如果不是因为 2000 年的会议，恐怕其影响不会那么大。因为之前米勒就在中国发表了类似的文章《全球化对文学研究的影响》，可反响较小。

④ 比如，2001 年 4 月，在扬州大学举办的"全球化语境中的文学理论研究与教学"讨论会上，学者也就文化研究与文学研究的问题展开了讨论。参见佴荣本、陈学广：《开创文学理论研究和教学的新格局——"全球化语境中的文学理论研究与教学"学术研讨会综述》，载《文学评论》，2001(5)。

会。此刊虽不是文化研究的专门刊物，而且也非连续出版物，但第一辑、第二辑就配合1999年的"文学理论与文化研究"会议，刊登了不少文化研究文章，多少取得了反思文学理论、彰显文化研究的效果。① 2000年，陶东风先生和诸位学人共同主编的大型学术刊物《文化研究》创刊。这份在业内颇有影响力的刊物，对文化研究的传播，同时对文化研究的合法化论证起到了重要作用。此后，金元浦创办了文化研究网站，盛况空前，几乎把重要中青年学人的相关成果都纳入了该网站，这对文化研究合法化所起到的作用是无论怎样估计都不过分的。

三是组织专题讨论。《浙江社会科学》、《文艺争鸣》、《文艺研究》、《文学评论》、《河北学刊》、《江西社会科学》、《求是学刊》②、《社会科学战线》③等刊物纷纷策划专题栏目，自觉不自觉地参与了文学理论学科反思与文化研究合法化论证的工作。

四是建立文化研究机构和设置学科人才培养方向。建立研究机构往往是走体制化道路，从一个方面说，这恐怕是文化研究合法化最为

---

① 1999年，新创刊的《文学前沿》刊发了不少文化研究文章，主要包括徐贲《90年代中国文化争论和国族认同问题》、邵建《自我的扩张：90年代文化批评的一种症候》、吴炫《文化批评：走向"本体性否定"》、解玺璋《文化批评的文化偏见》、葛红兵《走向更高的综合——也谈"文化批评向何处去？"》、赵宪章《文化学的疆界与文化批评的方法》、程光炜《文学理想的陷阱——对90年代文学与文化批评的一点思考》、王宁《面对全球化：从文学批评走向文化批评》、黄卓越《文化批评与文化研究》、陶东风《文化研究对于文学理论的挑战》、王逢振《文化研究和文学研究的关系》、金元浦《文化研究的视野：大众传播与接受》、李耿晖《对文艺学科的关怀与反思》、罗筠筠《全球化语境中的文化与文学》等文。虽然那时学者对文化研究的理解存在偏差，但更可以看出它说文化研究已成为一种学术时尚。

② 2004年第6期《求是学刊》，发表了一组名为"文化研究语境中的文学理论"的笔谈，包括李春青《文化研究语境中的文学理论建设》、黄卓越《从文化研究到文学研究——若干问题的再澄清》、张振云《谈谈文化研究的适用性问题》、王志耕《文化研究视域中的比较文学》等文。

③ 2002年第3期《社会科学战线》，发表了一组题为"文学研究中的文化批评模式"的笔谈，包括王宁《全球化时代文化批评的新方向》、陶东风《跨学科文化研究对于文学理论的挑战》、张荣翼《文化批评：理论与方法》、方汉文《文学逾越与文化形态模式》。

成功的方式。虽然这种方式可能与文化研究的初衷不一。或也因此可以理解，为什么早在 1995 年，戴锦华就在北京大学设立了文化研究机构，但她却颇有意味地称之为"文化研究工作坊"，以凸显其反体制的民间特点。然而，这毕竟是一种反体制的体制化，多少推动了文化研究的合法化。2004 年，上海大学文学院文化研究系成立，并单独招收、培养硕博研究生，这的确是"硬着头皮挤入现行大学体制"①，无疑是文化研究合法化的典范。在设置学科方向方面，四川大学 2002 年就开始将文化研究设定为二级学科，开启了体制内人才培养的先河。其对文化研究的合法化所起到的作用不可低估。② 但不可否认的是，文化研究机构，特别是文化研究学科方向的设置往往都在文学系中，而且在文艺学一级学科之下，我们不能无视其与文学理论学科的某种关联。

恐怕正是基于上述情况，有学者曾不无道理地写道："自'文化研究'引入国内学术界以来，各知识学科中以文学界对之的推介最为热衷。"③而这种推介，往往通过文学理论学科反思的方式来进行。这是

---

① 王晓明：《文化研究的三道难题——以上海大学文化研究系为例》，载《上海大学学报（社会科学版）》，2010(1)。

② 对于文化研究合法化过程中与体制的关系问题，我们非常认同陶东风的观点："文化研究的体制化并非必然是文化研究的末日！简单地把文化研究与体制对立起来，过度强调文化研究必须完全脱离体制，在目前情况下是一个难以实现的乌托邦，甚至只能使它陷入穷途末路（光一个经费问题就几乎难以解决）。文化研究在当下中国的发展，一方面需要文化研究学者们对学术的执着信念，以及所谓'自由之精神，独立之思想'；另一方面，我们应当看到，当下的大学体制并不是铁板一块，政府和大学甚至都不同程度地在倡导跨学科研究，鼓励成立相对独立于学科樊篱的、问题导向的、着眼于公共参与的研究机构！因此，文化研究者经过努力可以利用体制让渡出的空间、体制内的资源开展研究，这当然需要研究者的智慧和策略。有些论者往往一方面过分夸大了文化研究的'纯洁性'，或者把批判性、独立性与彻底脱离体制等同起来，另一方面也过分夸大体制的封闭性和僵化程度，进而把两者彻底对立起来。"参见陶东风：《文化研究：在体制与学科之间游走》，载《当代文坛》，2015(2)。

③ 黄卓越：《文化研究的谱系学及与文学研究的关系》，见张晶、杜寒风：《文艺学的走向与阐释》，68 页，北京，北京广播学院出版社，2003。

不可否认的。

第二节　文化研究的反思：在文学理论的视野下

通过文学理论学科反思，文化研究逐渐合法化了。但是，在这一合法化的过程中，文化研究也遭遇了文学理论学科的反思。这恐怕是文学理论学科反思的另一种方式。与文化研究反思文学理论不同，这种反思主要是从文学理论学科的角度反思文化研究，其旨归是指陈文化研究的局限。综观之，它大体是从以下三个方面进行的。

首先，是外部研究的问题。

在文化研究兴起之前，文学理论研究主要谈论文学的审美特征，讨论文学的语言、文体和叙事技巧、文本风格等，并以鉴别文学的等级为乐，这被视为文学理论的"内部研究"，也契合了人们要避免意识形态干扰学术研究的正当诉求。因此，内部研究在学人心目中似乎天经地义，几近成为文学研究的正宗。对此，旷新年曾从文学批评的角度予以了精彩的论述："在80年代初，'新批评'等西洋理论传销进来以后，文学经历了一个'除魅'的过程。中国的文学批评于是有了所谓'内部研究'与'外部研究'的区别，'内部研究'要比'外部研究'来得高贵。文学要摆脱意识形态的附庸的地位，返回到所谓'文学自身'。文学批评要抛弃陈旧过时了的社会学的批评方法，转向形式的批评。80年代的批评家打着灯笼要去寻找'文学性'。可是在90年代他们玩了一阵文学或文学性之后，才突然发现文学不见了。尤其是在跳了一阵后现代主义的脱衣舞之后，文化批评取代了文学批评。"[①]对旷新年的这种描述，如果我们暂不论其意图，则可以看出他也是以内外之分来区分文学批评与文化批评的，而文化批评固然是外部批评。杜书瀛曾

---

① 旷新年：《无居随笔》，139页，昆明，云南人民出版社，2001。

以旷新年的这一描述为例，来描述"新时期文论轨迹"的"内转外突"，并强调说："文化批评显然是接近于'外部研究'倾向的一种批评。"①不过，杜书瀛对于外部研究与内部研究的划分持一种较为中和的判断："我们的现代文艺学，既需要所谓'内部研究'，也需要所谓'外部研究'，更需要'内''外'结合的研究。以'外部研究'排斥或代替'内部研究'，以'内部研究'排斥或代替'外部研究'，都是有害的、片面的。应该避免各种片面性。"②

外部研究与内部研究的划分，在中国恐怕是受了韦勒克等人《文学理论》的直接影响。③ 这种内外的划分只要不二元对立起来，以至于视内部研究或外部研究为低级研究，或不是文学研究，则也无妨。④但问题是，我们往往很难做到一视同仁，以至于当我们将文化研究视为外部研究的时候，其实更多的是在对文化研究进行负面的判断。在文化研究合法化的过程中，有不少学人正是如此指责文化研究/文化批评的。例如，阎晶明认为，20 世纪 90 年代，"文学批评就这样被文化批评取代，成为无足轻重的唠叨陪客，对作家作品的具体阐释成为不入潮流和缺少思想锋芒的可怜行径"⑤。基于这种判断，他认为，文学批评应当回到"自身"，回到"文本阐释"，"这是文学批评不做文学

① 杜书瀛：《内转与外突——新时期文艺学再反思》，载《文学评论》，1999(1)。

② 杜书瀛：《内转与外突——新时期文艺学再反思》，载《文学评论》，1999(1)。

③ 鲁枢元 1986 年 10 月 18 日发表在《文艺报》上的《论新时期文学的"向内转"》一文，恐怕也影响了我们的内外之分。

④ 童庆炳也曾在 1999 年会议上发言称，文学理论的外部研究与内部研究并无高下贵贱之别。这是非常中肯的。参见郦因素：《文学理论：留给二十一世纪的话题——1999 世纪之交：文论、文化与社会学术研讨会综述》，载《文学评论》，1999(4)。此外，童庆炳在回答《当代文坛》提问时也说："文化批评从'新批评'派的观点看来，就是'外部研究'。其实，从世界文学批评史看，文学批评总是在'内部'和'外部'之间游动，它们各有各的功能，无'高低贵贱'之分。"参见吴义勤、童庆炳等：《关于今日批评的答问》，载《南方文坛》，1999(4)。

⑤ 阎晶明：《批评：在文学与文化之间》，载《太原日报》，1999-09-06。

附庸、不被文化湮灭的必经之路"①。吴义勤更是直截了当地认为："文化批评说到底仍是一种外在研究，从批评思维上说，它与先前的社会学批评并无本质的差别，因此，它仍存在强加给文学太多的'意义''象征'，从而使文学非文学化的危险。"②

其实，外部研究与内部研究的划分只是一种策略性的划分，并没有纯粹的所谓外部研究、内部研究。外部研究中有内部研究，内部研究中有外部研究。即使研究所谓内部的文学审美，也并不是没有社会政治的映射诉求；文化研究诚然有强烈的政治诉求，但也不是不对文本展开细读，完全脱离文学直接言说政治的研究。对此，陶东风做了很深入的辨析。

其一，陶东风区分了文化研究、文化批评与文学批评。为了不引起误解，他区分了广义的文化研究和狭义的文化研究，并把狭义的文化研究命名为文化批评。文化批评是文学批评的一种。因此，不应该将文学批评与文化批评相对。按照约定俗成的观点，文化批评应该与审美批评相对。人们认为文化批评是外部批评，乃是因为认定审美批评是内部批评，并且认为内部批评才是文学批评，而作为外部批评的文化批评并不是文学批评。陶东风认为，这是一种偏见。因为文学批评的形态不可能只有一种，也无所谓高下。倒是为什么在某一时期某种文学批评理论和方法会被建构为主流的文学批评才是值得研究的。

其二，就算文化批评是外部批评，也不能因此就认为它不需要也不会如内部批评一样细读文本，因为"文化批评虽然不是以揭示文本的'文学性'为目的，但却不是脱离文本的'离弦说像'"③。而且，文化批评无论在方法上还是观念上，其实都受到了内部批评所津津乐道的

---

① 阎晶明：《批评：在文学与文化之间》，载《太原日报》，1999-09-06。
② 吴义勤、童庆炳等：《关于今日批评的答问》，载《南方文坛》，1999(4)。
③ 陶东风、徐艳蕊：《当代中国的文化批评》，35 页，北京，北京大学出版社，2006。

语言学和结构主义的影响。就方法来看，诸如叙事结构分析、语言形式研究和文本细读是文化批评所重视的，也是文化研究所需要的，这一点早已被文化研究学者所承认："主要的人文科学，尤其是语言学和文学研究，已经发展出了文化分析所不可或缺的形式描述手法。"①就观念来说，文化批评认同了语言学转向所表明的世界文本化、符号化，同时也接受了语言学转向所带来的文化唯物主义的观念及文化建构主义观念，甚至以此为哲学基础，这都表明了文化研究/文化批评并不轻视文本、符号。

其三，文化批评与审美批评或形式主义批评的差异在于目的和旨趣的不同。简言之，文化批评不把文本视为自主的客体，其研究的最终目的不是揭示文本的审美特性，而是"旨在揭示文本的意识形态，以及文本所隐藏的文化—权力关系"②。

应该说，陶东风的辨析有助于我们弄清楚文化批评，它至少告诉我们文化批评即使是外部批评，也不是不对文本进行分析，只是它分析的目的不同于审美批评，但我们不能因此判定它与审美批评就是敌对的关系，更不能因此认为它不是一种文学批评。

其实，只要我们对文化批评有基本的了解，就不至于误解甚至不计较其所谓的外部研究了。这一点可以从阎晶明身上见出。在理解了文化批评之后，他甚至呼吁："文学批评家应当具有文化批评的眼光。""从文学出发，又超越文学，把文化、政治和社会现象视作一部文学作品来有细节地解读。在当下中国，这样的期盼非常迫切。"③阎

---

① ［英］理查德·约翰生：《究竟什么是文化研究？》，见罗钢、刘象愚：《文化研究读本》，29 页，北京，中国社会科学出版社，2000。

② 陶东风、徐艳蕊：《当代中国的文化批评》，37 页，北京，北京大学出版社，2006。

③ 阎晶明：《批评的眼光、态度和风格》，载《文艺研究》，2005(9)。

晶明所言，从一个侧面表明了文化批评/研究终于被文学研究接纳了。① 其之所以被接纳，恐怕在于文化批评的视野、方法对于有效理解文学不无助益。②

其次，是文学自主性的问题。

对文化研究的另一个反思是说，文化研究不坚守文学自主性，而是把文学及文学研究视为工具。这是违背当前我们追求现代性的大方向的。钱中文《全球化语境与文学理论的前景》一文即持此论。他认为，我们的文学理论要面向现代性，而文化研究以后现代性为主导，现代性的文学理论是自主的文学理论，是把文学视为文学的理论。文学是有其独特性的，是艺术思维的产物，那些不能引起审美感受的文字是不会成为文学艺术的。但文化研究却看重文学及文学研究的社会性、政治性，这与 20 世纪 90 年代以来的文学和文学理论诉求不符。③

----

① 在质疑文化研究的过程中，还有一种与质疑文化研究为外部研究相似的说法，即文化研究不研究文学，不是文学理论。参见钱中文：《全球化语境与文学理论的前景》，载《文学评论》，2001(3)。其意思至少有两点。其一，文化研究不以文学为研究对象，而是转向了大众文化研究，因此这样的文化研究与文学理论不相干。对此，赵勇写道："这样的担心与忧虑当然不是没有道理的，但其道理也只是建立在对文学理论本质主义的留恋之中。"参见赵勇：《新世纪文学理论的生长点在哪里？》，载《文艺争鸣》，2004(3)。换言之，泛化之后的文学已然具有文化属性，在这种情境下，仍旧坚持故有的文学理论范式，恐怕并不能获得关于文学的有效阐释。其二，即使文化研究以文学为研究对象，但它并非在研究文学，而主要是在谈论政治，这样的研究也不是文学理论。其实，这是另一类型的文学理论，除非文学理论只是形式分析。

② 有学者提出中国文学理论在转入文化研究之时缺乏内部研究的训练，这一点倒是值得我们重视。例如，易晓明写道："有一个值得注意的问题，即西方的理论研究的运行轨迹，符合历史发展规律的螺旋式上升。它的物极必反，构成了充分的挖掘，充分的平衡，'内部研究'与'外部研究'全方位发展，最后达到文学研究的全面发展。而通过中国理论界对国外研究理论的接受可以看出，中国的理论界是在赶潮，它是跳跃式的，缺乏螺旋式上升的必要环节。中国的理论界并未像西方那样做了几十年'内部研究'的扎实工作，实际上是从社会历史批评的视野，迅速又跳入了外部'文化研究'的视野，从'外部研究'到'外部研究'，缺乏对文学本身内部结构的深入探索与研究这一重要的环节。"参见易晓明：《从"外部研究"到"文化批评"——对外国文学研究的思考》，载《文艺报》，2001-10-30。

③ 参见钱中文：《全球化语境与文学理论的前景》，载《文学评论》，2001(3)。

钱中文对文学理论学科的反思，彰显了文学理论与文化研究的冲突。他之所以会反对具有后现代性的文化研究，乃是源于他依然试图通过文学理论为文学立法，既而表达对现代化的认同。他不认同将文学理论定位于有效阐释当下文学文化现象的后现代做法，因为他很担心文化研究的后现代性会对包括文学在内的整个社会现代化产生不良的干扰。①

吴炫在《中国当代文化批评的五大问题》中也认为，文化研究会消解文学独立之现代化走向。在他看来，现代中国文学以西方现代性为参照，追求文学自主性，虽然有亦步亦趋之嫌，"暴露出艺术无力或文化错位问题"，但总体而言是值得肯定的："近则具有摆脱文学充当政治和文化的工具之现实意义，远则具有探讨中国文学独立的现代形态之积累的意义。"②然而，文化批评却中断了这一现代性追求的进程，不再关注文学自身的独立性问题了。

吴炫接着比较了中西文学现代性的差异，他很敏锐地发现中国文学独立性的缺失与"没有根本改变被意识形态制约的格局"，"没有改变文学对商业利益、生存快乐时尚的依附"有关。基于此，吴炫认为："中国文学的本体论和独立性问题，不一定是西方式的'对抗'和'超越'于现实的，而很可能是'亲和'现实又能'穿越'现实的；中国文学和作家的独立性问题，不一定是游离于现实政治的另一种政治性和审美性的'对抗'阶层，而是一种在现实政治中以自己的创造性穿越现实束缚的力量。"③应该说，吴炫的看法很切合本土语境。简而言之，他

---

① 很多学人担心文化研究会破坏文学、文化甚至社会的现代性，因而对文化研究保持警惕，甚至有学人用现代性来化解文学研究与文化研究之争。比如，赖大仁先生曾写道："在学术主张上是提倡坚守文学研究的立场，还是倡导走向文化研究的立场，这本身并不重要，重要的是在文学研究或文化研究中坚守一种什么样的价值理念与实践精神。"参见赖大仁：《全球化语境与文学研究的转向——近年来"文化研究转向"问题讨论述评》，载《江汉论坛》，2004(7)。

② 吴炫：《中国当代文化批评的五大问题》，载《山花》，2003(6)。

③ 吴炫：《中国当代文化批评的五大问题》，载《山花》，2003(6)。

要表达的恐怕是，在现代性分化并不能保证文学完全独立生存的条件下，中国文学的自主性不应是远离现实，而应是超越/穿越现实。如果我们对吴炫的意思理解得不错，那么他担心文化批评/文化研究会消解文学现代性这一点无疑是多虑的。文化批评正是强调文学/文化的独立价值，并且试图通过文学/文化批评的方式来参与公共领域，既而实现文化理想。它正好反对那种因文学要保持自主性就非要远离社会生活的主张。但文化批评在声称介入社会现实，关注生活实践之时，并不是要将文学/文化以及文化批评自身工具化，否则它便不会坚持边缘化立场了。

对于吴炫等先生质疑和担心文化研究消解文学自主性、反现代性的问题，陶东风先生进行了回应。陶东风区分了文学自主性的两个层面：一是制度建构的层面，二是观念方法的层面。前者是自主的文学场的制度建构问题，后者是具体的文学观念及文学研究方法的问题。他认为，文学自主性消解的根本不在于文学观念及其研究方法的自律与他律，而在于有没有一个自主的文学场。自主的文学场是一个多元、宽容的文学场，有现代制度的保证，因此可以说："文学场的独立性不过是言论自由的现代民主精神在文学领域的制度化表现而已。"①有了这样的文学场，文学的自主性就会有保证，因为场内的任何观念恐怕都没有借助制度的力量来干预文学自主的可能，而场外的力量更难以直接进入文学场影响文学自主性。显然，文化批评作为一种即使有他律倾向的文学观念及研究方法，并没有威胁文学场的自主性，事实上也不能因为文化批评的文学观念及研究方法就判断它是反现代的、反自主的，否则就会出现把鲁迅、梁启超视为反现代的笑话。陶东风因此得出结论说，不能根据文学观念及研究方法就判断其现代与反现代，关键要看它是否借助制度性力量干预文学场。

---

① 陶东风、徐艳蕊：《当代中国的文化批评》，40 页，北京，北京大学出版社，2006。

其实，文化研究并不反对现代性，一如后现代性也可能是现代性的高级阶段一样，后现代性还可能使得现代性更现代性。在文化研究看来，文学只有参与公共领域，才有可能改变不现代的环境，只是文学的参与不是那种完全他律的参与。从这个方面来说，坚持文学自主性是有道理的，也是文化研究所赞成的。文化研究只是担心，如果文学及文学理论固守在现代体制之下，远离公共世界，这样的文学及文学理论即使有自主性与现代性，恐怕也无济于事。

虽然在文学理论学科视野下，人们对文化研究进行了深入的质疑和反思，但文化研究并没有因此被文学理论所否认。对此，我们非常认同李春青所言："文化研究是当今人文社会科学领域富有生命力和积极意义的一种研究路向，也可以说是一种真正适应现代社会生活状况与文化状况的研究模式，因此人文社会科学领域的任何一个学科无视这种新的研究路向的存在都是不可思议的。文学理论不能为文化研究所取代……但是文学理论必须借助于文化研究提供的新思路来丰富自己。甚至可以说，当今的文学理论只有成为文化研究语境中的文学理论才是有前途的。"①

最后，是庸俗社会学的问题。

因为文化研究有强烈的参与社会的诉求，并表现出明显的政治特性，因此有学人担心文化研究是否会让文学沦为阶级斗争的工具，并重新成为政治的附庸。比如，童庆炳就曾有这种担心，并且说文化研究甚至勾起了他对"文学为政治服务"那个年代的不良记忆。②

对此，陶东风做了很好的回应。他认为，只要理解了文化研究的以下三点改变，我们就可以消除这种担忧。

第一点，文化研究扬弃了机械的反映论。文学研究中的机械反映

---

① 李春青：《在审美与意识形态之间——中国当代文学理论研究反思》，61 页，北京，北京大学出版社，2006。

② 参见佴荣本、陈学广：《开创文学理论研究和教学的新格局——"全球化语境中的文学理论研究与教学"学术研讨会综述》，载《文学评论》，2001(5)。

论往往忽略文学独立自主的特性，把文学视为对经济基础的简单直接的反映，因此粗暴地将文学还原为经济基础。这给曾经的文学研究带来了诸多灾难，让人心有余悸。文化研究深受语言学转向的影响，并不认同这种机械反映论，而且建构了文化唯物主义，认为语言文化本身就具有物质性，是社会实践方式之一，具有自身的独立性。对这一点，霍尔有很好的表述："文化已经不再是生产与事物的'坚实世界'的一个装饰性的附属物，不再是物质世界的蛋糕上的酥皮。这个词现在已经与世界一样是'物质性的'。"①文化研究正是因为改变了对文学/文化的看法，因此才特别重视研究文学/文化的表意实践活动本身，同时也重视文化经济、文化产业新变化。这都是它不再认同庸俗唯物主义的表现。

第二点，文化研究克服了简单化的阶级论。简单化的阶级论把社会关系简单、机械地还原为阶级关系，然后又将阶级关系与经济基础直接关联起来。这种庸俗社会学的认识模式不能有效分析文艺作品，并且对作者和读者造成了巨大伤害。文化研究突破了这种简单化的阶级论分析框架，转而去关注社会关系与权力关系的复杂性。即使关注阶级，它也不直接将文本之内的阶级状况与文本之外的阶级现实画等号。因此，文化研究有自觉的自主性防护意识，而且其研究本身也没有被现实直接利用的主观意愿。这恐怕是值得肯定的。

第三点，重新理解政治学意义上的政治和文化/文学研究意义上的政治。文化研究有强烈的政治诉求，但是此"政治"非彼"政治"。文化研究的政治是学术政治，不是阶级政党的政治。陶东风先生为此写道："文化研究中说的政治，实际上是指社会文化领域无所不在的权力斗争，支配与反支配、霸权与反霸权的斗争，是学术研究

---

① 陶东风、徐艳蕊：《当代中国的文化批评》，40 页，北京，北京大学出版社，2006。

（包括研究者主体）与其社会环境的深刻牵连。任何人文科学研究都无法完全不受其存在环境的影响，而这个环境必然是渗透了权力的，所以，只要是扎根于社会现实土壤中的人文学术研究，就很难避免这个意义上的政治。"①也就是说，文化研究承认任何表意实践活动都不可能是纯粹的，都有意识形态，都有乌托邦愿景，都有立场利益，都会产生塑造性和再生产性。也正是这种不可摆脱的政治特性，使得文化研究特别重视分析文学/文化生产、流通与消费活动整个过程中的权力关系。

总之，文化研究扬弃了庸俗社会学。换言之，我们也可以认为它抛弃了庸俗化了的马克思主义，而走向了文化马克思主义。因此，从英国文化马克思主义的变化中可以看出，我们对文化研究的担心是多余的："英国文化马克思主义，源于努力确定对英国的社会主义理解。这种理解考虑了战后的变化。这些变化似乎逐渐破坏了传统马克思主义对工人阶级的设想，这些变化还质疑了传统左派对政治和经济范畴的绝对依赖。文化马克思主义者首要关注的是：重新定义结构和动力之间的关系，因为传统社会主义的动力即工业的工人阶级正遭受质疑。他们试图认识战后研究的特征，重新定义社会斗争，阐明与发达资本主义社会中民主的和社会主义的政治相适应的新的抵抗形式。在这个计划中，处于核心地位的是'文化'。它一方面指示了这种政治被重新思考的领域，另一方面认识到这个领域是政治斗争的场所。就这点而言，英国文化马克思主义与主流马克思主义传统——尤其是斯大林主义、机械主义和经济主义——划清了界限。"②当然，要注意的是，文化研究是扬弃了庸俗马克思主义，而不是抛弃了马克思主义。因为马克思主义政治经济学对于文化研究而言，依然是值得借鉴的，正如

---

① 陶东风、徐艳蕊：《当代中国的文化批评》，40页，北京，北京大学出版社，2006。

② ［英］丹尼斯·德沃金：《文化马克思主义在战后英国——历史学、新左派和文化研究的起源》，5页，北京，人民出版社，2008。

有学人所指认的那样："把文化文本置于其产生和分配的系统中是非常重要的，这种做法经常被称为文化的'政治经济学'。"①

第三节　文化研究往何处去：一种文学理论学科反思

从文学理论学科的角度对文化研究进行反思之后，我们有必要在文学理论的语境下对文化研究进行再反思。这也可以算得上是另一种文学理论学科反思，且理由有二。其一，文化研究与文学理论关联密切，如果意识到文学已经转向文化了，那么文化研究或文化理论甚至可以被视为我们今日的文学理论。因此，对文化研究的反思，其实也是对文学理论学科的反思。其二，即使认为文化研究的归文化研究，文学理论的归文学理论，对文化研究的反思也不可说与文学理论无关，因为文化研究在中国的兴起乃至合法化论证与文学理论关联特别密切。一如上述所言，文学理论学科反思实乃文化研究合法化论证的一重要方式。

文学理论学科反思与文化研究合法化论证，如果被视为一场"战争"的话，应该说，即使放到今天来看，也并非有了结果，恐怕最终也难分胜负。如果这种判断合乎实情的话，那么文化研究是否还要为承认而战？文化研究这种号称"反学科"的"流动型"知识还有必要将自身塑造为一种反思文学理论合法性和建构自身合法性的知识形态吗？文化研究又该往何处去？对此，我们认为，文化研究的合法性工作当然要继续进行，它对文学理论的影响依然要主动争取，但是这些工作要针对其存在的问题和难题来展开。

对于当今文化研究的问题和难题，我们不妨先列举一二。其一，文化研究的发生最早是在文学研究领域，其合法性论证工作也主要实

---

① ［美］道格拉斯·凯尔纳：《批评理论与文化研究：未能达成的结合》，见［英］保罗·史密斯等：《文化研究精粹读本》，148～149页，北京，中国人民大学出版社，2006。

施在文学研究领域，这就限制了文化研究自身的发展，框定了视野与格局，背离了其自称的后学科/反学科特性。其二，文化研究自发生以来就一直在争取承认，其合法性论证工作恐有过度之嫌，而且其论证方式也主要是"说"，具体的"做"则明显不足，这就使得文化研究的知识特性（如实践性）很难发挥出来。其三，文化研究的影响主要是在文学研究领域内，虽然后来也辐射到了其他学科，但它与公共领域及社会生活世界的关联不很紧密，更遑论批判性地介入社会乃至改造社会了。

文化研究的这些问题的解决不是一朝一夕之功，我们也不是因此要否认此前的一些工作。毋宁说，反思的目的是推动文学理论学科反思视野下的文化研究更好地发展。因此，我们提出有关文化研究未来发展的几点意见。

首先，让"文化研究文化研究化"。

如今，文化研究已有自己适度的生存空间。我们因此不妨在当前所达到的阶段性合法化基础上，暂缓那种借反思文学理论局限和言说文化研究优点来获取自身合法性的做法，而是有意识地让"文化研究文化研究化"。也就是在我们对文化研究已然有了一定的理解之时，告别"说"文化研究，而重视"做"文化研究。恐怕也只有如此，方可保持文化研究的"实践性品格、政治学旨趣、批判性取向、开放性特点"①。换言之，文化研究合法性的建构，如今要通过行动的方式来实现了。我们再也不能将文化研究的工作进程停留在发生时期的知识介绍和理论言说上，相反地，我们要语境化地理解文化研究，落实好文化研究的理念、方法，"把对文化研究的理论兴趣转向具体的个案分析"②。比如，采取民族志的方法展开切实的文化研究。又如，借文化

---

① 陶东风：《文化研究：西方话语与中国语境》，载《文艺研究》，1998(3)。
② 盛宁：《走出"文化研究"的困境》，载《文艺研究》，2011(7)。

研究的个案实践方式参与公共领域的建构。①

　　其实，文化研究按其特性来说，本就是偏于行动的实践性知识，因此，我们引进文化研究不是为了获得并炫耀一种新的理论知识，恰恰相反，应该是为了改变将知识过度学科化、书斋化、学术化的状况。这一点，多年前就有学人意识到了："文化研究属于一种实践性甚强的学科，这决定了它的意义生产对其实践性模式的依赖，这也是它与过去引进的许多西学理论有所不同的地方。"②虽然我们不否认"说"的文化研究，也不是拒绝对文化研究做理论探讨，但是仅仅"说"文化研究，特别是"说"那种不是原发于我们的文化研究，将使得我们永远产生不了自己的文化研究。这样的话，我们就永远不是在从事科学研究，而只是在技术性地使用别人的研究，最终只能落得文化研究在中国，而不会有中国文化研究。这并非狭隘的民族主义在作祟，而的确是因为"做"文化研究才符合文化研究的初衷，而在"做"文化研究的时候，才有可能生产出新颖而有效的文化研究理论。否则，就真的会出现这样的情况："尽管在推介上显得十分热烈，但还只是一种停留在话题演绎层次上的习惯性兴奋，进入不了基本的研究程序。"③

　　非常可喜的是，目前学界已然在朝着这个方向努力。一些青年学

---

　　①　文化研究发生以来，学界的确做出了一些实践形态的文化研究成果，对此王伟在《"文化研究"的意义与问题——与盛宁先生〈走出"文化研究"的困境〉一文商榷》（《学术界》2011 年第 10 期）中进行了部分罗列。但不管王伟怎样罗列，如加上一些金元浦主编的《文化研究：理论与实践》（河南大学出版社 2004 年版）中的相关"实践"文章，甚至穷尽这类文献，我们都不可否认，文化研究的实践形态的确不占主流，尤其在文艺学领域中表现明显。而且，它们大多还是在生搬硬套理论，甚至不是真正的"实践"文章，因为结论在未实践之前就已经有了，更遑论通过实践做出可比肩世界的中国文化研究了。就此而言，盛宁先生的文章说了真问题，不容忽视。

　　②　黄卓越：《文化研究的谱系学及与文学研究的关系》，见张晶、杜寒风：《文艺学的走向与阐释》，79 页，北京，北京广播学院出版社，2003。

　　③　黄卓越：《文化研究的谱系学及与文学研究的关系》，见张晶、杜寒风：《文艺学的走向与阐释》，79 页，北京，北京广播学院出版社，2003。

者在这方面已经做出了一些成绩。例如，杨玲的《转型时代的娱乐狂欢——超女粉丝与大众文化消费》①、徐艳蕊的《媒介与性别：女性魅力、男子气概及媒介性别表达》②等著述就采取了一定的民族志（eth-nography）、接受研究（reception studies）等文化研究的方法③，我们可以明显感觉到她们是在"做"文化研究。其实，现如今"说"文化研究已经很难了，它既很难得到学界的认同，也很难"说"得有新意。在这一境况下，很多学者都纷纷去"做"文化研究。对此，陶东风肯定道："目前，中国大陆的文化研究仍然还在做一些基础理论工作，介绍、翻译西方文化理论，但是这个工作现在看来，相对来说不那么热了，现在更多地转向对中国当下的一些文化现象、文化个案的研究。我觉得这是比较正常、健康的变化，因为我们要做文化研究，根本目的还是要解决中国的问题。引进、介绍理论知识只是前期的准备工作。现在有更多的人在做个案，做经验研究，这点我觉得很好。"④

　　总之，我们的确要避免这样一个误区："硬是把一个原本是实践问题的文化研究，当成了理论问题没完没了地加以讨论，而把必须做的正经事却撂在了一边。"⑤只要不完全否认文化研究有一定的理论言说必要性，这样的提醒还是需要引起重视的，并有必要在实践中落实好文化研究的"文化研究化"。应当说，这是任重道远的。由于种种原因，尤其是学者的生存处境等具体原因，我们在落实文化研究的共识

---

① 杨玲：《转型时代的娱乐狂欢——超女粉丝与大众文化消费》，北京，中国社会科学出版社，2012。

② 徐艳蕊：《媒介与性别：女性魅力、男子气概及媒介性别表达》，杭州，浙江大学出版社，2014。

③ 参见 Chris Barker, *Cultural Studies*: *Theory and Practice*, London, Thousand and New Delhi: Sage Publications, 2000, pp. 26-27.

④ 陶东风、邹赞：《文化研究的问题意识与本土实践——陶东风教授访谈》，载《吉首大学学报（社会科学版）》，2014（4）。

⑤ 盛宁：《走出"文化研究"的困境》，载《文艺研究》，2011（7）。

性愿景，即"批判性的政治介入"，以改造"社会的宰制结构"①方面还做得非常不够，甚至力不从心。

需要特别说明的一点是，"文化研究文化研究化"有可能使文化研究与传统文学的关联度渐趋变小，但我们认为这是值得提倡的。我们不能因为文化研究的合法化是通过文学理论学科反思的方式进行的，因此就将文化研究一直狭义地理解为文学研究中的文化批评。在文化产业上升为国家政策，在金融经济转向文化经济，在国家层面已然提倡不同学科"协同创新"的语境下，我们应该释放文化研究，让它成其自身，或升华为文化理论。

其次，让文化研究介入对文学基本问题的探讨。

文化研究之所以能够发生，文化研究之所以能够对文学理论学科造成一定的影响，并不是没有原因的。我们不否认文化研究对文学理论研究对象、研究方法与研究旨趣的适时而变，不否认文化研究对缓解文学理论与现实社会生活的隔膜，也不否认文化研究对重建文学理论知识生产的有效性与合法性等都起到了不可忽视的积极作用。② 鉴于此，我们应该有意识地接纳文化研究，借此推进对诸如文学本质问题的理解。这对于文学、文化与文论的发展建设当是至关重要的。

譬如，陶东风倡导的建构主义文学理论乃受惠于文化研究③，可视其为文化研究介入文学基本问题的成果。它无疑有助于改变人们的文学、文化与文论观念，推动文学理论知识生产。建构主义文学理论认为文学乃特定语境下人出于特定目的进行的一种建构，由此主张自觉反思，因为"如果没有反思性，文学研究就是不自觉的：它在不断

---

① 王晓明、朱善杰：《从首尔到墨尔本：太平洋西岸文化研究的历史与未来》，104页，上海，上海书店出版社，2012。

② 需要说明的是，文化研究不仅对文学基本问题的研究有积极意义，还对文学史研究有价值。例如，陶东风主编的文化研究类著述《当代中国文艺思潮与文化热点》（北京大学出版社 2008 年版）是洪治纲《多元文学的律动 1992—2009》（广东教育出版社 2009 年版）这一文学史著述的主要参考文献。

③ 参见陶东风：《文学理论：建构主义还是本质主义》，载《文艺争鸣》，2009(7)。

地从事建构活动，却不知道自己如何在建构，哪些因素在制约和牵制自己的理论建构行为，它不知道作为话语建构的文学活动的机制是什么，其限度和可能性是什么，它还以为自己是一个不受制约的超越主体，因此也就不可能最终把这种制约缩减到最低程度"①。这样自觉的文学理论观念改变了我们原来那种对象性的"知识发现"的文论观，即认为文学理论乃寻找文学特性和普遍规律的学科。这是值得肯定的。这种建构论的文学理论无疑是当今开放、对话、民主、自由时代的知识话语，这种话语表征了文学理论知识生产对这样的时代精神有很好的把握。因此，我们认为文化研究介入对文学基本问题的理解是有必要的。它虽然看似在"说"，但其实毫不逊色于"做"的文化研究。因为通过这种文化研究式的"说"，它一样能够开启民智，改变实践主体对文学/文论及社会的理解。假以时日，文学实践活动和社会生态应当也会逐渐改变。

值得一提的是，有人担心文学理论会因为受文化研究的影响而失去自主性。对于这个问题，李春青写道："我们主张文学理论要借鉴当代文化研究的成果，使自己成为一种'文化语境中的文学理论'，但这并不等于说取消文学理论的独特性。"②其实，文学理论并不会被文化研究完全替代，因为"对传统经典文本与经典文论观念的关注永远是文学理论的题中之意"③，因此，我们认为文化研究只会把文学理论带入新境。所谓"带入新境"，其意主要是说文学理论从此在研究文学时有了新思维、新方法和新旨趣，能说出关于文学的新观念、新思想和新知识，以至于建构起新的文学理论研究范式。

最后，继续进行"说"的文化研究。

---

① 陶东风：《文学理论与公共言说》，175 页，北京，中国社会科学出版社，2012。

② 李春青：《在审美与意识形态之间——中国当代文学理论研究反思》，62 页，北京，北京大学出版社，2006。

③ 李春青：《在审美与意识形态之间——中国当代文学理论研究反思》，62 页，北京，北京大学出版社，2006。

　　虽然我们"说"了这么多年的文化研究，但对其理论话语与学理逻辑的掌握并非已经彻底完成了。我们依然有必要继续探究文化研究的"知识"。同时，由于文化研究乃移植的学问，因此也有必要在理论上言说文化研究。比如，在中国实践文化研究如何可能这一偏实践的问题，同时也必定是一个先要在理论上搞清楚的理论问题。退一步说，即使是在从事具体的个案式文化研究工作，我们也不可能不进行必要的理论言说，因为理论上的探讨并非无济于实践研究，相反它可能会让实践研究展开得更为自觉有效。例如，有学人从理论上比较20世纪80年代与20世纪90年代大众文化的异质性，指出80年代的大众文化对于公共领域的建构功不可没，而90年代的大众文化，其公共意义与政治批判力度已经变得十分可疑。① 诸如此类的理论话语对于我们的实际个案研究难道没有积极意义？② 为此之故，我们还是赞同某些学人所言："就算文化研究的核心是实用性，它拿什么来进行实践分析？如果离不了理论这个前提的话，有一部分学者对文化研究的理论感兴趣就顺理成章。不妨说，文化研究有两大部分：理论的与实践的，或者理论资源与实例分析。"③

　　此外，当文化研究实践到一定程度的时候，也自然而然地会出现一些反思文化研究的理论话语。这时候，"说"文化研究就非常具有学术性了。一定意义上，它其实就是在从事有价值的理论话语生产，借此或将形塑"中国文化研究学派"。退一步说，言说文化研究虽然看似是一种远离实践的理论活动，但其实也是一种重要的话语实践。它既具有物质性，也能起到实际的作用，甚至有助于心性建构与社会改

---

　　① 参见陶东风：《从两种世俗化视角看当代中国大众文化》，载《中国文学研究》，2014(2)。

　　② 应该承认这种积极意义的存在，如陶东风这里的理论言说与其主编的《当代中国文艺思潮与文化热点》(北京大学出版社2008年版)一书的文化研究个案就互相发明。

　　③ 王伟：《"文化研究"的意义与问题——与盛宁先生〈走出"文化研究"的困境〉一文商榷》，载《学术界》，2011(10)。

造。这也是文化研究与语言学转向会不谋而合，文化研究要重建唯物史观的重要原因。

凡此种种，都要求我们不应该完全否定、抛弃"说"的文化研究。即使是非常反对将文化研究理论化的盛宁，他在《走出"文化研究"的困境》一文中也"说"了怎样提一些真实的文化研究问题，并以不要把"文化问题政治化"这一问题为例展开言说。盛宁的"说"难道不是很有价值吗？且不说其《走出"文化研究"的困境》这一文本自身就是在进行有价值的理论言说了。

总之，作为对文学理论冲击最为剧烈的一种智识形态，文化研究对文学理论知识生产的影响无论怎样评估恐怕都不为过，但这同时也隶属于文化研究自身合法化的过程，引发了文化研究在中国发展如何可能等问题。虽然我们为此发表了一些看法，但无疑还需要学界积极回应并继续探究，而后才可能使问题获得最终的解决。

第四章　大学文学理论学科反思与教材建设

　　文学理论学科反思也涉及作为教材的文学理论，这与陶东风有直接的关联。2001 年，陶东风在《文学评论》上刊发了一篇名为《大学文艺学的学科反思》的文章，直接对教材文学理论进行有针对性的反思，并提出建构教材文学理论的具体思路。① 此后，该文又作为其主编的

---

　　① 　21 世纪以来的教材文学理论反思当以此文为最早，其影响也最为广泛。此后，出现了诸多反思和讨论教材文学理论的重要文献。李珺平：《文艺学学科建设与教材建设的思考》，载《文学评论》，2002(1)；肖锋：《五十年来文学理论教材的回顾与反思》，载《川北教育学院学报》，2002(2)；赖大仁：《也谈现行文学理论教材问题》，载《光明日报》，2002-08-14；汪正龙：《问题意识、开放式与层次性——从现有教材的基本模式看文学理论教材的理念设定与模式建构》，载《首都师范大学学报(社会科学版)》，2005(1)；李衍柱：《从定义出发，还是从文学实际出发？——文学理论教材建设的反思》，载《文艺争鸣》，2007(9)；兰善兴：《关于新时期文学理论教材若干问题的分析》，见李志宏、金永兵：《站在新的历史起点上——新时期文学理论研究的回顾与反思》，233～241 页，长春，时代文艺出版社，2008；张永刚：《知识、方法与思维：文学理论教材的分类供给》，载《学海》，2011(5)。需要说明的是，教材文学理论在新世纪之前也有过反思与讨论。但相对而言，之前的反思与讨论大多没有上升到知识学的高度，也没有引起很大反响，加上我们这里的考察对象主要限定在 21 世纪，故对之前的研究文献从略。但不妨列举如下相关文献。汪正龙：《本质追寻和根基失落——从知识背景看我国当代文学理论存在的一个主要问题》，载《文艺理论研究》，1999(2)；许明：《作为科学的文艺学是否可能？——文学研究的个人经验》，载《文学前沿》，1999(1)；陶东风：《80 年代中国文艺学主流话语的反思》，载《学习与探索》，1999(2)；饶芃子：《借异而识同，籍无而得有——对文艺学学科的反思和展望》，载《江苏社会科学》，1999(6)；杜卫：《走出审美城——新时期文学审美论的批判性解读》，北京，东方出版社，1999。

《文学理论基本问题》的"导论"，成了该教材编写的"总纲领"。① 2004年，《文学理论基本问题》的出版，标志着教材文学理论的学科反思有了实际的成果。非常有意思的是，在陶东风反思教材文学理论和出版相应教材的前后，陆续出现了与其旨趣相当的多种教材，其中尤以南帆主编的《文学理论新读本》、王一川的《文学理论》为代表。由此，人们在言说 21 世纪以来的教材文学理论时，往往将这三种教材一并作为考察对象。②

然而，就教材文学理论的反思而言，重点选择陶东风主编的《文学理论基本问题》作为考察对象，应该更贴近主题一些。原因之一，乃是他对文学理论教材进行了自觉的反思。当然，我们并不能因此忽略南帆主编的《文学理论新读本》和王一川的《文学理论》在教材文学理论反思中的价值。原因也很简单，这两种教材本身即以行动表征了对教材文学理论的反思，同时他们的其他著述也有对文学理论的自觉反思。

第一节 教材文学理论反思的发生

教材文学理论的反思，直接而言是由陶东风《大学文艺学的学科反思》一文引发的。该文首先指出文学理论的问题："以各种关于'文学本质'的元叙事或宏大叙事为特征的、非历史的本质主义思维方式严重地束缚了文艺学研究的自我反思能力与知识创新能

---

① 参见陶东风、和磊：《当代中国文艺学研究(1949—2009)》，691 页，北京，中国社会科学出版社，2011。

② 需要说明的是，2000 年以来出现了诸多值得关注的教材，其中尚未引起人们重视的教材还有以下几种。童庆炳：《文学理论新编》，北京，北京师范大学出版社，2005；童庆炳：《新编文学理论》，北京，中国人民大学出版社，2011；汪正龙等：《文学理论研究导引》，南京，南京大学出版社，2006；杨春时：《文学理论新编》，北京，北京大学出版社，2007；等等。

力，使之无法随着文艺活动的具体时空语境的变化来更新自己。"①
依陶东风之见，这个文学理论知识生产的本质主义思维直接引发了两
个后果：一是文学理论无法解释当下变化了的文学/文化现实，更遑
论参与公共领域，这无疑使文学理论陷入合法性危机之中；二是学生
对文学理论课程没有兴趣，更不愿意参与到文学理论知识再生产
之中。

陶东风接着梳理分析了本质主义的内涵及其在文学理论知识
生产中的表现。他从本体论和认识论两个角度对本质主义的内涵
进行了界定："在本体论上，本质主义不是假定事物具有一定的本
质而是假定事物具有超历史的、普遍的永恒本质（绝对实在、普遍
人性、本真自我等），这个本质不因时空条件的变化而变化；在知
识论上，本质主义设置了以现象/本质为核心的一系列二元对立，
坚信绝对的真理，热衷于建构'大写的哲学'（罗蒂）、'元叙事'或
'宏伟叙事'（利奥塔）以及'绝对的主体'，认为这个'主体'只要掌
握了普遍的认识方法，就可以获得超历史的普遍有效的知识。"②显
然，本质主义是以主客二分的思维方式认定事物一定有绝对的本质
的，这一本质似一实体并现成地存在于本体世界中。本质主义的认知
主体往往相信，只要方法得当，工夫到家，就一定可以清楚地认识事
物的这一本质，而一旦认识清楚了，绝对真理、规律、知识就胜利在
握了。

这种本质主义的思维方式在文学理论知识生产中的表现则是：它
认定文学理论可以生产出关于文学的本质，也就是说关于文学的绝对
真理、规律和知识。新时期以来的有代表性的文学理论教材都或多或
少地持这种本质主义思维方式。例如，在有关文学本质问题的看法
上，以群主编的《文学的基本原理》（1983 年修订版）虽然承认，"万古

---

① 陶东风：《大学文艺学的学科反思》，载《文学评论》，2001(5)。
② 陶东风：《大学文艺学的学科反思》，载《文学评论》，2001(5)。

不变的文学原理是不存在的"，但又认定某一种关于文学的看法是唯物的、正确的，其他看法则是唯心的、错误的。虽然童庆炳主编的《文学理论教程》能够多维度地理解文学，其文学观念已然较为开放，但是依然表现出明显的本质主义倾向，认为审美是文学的"内在性质"。文学理论教材的这种本质主义不仅仅在文学本质论中有集中表现，实际上在文学理论教材的所有方面几乎都有所呈现。这种本质主义导致文学理论教材呈现出文学知识的跨时空拼凑现象，即把各种也许不相兼容的有关文学的知识在抽空语境之后并置于同一空间内，并且按照一定的逻辑框架予以剪裁。最终，文学理论知识的历史性与民族性丧失殆尽。

陶东风还特别以文学自主性这一当前依旧占支配地位的文学观念为例指出，即使这一观念看似是真理，其实也只有通过历史地去理解，才能很好地掌握它。文学自主性观念的产生，其实也是有条件的。

在陶东风看来，要解决教材文学理论所存在的上述问题，需要"有条件地吸收包括'后'学在内的反本质主义的某些合理因素，以发挥其建设性的解构功能。反本质主义与反普遍主义要求我们摆脱非历史的、非语境化的知识生产模式，强调文化生产与知识生产的历史性、地方性、实践性与语境性"①。例如，福柯的事件化思想方法和布迪厄的反思性思想方法就值得吸收。事件化思想方法表明了任何理论观念都不是自明的，而是有条件的，都是特定的事件。反思性思想方法表明我们往往会因"生成的遗忘"而不加反思地将诸如艺术的自主性理论视为非历史化的。基于对反本质主义思想方法的认同，陶东风还具体构想了教材文学理论历史化、地方化的做法。其一，打破逻辑体系，介绍不同国家和民族的文学理论共同涉及的基本问题和重要概

---

① 陶东风：《大学文艺学的学科反思》，载《文学评论》，2001(5)。

念。其二，以介绍为主，而且在介绍某一文学知识时贯穿历史的方法，对一些重要的概念和问题做历史的解释，并比较不同民族对相关问题的理解。其三，教材无须对文学知识进行裁定，也不必给出最终答案。①

陶东风对教材文学理论的反思是值得肯定的。简而言之，其意义包括以下几点。

第一，其反思是有勇气的。对身在其中的学术场域进行反思，往往会被误解为场域位置之争，同时还要将自己作为反思对象，这是需要极大勇气的。陶东风能够因为教材文学理论存在的问题而不惜把自己对文学理论教学科研的真实感受公之于众，并且把与其有千丝万缕关系的《文学理论教程》作为反思对象，这绝非易事。

第二，其反思是自觉的。这种自觉表现在两个方面。一方面，这是理论方法的自觉。陶东风合理吸收后现代理论方法，并主要运用知识社会学的反思方法对文学理论知识生产的思维方式进行反思。他相信知识生产不可能离开具体的社会文化语境，而是在一定的社会条件下进行的。知识生产主体不可能纯粹，只能表达有关文学的意见，因此文学知识都不可避免地会打上地方性和历史性的烙印。正是凭着这种自觉的理论方法，陶东风对文学理论知识生产中的本质主义倾向保持高度的警惕。另一方面，陶东风对教材文学理论的反思尚能注意到其教育教学特性。依其之见，教材不同于个人专著，因此不应该仅仅介绍一家之言，而应该把有代表性和时代意义的问题都提炼出来，然后选择出有水平的观点和言论，并以学生能够接受的语言表述出来。②这明显考虑到学生的实际接受问题，有"以学为主"的教育教学自觉

① 参见陶东风：《大学文艺学的学科反思》，载《文学评论》，2001(5)。
② 参见陶东风：《文学理论基本问题》，3 版，24 页，北京，北京大学出版社，2007。

性，弥足珍贵。①

第三，其反思是有效的。陶东风对教材文学理论的反思在一定意义上有效维护了知识场域的自主性，使得教材文学理论的问题能够不因学术之外的因素被有意遮蔽。不得不承认，一如陶东风所言，教材文学理论的确是不能有效回应变化了的文学/文化现象和问题，甚至有意忽视这些新出现的现象和问题。陶东风爆破了长期以来存在于教材文学理论中的"问题"，使得相关问题在学界得到讨论，并逐渐获得解决。这也解释了为什么陶东风主编的《文学理论基本问题》、南帆主编的《文学理论新读本》和王一川的《文学理论》等教材在学界影响日盛。

南帆对教材文学理论的反思，在学界也颇有影响。2002 年，他出版了《文学理论新读本》一书，是同类教材中较早面世的一部。② 该书导论《文学理论：开放的研究》也以论文形式单独刊发于 2001 年第 4 期《东南学术》上。南帆对教材文学理论的反思是有自觉的历史感和强烈的语境意识的。他认为，文学理论基本问题往往需要在新的历史文化语境中再阐释。他之所以要主编《文学理论新读本》，就是因为"进入 90 年代之后，后现代主义文化与全球化语境正在将文学问题引入一个更大的理论空间。这时，传统的文学理论模式已经不够用了，一批重大的文学理论命题必须放在现有的历史环境之中重新考察与定位"③。为了完成这一历史使命，南帆考察了西方文学理论的历史，认

---

① 陶东风曾经在博客中指出："作为教科书，我们没有必要非得赞成其中的一种而反对另外一种，更不应该把其中的一种提取出来作为'普遍真理'强加于学生。教材的编者不应该是最后的'审判官'，他不应该也没有权力声称哪种文学观念是'真理'。最终的选择权应该交给学生自己。"换言之，教材是展示意见的地方，不是自封真理的场所。教材要说服学生接受自己的观点，争取学生的承认，而不是不讲道理地自封真理，限制学生视野，逼迫学生认同。

② 需要说明的是，南帆主编的这本《文学理论新读本》与其后《文学理论》《文学理论基础》有重要关联。此处主要以《文学理论新读本》为考察中心。

③ 南帆：《文学理论：开放的研究》，载《东南学术》，2001(4)。

为存在两种文学理论知识观：一种认为"文学是独立的，纯粹的，文学拒绝社会历史的插手；文学理论的目的就是揭示文学的终极公式，破译'文学之为文学'的秘密配方"；另一种则强调"文学理论必须尾随文学回到历史语境之中，分析历史如何为文学定位，文学又如何改变历史——哪怕是极为微小的改变。文学并没有什么终极公式，文学秘密配方由历史老人调制，并且时不时就会发生变化。总之，分析文学与历史的关系成为解释文学——包括解释文学的形式或者文本结构——的前提"。①

南帆显然认同第二种文学理论知识观。他认为，历史主义与文学理论之间有双重复杂关系：一方面，文学要介入历史语境的建构；另一方面，文学又必须在历史语境中显现。这种复杂关系使得文学话语与社会历史之间要彼此开放。这正是南帆确立的文学观念。这种文学观念因为语言学转向的发生而格外重视语言，但是文学语言不可能彻底摆脱社会历史的纠缠，因此"文学理论必须考察某种文本的结构、组织方式，考察相对于这个文本的读者社会，还必须考察特定的意识形态氛围对于文本生产与读者期待视野的隐蔽控制。文学理论不仅分析文学的存在，更为重要的是分析文学如何历史性地存在"。由于相信文学与历史的关联，南帆认为，文学语言实乃一种充斥着权力、意识形态的话语，而文学研究必须分析文学话语，这是文学理论知识生产的焦点，也是"历史赋予文学理论的深刻使命"②。也就是说，由于文学与历史关联密切，文学理论研究因此要从文本中走出来，走向开放的研究。

南帆就是依凭这种观念主持编写《文学理论新读本》的，我们可以明显看出它的反本质主义旨趣。其一，它打破了故有的本质论、创作论、作品论、接受论、发展论的逻辑框架，而以问题为中心来结构教

① 南帆：《文学理论：开放的研究》，载《东南学术》，2001(4)。
② 南帆：《文学理论：开放的研究》，载《东南学术》，2001(4)。

材。这显然是主编的自觉选择："二十世纪的文学批评学派冲击了一系列传统的理论界限，许多富有挑战性的问题汇集在一起……形成了巨大的理论压力。如果文学理论还没有丧失应有的生机和活力，它就有必要阐释和总结这些问题。"①其二，它持历史主义的文学观，不相信文学有永恒不变的本质、规律，同时倡导文学理论知识生产走向开放。这就是学界所谓的"反本质主义文学理论"。这种反本质主义特别映现在其文学本体论之中，于是乎教材认为："任何声称对于'文学是什么'拥有永恒、绝对的答案的文学理论，都只能是一种虚构和幻想。"②当然，这并不意味着文学理论就不要、不能对文学进行认知了，而是说我们要承认这种认知不可避免地有历史的痕迹。换言之，文学理论照样要去追问有关文学的知识，只是不再去"寻找一个形而上学式的文学定义，而是要描绘文学的历史性特征"③。

王一川的《文学理论》也是反思教材文学理论的代表作。虽然王一川并没有专门撰写有关文学理论教材反思的宣言类文章，也没有声称什么主义，但我们仍然可以将王一川视为教材文学理论的反思者，从其教材本身及其相关言论中读出他的反思旨趣。

首先，文学理论生产的知识不可能是绝对真理，它往往只是个人对文学的一种理解。王一川曾用形象的方式说道："文学理论的路是四通八达的，它们引领人们从不同方向叩问文学。在哪条路上都可能发现文学的独特风景，我不过是'碰巧'进入感兴修辞之道而已。"④王一川对文学本体的理解表现出独特的个人性。他认为，在语言学转向的语境下，将文学界定为感兴修辞是恰当的。他不再认同文学像20世纪80年代那样被视为可以抵消"文化大革命"式政治侵蚀的纯粹的

---

① 南帆：《文学理论新读本》，208 页，杭州，浙江文艺出版社，2002。
② 南帆：《文学理论新读本》，32 页，杭州，浙江文艺出版社，2002。
③ 南帆：《文学理论新读本》，33 页，杭州，浙江文艺出版社，2002。
④ 王一川：《文学理论》，421 页，成都，四川人民出版社，2003。

"审美"作品①，从这一点看，他其实对故有的文学观念进行了反思与颠覆。当然，王一川也并不认为关于文学的理解只有他这一种。尤其值得注意的是，他认为，我们不可能完全认识文学本体，因此要转变思维方式，去考察文学的属性，将一些文学的特征描述出来。从本质论转向属性论，这表明了王一川对本质主义的警惕。

其次，打破教材神话，不认为教材文学理论要合乎体系、有逻辑地展示包罗万象的文学知识。我们没有必要追求大而全的体系，不要试图在一本教材里把所有有关文学的知识都呈现出来，这是不可能的，也是没有必要的。对此，王一川已然在教材中做了说明："文学理论教材不可能把全部重要的文学理论问题都囊括完全，因而只能采取'有所为有所不为'的策略：谈自己认为最应当谈的方面，对其他方面则加以省略。同时，随着文学理论研究的进展或演变，有些问题在过去可能显得很重要甚至必不可少，但在现在看来却很可能已经变得可谈可不谈甚至了无意思了；同理，由于研究视角的变化，对此视角重要的东西，对彼视角可能显得意义不大了。"②

特别值得注意的是，正因为教材文学理论呈现的文学知识不是绝对真理，因此，与其说教材文学理论是在生产和传播文学知识，倒不如说它是在讨论某些重要的文学问题。教材编写者试图对这些问题做出自己的回答，因此，教材文学理论的知识往往具有个人化特点。这正是王一川《文学理论》的最大特点。这其实并不是因为王一川不明白教材往往是通识性知识，而是他基于自己对文学理论的理解所提出的观点。在他看来，"每种文学理论都毕竟存在着或者要努力去寻求自身的特殊立足点、相对连贯性和有序性，以及个人的独特见解或结论等，从而形成自身区别于其他文学理论的独特特点。正是基于这一

---

① 参见王一川：《文学理论》，420 页，成都，四川人民出版社，2003。
② 王一川：《文学理论》，421 页，成都，四川人民出版社，2003。

点，我尝试在这里提出并阐述我自己的一种文学理论框架——一种建立在对于文学的感兴修辞属性的理解基础上的文学理论"①。依王一川之见，在不同的社会历史文化语境下有不同的文学问题，这些问题可能并没有逻辑关联，因此，任何教材都只能讨论其自认为最重要的问题，并将关于这些问题的个人化理解以及基于这种理解所形成的"知识"呈现在教材中。或也因此，王一川的《文学理论》创造了一些很个人化的术语，并附有"术语词典"。这是王一川这本教材的鲜明特色。

最后，文学理论要关联文学作品，要批评化。王一川主张："文学理论绝不是可以脱离文本实际的空洞思考，而是始终与具体文本分析紧密结合，并在文本分析中生长的东西。实际地动手操作文学文本个案分析，可以帮助读者真正进入文学理论问题中去。"②这是王一川一贯坚持的观点。早在1993年，他就发表了颇有影响的文章《文艺理论的批评化》，主张文艺理论要与批评实践关联起来，文艺理论合法性的确立要在有效阐释文学活动的过程中完成。③ 这表明王一川认同的是，文学理论不应该从概念到概念。虽然文学理论不可能没有概念，但这些概念所表征的理论要能够阐释文学文本，要能够回答一些文学问题。

总之，王一川的《文学理论》与其一贯坚持的"理论的批评化"主张一致，具有反体系、去真理、注重有效性等特点。这无疑与反本质主义有一定的关联，表现出文学理论知识生产的反本质主义旨趣。对于这一点，王一川是有自觉意识的。多年后在一篇相关文章中，他曾自

---

① 王一川：《文学理论》，7~8页，成都，四川人民出版社，2003。

② 王一川：《文学理论》，421页，成都，四川人民出版社，2003。

③ 关于这一观念，王一川在其他相关文章中都有表述，如《走向修辞论美学——90年代中国美学的修辞论转向》（《天津社会科学》1994年第3期）、《走向修辞论诗学——90年代中国文学理论和批评的新形态》（《作家》1995年第8期）、《批评的理论化——当前学理批评的一种新趋势》（《文艺争鸣》2001年第2期）、《理论的批评化——在走向批评理论中重构兴辞诗学》（《文艺争鸣》2005年第2期）等。

陈其提出的"理论的批评化"与放弃理论至上和本质主义等信念有关。①
这无疑构成了对既往教材文学理论的自觉或不自觉的反思，并造就了
其《文学理论》的特色。

除了陶东风、南帆、王一川对教材文学理论做了较有影响的
反思之外，也有其他学者对教材文学理论进行过一定的反思。② 这
里不再推介，而只引入一个问题，即为什么教材文学理论反思会
发生。

第一，教材文学理论的合法性危机。文学理论教材里的知识已然
与现实中的文学文化现象相脱节，更遑论有效的阐释力。这一点陶东
风予以了很好的指认。

第二，教材文学理论知识生产机制与后形而上学语境。在后现
代语境中，知识分化了，甚至没有了观念的共识，那种有凝聚作用
的统一意识形态在 20 世纪 90 年代以来逐渐消解。在这种情况下，
知识生产走向具体的个体，越来越成为私人之事。这从教材编写人

----

①　参见王一川：《九十年代文论状况及修辞论批评——兼谈中国形象诗学研究》，载
《山花》，1998(6)。

②　例如，罗钢、孟登迎也曾反思文艺学教学与研究，并指出："教师和学生被安排
到分类森严的文艺学体制当中，从选题到答辩都受到严格的规范，几乎成了在现今文艺理
论总体框架之内修补的工匠。从这一点上说，文艺学的教学与研究日益演变成了知识分类
和学科规划的体制化生产，成为一小部分人专有的话语游戏之所，这无疑会压制文艺学应
有的创造性和社会实践品格。"参见罗钢、孟登迎：《文化研究与反学科的知识实践》，载
《文艺研究》，2002(4)。

另一例是赵勇先生。他也曾对当今文学理论做了精彩的反思分析，认为："体系化的
文学理论建立起来的是一种文学经典的阐释模式，这样的模式面对的是文学历史而不是文
学现实；制度化的文学理论引导出来的又是一种知识话语的生产与消费模式，这种模式封
闭在学校的高墙大院里，成为教师与学生共同开采、使用但又真气涣散的话语资源，却无
法有效地延伸于社会。文学理论因此处在了不尴不尬的境地之中。""无论从哪方面看，大
众文化都成了当今主要的文学形式"，因此研究大众文化也就顺理成章了。他强调："文学
理论有必要改变自己既成的思维方式，调整自己的僵硬姿态，把一种面向经典的阐释模式
转换为直面现实的阐释模式。文学理论必须面向大众文化发言。"参见赵勇：《新世纪文学
理论的生长点在哪里?》，载《文艺争鸣》，2004(3)。

员组合中即可看出。教材的编写原来都是国家行为，如今却早已不是全国统编教材的时代了。例如，上述三部有影响力的反思性教材或是某一学术团队所为，或只是某一个人所写。在这种情况下，学界自然会有不同的声音。这恐怕是中国文学理论教材书写中的"后现代知识状况"。

第二节 争鸣：本质主义、反本质主义与建构主义

针对陶东风、南帆与王一川等人的教材文论反思，也有学者提出异议①，大致可以分为两个方面。一方面，是针对具体的教材展开的讨论。这里仅考察支宇与陶东风之间的相关争鸣。另一方面，是针对反本质主义知识型的教材所做的整体质疑。这里则以朱国华的讨论为考察中心。

支宇首先肯定了陶东风的文论教材反思工作，认为陶东风的教材文学理论乃"新锐的文艺学话语"，并且认为其反思是有启示意义的。在他看来，反思工作最大的意义在于"从根本上解构了传统形而上学

---

① 相关文献主要有以下诸种。杨春时：《后现代主义与文学本质言说之可能》，载《文艺理论研究》，2007(1)；李涛：《"反本质主义"文艺学真的可能？——"反本质主义"文艺学批判的再批判》，见麦永雄：《东方丛刊》第 4 辑，桂州，广西师范大学出版社，2007；单小曦：《文论教材建设中的本质主义与反本质主义——关于中国高校文学理论教材改革与建设的思考之一》，载《长江师范学院学报》，2008(3)；张旭春：《"后现代文艺学"的"现代特征"？——评陶东风主编〈文学理论基本问题〉》，载《文艺争鸣》，2009(3)；曹谦：《反本质主义的本质——评陶东风先生的文学意识形态理论》，载《文艺争鸣》，2009(5)；杜书瀛：《文学可以定义吗，如何定义？——兼论南帆、陶东风文学理论教材的功过是非》，载《文艺争鸣》，2016(6)；周海玲：《冲动与尴尬：文学理论教材编写中的体系建构——以杨春时〈文学理论新编〉、南帆〈文学理论(新读本)〉为例》，载《天府新论》，2010(1)；胡友峰：《反本质主义与文学理论知识空间的重组》，载《文学评论》，2010(5)；李自雄：《反本质主义的"错位"与文学本质的重新言说》，载《汕头大学学报(人文社会科学版)》，2010(5)；张法、张旭春、支宇、章辉：《世界语境中的中国文学理论》，合肥，安徽教育出版社，2010。

知识生产的'本质主义'神话"①。陶东风对中国新时期以来的主流文论
教材所操持的两套主导话语，即阶级工具论话语、审美自主论进行了
有效的质疑，从此以后人们恐怕再也不会想当然地将任何一套文论话
语不加反思地视为真理了，这极大地解放了文艺学的知识生产力，使
文艺学获得了活力和创造力。

支宇接着指出陶东风的教材文学理论存在的问题。在他看来，陶
东风的教材文学理论是反本质主义的，以此反思故有文学理论固然有
积极意义，但同时也不可避免地会使其反思存在诸多局限。支宇认为
其局限至少有三。

第一，解构有余而建构不足。支宇认为，由于彻底否定本质，因
此陶东风不可能建构一种关于文学本质的言说。在支宇看来，这其实
是"虚无的文艺学、瘫痪的文艺学"②。

第二，没有找到"根本问题"。支宇认为，文艺理论教材和知识生
产所存在的危机和根本问题，并不是本质主义所致，而是当前的知识
生产机制导致当代文艺理论教材和知识生产只能如此这般地存在。他
分析道："20世纪中国文艺实践和文艺理论一直是意识形态进行权力
争夺的重要领域，而意识形态本身就具有强烈的排他性和独断论色
彩，它以'真理'权威自居，不断命令文艺按它所谓的'真理'眼界来看
待现实、反映现实乃至生产现实。这样，政治意识形态是一切思想文
化活动的'元叙事'。它排斥异己，独断专行，任何知识生产都只能遵
循它的话语逻辑和理论立场，它也只有它自己才是判断'是与非'、
'真与假'的唯一标准。"因此，文艺学注定只能成为"政治意识形态在

---

① 支宇：《"反本质主义"文艺学是否可能——评一种新锐的文艺学话语》，载《文艺
理论研究》，2006(6)。

② 支宇：《"反本质主义"文艺学是否可能——评一种新锐的文艺学话语》，载《文艺
理论研究》，2006(6)。

审美领域中的理论衍生物"①。

第三，生产的知识"碎片化""肥胖化"和"空洞化"。在反本质主义的理念指导下，采用知识社会学的方法生产出来的文艺学知识必然是具体的，而非抽象的、整体的，因此是碎片化的。由于在知识生产过程中往往需要将古今中外所有有关文学的"知识"都纳入进来并做具体论述，因此难免会出现"肥胖"。由于主要是对既定的文艺学知识展开反思，所以必定"陷入一种只思考过去而背离现在的高蹈状况和空洞状态"②。

针对支宇的批评，陶东风予以了回应。

首先，关于"解构有余而建构不足"。在陶东风看来，这一指责是不成立的。陶东风认为自己的文论知识观虽然是反本质主义的，但并不是非本质主义的，准确地说，它是建构主义的。"建构主义是反本质主义的，但却不是反本质的主义，不认为关于本质的言说是不可能的。建构主义自己就是一种言说本质的方式，也就是反对通过本质主义的方式言说本质。它认为一切这类的本质言说都只是众声喧哗的'意见'而不是定于一尊的'真理'。建构主义并不认为本质言说是不可能的，而是认为，那些声称自己是唯一正确、合法的本质言说是不合法的。"③事实也是如此，陶东风主编的《文学理论基本问题》对文学理论史上各种文学知识进行"知识社会学"的言说，其实就是承认了各种文学"本质"，只不过，他拒绝把任何一种本质视为绝对真理。

支宇在评论陶东风的观点时说："我们能不能将'反本质主义'作为一种文艺学思想语境，在没有独断'本质'和永恒'真理'的专制与暴

① 支宇：《"反本质主义"文艺学是否可能——评一种新锐的文艺学话语》，载《文艺理论研究》，2006(6)。

② 支宇：《"反本质主义"文艺学是否可能——评一种新锐的文艺学话语》，载《文艺理论研究》，2006(6)。

③ 陶东风：《文学理论与公共言说》，102页，北京，中国社会科学出版社，2012。

政之下创造出各式各样暂时的、具体的、谦和的文学'本质'和'真理'？看来，'反本质主义'文艺学所导致的'理论瘫痪症'可能还得通过每个理论家独特的'本质化'才能真正解决。"①持建构主义观点的陶东风恰恰不否认"暂时的、具体的、谦和的文学'本质'和'真理'"，他只是要求这种文学本质、真理可以讨论，可以反思，而对"独断'本质'和永恒'真理'的专制与暴政"保持高度警惕。

这样说来，在关于文学本质的理解问题上，陶东风与支宇恐怕并没有根本差异。支宇似乎在以本质主义的文论观念讨论他所认为的"反本质主义"者——陶东风——的文论观念。支宇承认本质的存在，并着意寻找非威权主义的"本质"，但他毕竟不是绝对的本质主义者，他也具有一定的反本质主义倾向。陶东风虽然是反本质主义者，但他并非彻底地否定本质的存在，只是认为任何本质都是建构的，都是可以反思的。如果支宇区别了建构主义与反本质主义，并且不将陶东风视为"无本质主义"者，那么他对陶东风的批评会更中肯一些，同时，也不会出现如陶东风所指出的"自相矛盾"，即支宇认为陶东风所反对的，事实上却是陶东风所认同的。陶东风的确不反对建构本质，他和支宇一样，都赞同在"没有独断'本质'和永恒'真理'的专制与暴政之下创造出各式各样暂时的、具体的、谦和的文学'本质'和'真理'"。

不妨说，陶东风与支宇都反对绝对的本质主义，但陶东风不试图寻找本质，而试图研究本质，主张对一切与本质有关的文学言说展开反思性研究；支宇却试图在反对绝对本质主义的自觉意识支配下寻找某一"本质"。

其次，关于没有找到"根本问题"。陶东风是从知识论的角度（知识生产的思维方式）出发，支宇则是从社会条件的角度出发，或者说相对而言，支宇是从"外部"找原因，陶东风是从"内部"展开反

---

① 支宇：《"反本质主义"文艺学是否可能——评一种新锐的文艺学话语》，载《文艺理论研究》，2006(6)。

思。在这一点上，支宇显得更切合社会语境，更有本土的生存感，但双方依然没有根本冲突。①

陶东风的教材文论在反思文学知识的时候，会语境化地进行分析。陶东风在《文学理论基本问题》中谈及文学自主性问题时就指出，自主性是有社会条件的。例如，"文化大革命"时期文艺活动之所以"不自主"，就是因为这时期的文艺活动"寄生于计划经济体制（包括文艺的计划体制）、一元化的僵化的政党意识形态之中"；而20世纪80年代的文艺活动有一定的自主性，并且自主性观念深入人心，则与当时的政治气候、意识形态的变化有紧密关联。② 陶东风甚至下结论说："真正致力于中国文艺自主性的学者，应该认真分析的恰恰是中国文艺自主性所需要的制度性背景，并致力于文艺场域在制度的保证下真正摆脱政治与经济的干涉。"③可见，陶东风的文艺学学科反思也是有政治经济学视角的，能够结合语境进行具体分析。就此而言，陶东风的反思工作看似是从"内部"展开反思，但其实并没有脱离"外部"。支宇所谓的"威权主义"意识形态说，并没有超出陶东风的视野。甚至我们可以说，陶东风是在爆破并自觉地抵制"威权主义"意识形态。这从其关于文艺学知识生产的历史化与地方化，并且主张文艺学知识生产

---

① 就知识学层面来说，文论危机的问题恐怕与本质主义更有关联。我国的文学理论知识生产有理论拜物教的嫌疑，也就是成了一种意识哲学，总是在现成的观念里思辨，而不能跳出观念，走向现实。就此而言，陶东风指其缺乏地方性和历史感是有道理的。李西建也曾认同于此，写道："与西方文论知识形态形成的规律相比，我国当代文论在知识形态建构方面存在明显的缺陷与不足。其表现是自现代学术体制形成以来，由于我们在文学理论的观念层面中，长久地奉行本质主义的思维方式与知识生产模式，并先验地设定文学的'普遍规律'与'永恒本质'，很少从特定的现实语境中提出与讨论属于自身的问题，这就不同程度地造成中国文论在知识形态的建构方面，始终未能找到坚实的思想根基与理论立足点。其知识形态总体面貌的构成，基本上是移植性与借鉴性的，而不是生成性与本土化的。"参见李西建、畅广元：《追求与选择：全球化时代文学理论的价值思考》，271页，北京，商务印书馆，2010。

② 参见陶东风：《文学理论基本问题》，3版，16页，北京，北京大学出版社，2007。

③ 陶东风：《文学理论基本问题》，3版，17页，北京，北京大学出版社，2007。

与传播的程序正义中可以看出。事实上，这正是建构主义题中应有之
义。① 或也因此，朱国华不无道理地指出："专制主义往往借助于本质
主义的元叙事来宣布真理，不仅垄断了对于事物的合法定义，而且，
还通过对这一真理的再生产和再确认，将自己的支配地位不断地自然
化、常识化、正当化和永久化。因此，从这样的意义上来看，对文学
理论教材的本质主义思想倾向的攻击，就具有了强烈的文化政治的
含义。"②

　　最后，关于生产知识的"碎片化""肥胖化"和"空洞化"。之所以对
这一问题产生分歧，主要是由于陶东风和支宇对文学理论的理解不
同。在陶东风看来，"文学理论是对文学话语活动的自觉反思。如果
说它和一般的文学研究或文学批评有什么不同，那么，这个不同就是
它具有更高程度的自觉性，是元理论层面的话语活动。任何学科都有
元理论，元理论就是理论的理论，是对理论话语的建构性本质的揭
示。文学理论就是文学学科的元理论"③。依陶东风之意，文学理论尤
其是教材文学理论，不是要主动建构一种关于文学本质的言说，而是
要反思所有有关文学本质的"知识"。反思既有的各种文学理论，其目
的是力求找到文学观念的生产机制，既而使人们自觉、理性地认识到
其所持有的文学观念并非没有条件，同时让人们借此理性而自觉地选
择某种自我认同的文学观念。基于这种文学理论观，陶东风主编的
《文学理论基本问题》不可避免地会呈现出"碎片化""肥胖化""空洞化"
的特点，只是这几个语词已然不是贬义了。

　　当然，如果支宇依旧认为文学理论就是要讲述确定的文学知识，

---

① 顺便提及的是，我们在阅读文献时发现，李自雄在认同支宇的基础上，也反复撰
文指认当代文论症结是在政治意识形态元叙事模式上。参见李自雄：《当代中国文学理论
反本质主义批判的批判》，载《学术探索》，2009(3)；李自雄：《反本质主义的错位与文学
本质的重新言说》，载《汕头大学学报(人文社会科学版)》，2010(5)。

② 朱国华：《反本质主义文艺学教材的可能性》，载《学海》，2011(5)。

③ 陶东风：《走向自觉反思的文学理论》，载《文艺争鸣》，2010(1)。

分享自认为是整体的、稳定的有关文学的"本质",那么他与陶东风的分歧当是不可化解的。倘若果真如此,支宇也就无须再行攻讦了,因为退一步说,文学理论可以是理论体系型、流派呈现型①,或也可以是问题反思型的。问题反思型文学理论具有流派呈现型文学理论之优势。它以基本问题为中心,将文学理论历史上各个流派的相关理解呈现出来。这正可以在某种程度上解决张法先生所意识到的问题:"西方的流派理论在中国不被看成流派理论,而被看成流派史,从而很少体会到流派理论中包含的'理论实质'。"②

以上是学界针对个人所做的反思,我们仅选择了其中一个典型予以呈现。这类反思往往是出于对反本质主义的不认同。尚有一类反思,则是出于对反本质主义的认同,即针对此一知识型的教材所做的整体反思,数量也相当可观。这里则以朱国华的讨论为例予以说明。

朱国华主要对反本质主义教材如何可能的问题进行了一番目前或许最彻底的考量。③ 朱国华首先对反本质主义的教材进行了肯定。其一,反本质主义文学理论教材对既定的教材进行反思,并未悖逆新时期以来文学理论从"教科书"形态到"教材"形态转变的趋势,也就是越来越重视文学理论的学科意识和知识属性,淡化其政策宣传和意识形态的色彩。其二,反本质主义文学理论教材在标示文学理论知识生产

---

① 参见张法、张旭春、支宇、章辉:《世界语境中的中国文学理论》,21 页,合肥,安徽教育出版社,2010。

② 张法、张旭春、支宇、章辉:《世界语境中的中国文学理论》,21 页,合肥,安徽教育出版社,2010。

③ 余虹也有过这种考量。比如,他说:"如何在具体的编写中贯彻和落实反本质主义的意向而谨防本质主义改头换面地溜进来?"参见余虹:《文学理论的生死性——兼谈陶东风主编的〈文学理论基本问题〉》,载《首都师范大学学报(社会科学版)》,2005(1)。相比较而言,余虹的考察没有朱国华全面,即他只是就历史观方面进行了反思,而没有对书写主体如何可能的问题进行反思,同时余虹的考察也没有朱国华那么具体。余虹只是兼评了陶东风本文学理论,而没有对南帆本、王一川本文学理论教材进行更为具体的分析。当然,他也没有提出建构反本质主义文学理论教材的可能途径,更没有反思这类教材的存在所需要的条件问题。

走向开放、多元和民主的同时，无疑具有"政治正确的意味"，为此之故，可以认为"置身于全球性民主化浪潮的今天，规划反本质主义文艺学教材的建设，不仅仅具有重大的文化价值，而且还具有重要的社会意义"①。

基于观念的认同，朱国华对反本质主义教材的反思并不是要否定它，当然也不是要为当前几种相关教材实践进行辩护，而是要通过反思发现其局限性，进而使反本质主义教材的编写更为自觉，更为彻底。在朱国华看来，南帆、王一川、陶东风所共享的反本质主义文学理论教材虽然自觉，但做得并不彻底，尚有两方面的问题需要解决。

第一，如何找到绝对的主体来承担反本质主义教材的书写。反本质主义教材之所以会出现，其中一个原因就是不相信这个世界有哪一种文学理论教材是由绝对的主体所书写的，因此很难写出"绝对真理"式的教材。既然如此，我们就只能书写反本质主义的文学理论教材。但问题是，与不能找到绝对主体书写本质主义的教材一样，我们也找不到书写"反本质主义"教材的绝对主体。因此，声称反本质主义教材的书写者无一例外不沾染本质，这一定意义就表明了不存在彻底的反本质主义。比如，南帆的文学理论教材依然保有全知全能色彩的叙事风格："这实际上是把教材写作者的个人观点偷换为普遍性的观点，将个别主体悄悄置换为普遍主体，无法确认这是否是编写者的本意，但这确实容易给我们造成绝对真理的幻觉。"②陶东风书写教材的时候放弃书写者的差异而追求统一的编写体例，无疑有对普遍主体不自觉的诉求，这就表明了其依然存在本质主义的嫌疑。王一川的教材因为是个人所著，也就没有明显的以普遍主体压抑差异化的主体这一问题，但其教材存在独白的封闭结构问题，这一点让我们看到了"本质主义的惯性力量在他教材中的顽强存在"③。

① 朱国华：《反本质主义文艺学教材的可能性》，载《学海》，2011(5)。
② 朱国华：《反本质主义文艺学教材的可能性》，载《学海》，2011(5)。
③ 朱国华：《反本质主义文艺学教材的可能性》，载《学海》，2011(5)。

第二，如何做到历史化。历史化无疑是破解本质主义的有力武器。但问题是，它还牵涉到一个如何理解历史的问题。反本质主义的文学理论无疑不能认同线性历史观，因为这种历史观主导下的文学理论教材书写会落入本质主义的陷阱。朱国华认为，南帆虽然重视历史化，并且将它转换成关系主义，但最终还是"透过社会历史语境诸重关系来发掘文学理论诸概念的意义，这一点并没有太大变化"①。陶东风主张用事件化方法来处理文学理论的知识，这是值得肯定的后现代做法。但问题是，我们往往还是用"风化的"历史来理解文学理论，以至于即使把文学理论写成文学理论史，但"作为文学理论史而言，它与别的中西方文艺理论史在方法论上并无突破"②。

鉴于这两方面的问题并没有解决，朱国华下结论说，这三种新世纪教材与传统的教材相比较，并没有本质的区别，它们的"进步"只是程度上的。

我们认为，朱国华的反思非常有意思。就反本质主义的主体和书写而言，他的确思考得非常彻底。如何找到反本质主义的主体，并且采取怎样的言说方式来言说文学理论才能实现反本质主义所期待的文学理论教材，这的确是一个问题。对此，我们认为，反本质主义如果彻底化，恐怕就会演变成"反本质主义"其本身就是"本质主义"。据此而言，反本质主义不能完全彻底化，我们的确找不到反本质主义的绝对主体。但这并不意味着我们不能"自觉地"谈论本质，也不意味着反本质主义完全不能言说而只能保持沉默。只是我们的确要进入反本质主义的极致境界，尽量去压缩本质主义的空间。上述三本反本质主义的教材应该说是有这种自觉的，这是值得肯定的。朱国华的反思当然不无道理，因为无论怎样自觉地反本质主义，都不可能做到彻底，上述三本文学理论教材的不彻底性的确是存在的。

---

① 朱国华：《反本质主义文艺学教材的可能性》，载《学海》，2011(5)。
② 朱国华：《反本质主义文艺学教材的可能性》，载《学海》，2011(5)。

　　至于历史化方面，朱国华的提醒是非常中肯的。在他看来，反本质主义的文学理论书写没有实践后现代历史观，在解释具体的文学理论知识时，没有对知识做具体的事件化反思。在梳理文学理论知识体系时，它们甚至把非同一历史语境的知识硬性地拉扯在一起予以叙述，似乎如此方显得有历史统一性，而这恰恰就是反本质主义文学理论应该反对的。对此，余虹也曾指出，文学理论是有生死性的。这也就是说，不同的历史时段中的文学理论之间可能是不可通约的，而是有差异性和封闭性的。为此，文学理论的历史性就不能依据"'影响'和'自然时间的延续'来确立它与别的系统之间的连续性和同一性，而是要确定与它相对的系统封闭性和与别的系统在空间上的差异性，由此标画它生与死的历史性时间，并在这一时间中来看它的王国"①。应该说，在文学理论教材书写过程中将文学理论历史化，并去除那种线性的"大历史观"是可以努力做到的。这就要求我们把在不同语境下出现的文学理论知识区分开来，对其进行事件化的处理，分析其具体的历史语境、问题意识、学理等。

　　非常可贵的是，朱国华在反思后现代文学理论教材的问题之后，还为如何尽量以反本质主义的方式表征文学理论教材这一问题做了建设性思考。依其之见，文学理论教材要持建构性的反本质主义观念，落实到实践，大致有两种可能的做法。其一，流派史的写法。——展示古今中外的文学理论，允许各抒己见，但要对其进行评论，甚至得出结论。这种方式还是有局限性的，如化约理论，不能事件化的叙事策略。其二，经典文论选读，即邀请专家撰写专题论文。但这样的做法也是有局限性的，如本科生很难读懂国外的相关论文，如何取舍文本也是个难题。

　　朱国华认为还要考虑教材的具体实施条件。他指出，反本质主义

---

　　① 余虹：《文学理论的生死性——兼谈陶东风主编〈文学理论基本问题〉》，载《首都师范大学学报（社会科学版）》，2005(1)。

教材要想付诸实践，就需要有相应的社会条件。他考虑了教师、学生乃至整个教学活动的社会机制，写道："如何使得文学理论课的教师能够理解并掌握反本质主义的意义、方法、思路，并在教学活动中加以具体运用，如何使得刚刚告别高中应试教育的大学生适应这样具有较大学习跨度的文本阅读，如何使得今天的教育体制逐渐接受新型的教材，并据此修改传统的教学检查和考试方式——闭卷考试必然与本质主义的逻辑相一致，等等，这些相互联系缠绕的问题，决定着任何反本质主义教材的实际价值。事实上，如果确保反本质主义的教材得以健康存活，那差不多意味着作为它的条件的上述诸多因素的结构性全面转型。只是改变教材，而不改变体制的运作方式，不改变这个支配着教材的生产和接受的系统，那么，教材的任何改革，都不能不沦为一纸空文。"[①]我们认为，朱国华对反本质主义这种带有挑战现行教材形态及教育教学社会条件的新事物所做的"知识制度"的反思是非常有针对性的，值得我们认真对待。我们至少应该在现有的空间下，努力推动反本质主义文学理论教材的实施，因为"它必将是未来的大趋势"[②]。为此，我们有必要围绕此一问题再行讨论。

第三节　教材文学理论问题再讨论

不可否认，陶东风的教材文学理论反思引发了本质主义与反本质主义的持续争鸣，成为学界的一个热点。[③] 例如，不少相关学位论文

---

① 朱国华：《反本质主义文艺学教材的可能性》，载《学海》，2011(5)。

② 朱国华：《反本质主义文艺学教材的可能性》，载《学海》，2011(5)。

③ 重要的文献有以下诸种。余虹：《文学理论的生死性——兼谈陶东风主编〈文学理论基本问题〉》，载《首都师范大学学报(社会科学版)》，2005(1)；方克强：《后现代语境中的新世纪文学理论教材》，载《文艺理论研究》，2004(5)；方克强：《文艺学：反本质主义之后》，载《华东师范大学学报(哲学社会科学版)》，2008(3)；朱国华：《反本质主义文艺学教材的可能性》，载《学海》，2011(5)。

都以此为研究对象。然而，不可忽略的一点是，陶东风的文学理论反思，其初衷是要建设全新的文学理论教材，而南帆、王一川等人的目的也是通过自己关于文学理论的理解落实"新型的"文学理论教材。正因此，我们认为，对教材文学理论的反思不可忽略其初衷。教材文学理论虽然是文学理论，但它具有鲜明的教育教学功能，这就要求我们不能不考虑以下几个问题。

首先，教材不是专著，教材是介绍文学理论知识的"实验室"，而非表达个人深刻见解的"宣传部"，我们有必要改变那种硬塞给读者一套"文学真理"的看法和做法。

这里，我们非常认同陶东风的观念："作为教科书，我们没有必要非得赞成其中的一种而反对另外一种，更不应该把其中的一种提取出来作为'普遍真理'强加于学生。教材的编者不应该是最后的'审判官'，他不应该也没有权力声称哪种文学观念是'真理'。最终的选择权应该交给学生自己。"①这样一种让学生主动参与的教材理念，恐怕是我们需要的。从这个方面看，对文学知识进行介绍、分析和反思，让学生意识到甚至发现每一种关于文学本质的言说的条件、学理、语境等，不失为一种值得认同的做法。的确是时候改变那种"宣传"某一文学知识为"正确"，或者用某一文学知识否认其他文学"异见"的做法了。陶东风的《文学理论基本问题》正走在"改变"的道路上。他说："我们也希望学生明白关于'文学'本来就有无限多元的解释与理解，从而培养他们开放的文学观念。我们不准备做最后的审判官，不告诉学生哪种文学观念是正确的，是应该接收的。我们认为最终的选择权应该还给学生。"②

顺便提及的是，如果支宇认同陶东风的这种教材观，恐怕就不会生出这样指责了："《文学理论基本问题》终其一书都未能提出一个关

①　陶东风：《我的文艺学教材理念》，http：//blog. sina. com. cn/s/blog ＿ 48a348 be010004jq. html，2018-03-15。

②　陶东风：《文学理论基本问题》，3版，24页，北京，北京大学出版社，2007。

于文学的看法和意见，它所有的旁征博引和深思熟虑都可以最终归结为这样一个最基本的'反本质主义'结论：文艺学是复杂的，历史上多种多样的文艺学知识各有其优劣，人们可以从不同的角度认识文学，文学没有'本质'，文艺学不可能发现'真理'。"①事实上，文艺学是不可能发现"真理"的，除非是以下两种情况。其一，我们自觉地建构一种"真理"，并且以雄辩的逻辑和事实为依托来申诉理由，让人理性地进行选择。其二，虽然我们会意识到自己有"前理解"，也意识到自己总是在某一语境中存在，而且也试图彻底地反思自我，但我们总是离不开自身的前理解，也摆脱不掉自身的生存处境，当然也做不到完全彻底地反思，加上事物恐怕也有一定的与其他事物相区别的稳定属性，这样我们就不可避免地会听从某种"真理"的召唤，既而坚持某种观念，然后有可能把它视为"真理"。②对于这两种情况下的真理，陶东风其实并不反对。其之所以不认为自己是反本质主义，就是因为他还是认同"可反思"本质的合法存在。③换言之，这也就表明有可能存在可加以反思的真理。因此，陶东风只是特别强调即使存在这样的真

---

①　支宇：《"反本质主义"文艺学是否可能——评一种新锐的文艺学话语》，载《文艺理论研究》，2006(6)。

②　这种意义上的"主体""真理"是存在的，即使是反本质主义者对此恐怕也只能承认。从积极的角度看，正是因为对此意义的"主体""真理"徒呼奈何，也就是任何人都不可能完全获得纯粹的、绝对的主体和真理，所以我们要反对本质主义。不妨看看南帆的相关表述："无论是从事文学研究还是阐述关系主义的主张，'我'——一个言说主体——从来就没有离开过关系网络的限制。这种浪漫的幻想早已打破：'我'拥有一个强大的心灵，是一个客观公正的观察员，具有超然而开阔的视野，这个言说主体可以避开各种关系的干扰而获得一个撬动真理的阿基米德支点。相反，言说主体只能存活于某种关系网络之中……言说主体存活的关系网络是整体社会关系的组成部分，这表明意识形态以及各种权力、利益必将强有力地介入主体的形成，影响'我'的思想倾向、知识兴趣甚至如何理解所谓的'客观性'。"参见南帆：《关系与结构》，17～18页，长春，吉林出版集团有限责任公司，2009。

③　陶东风要反对的真理恐怕是这种情况下的真理：其一，拥有话语权的知识生产主体自以为是地将自己的理解、意见"钦定"为真理，且不允许他人质疑；其二，鉴于社会环境或习性，知识生产者和接受者因为没有反思能力而不由自主地把某一意见视为真理。

理，也不应该钦定给学生，灌输给学生，而应该让他们自己理性地进行认知和选择。①

其次，教材要在自觉的教育教学理念的支撑下书写，当前建立以学为中心的文学理论教材观恐怕是合乎时宜的。

以学为中心的文学理论教材有其特定的书写要求。比如，书写者的言说方式要从"面向专家"转向"面向学生"，前者往往使用专业术语，深入阐释一己之学问；后者则偏于"普及"基本的文学理论知识，让初学者能有序、有效地研习文学理论知识。现如今，我们的教材大多没有自觉地"面向学生"书写。我们不妨看看孙鹏程的相关分析："不少研究者、教材写作者是很好的学者，但并不一定就是一个很好的教材写作者，其主要原因在于：部分学者、教材写作者，还不是很习惯面向学生的学术言说，甚至，他们很少认真仔细考虑过这些问题。确实，一旦学者在学术界取得话语言说的位置，他们就很难改掉甚至不愿改掉这种言说方式。应该说，这样的专家型言说方式，在目前科研主导高校、驱动高校资源流动的体制下，并不会威胁到一个教师的立身之本，有时甚至是一种相当省力的方式，但我们却不得不警惕这种教材写作方式对学生教育是不利的。"②虽然孙鹏程谈论的是文

---

①　这里，我们也认同赖大仁对文学理论教材知识的处理。他曾说："当今的文学理论教学应当视野开阔一些，适当介绍一些中外古今的著名文学理论观点是必要的；并且我也赞成име有的同行所说的那样，有必要告诉学生各种文学理论观点可能都有某个方面的合理性，未必只有哪一家的理论观点是唯一和完全正确的。在这个前提下，我以为还是需要坚持一种主导性的文学理论观点，即既在学理上能更广泛更深刻地说明解释文学现象，同时又最切合当今时代的发展要求，如当代形态的马克思主义文学理论。当然，这里的关键问题是，确实需要在原有基础上加强马克思主义文学理论的学理重建，从学理上阐明文学的规律。"参见赖大仁：《也谈现行文学理论教材问题》，载《光明日报》，2002-08-14。虽然赖大仁不赞成完全让学生自由选择文学理论观点，认为要有主导性的文学理论观点，但是他强调学生要知道存在多元的观点，而且这是前提。在这个前提下，教师再去引导学生接受有学理依据的观点，也就是有说服力、有阐释力的观点。这恐怕也不失为一种有操作性的教材编写和课程学习的方式。

②　孙鹏程：《文学史教材书写中的言说方式转向》，载《中国社会科学报》，2015-01-30。

学史的书写问题，但无疑也是文学理论教材书写的"真问题"。当今文学理论教材基本上不考虑学生的"学"，学生普遍感到文学理论学习很困难。这固然与文学理论课程本身的难度有关，但恐怕也与我们在书写文学理论教材时不怎么顾及学生而自说自话不无关系。说得严重一点，我们的确缺乏针对文学理论的"课程与教学论"思想。对此，我们非常认同某些学人所言，即我们的文学理论"应该关注学生的需要，服务于文学读者的需要"①。

不妨提及的是，陶东风对大学文学理论展开学科反思之时，较为自觉地考虑了学生的学习状态。他指出："学生明显地感觉到课堂上的文学理论教学存在严重的知识僵化、脱离实际的弊端。"②这种对学生学习文学理论的关怀，可谓弥足珍贵。③

最后，教材文学理论是"文学"理论，学习了文学理论之后，学生既要具有较为专业地理解和阐释文学活动的"知识"和"技

---

① 毛庆耆、董学文、杨福生：《中国文艺理论百年教程》，318 页，广州，广东高等教育出版社，2004。

② 陶东风：《文学理论基本问题》，3 版，24 页，北京，北京大学出版社，2007。

③ 事实上，也有不少学者对文学理论教材的教学性质有较为自觉的追求。这里列举两例。姚文放曾在《进展与问题：1989—1995 文艺学建设概观》中强调："从编写宗旨来看，既然是为教学实践提供依据的底本，那么就务必在可操作性上下功夫。一是增强适合教学过程的可操作性，增加有助于教学双方交流和调动学生积极性的环节，包括讲授、阅读、写作、辩论、评议等内容；二是在提高学生的思维能力和分析能力的同时，以培养学生面对现象、解读文本的能力为重要目标，使之不是仅仅在概念和命题之间绕圈子，而是具备能够直接处理感性现象和具体文本的本领，以适应未来文化发展的需要。"高建平在一次座谈会上的发言也有教学维度的考虑："有没有必要、有没有可能搞一个包罗万象的文艺学？这显然是事关文艺学发展的一个重要课题。""况且，教学是否需要一个成系统的教材，也仍然是个可以探讨的问题。编一套成系统的教材，固然是一种选择，但也可放弃单一系统，搞优秀论文选编或摘编，辅以提要性的说明。"参见《"新时期文艺学二十年"北京部分学者座谈会纪要》，载《文艺理论研究》，1998(4)。练暑生更是对学生进行调查，并写出简单的调查报告。参见练暑生：《关于文学理论教材学生反映情况的调查》，载《福建论坛(人文社会科学版)》，2008(52)。我们认为，在编写文学理论教材时虽然要尊重学科本身的逻辑，但实在也应该多考虑一下学生的接受问题。我们恐怕比较忽视这方面。

能"，同时还要有一定的生产和创造文学思想和文学知识的能力。这恐怕是我们的教材文学理论需要认真加以考虑并解决的问题。①

诚然，文学理论不可回避其天然具有的生产和传播意识形态的功能，在特定语境下，它甚至起到了询唤和塑造社会主体的重要作用。然而，当时代以是否可以有效阐释文学活动和创造文学知识作为判断文学理论及其教学活动的合法性时，教材文学理论也就有必要主动做出调整了。简而言之，就是要一改文学理论的意识形态习性，不以形塑人们的"文学观念"为能事，而将生产、传播和讨论有说服力的"知识"作为旨归。我们非常认同米勒的这一观点："我们最基本的任务，也就是人文学科新的原理，是要教授阅读与有效的写作，而这只能来自或伴随着一种精于阅读的能力。"②这就要求我们的教材文学理论有效介绍文学理论知识，同时要尽量让这些知识有效阐释文学活动，甚至将这些知识运用到具体的文学实践和文学知识再生产中。例如，学生学习了文学理论之后，不能仅仅只会论证什么样的人适合做作家，却不能具体指导哪怕一点点的文学创作。与米勒的观点类似，在中国也有学人主张文学理论的培养目标之一是培养学生的文学写作能力。所谓"文学写作能力"，其所指是广泛的。它不等同于文学作品的写作能力，而是指"文学理论教育在学生身上所引起的带有创造性效果的那些东西，范围较为广泛，如一个恰当问题的提出、一个独立的见

---

① 晚近，不少学者提出了应对措施。其中，陈长利提及的文学理论教学范式从本质主义到关系主义转向这一策略非常有建设意义。虽然文章有重视教学忽略课程教材的嫌疑，但他提出的关系主义范式主导下的教学对象、教学目的、教学方法是值得肯定的。参见陈长利：《从本质主义到关系主义：文学理论教学范式转移》，见张帆、刘小新：《文学理论与文化研究》，165～170 页，镇江，江苏大学出版社，2012。

② ［美］J. 希利斯·米勒：《重申解构主义》，250 页，北京，中国社会科学出版社，2000。

解、一种探索性的思考、一种现象的新的解读方式等，都算其内"①。虽然教师自己要具备这样的文学理论知识和能力也是非常困难的，但如果我们一代代的文学理论教师能够有意识地去努力，就有可能慢慢地不把它当作难事了。如果有哪一天，我们的教材文学理论能够承担起这一功能，那必定也是专业的"文学理论家"诞生之时，我想这正是我们所期待的。

另外，支宇在批评陶东风文学理论基本问题时，虽然对陶东风教材的指责不甚合理②，但希望文学理论能够直面当下中国的文艺现状和回应具体的文艺实践，以免成为空洞无物的文艺学，这一点无论如何也代表了当今大多数文学理论研习者的心声！

---

① 陈长利：《从本质主义到关系主义：文学理论教学范式转移》，见张帆、刘小新：《文学理论与文化研究》，168页，镇江，江苏大学出版社，2012。我们在有限的阅读中，发现还有不少学者持类似看法。比如，汪正龙就曾在讨论教材文学理论的论文中呼吁："文学理论固然是对有关文学活动的各种问题的阐释，并且任何关于文学的阐释都应当是多层面、多方向和无穷尽的。但对于文学问题多维度的阐释，不仅是要向学生传授关于文学的一般性知识，更重要的是能训练与培养学生对文学的阐释能力甚至科学研究能力。"参见汪正龙：《问题意识、开放式与层次性——从现有教材的基本模式看文学理论教材的理念设定与模式建构》，载《首都师范大学学报（社会科学版）》，2005(1)。

② 之所以说支宇的批评不甚合理，是因为陶东风教材在导论里表达了直面文艺现状和回应文艺实践的意图，并且还较为具体地讨论了文学与文化、文学与身份认同等一些具有时代感的问题。同时，作为一本有意识反思并积极改变固有模式的文学理论教材，它恐怕是让教材文学理论避免支宇所言之"脱离当下语境和中国经验的空洞无物的文艺学"的急先锋。只是，这本教材尚未完全达到目标。另外值得注意的是，该教材在修订时已然在附录中专门讨论了文学与媒介、市场及全球化的关系问题。

第五章　文学理论的知识立场反思与反思性文学理论的建构

随着大学文艺学学科反思的深入，学界诸人对自身所持的文学理论知识立场进行了自我反思，进而建构了反思性文学理论。这当是文艺学学科反思的重要成果之一。

第一节　文学理论知识立场的反思

在文艺学学科反思的历程中，随着反思的深入，对文艺学学科做知识学反思的文献也逐渐增多。[①] 2007 年第 5 期《文学评论》专门以专题"文艺学知识形态批判性反思"，刊发了李西建《文化转向与文艺学知识形态的构建》、陶东风《反思社会学视野中的文艺学知识建构》和

---

① 学界还专门召开了数次与文学理论知识学反思有关的会议，2006 年 4 月 17 日至 18 日，首都师范大学文艺学学科、《文艺研究》杂志社和湖州师范学院联合召开了"文学性的历史形态与文学理论的知识建构"学术讨论会。参见王昌忠：《"文学性的历史形态与文学理论的知识建构"学术研讨会综述》，载《文艺研究》，2006(8)。2006 年 10 月 13 日至 15 日，中国人民大学文学院文艺学学科、《文艺研究》杂志社在北京共同主办了"文艺学的知识状况与问题"学术研讨会。参见廖恒：《"文艺学的知识状况与问题"学术研讨会综述》，载《文艺研究》，2007(6)。

章辉《反本质主义思维与文学理论知识的生产》三篇论文。①

　　事实上，作为文艺学学科反思代表人物的陶东风早在 2001 年发表代表性论文《大学文艺学的学科反思》时，就已然从知识立场的角度对文艺学学科进行了反思。不可否认，此文开启了此后学界关于本质主义与反本质主义的研究及论争。后来，陶东风又刊发了相关论文数篇。鉴于学界在文学理论知识问题上的研究主要由陶东风引发，因此，这里以陶东风为考察中心，讨论文学理论的知识学反思问题。

　　就知识学角度看，陶东风在《大学文艺学的学科反思》这篇重要文章中，主要对自身的知识立场进行了较为鲜明的标示，即对本质主义进行颠覆，对反本质主义则心有戚戚焉。当然，陶东风所言之反本质

---

　　① 这里不妨再列举一些相关文献。李春青：《谈谈文学理论知识论模式的转型问题》，载《陕西师范大学学报（哲学社会科学版）》，2005（2）；陶东风：《文学理论知识建构中的经验事实和价值规范》，载《天津社会科学》，2006（5）；颜翔林：《文学理论知识建构的三个维度》，载《文艺研究》，2006（10）；余虹：《理解文学的三大路径——兼谈中国文艺学知识建构的"一体化"冲动》，载《文艺研究》，2006（10）；余虹：《文学理论的学理性与寄生性》，载《文学评论》，2007（4）；孙文宪：《中国当代文学理论研究的知识状况》，载《学习与探索》，2007（3）；张荣翼、许明、蒋述卓等：《关于文艺学知识依据的对话》，载《长江学术》，2008（1）；卢衍鹏：《文艺学知识形态与学科的知识实践》，载《甘肃理论学刊》，2008（1）；卢衍鹏：《文艺学知识形态建构的三种方式》，载《集美大学学报（哲学社会科学版）》，2008（3）；邢建昌：《后现代语境下文学理论知识生产的三个维度》，载《浙江大学学报（人文社会科学版）》，2009（1）；胡友峰：《反本质主义与文学理论知识空间的重组》，载《文学评论》，2010（5）；冯黎明：《文学研究中本质主义与历史主义对立的知识学根源》，载《中国文学研究》，2010（1）；孔帅：《文学理论知识生产的困境与解救蠡测》，载《贵州师范大学学报（社会科学版）》，2011（1）；冯黎明：《文学研究的学科自主性与知识学依据问题》，载《湖北大学学报（哲学社会科学版）》，2012（2）；李西建：《思想生产与文学理论的知识创新》，载《文艺理论研究》，2013（3）；冯黎明：《意义论：文学研究的知识学主轴》，见童庆炳、王一川、李春青：《文化与诗学》第 2 辑，北京，北京大学出版社，2013；毕日升：《大众文化语境下文学理论的知识生产》，载《河北师范大学学报（哲学社会科学版）》，2016（2）；邢建昌：《从知识、知识生产的视角进入文学理论的反思研究》，载《河北师范大学学报（哲学社会科学版）》，2016（2）；孙秀昌：《反本质主义策略下文艺学知识生产的反思》，载《河北师范大学学报（哲学社会科学版）》，2016（2）。

主义并非此后人们所误以为的那样：反本质主义即认为文学没有本质，并反对任何有关文学的本质言说。事实上，陶东风在该文中有一段对自身反本质主义立场的清晰表达："我们所说的反本质主义并不是根本否定本质的存在，而是否定对于本质的形而上学的、非历史的理解（在这一点上不同于有些'后'学家那种根本否定事物具有任何本质的极端反本质主义），尤其不赞成在种种关于文学本质的理论中选择一种作为对于'真正'本质的唯一正确揭示。"①陶东风反对本质主义的目的不是否认本质，他认同反本质主义也不是要否认本质，而是要让本质的存在不再神秘。用他自己的话来说，就是他坚信本质的存在是有条件的，必然会受到社会历史因素的制约，也因此是可以反思的。他之所以持这种观念，就是因为他认同的是自由、多元、民主的文艺学，希望保持文艺学知识的历史性、地方性。

　　几年后，陶东风在他所主编的《文学理论基本问题》一书中，依然持如此立场，并且写了一段与文艺学知识观念更为直接的话："一方面我们坚信文学与其他的人类社会文化现象一样是随着时代的变化而变化的，不存在万古不变的文学特征（本质），因而也不存在万古不变的大文学理论（Literary Theory）；同时我们也不否认，在一定的时代与社会中，文学活动可能呈现出相对稳定的特征，关于文学的各种言说也可能出现大体上的一致性，从而一种关于文学特征或本质的界说可能在知识界获得相当程度的支配性，得到多数文学研究者乃至一般大众的认同。但是我们仍然不认为这种'一致性'或'共识'体现了文学的永恒特征或对于文学本质的一劳永逸的揭示。相反，这种'一致性'与'共识'的出现是有具体的社会历史条件的，是与各种非文学因素相互缠连的，是一种历史性与地方性的话语建构。"②按理说，这段话已经非常清晰地表明了陶东风对于文学本质的看法了，但是毕竟其整体

---

① 陶东风：《大学文艺学的学科反思》，载《文学评论》，2001(5)。

② 陶东风：《文学理论基本问题》，11～12页，北京，北京大学出版社，2004。

的言说是要反对关于文学的本质主义，给人的整体印象也是要颠覆此前的文学理论知识观念，因此，陶东风此处关于文学本质及其所标示的文学理论知识观念无论如何都显得像是"小叙事"，似乎是避免自己走极端或照顾人们情绪的安慰之词。无论如何，这都不足以让人们去细读其文学理论知识观，误解也就不可避免。人们认定陶东风乃反本质主义文艺学的代言人。

此后，学界围绕反本质主义进行了论争。① 陶东风对自身所持的建构主义文艺学知识立场进行了确认，他写道："我是一个建构主义者，强调文艺学知识（其实也包括其他人文社会科学知识）的建构性，特别是其中的历史性和地方性。"②所谓"文艺学知识的建构性"，即文艺学知识的生产是有条件的，文艺学所生产的知识并非绝对的真理。任何知识都是特定历史语境下的知识生产主体在某一场域中生产出来的，它的生产与自身在场域中的位置有关，因此，任何生产出来的知识都是可以反思的。应该说，陶东风的这种建构主义文论知识观是一以贯之的。

建构主义的文艺学知识立场是针对本质主义而言的，本质主义往往以主客二分的思维方式认知这个世界，并且坚定地认为，人们可以找到事物的本质。事物的本质与社会条件无关，它是永恒的、实体的存在。这种本质主义主导的文学理论，"总是把文学视作一种具有'普遍规律''固定本质'的实体，它不是在特定的语境中提出并讨论文学理论的具体问题，而是先验地假定了'问题'及其'答案'，并相信只要掌握了正确、科学的方法，就可以把握这种'普遍规律''固有本质'，从而生产出普遍有效的文艺学'绝对真理'。在它看来，似乎文学是已经定型且不存在内部差异、矛盾与裂隙的实体，从中可以概括出所谓

---

① 有些争论是围绕着教材或论文本身的具体观点进行的。这里主要选取从知识学角度探讨文艺学学科反思的一些争论予以讨论。

② 陶东风：《反思社会学视野中的文艺学知识建构》，载《文学评论》，2007(5)。

放之四海而皆准的'一般规律'或'本质特点'"①。不可否认，新时期以来的文学理论知识生产主体中持这种文学理论知识立场者并不鲜见。一直到今天，认为文学理论乃研究文学特性和普遍规律的看法似乎都占据着主流地位。其隐含的无意识是，文学理论乃发现知识的学科。当然，问题恐怕还不在于文学理论是否发现知识，而在于是否承认其所发现的这种知识是绝对的，不可置疑的。如果承认，那么这种文学理论知识观无疑是本质主义的，并因此区别于建构主义。

建构主义知识立场与本质主义知识立场之差异就在于知识生产主体如何看待针对知识本身所进行的知识学反思问题。对此，陶东风说得非常简洁："一个基本的方法可以用来区别建构主义和本质主义：建构主义视野中的知识是可以而且欢迎对自身进行社会学反思的，而本质主义视野中的知识是不能而且拒绝进行社会学反思的。"②

那么，对文学理论进行社会学反思如何可能呢？我们不妨看看陶东风是如何借助布迪厄理论来进行的。其一，在陶东风看来，持建构主义文学理论知识立场的知识生产主体要具有自我反思的精神。他要意识到自我反思的必要性。因为知识生产主体的生产行为始终是作为"人的社会实践活动而不是单纯的理论活动或认知活动"③，知识生产主体在从事文艺学知识生产时不可能脱离一定的主客观条件，不可能离开知识生产场域。因此，自觉而有效的文艺学知识生产，必定要求其生产主体不但要知道自己生产了什么样的知识，而且要知道自己为什么要生产这样的知识，是哪些因素在制约着自己的知识生产。④ 其二，要具体分析知识生产主体在场域中的位置。文艺学知识生产主体在场域中的位置及其和行动者之间的关系往往决定着他们的文艺观点、文艺立场、文艺趣味等。换言之，文艺学知识生产主体持怎样的

---

① 陶东风：《大学文艺学的学科反思》，载《文学评论》，2001(5)。
② 陶东风：《反思社会学视野中的文艺学知识建构》，载《文学评论》，2007(5)。
③ 陶东风：《反思社会学视野中的文艺学知识建构》，载《文学评论》，2007(5)。
④ 参见陶东风：《反思社会学视野中的文艺学知识建构》，载《文学评论》，2007(5)。

立场、观点、趣味并不是天生的、本质化的，而是其位置特征的体现。以文艺学场域为例，有些人倾向于维护现有的知识系统和知识生产格局，有些人则倾向于颠覆这个系统和格局，有些人则既有维护又有颠覆，这实际上就是场域中占位不同之具体反映。①

如果说 2001 年陶东风写作《大学文艺学的学科反思》是在场域中"争胜"的话，那么 2007 年的这一次反思则是持建构主义文学理论知识立场的陶东风，对包括自身在内的文学理论知识生产主体所做的更为残酷、彻底的反思。② 换言之，他在告诉人们，他从 2001 年开始较为集中地反思大学文艺学学科③，而作为文学理论知识生产主体的他究竟持怎样的文学观念、文学立场等，从某种意义上讲，都与自身在场域中的"位置"有关，并非偶然的，也不是天然的，毋宁说是有可理解的社会原因的。这一点陶东风自己是承认的。因此，多年前，在文艺学学科反思中所出现的以童庆炳和陶东风为代表的两方在关于文学

---

① 参见陶东风：《反思社会学视野中的文艺学知识建构》，载《文学评论》，2007(5)。这里不妨抄录美国文学理论刊物主编 W. J. T. 米切尔的一段话，来说明场域位置对于知识生产者的影响。米切尔在讨论文学及文学理论终结问题时说："事实上，文学以及文学理论并没有终结。虽然文学受到媒体的冲击走向了边缘化，但是弗莱(Northrop Frye)、米勒(J. Hillis Miller)、詹姆逊(Fredric Jameson)等在结构主义和后结构主义方面所取得的研究成果、所总结出的经验教训已成为不可多得的遗产，它们已经从文学机构撒播到文化生活中的各个方面，包括媒体、日常生活、私人生活领域和日常经验中。同时，文学理论本身也向各个方面播撒开来。在美国有一种流行的说法：理论死了，已经终结了，关于理论再也没什么可说的了。身为一个大的文学理论杂志的编辑，我坚决反对这种说法。文学理论自身并没有消亡，只是发生了某种形式上的变化。它已转而研究新的对象，如电视、电影、广告、大众文化、日常生活等。文学理论有了新的表现形式和新的话语。"参见[美] W. J. T. 米切尔：《理论死了之后？》，载《文艺报》，2004-07-15。虽然米切尔对于文学及文学理论并未终结的判断有诸多理由，但他并不否认这一判断与其身份有一定的关联。

② 布迪厄说："想要实现反思性，就要让观察者的位置同样面对批判性分析，尽管这些批判性分析原本是针对手头被建构的对象的。"参见[法]皮埃尔·布迪厄、[美]华康德：《实践与反思——反思社会学导引》，44 页，北京，中央编译出版社，1998。陶东风的自我反思无疑实现了反思性。

③ 实际上，陶东风早已对文艺学知识生产进行了反思。参见陶东风：《在社会历史语境中反思当代中国文艺学美学》，载《哲学动态》，1998(9)。

理论边界问题上的争论，我们就可以使用布迪厄的场域理论自然而然地进行分析了。

学界已有李春青先生"践行"在前，他写道："如果按照布迪厄给出的研究视角来看，对于这些后起之秀来说，如何摆脱压制，获得言说的权威地位，乃是梦寐以求的事情。如何来颠覆师辈已有的权威地位而取而代之呢？他们选择了另起炉灶的办法：操传统话语是你占优势，操新话语则我占优势。于是花样翻新就成为他们的一种'圈内政治'的重要策略。如果能够在这个场域中推广一种全新的话语系统，则其推广者就自然而然地占据了权威发言人的地位。对于师辈，他们作为生活在中国文化传统中的知识分子，毫无疑问是礼敬有加的，而且从心底里还往往有一种孺慕之情——因为在他们的成长过程的每一个阶段都伴随着老师的辛勤劳动与殷切希望。但是对于师辈们的学术观点、学术方法以及权威发言人的地位，他们都深不以为然，因此主张用文化研究来取代文学理论，或者宣布'文学理论死了'，文学理论的边界应该扩大等观点，无不蕴含着颠覆师辈之权威地位的'狼子野心'，观其用心，真是'何其毒也'！'小子鸣鼓而攻之，可也'！"①

李春青的分析应该说是非常精彩的，也非常容易被人理解。但是，如果我们不理解场域理论，只是回到常识来看，则恐怕会产生误解。例如，当事人会很气愤，甚至还会对李春青的分析感到不可理喻：我们怎么可以将如此严肃的学术之争化约为赤裸裸的"争权夺利"呢？对此，李春青怕被误解而补充道："然而如果抛开了情感因素和狭隘的道德观念，则这正是人类文化演进之常则，没有什么值得大惊小怪的。"②对于人情世故而言，这一补充说明是有必要的。但如果从学术论，我们更应该理解李春青在分析中所使用的布迪厄

---

① 李春青：《在审美与意识形态之间——中国当代文学理论研究反思》，255 页，北京，北京大学出版社，2006。

② 李春青：《关于"文学理论边界"之争的多维解读》，载《文学评论》，2005(1)。

的理论，因为只有这样，我们才会发现陶东风和童庆炳关于文艺学的论争具有社会性、客观性，同时也是真诚的。在学术史角度，我们会发现使用布迪厄的反思社会学理论对文学理论知识生产进行反思是有必要的，因为反思可以让知识生产主体意识到其处身性条件，同时可以营造唯真理是求的氛围，对于学科自主性建设不无价值，甚至还可以应对学科危机，指明学科未来发展方向。然而，回到现实，正如有学人所指出的那样，新时期以来的文学理论知识生产状况却很少被纳入文化再生产的社会场域中去反思，同时，"深植于学科知识建构过程的学者们的'集体无意识'特征、习性生成等问题也没有得到深刻的昭示。至于由学科符号生产专家们组成的'圈子'的权力运作轨迹和游戏规则等，更成为知识场域中的行动者们习以为常、心照不宣或讳莫如深的现象"①。为此，陶东风对文艺学知识场域的反思就显得非常有必要了，而李春青就此的评论也非常有价值。

更为重要的一点是，陶东风的反思是自觉的，他严格承认也遵循了反思社会学的规则。他并没有碍于师生情面，有意把争论解释得冠冕堂皇，毫无斗争的痕迹。同时，他不是为了某一目的而故意反思争论，因此，他的反思及其引发的争论是彻底的，其建构论文学理论知识观是真诚的。② 我们甚至会有意思地发现一个看似循环的问题：陶东风是因为反思而持建构主义的立场，还是因为持建构主义的立场才反思？事实上，在陶东风这里，这本就不是一个问题，他只是在落实他所认同的"建构主义视野的知识是可以而且欢迎对自身进行社会学反思的"③。换言之，建构即反思，反思即建构，

---

① 王刚：《场域理论与新时期文艺学知识生产问题的反思性研究》，载《湖北社会科学》，2010(2)。

② 对于李春青先生事后对陶东风先生的这种场域论分析，想必陶东风先生会信以为然。

③ 陶东风：《反思社会学视野中的文艺学知识建构》，载《文学评论》，2007(5)。

二者合为一体，使得他对文学理论学科的反思更加自觉。甚至于，因为这种彻底的反思，陶东风塑造了自己对文学理论的独特理解。如果要命名的话，那不妨称之为建构主义文学理论，或曰反思性文学理论。①

第二节　反思性文学理论的建构

在陶东风看来，文学理论已然不是研究文学特性和普遍规律的人文学科，而是反思文学特性和普遍规律是如何被建构的学科。用他自己的话来表述，即："从建构主义的角度或许可以这样表述文学理论的知识属性：通常人们把文学理论定义为研究文学活动规律的知识体系，但与其说文学理论是研究文学活动规律的，不如说它是研究文学活动的规律是如何被建构的？谁在建构这种'规律'？为什么建构这种'规律'？通过什么媒介建构这种'规律'？这种建构受到哪些因素的制约？能否像'上帝'那样超越地去建构？"②

看得出来，建构主义文学理论已经改变了关于文学的提问方式，它不再注重主客二分地去"认知"文学的"是什么"，而是结合社会文化语境去"反思"文学"何以如此"。用陶东风的话来说就是："我们不应该去问：到底哪种文学本质观是真理，是对于文学'客观本质'的正确揭示？哪些是谬误，是对于文学客观本质的遮蔽？我们要问的是：什么人在什么情况下、出于什么需要和目的、通过什么手段、建构了什么样的'文学'理论？又是在什么情况下何种关于文学的理论因为什么取得了支配或统治地位，被封为'真理'甚至'绝对真理'？何种被排斥到边缘地位或者干脆被枪毙？原因是什么？这个中心化—边缘化、包含—排除的过程是否表现为一个平等、理性的协商对话过程？是否符

---

① 笔者曾经撰文呼吁学界重视反思性文学理论的存在，此处对此前发表的相关论文有所吸收。

② 陶东风：《走向自觉反思的文学理论》，载《文艺争鸣》，2010(1)。

合民主自由的政治程序和文化精神?"①需要指出的是,建构主义的文学理论不仅在研究文学"实践"和从事文学批评的时候已然从认识论走向了反思论,而且在研究文学理论自身及其历史之时,也是持反思论的立场的。

为了对反思性文学理论有更好的认知,我们不妨对其特点做一些阐释。简而言之,反思性文学理论有以下几个方面的特点。

首先,从"口头禅"走向"真觉悟"。

我们知道,禅宗里还没有开悟者,其所参之禅就是"口头禅"。所谓"口头禅",就是说参禅者只会停留于口头地对禅的教义和旨趣做理论的思辨与概念的演绎,而不能将之内化成一种实际的行动与真实的惯习。这里我们借它来说说文学理论,即那种只会就理论谈理论、从理论到理论、离开了理论就不能言说而必陷入"失语"的研究。布迪厄指出,这种研究常常自觉不自觉地陷入理论的拜物教中。"这种拜物教,来自将'理论'工具——惯习、场域、资本等——看作自在和自为的存在,而不是运用这些工具并使它们发挥作用。"②也就是说,这种研究常常喜好"追新逐后"的移植、贩卖甚或炫耀理论,基本上都只停留在"一阶问题"上做无谓的思辨,并最终让理论成为"口头禅"。这是相异于反思性文学理论的一个通病。

反思性文学理论对此有清楚的认识。相比于口头禅式的文艺学研究,反思性文学理论有从"口头禅"顿悟为"真觉悟"的自觉追求。在禅宗里,所谓"真觉悟",是指参禅者已然开悟,从而对禅有真实的感受,并能运用、内化为实际的行动,所以参禅者已经生活在禅境之中。这里是指文艺学研究能真实地认识到理论拜物教或唯智主义的弊端,能避免空谈理论,并能将这种认识内化成

---

① 陶东风:《走向自觉反思的文学理论》,载《文艺争鸣》,2010(1)。

② [法]皮埃尔·布迪厄、[美]华康德:《实践与反思——反思社会学导引》,351页,北京,中央编译出版社,1998。

一种科学惯习，从而在实际的研究中做到有话要说、有话可说而不失语。不妨还以反思型文艺学代表人物陶东风先生的研究为例来稍做阐释。

作为一个身处崇尚专业知识环境中的高校教授，陶东风却多次强调自己不愿意做专家，不愿意做纯粹的学术研究。对此，一定有人大惑不解。因为在今天这个知识生产已然专业化的时代，一个人如果不在所从事的领域成为相对意义上的专家，他能在实际的知识生产场域中占据合法性位置吗？当然不能。倘若如此，我们该如何理解陶东风的说法？其实，如果回到反思性文学理论的旨趣，大概就可以理解了。陶东风并不是真的不愿意做专家，而是不愿意做那种离开了术语就不能说话的专家，不愿意做那种说了几十万言，却没有几言是自己要写的和所写的这种意义上的专家。陶东风当然不鄙视理论，否则他怎么会对哈耶克、布迪厄、阿伦特的思想做专门的解读与研究?! 怎么会编撰较有理论风格的文学理论教材？怎么会撰写文化研究导论意义上的这种具有理论色彩的文字呢？所以说，陶东风并非不喜欢理论，只是不喜欢停留于"口头禅"的理论，不喜欢从理论到理论，以至于让自己不能在所在行当说话，并遭受令人失望的"失语"症候。大概也正是因此，以陶东风为代表的一大批反思性文学理论的学人走在了科学反思的道路上。

其次，从平常误识走向科学反思。

正是由于对理论拜物教的扬弃，反思性文学理论才能以此为契机，并进一步从平常误识走向科学反思。如果说理论拜物教往往喜好停留于理论的世界中，以至于对现实世界失语的话，那么反思性文学理论研究者在开悟之后，便力图"使理论工作与经验研究彼此以最彻底的方式相互渗透"①。也就是要对科学工作本身进行彻底的反思，实

---

① ［法］皮埃尔·布迪厄、［美］华康德：《实践与反思——反思社会学导引》，222 页，北京，中央编译出版社，1998。

现"思"(理论思考)与"事"(经验世界)的交往对话，从而达到思乃事之思，事为思之事，并最终摆脱平常误识。

所谓"平常误识"，是布迪厄的一个理论术语。它是指在社会行动者本身合谋的基础上，施加给自身的一种软性的认识暴力，而且行动者并不领会那是一种暴力，反而认可了这种暴力。这里用它来指认文学理论研究中研究主体在知识生产的过程中，由于自身的合谋而对本是一种认识暴力的现象毫无知觉，甚至还认同了这种暴力的研究。由于反思文艺学对此有较为彻底的认识，自觉地展开相应于此的认识论决裂，对这种暴力所表征的社会机制有清醒的科学反思，因此可以避免这种暴力。具体而言，反思性文学理论的这种科学反思及其功效大概包括以下几点。

一是在反思中避免了对当下文艺学现象与问题做意识形态的屏蔽。

反思性文学理论力图对当下的文艺学现象与问题进行科学的反思研究，发现其背后的运作机制，在此基础上进行一种客观的阐释。在反思性文学理论看来，如果仅仅对一种文艺学现象与问题做简单的意识形态式的分析，提出一点或赞成或反对的标语口号式的立场，甚至还借助于学术场域之内或之外的权威力量来让人认同这种立场，那么不但会破坏文艺学研究的自主场域，而且很可能会屏蔽实际的问题，让文艺学研究处于误识的囚牢中。

应该说，陶东风对此是有深深的自觉的，而这也常常引起同行的误会。以日常生活审美化之争为例。在国内，陶东风是较早提出这一话题的，仅就文献而言，早在 2001 年，他就在《大学文艺学的学科反思》一文中提及了"审美活动的日常生活化"这一问题，此后更是在《日常生活的审美化与文化研究的兴起》《日常生活的审美化与文艺社会学的重建》等一系列文章中围绕此话题进行了多角度的反思性研究。陶东风提出此话题的目的无非是反思文艺学研究的现状与问题，指出当前文艺学研究要对具体的文艺审现象进行科学的研究，发现其背后的运行机制，然后建构合适的研究范型，如文艺社会学研究范型、文化研究学科范型等，以此展开反思性的文艺学知识生产，从而强化文艺学研究的科学性与有效性。

事实上，"日常生活审美化"这一话题的提出及相关研究的确解决了当下一些大众文艺的新现象与新问题，提高了文艺学的知识生产力，与此相关的论文因此还成了 2005—2006 年转引率较高的论文。① 然而，由于诸种原因，这一话题也引发了一场关于日常生活审美化的学术论争。论争本来是很正常的，也是有必要的，但是论争过程本身夹杂了一些误会。其一，让那些不习惯科学反思而喜欢心性体验，并甘于受意识形态屏蔽的文艺学人，误以为反思研究是要取消人文追求和放弃审美的自主性世界。其二，让那些习惯场域位置结构者误以为反思研究是有意颠覆和无理解构。诸如此类的误会当然可以理解，但是平心而论，误会主要是知识的不对称所致。因为如上所述，反思性文学理论已然超越了那种将问题仅打发给意识形态，或只做一种纯心性式的批判的简单做法，而是要科学分析，从而获得较理性的阐释和有限度的改变，但误会者以为反思性文学理论者是要从意识形态方面和人文价值方面肯定这一现象。为此，陶东风只好特意做出申明："最后也是最重要的，美学、文艺学对象与方法的调整绝对不意味着对于日常生活审美化现象在价值上的认同。关注一个对象不意味着赋予它合法性，而批判性地反思一个对象的前提是把它纳入自己的研究视野。"② 也就是说，他是为了研究的需要，为了科学的需要，为了学

---

① 参见赵宪章：《2005—2006 年中国文学研究热点和发展趋势——基于 CSSCI 中国文学研究关键词的分析》，载《河北学刊》，2008(4)；赵宪章：《2005—2006 年中国文学影响力报告》，载《文艺争鸣》，2008(8)。

② 陶东风：《日常生活的审美化与文艺学的学科反思》，载《天津社会科学》，2004(4)。

科自主性的需要。① 至于第二种误会，这也许有点难以申辩，因为正如布迪厄创作《学术人》一样，它必然会引起这种决裂，必然会让场域的位置发生一定的调整，必然会让人不舒服。但只要能同情式地理解反思性文艺学的旨趣，就会更多地意识到反思型知识生产主体恰恰是

---

① 这方面的误会在学界可谓不少，这里做简要的提及与辨析。近来有汤拥华的论文《文化批评视角下的文学本质与价值——王晓明、陶东风、吴炫，对当代中国文化批评的个案考察》(《文艺争鸣》2007 年第 9 期)、盖生的专著《文学理论当下形态论——文学理论学探索》(社会科学文献出版社 2008 年版)。汤拥华一文的误会有二。一是径直地把陶东风看成历史主义者，而历史主义者只看到历史流传物，有本质主义、主客二分的形而上学嫌疑。其实这是对陶东风的一个较大的误会，如果实在要说立场的话，陶东风应该是站在反思性的"结构主义的建构主义"的科学立场上，已然自觉地超越了诸如建构与结构、社会物理学与社会现象学等二元对立。大概该文对此未及深入领会，所以也就不太习惯陶东风"四面出击""双重的祛魅"的"复杂性"。二是该文对大众文化现象也有唯价值批判主义、屏蔽了意识形态分析框架的倾向，可以说是对反思性的文学理论研究旨趣有信息不对称之嫌，以至于认为关注政治是法兰克福学派的思想传统，重建文学的公共空间就是要发挥文学的意识形态功能。其实，捍卫一种科学的、理性的政治正是反思性文学理论的旨趣；而重建文学(文化)的公共空间，既是大众文学(文化)自律性的非意识形态的需要，也是其应有的他律性的科学的意识形态的功能，两者并不必然矛盾，尤其是在现代大众社会，我们不能认为意识形态与审美必然是对立的。另外，只要有科学的自主场，这两者就不是必然对立的。可以说，反思性文学理论研究就是捍卫、建构科学的自主性的必要前提。而盖生的著作与其说是一文学理论学探索性著作，不如说是对文化研究进行声讨的著述。吊诡的是，如果该书离开了对文化研究的声讨似乎就不是著述了，更不要说是文学理论学著述了。如果按该书的说法，把文化研究分成三种形态，而文化研究又都需要被放逐的话，就会出现 20 世纪 60 年代以来就没有可称之为西方文论的东西这一结论。其实该书也是一种反思性研究，只不过它的反思不是为了建立科学的文学理论，而是为了一种道德理想主义、意识形态幻象的文论，是在等待而不是建构一种文学理论的自主，是为了允诺底层大众一种体验式的幸福感觉，而非与大众一道去建构、经验一种真实的幸福生活。这大概就是科学反思或说反思性文学理论与之不同之处。同时，我们也可以借此简要提及反思性文学理论与后现代主义的关系问题。反思性文学理论与后现代主义的相关处在于其历史观、知识观、主体观等解构性方面，简言之，即都是一种后形而上学思想。但是反思性文学理论的解构不是"坏解构""游戏式"意义上的后现代主义，不是不顾及经济、政治的纯思想解构。毋宁说，它要在解构的同时进行科学的建构，力图建构确定性，所以它是有价值判断的，对犬儒主义、虚无主义有天然的警惕。作为反思性文学理论渊源人物的布迪厄，就特别强调经济资本的问题，特别强调社会结构与心智结构的同源性关系。他试图与经典马克思主义一样，保持一种科学性的解释与改变世界的情怀和诉求。

在维护一种知识场域的自主性，而且其自身也是被反思的对象。

二是在反思中让文艺学研究的范围、对象、方法、范式等都得以转型。

反思性文学理论为了确认自身的知识生产合法性，必然要对此前的研究体制，如研究范围、对象、方法等做一定的反思与调整。就研究对象而言，反思性文学理论认为文学理论研究如果要科学，"应当优先处理的，首当其冲、至关重要的问题，就是将社会上预先建构的对象的社会构建过程本身当作研究的对象。这正是真正的科学断裂的关键所在"①。就是说，研究对象是建构的、历史的、地方的、移动的、开放的，而不是先验的、实体化的、铁板一块的、固定的，不能习以为常地将其正当化。毋宁说，它其实是一个社会事件，是一个场域中资本较量的问题。

尤其可贵的是，反思性文学理论认为其研究对象是参与性的。也就是说，反思者自身也应该处于被反思之中，因为文艺学研究主体自身与所要研究的社会世界本身就是一种契合关系，"社会世界的结构"已被"内在化"了，这样它"在这社会世界里就会有'如鱼得水'的自在感觉"②。为此，反思性文学理论认为，要进行彻底的质疑，甚至不得不与研究共同体发生必要的决裂。

正是由于研究范围等的改变，文学理论研究的范式也悄悄地改变了，如倡导文化研究、文艺社会学。这也容易引起业内人士的误会，原因大概与上述误会的原因相差无几，这里就不赘述了，只是想重提陶东风的一点强调："我们倡导在方法论上拓展文艺学的对象与范围、调整文艺学的研究范式、倡导对于日常生活中的审美活动的关注以及

---

① ［法］皮埃尔·布迪厄、［美］华康德：《实践与反思——反思社会学导引》，352 页，北京，中央编译出版社，1998。

② ［法］皮埃尔·布迪厄、［美］华康德：《实践与反思——反思社会学导引》，360 页，北京，中央编译出版社，1998。

跨学科的研究方法，并不是要回到'庸俗社会学'."①

　　三是在反思中捍卫了较为科学的参与性、实践性与政治性。

　　反思性文学理论并不是没有独立批判性，没有人文价值的诉求，也不是要否认社会责任，只是主张"社会科学的政治任务在于既反对不切实际、不负责任的唯意志论，也反对听天由命的唯科学主义，而是通过了解有充分依据、可能实现的各种情况，运用相关的知识，使可能性成为现实，从而有助于确定一种理性的乌托邦思想"②。也就是说，它要以一种负责任的方式，科学地参与到公共领域中去，从而真实地解释甚至改变、创造现实。

　　例如，对待大众文化现象，反思性文学理论并不是要拥戴它，膜拜它，而是要在科学研究的基础上走进它、阐释它或改变它。反思性文学理论代表者陶东风在其主编的《大众文化教程》中可以说对此有明确的认同："大众文化曾经长期处于批判席上、领奖台上，而不是实验室中。"③为此，《大众文化教程》一书对大众文化的生成原因、运作机制、性质特点、接受方式等各方面进行了较为深入的分析研究，而其分析研究的目的并不是迎合它，当然也不是一味地否定它，而是在科学研究的基础上建构它，以推动其良性发展，同时发挥其文化政治的诸多效用，从而推动包括文学在内的整个文化公共领域和现代公民社会的形成。从这里，我们也可以发现，反思性文学理论是有参与诉求和人文关怀的，大概也正因此，陶东风才会负责任地关注日常生活的审美化、玄幻文学、语文高考、百家讲坛、文学的祛魅、公共媒介等大众文化现象，才会主张重建文学理论的政治维度。

　　四是在反思中有自觉的知识建构。

---

　　①　陶东风：《日常生活的审美化与文艺学的学科反思》，载《天津社会科学》，2004(4)。

　　②　［法］皮埃尔·布迪厄、［美］华康德：《实践与反思——反思社会学导引》，258 页，北京，中央编译出版社，1998。

　　③　陶东风：《大众文化教程》，前言，7 页，桂林，广西师范大学出版社，2008。

　　反思性文学理论不是要"狂欢化"地破而不立、解构而不建构，而是要立一种科学的、有反思旨趣的知识，建构一种非误识、非自恋的知识。正如布迪厄研究专家华康德所言："认识反思性根本不鼓励自恋症和唯我主义，相反，它邀请或导引知识分子去认识某些支配了他们那些深入骨髓的思想的特定的决定机制（determinisms），而且它也敦促知识分子有所作为，以使这些决定机制丧失效力；同时，他对认识反思性的关注也力图推广一种研究技艺的观念，这种观念旨在强化那些支撑新的研究技艺的认识论基础。"①也就是说，反思性文学理论认为反思本身不是目的，目的是有所发现，发现知识生产的机制，从而建构一种更为有效的知识。这与人们理解的所谓的纯粹的"坏解构"——把历史、主体、知识、意义等全部虚无化——不同，它是要建设反思性的知识，生产更多的科学知识，从而对历史、主体、意义做较为真实的现代阐释。

　　反思性文学理论的知识建构除了表现在关于一种文学知识、观念与方法的论著式建构之外，还具体体现在文学理论教材、大众文化教材、文化研究教材以及其他一些反思性的学术再生产活动之中。

　　就教材而言，21世纪以来，反思型的文艺学教材已然成了一定气候。这里还是以陶东风主编的《文学理论基本问题》为例来简要说明。可以说，该教材对那种将文学理论知识非反思化的"信仰式"教材进行了科学的指认与深刻的分析，从而与此前的教材做了较为彻底的认识论断裂。在此基础上，它将文学理论知识地方化、学术史化，这就避免了教材的意识形态纠缠，让文学理论教材得以空前祛魅。

　　不可否认，反思性文学理论毕竟是理论，但它力图破除"唯智主义的偏见"，走出"理论拜物教"的困境，为理论祛魅。这样就使得反

---

① ［法］皮埃尔·布迪厄、［美］华康德：《实践与反思——反思社会学导引》，49页，北京，中央编译出版社，1998。

思性文学理论具有了实践诉求，从而可能达到"经验研究中实践操作的重大变化，并带来了相当实质性的科学收益"①。

第三节　何为本质主义的文学理论知识立场

建构主义知识立场及其反思性文学理论由于是在文艺学学科反思的学术实践中存在的，对本质主义的文学理论知识立场有明显的指责，因此不免引发一些讨论与争鸣。何况，反思性文学理论在对文艺学学术场进行反思之时，必定会引来学术场域中不同知识生产主体的回应。其中较有代表性的回应者当属童庆炳、余虹等人。

早在大学文艺学学科反思中，陶东风虽然肯定了童庆炳主编的《文学理论教程》在反对本质主义方面的重要推动作用，认为该教材"代表了新时期文艺学教材的最高水平"②，但是他又强调该教材依然没有完全告别本质主义。例如，该教材在文学性质的理解方面，虽然意识到了文学的性质是丰富的、多元和开放的，但始终将审美视作文学的内在特性，把意识形态看作文学的外在性质。这种内外划分的做法表明它试图透过外在去发现内在的真理，并且把内在的性质看成更正确的甚至绝对正确的"真理"，这是典型的本质主义做法。显然，《文学理论教程》并没有意识到，将审美作为文学的内在性质其实并不是天经地义的正确认识，而只是"一种历史的、社会的和地方性的知识—文化建构。"③

由于童庆炳为该书的主编，因此人们认为童庆炳的文学理论知识

---

① ［法］皮埃尔·布迪厄、［美］华康德：《实践与反思——反思社会学导引》，45 页，北京，中央编译出版社，1998。

② 陶东风：《大学文艺学的学科反思》，载《文学评论》，2001(5)。

③ 陶东风：《大学文艺学的学科反思》，载《文学评论》，2001(5)。

立场是本质主义的。① 同时，由于在文学"终结说"、日常生活审美化与文艺学边界问题的争论中，童庆炳似乎都是"保守"的一方，因此人们误以为童庆炳是本质主义文学理论知识立场的代言人，甚至以为童庆炳乐于以本质主义立场自居。但实际情况是，童庆炳认为自己的文学理论知识立场不是本质主义的，而是反本质主义的，或者准确地说是建构主义的。一方面，他否认那种绝对的、实体性的本质；另一方面，他又承认建构性的本质，也就是认为在具体历史语境中是有本质存在的。回到现实，与陶东风一致，他也认为当代文学理论知识的确有一些是"跨时空的拼凑，而不追问文本的语境和历史的、民族的文化语境的现象，结果'遮蔽了文学理论知识的历史具体性和差异性'，'遮蔽了文学理论知识的地方性（民族具体性和差异性），导致对文学理论不能做出具体的真实的理解'"②。但是，童庆炳认为，其所主编的文学理论教材并不是这样的知识，其《文学理论教程》没有本质主义的痕迹。在他看来，他主编的文学理论教程是特定语境下的自觉建构，因此，我们对它的理解要以福柯的事件化方法来进行，只有这样才能对它展开公允评论。③

那么，童庆炳到底是持本质主义还是建构主义的知识立场？他所主编的《文学理论教程》究竟有没有本质主义的痕迹？

我们认为，童庆炳绝不是本质主义的文学理论知识立场的典型代表。童庆炳早在 20 世纪 80 年代就已经接受了"亦此亦彼"的思维训练，二十几年之后他依然坚定地说："没有唯一真理，更没有绝对真理，一切都在变化中。对一个问题可以有多种回答，这多种回答都可

---

① 没有人愿意承认自己是本质主义的代言人。但事实上，的确存在本质主义的言论，如董学文先生所言："关于文学到底是什么，我认为真理只有一个，关键是谁发现它。或者大家都发现一点，凑在一起。求真的东西少了，一味求善、求美，就成了无序的多元。"这恐怕就是本质主义的文学观。参见杜书瀛：《新时期文艺学前沿扫描》，274 页，北京，中国社会科学出版社，2012。

② 童庆炳：《走向新境：中国当代文学理论 60 年》，载《文艺争鸣》，2009(9)。

③ 参见童庆炳：《反本质主义与当代文学理论建设》，载《文艺争鸣》，2009(7)。

以是正确的。"①这足以见出他的知识立场是开放的，观念是多元的。这从其文学理论研究历经审美诗学、心理诗学、文体诗学、比较诗学、文化诗学等多个阶段即可见出。②而且童庆炳的文学理论研究特别具有历史语境意识，自从倡导文化诗学研究以来尤其如此。用他自己的话来说，就是："历史语境的观念是建构我的'文化诗学'的一个重要方面。"③他还曾把历史语境与当下文学理论的建设关联起来，并有针对性地建言道："长期以来，我们总是把文学理论看成是一个逻辑结构的系统，这当然有它的道理的。但是一味重视概念、范畴，一味注重判断、推理，会使文学理论失去了历史的根基。特别是我们编写的教材，差不多都是逻辑结构系统，没有历史感。其实文学理论是历史文化的产物，真正的文学理论是在特定的历史文化语境中产生的。因此，我们按照一个理论主题，搜集古今中外所有相似相同的观点，并把它们连缀在一起，构成所谓的论文，并没有太多的意义。因此，一定要使理论历史化，或者叫作重建历史语境。"④对于如此重视文学理论知识生产历史语境的童庆炳，我们很难认为他持本质主义的知识立场。

但是，童庆炳曾说："我隐隐感到担心的是，有些作者在有意无意间似乎把凡是给事物下定义的，凡是想明确回答问题的，凡是把事物分成现象与本质的二元对立的，凡是想搞体系化的著作的，都叫作本质主义。"⑤显然，童庆炳是担心人们因他谈论本质而将他当成本质主义者，但是除去对本质主义的误解不谈，我们还是可以发现童庆炳文学理论知识立场中的本质主义倾向。这主要表现在他无论如何还是

---

① 童庆炳：《反本质主义与当代文学理论建设》，载《文艺争鸣》，2009(7)。

② 参见程正民：《从审美诗学到文化诗学——童庆炳新时期文学理论研究之旅》，载《中国文化报》，2015-06-30。

③ 童庆炳：《反本质主义与当代文学理论建设》，载《文艺争鸣》，2009(7)。

④ 童庆炳：《当下文学理论的危机及其应对》，见童庆炳、王一川、李春青：《文化与诗学》第2辑，北京，北京大学出版社，2010。

⑤ 童庆炳：《反本质主义与当代文学理论建设》，载《文艺争鸣》，2009(7)。

对审美情有独钟，坚定地认同文学的审美特征，甚至把"审美意识形态"当成文艺学的第一原理。① 在文化诗学研究中，他也是以审美特征为文学的中心。② 为此，有学人不无道理地将童庆炳视为审美派。③ 凡此种种，我们可以说，他是有本质主义的知识立场的，只是他是自觉的本质主义者，而因其自觉，其本质主义的语词色彩已然不再是贬义的、落后的，而是其坚守的关于文学的"价值论本质"，表征了童庆炳对一种可贵的审美理想的信念。而且，更为可贵的是，他允许甚至欢迎人们质疑他的"价值论本质"。④ 他说："如果彼此实在不能容忍，也可以交锋，彼此对立，百家争鸣，在论战中求得问题的深化，也未尝不是好事。"⑤因此，童庆炳的本质主义是值得肯定的，表征的是一个有坚守的学者的知识认同和价值取向，这是令人肃然起敬的！

余虹并没有直接否认文艺学学科反思所涉及的反本质主义知识立场，但他在提出自己关于此问题的独特思考之时，间接地发表了自己关于此问题的意见，并引发了一定的争论。⑥

---

① 参见童庆炳：《审美意识形态论作为文艺学的第一原理》，载《学术研究》，2000(1)。

② 参见童庆炳：《文化诗学结构：中心、基本点、呼吁》，载《福州大学学报(哲学社会科学版)》，2012(2)。

③ 参见吴子林：《"中国审美学派"：理论与实践——以钱中文、童庆炳、王元骧为研究中心》，载《马克思主义美学研究》，2009(2)。

④ 童庆炳在文艺学学科反思中和陶东风的争鸣就是佳话。借此要说明的是，我曾经也在博士论文中以一章的篇幅对童庆炳的文化诗学进行了梳理，并提出了"异见"，后来择取一部分，命名为《文化诗学：如何审美，怎样大众？——20世纪90年代以来当代文学理论转型问题再讨论》，发表在《学术交流》2016年第4期上。童庆炳先生读过我的博士论文，并且说要将其纳入他的出版计划中。这足以见出先生的宽广胸襟，同时表征了他的自觉的价值论本质观是欢迎批评的。

⑤ 童庆炳：《反本质主义与当代文学理论建设》，载《文艺争鸣》，2009(7)。

⑥ 2006年4月17日至18日，首都师范大学文艺学学科、《文艺研究》杂志社和湖州师范学院联合召开了"文学性的历史形态与文学理论的知识建构"学术讨论会。笔者在会上倾听了陶东风与余虹就文艺学知识建构问题的争论。之后，两人分别发表了论文《文学理论知识建构中的经验事实和价值规范》(《天津社会科学》2006年第5期)、《在事实和价值之间——文学本质论问题论纲》(《天津社会科学》2006年第5期)。余虹还发表了相关文章《理解文学的三大路径——兼谈中国文艺学知识建构的'一体化'冲动》(《文艺研究》2006年第10期)等。

在知识立场上，余虹固然是反对本质主义的，也就是他不认为文学有柏拉图意义上的"内在的共型与规定性"的所谓本质。在他看来，"'文学'是一个'家族'。文学的'家族相似性'使我们将一些具有相关特征的现象(诗歌、小说、戏剧、美文等)通称为'文学'"①。很明显，余虹接受了以维特根斯坦为代表的后形而上学思想观念。虽然他依然认为"文学理论就是关于文学现象之根由与道理的论述与知识"②，但是他的文学理论知识观已经是后形而上学意义上的了，他不再以主客二分的思维方式看待文学，并认定有实体存在的文学本质。不过，余虹并没有因此忌讳谈论本质，更没有因此否认本质的存在。在他看来，没有"作为种类共性的'实然性'的本质，但却有作为价值形态的'应然性本质'"③。也就是说，我们不可能以全部的事实为依据，然后概括出文学的本质，但是我们不可避免地要在价值论和生存论的关联中来思考文学，为文学立法，并因此建构出文学的本质。用他自己的话说就是："某个事实并不天然就是文学本质的见证，恰恰是对某个事实的价值确认，才使它成为本质性的事实。就此而言，文学本质在事实上的'是'乃是由价值上的'应是'决定的，因此文学本质论的论争最终都会还原为价值争吵而非事实确认。"④

由于反对以事实为依据来确认文学的本质，因此余虹否认文学特征论。具体来讲就是，文学特征论是以事实为依据的，而认知主体对于事实的认知必定有限，因此，此路不通，改道是必然的。⑤ 余虹为此以价值判断来确认文学本质。那么价值判断又如何可能？余虹承

---

① 余虹：《文学知识学》，221～222页，北京，北京大学出版社，2009。
② 余虹：《文学知识学》，5页，北京，北京大学出版社，2009。
③ 余虹：《文学知识学》，222页，北京，北京大学出版社，2009。
④ 余虹：《文学知识学》，223页，北京，北京大学出版社，2009。
⑤ 事实上，在建构文学本质论时，由于意识到理性认知的有限性，因此不独断地以一己之关于文学的认识作为文学的本质，而是选择列举几条关于文学的特征，这种做法正表明了对理论理性的不信任，同时也表明不完全认同那种以事实为依据来判断文学本质的做法，于是退而求其次。在一定意义上说，这种做法值得肯定。

认，人们不可能持同一种价值观，在判断何为文学、何为好文学之时，相关的"价值争吵"无疑是事实存在的。他还不无悲观地发现："由于决定争吵之胜负的现实力量往往是权力，因此，最流行的文学本质论往往离文学的本质最远。"①那如何解决这一问题呢？余虹给出的办法是对权力的反抗，对良知和纯粹理性的执守。

对于余虹的文学本质论以及基于这种文学本质论的文学理论知识观，陶东风曾做了非常精彩的回应。陶东风非常赞同余虹否认以经验事实为依据去建构文学理论知识的做法，但认为尚不够彻底，因为他依然试图调和经验事实与价值规范，而这种调和是没有必要的。既然任何关于文学的言说都不可能以周全的事实为依据，同时，体现"本质"的文学具有天然的正当性而无须以经验事实为依据，那么，为何不彻底地认为，文学理论知识建构"只能从关于文学规范判断(文学应该是什么)出发"②呢？其中缘由，恐怕是余虹依然有本质主义的嫌疑，他尚相信文学理论知识有绝对的认识论意义上的正确，这种认识论意义上的正确必定要求与事实相符合。同时，他认定有"应然性本质"，这种本质可以在意识哲学里完成，这就使得他相信价值的自然正当、天然正当。

陶东风显然不认同余虹的这种应然性本质主义，理由有二。其一，在诸神纷争、价值多元的现代社会，让人们以某一种实质性的价值内涵为真理是不容易的。与其如此，不如让一种关于文学的应然性本质在交流中生成。应该说，这个理由是有说服力的，毕竟多元主义已经不可逆，不可能有普遍认同的某一价值观，交往才是正途。③ 其二，回到现实语境中，我们的确缺乏平等、理性的对话交往机制，在

---

① 余虹：《文学知识学》，223页，北京，北京大学出版社，2009。

② 陶东风：《文学理论知识建构中的经验事实和价值规范》，载《天津社会科学》，2006(5)。

③ 参见［英］齐格蒙·鲍曼：《立法者与阐释者——论现代性、后现代性与知识分子》，190页，上海，上海人民出版社，2000。

此境况下如果赋予某种具有实质性价值内涵的本质理论以"自然正当"或"天然正当",那么将不利于文学理论的开放性和多元性,同时很容易滋生文学理论知识建构中的专制主义。①

陶东风因此呼吁人们在程序规范的前提下,去达成关于文学理论知识建构的实质合法性。也就是说,人们都可以基于自己的价值判断去建构关于文学的"知识",但是,这种知识生产、传播、接受的程序要合法。换言之,我们要优先建构关于文学理论知识生产的程序正义,有了这种正义,文学理论知识生产的实质正义才有可能。虽然正当的程序正义不一定能够得出正当的实质正义,但相信个体的良知和纯粹的理性不如相信透明的程序以及基于这种程序所引导的交流理性,后者更为可靠。历史经验也告诉我们:"在合法正当的文学理论知识建构程序还没有确立的情况下,匆忙地建构关于文学的实质性规范知识,其后果将比先建立正当的程序、先悬置实质性的文学规范知识要严重得多。"②

事实上,余虹所引用的德里达的观点表明,文学本质的现代确定本来就与民主有千丝万缕的联系,即"处于比较现代的形式的文学建制是与讲述一切的授权联系在一起的,无疑也是与现代民主思想联系在一起的"③。这一点与我们所主张的文学理论的知识建构不可不重视程序的民主是相切合的。

余虹与陶东风关于文学理论知识建构中的事实与规范之争,表明了建构主义的知识立场反对任何本质主义,"应然性本质"也是本质主义。在建构主义看来,本质的产生不应该依靠个体的信念和意识来设定,而应该依靠一定的民主程序去建构。事实上,任何本质都是建构

①　参见陶东风:《文学理论知识建构中的经验事实和价值规范》,载《天津社会科学》,2006(5)。

②　陶东风:《文学理论知识建构中的经验事实和价值规范》,载《天津社会科学》,2006(5)。

③　余虹:《文学知识学》,223页,北京,北京大学出版社,2009。

的。我们相信，有了程序民主，才有可能出现关于文学理论知识生产的公共领域，然后人们才可能在其中交往，那种基于价值判断而产生的有关文学的"意见式真理"（truth of opinion）①才有可能出现。这种关于文学的"意见式真理"离文学的本质是最近的。

从思想史看，历经 20 世纪海德格尔、维特根斯坦等人的思想熏陶后，文学理论界恐怕鲜有学人对独断论意义的本质主义有认同。这当是文学理论学科反思中，没有多少人愿意承认自己是本质主义者的重要原因。特别是当对本质主义有误解，认为一说到本质主义就是思想落后、与当前开放时代格格不入者时，人们就更加不愿意承认自己是本质主义者。为此之故，要在文学理论研究中做一个本质主义者并不容易。通过对童庆炳、余虹两位先生的文学观念及文论立场的分析，我们也的确发现他们并不是一般的所谓本质主义者，这是需要加以强调的。

事实上，在后形而上学语境下，童庆炳自觉开放的"价值论本质主义"和余虹的"应然性本质主义"是有积极意义的。

其一，对文学知识的追求可以让文学理论研究保有形而上的特质。童庆炳从 20 世纪 80 年代倡导文学活动的特征论研究开始，直到晚年的文化诗学研究，都孜孜以求地寻找并守护文学的审美核心属性，努力生产能够有效理解现实社会文化与文学的理论"知识"，并把审美视为文学的第一原理。这种追问文学知识的做法有助于让文学理论保持其形而上的质地。余虹把文学理论直接视为文学知识学，更是使得文学理论成为追问文学知识的形而上学。

其二，正是由于持本质主义观念的文学理论研究具有形而上特性，因此它对于鼓舞人们沉潜学术，扎实从事基础理论研究而言，也是十分有益的。当前，在后理论语境下，有些学人想当然地以为可以

---

① 陶东风：《文学理论的公共性——重建政治批评》，439 页，福州，福建教育出版社，2008。

告别理论，并主张文学理论研究从此可以轻松地从事现象的分析和评论，以至于对较为抽象的基础理论研究不屑一顾。这实际上是对文学理论的理论属性的忽视，同时也是对后理论的误解。仅以童庆炳为例。他终其一生都十分虔诚地从事基础理论研究，试图找到更完善的文学的知识，而且不断地随着社会文化语境的变化调整文学理论研究的形态，于是才有了文学理论研究从审美诗学到心理诗学、文体诗学、比较诗学和文化诗学的不同阶段。① 童庆炳这样的本质主义，相对而言具有对知识的渴求，确实也推动了文学基础理论研究的进程，在当代文学理论学界实属少见。这难道不应该为当前文学理论研究者所继承么？如果回答是肯定的，那么我们就要学习童庆炳始终把文学理论视为求知的学问，面对变化了的社会文化语境始终保持对文学本质的审美理解这种基础理论研究的精神。童庆炳这种守护文学审美价值的"价值论本质主义"的确值得我们玩味。

其三，在文学理论"主义"式微、流派隐匿的当代中国②，声张和持守一种文学理论观念，并且视之为根本性特质甚至"信以为真"，这对于文化民族主体的觉醒和加强理论自信和文化自信而言，无疑也是必要的。我们认为，只要是有学理基础的立场、观念、主义和思想，就是值得坚持的；只要这种坚守不是封闭的而是开放的，不是独断的而是自觉的，那就是难能可贵的。童庆炳所持有的自觉开放的"价值论本质主义"及余虹所信奉的"应然性本质主义"就是这种难能可贵的文学理论立场、观念、主义和"思想"，值得我们予以同情式的理解。

---

① 参见程正民：《从审美诗学到文化诗学——童庆炳新时期文学理论研究之旅》，载《中国文化报》，2015-06-30。

② 参见王建疆：《别现代：空间遭遇与时代跨越》，57页，北京，中国社会科学出版社，2017。

第六章　文学理论的知识学反思与文学理论的
　　　　　合法性重构

在文艺学学科反思中，不少学人提及文学理论的知识合法性危机问题，并借此对文学理论的知识学依据进行追问。其研究的目的是通过反思来重构文艺学的知识合法性，这是值得肯定的。于是乎我们对此有必要予以回望，进行讨论。

第一节　文学理论的知识特性分析与
　　　　　文学理论的合法性重构

在对文学理论知识特性进行分析的学人当中，李春青是值得关注的。他是国内较早运用反思社会学方法对文学理论学科知识生产进行自觉反思，并开设文艺学反思课程的学者之一。[①] 2001 年以来，李春青发表了众多学科反思文章，如《对文学理论学科性的反思》[②]、《论文学理论的命名——文学理论学科性反思之一》[③]、《走向阐释的文学理

①　李春青：《在审美与意识形态之间——中国当代文学理论研究反思》，341 页，北京，北京大学出版社，2006。此后，李春青还与赵勇合作出版了名为"反思文艺学"的研究生教材。参见李春青、赵勇：《反思文艺学》，北京，北京师范大学出版社，2009。
②　李春青：《对文学理论学科性的反思》，载《文艺争鸣》，2001(3)。
③　李春青：《论文学理论的命名——文学理论学科性反思之一》，载《北京师范大学学报(人文社会科学版)》，2001(3)。

论——文学理论学科性反思之一》①、《文学理论的"自性"问题》②、《文学理论还能做什么?》③、《文学理论的中介性与合法性》④、《我们还需不需要文学理论》⑤等。⑥ 不得不承认,李春青在文艺学学科反思方面用力甚勤,成果丰硕,建构了自己的"反思文艺学",也因此被认为是反思性研究的代表者之一。⑦

李春青的文艺学学科反思抓住了文艺学学科自身的合法性危机与合法性重建这一问题。基于此,其反思涉及学科知识生产状况的方方面面。这里仅选取其对文学理论知识特性的反思以及关于文学理论合法性重构问题的研究等予以讨论。

---

① 李春青:《走向阐释的文学理论——文学理论学科性反思之一》,载《学术研究》,2001(7)。

② 李春青:《文学理论的"自性"问题》,载《福建论坛(人文社会科学版)》,2002(1)。

③ 李春青:《文学理论还能做什么?》,载《北京师范大学学报(人文社会科学版)》,2003(3)。

④ 李春青:《文学理论的中介性与合法性》,载《汕头大学学报(人文社会科学版)》,2004(4)。

⑤ 李春青:《我们还需不需要文学理论》,载《人文杂志》,2004(5)。

⑥ 另外还有如下重要文献。李春青:《文化研究语境中的文学理论建设》,载《求是学刊》,2004(6);李春青:《谈谈文学理论的转型问题》,载《新疆大学学报(社会科学版)》,2004(3);李春青:《"日常生活审美化"与文学理论的新课题》,见《小康社会:文化生态与全面发展——2003学术前沿论坛论文集》,北京,北京师范大学出版社,2004;李春青:《文学理论的学科性危机及其出路问题》,载《和谐社会:公共性与公共治理——2004学术前沿论坛论文集》,北京,北京师范大学出版社,2005;李春青:《谈文学理论在社会文化系统中的位置》,载《文艺争鸣》,2005(4);李春青:《关于"文学理论边界"之争的多维解读》,载《文学评论》,2005(1);李春青:《文学理论与言说者的身份认同》,载《文学评论》,2006(2);李春青:《论文学理论发展趋势》,见麦永雄:《东方丛刊》第1辑,桂林,广西师范大学出版社,2006;李春青:《试论当代文论话语建构之路径、存在问题及出路》,见北京市社会科学界联合会、北京师范大学:《科学发展:文化软实力与民族复兴——纪念中华人民共和国成立60周年论文集》下卷,北京,北京师范大学出版社,2009。需要说明的是,李春青先生反思文艺学的相关文献大多涉及两种著述,即《反思文艺学》和《在审美与意识形态之间——中国当代文学理论研究反思》。

⑦ 参见邢建昌:《理论是什么——文学理论反思研究》,3页,北京,人民出版社,2011。

　　早在 2001 年，李春青就发表了《对文学理论学科性的反思》这一重要文章。该文从文学理论的"古怪"现象入手，指出：文学理论学科的基本问题、核心问题、重要问题并没有随着研究的深入而不断推进，反而有些所谓基本问题、核心问题、重要问题逐渐失去了核心位置，甚至没有了学术意义，而至多只会在课堂上被讲解，但讲解这些内容的课程又不免变得僵化、滞后，无法引起学生的兴趣。在李春青看来，原因就是这些问题本来就带有某种虚幻性，而虚幻性之所以出现，是因为文学理论学科的合法性出现了危机。

　　李春青认为，一门学科的合法性固然有多种维度，但其核心的合法性应该是学理的合法性，它要遵循学科自律的原则，即"学科的基本问题是特定研究对象所给定的，而不是由其他因素所强行规定的"①。然而，文学理论的合法性依据却往往由意识形态赋予，这就使得文学理论学科不能自律，成为意识形态所利用的"能指"。依李春青之见，文学理论不可能摆脱意识形态的困扰，但其合法性不能由意识形态赋予，而必须由学科自身赋予。② 换言之，文学理论要有存在的理由，要给出专业的知识和实际的技能，要有具体的说服力，而不是凭空的信仰。那么，如何才能获得自身的合法性呢？在李春青看来，文学理论学科要从以下几个方面来展开自己的工作。

　　第一，在研究对象方面，要"确定那些具体的、有追问意义并且有可能找到答案的问题作为本学科的研究对象"③。其意是说，研究对象要具体，要生产有针对性的知识，不要做空头理论家。文学理论生产的知识应是文学的知识，而不应将其他学科的知识直接运用到文学之中，反让文学成为其知识生产的例证材料。

　　第二，在研究范围方面，要"将具体文学观念的生成过程、基本特征以及它与其他文化现象的互动关系视为当然的研究范围，

---

① 李春青：《对文学理论学科性的反思》，载《文艺争鸣》，2001(3)。
② 参见李春青：《对文学理论学科性的反思》，载《文艺争鸣》，2001(3)。
③ 李春青：《对文学理论学科性的反思》，载《文艺争鸣》，2001(3)。

并且给予足够的重视"①。这一说法显然是有道理的。文学理论的确要研究文学自身的"理论"问题。文学理论要与文学批评、文学史有所区分。

第三，在价值追求方面，"要有自己的价值追求"。"我们否定了文学理论作为'能指'而获得意义的工具主义倾向，并不等于否定文学理论的价值追求。"②作为人文学科的文学理论，在追求学科自律，生产专业知识的同时，不应忽视价值诉求。比如，我们要有关于什么是好文学的设定，要有审美理想，否则在文学研究中就会出现方向的偏差。当然，我们又不能径直将文学的价值直接化约为其他意识形态，因为这样做又会使得文学理论丧失自律性。为此，李春青强调："作为一个研究领域或学科，文学理论不能满足于充满价值观念的载体，它本身就应该是一个价值系统。其价值依据不是来自政治、伦理、宗教等其他意识形态，而是来自它自身。"③

看得出来，李春青的文学理论学科反思的目标是推动文学理论的学科自律，让文学理论学科生产出属于自己的知识，并且有自己的价值观，既而找到文学理论学科的合法性。为此，李春青继续深入地分析了文学理论的知识特性。

李春青是从追问什么是文学理论开始的。依其之见，只有对文学理论学科特性有了基本了解，自觉意识到文学理论知识生产的"真相"，才有可能保证知识生产的自觉性和有效性。通过对文学理论进行知识学的反思，李春青发现"一种文学理论体系的形成与传播，实际上是特定的文化价值观与思维方式在这个特殊领域中运作的产物"④。具体而言，任何文学理论都会受到社会文化价值观念的召唤，

---

① 李春青：《对文学理论学科性的反思》，载《文艺争鸣》，2001(3)。
② 李春青：《对文学理论学科性的反思》，载《文艺争鸣》，2001(3)。
③ 李春青：《对文学理论学科性的反思》，载《文艺争鸣》，2001(3)。
④ 李春青：《在审美与意识形态之间——中国当代文学理论研究反思》，341 页，北京，北京大学出版社，2006。

同时文学现象也会"牵引"文学理论。前者会使得文学理论不可避免地代入价值观念，后者则需要文学理论生产出具有认知效用的知识。文学理论如何在这二者之间定好位，这就是一个确定文学理论学科自性的问题。

李春青的看法是，文学理论应该融合二者的价值性和认知性，但是显然应该以认知性为主导。用李春青的话来说就是："应该有一条限定：认知性（也可以理解为'发现'的意图）是贯穿始终的动力与目的，价值性（也可以理解为'认同'与'拒斥'）则是必然伴随的因素。"①在当今历史文化语境下，文学理论的合法性要以能够生产出具有认知价值的知识为追求，在面对文学文化现象时有独到的阐释力才是硬道理。实际上，李春青的确认为当代文学理论应该走向阐释论，或曰他要建构阐释论的文学理论。在他看来，当今文学理论要走出危机，要重建文学理论学科的合法性，必定要围绕"阐释"切实地实现以下几个方面的转型。

首先，文学理论知识的价值依托要在阐释中建构。

虽然文学理论必定会受社会文化价值观念的召唤，离不开意识形态和乌托邦精神，但是随着尼采重估一切价值观念的出现和后现代文化思潮的到来，那种可以作为文学理论依托的"元理论"，那种具有"元叙事"功能的意识形态和乌托邦精神都不再那么坚不可摧了，往日假借"元理论""元叙事"而不可一世的文学理论学科如今处于一种无根的状态，并因此陷入了危机。在此境况下，文学理论只能摆脱曾经的"中介性"，即依托一种"元理论"来获取自身的言说合法性，转而"用自身特有的敏锐参与到寻求与建构新的文化精神的工作中去"。具体而言，文学理论要把文学现象、文学问题作为一种具有普遍性的文化现象以及与人的存在状况息息相关的事物来看待，并做出有说服力的

---

① 李春青：《在审美与意识形态之间——中国当代文学理论研究反思》，199 页，北京，北京大学出版社，2006。

解释与评价，这样才有可能重新给文学理论找到可依托的"元理论"，如钱中文先生倡导的"新人文精神"即有可能担当此任。当然，李春青特别指出，在当今多元主义文化语境下，元理论不可能是独断的、本质主义的，而应该是交往理性的，通过对话说服的方式唤来听众。

其次，文学理论知识生产者的身份认同要从立法者转向阐释者。

为什么需要发生这种转变呢？其中一个重要的原因就是，现如今文学理论知识生产者所面对的研究对象发生了变化，这就必定要求知识生产主体调整身份认同去适应新的状况。

不可否认，居于主导地位的审美经验/文化形态/文学样式已经从精英文化（或精英文学、"贵族审美"）和主流文化（或"意识形态审美"、主流文学）转向大众文化（"大众审美"、大众文学）了。大众文化必定颠覆知识阶层的导师和立法者角色，不再理会知识分子的说教，更多的是听命于市场。

大众文化爱好者之所以愿意走进大众文化，就是因为大众文化是一种相对而言参与度较高的文化，是一种共享文化，大众文化爱好者在消费大众文化时有属于自己的参与感、解放感。正如李春青所敏锐指出的那样："大众文化遵循的价值规律强制性地要求着大众文化的产品必须符合大多数人的口味；这样人们就等于在实际上参与到大众文化的创造之中。于是这里的强制性、宣传性也就被降到最低限度。"①面对这种新变的文化状况，知识分子还能够颐指气使，指点江山吗？这不是一个可以简单回答的问题。

大众文化固然可以在一定程度上抛弃知识分子，但是大众文化也需要知识分子。大众文化与精英文化不是完全对立的，大众文化也可能包含精英文化的元素。这就要求知识分子参与到大众文化研究中，只是知识分子不要再以一种导师的身份去教导大众文化，不要直接

---

① 李春青：《在审美与意识形态之间——中国当代文学理论研究反思》，30 页，北京，北京大学出版社，2006。

地、粗暴地给大众文化"立法"，可行的途径是调整身份认同，专业地阐释大众文化，与大众文化爱好者真诚地对话交流，既而润物细无声地影响他们，获得他们的青睐。对此，李春青指出："文学理论的言说者必须自觉调整自己的认同模式，即放下'立法者'的架子，承认自己'阐释者'的身份，以一种平等主义姿态面向现实，在阐释过程中暗暗进行价值介入，也就是通过'阐释'来'立法'。"①

最后，与此前的知识构型不同，阐释论的文学理论要彰显其知识的专业性、客观性和操作性。

被规定为阐释之后，文学理论要有意识地去生产"知识"，摆脱依附于其他学科之上的"中介性"，而且还要在阐释中形塑属于自己的知识特性。具体而言，其知识特性要兼具以下几个方面。

第一，文学理论知识要有自身的专业性。在与文学文化现象形成互证互释的过程中，文学理论要提供其他学科所不能提供的专业知识，从而与其他学科形成必要的区隔。这就要求文学理论主动回应文学现象，在阐释中建构自己的话语体系。

第二，文学理论知识要具有一定的客观性。李春青认为："将文学理论规定为阐释，就等于向它提出客观性甚至科学性的要求，而阐释活动也就是不断趋近对象本真状态的过程。"②这就是说，不能因为阐释具有不可避免的"前理解"，就以此为借口而主观随意地借言说文学来浇灌"心中块垒"，更不能"离弦说象"。李春青特意强调道："走向阐释，根本上就是要求文学理论从文学现象的实际出发来言说，而不是从某种理论预设或原则出发来言说。"③理由也很简单，即若如此，便不能获得有说服力、阐释力的"知识"了。因此，在阐释文学文化现象时，不可全凭一己之好恶随意发挥，而应该倾听和回应对象，依循

---

①　李春青：《在审美与意识形态之间——中国当代文学理论研究反思》，47 页，北京，北京大学出版社，2006。

②　李春青、赵勇：《反思文艺学》，145 页，北京，北京师范大学出版社，2009。

③　李春青、赵勇：《反思文艺学》，156 页，北京，北京师范大学出版社，2009。

文学理论"知识传统"，借其方法有效分析文学现象，继而生产出有普遍性、带规律性的知识。

第三，阐释论的文学理论知识要具备阐释效力，即能够在具体的文学批评实践中加以运用，这就要求其知识要有"可操作性"①。只有这样，文学理论才可能走向批评，文学理论知识才可能是有技术含量的知识。在李春青看来，将文学理论规定为阐释，实际上就是要打破理论与批评的界限，就是要求它成为一门技术。

应该说，李春青的上述观点是非常有针对性的。反思当前文学理论所存在的问题，恐怕最为严重的就是文学理论不具备阐释能力。其根本原因是文学理论没有从其依托的"元理论"中摆脱出来，还在充当某种"意识形态或时代精神的载体"，而尚未凭借自己具有阐释效力的"知识本领"去获取合法性。李春青为此力倡文学理论的知识属性，将文学理论规定为阐释。而且，在他看来，"将文学理论定位为'阐释'，应该是使当前文学理论摆脱困境的一个唯一有效的途径"②。

我们认为，李春青的看法是有合理性的，特别是当我们将这种看法置于当代中国文论所假借知识资源的进程中来考察时，便会得到更多的体认。毋庸讳言，在文学理论学科发生危机时，也就是社会科学长驱直入文学理论之时，这一趋势甚至延续至今。对此，蔡翔曾总结说，20 世纪 80 年代，包括文学理论在内的文学研究主要倚重哲学、美学等人文学科，而到了 90 年代，则凸显了社会学、政治学等社会科学的重要性。③ 其原因乃是社会科学的阐释力在增长，以至于包括文学理论在内的人文学科被边缘化了。面对这种"现代"知识状况，文学理论只有主动强化其知识的"现代性"方有可能重建其合法性。李春青将文学理论规定为阐释，其意也正在于此。用他自己的话来说就

---

① 李春青、赵勇：《反思文艺学》，145 页，北京，北京师范大学出版社，2009。

② 李春青、赵勇：《反思文艺学》，128 页，北京，北京师范大学出版社，2009。

③ 参见王晓明、蔡翔：《美和诗意如何产生——有关一个栏目的设想和对话》，载《当代作家评论》，2003(4)。

是，这乃"求真心态的体现，也是文学理论领域表现出的科学主义态度"，同时，也是"将以实证性为指归的所谓'学术规范'视为一种言说策略或修辞手段。当然也可以说，这种言说策略表征着人文知识分子对科学主义精神的认同"①。

　　基于对阐释论文学理论的认同，在面对文学理论的"新课题"时，李春青的意见显得很理性。兹举文学理论与文化研究的关系问题为例。学界要么主张文化研究取代文学理论；要么认为文学理论与文化研究"不共戴天"，具有不可调和的矛盾；要么坚持文学理论与文化研究"不可通约"，只好"各自为政"，以保证文学理论的独特性，等等。李春青认为这些看法都不合理。之所以文化研究取代文学理论不合理，就是因为文化研究不是一个学科，它和文学理论并不是对等的关系，取代之说当然无从谈起。同时，文学理论与文化研究不是"不共戴天"的敌对关系，不应该"各自为政"，更好的选择应该是让文学理论成为"文化研究语境中的文学理论"②。原因之一乃是文学理论要吸收并落实文化研究带给文学理论的有益"启示"，只有如此文学理论才可能有出路。例如，文化研究注重对当下社会文化现象的具体分析，它往往根据研究对象的需要来选择研究方法，调整研究策略，不拘一格地使用各学科知识，以达到有效阐释的目的。就此而言，文化研究不正是在将自身规定为"阐释"吗？这恰恰是要摆脱学科危机的文学理论需要具备的"知识特性"。唯有具备了这一特性，文学理论才有未来。至于文学理论是否会因此与文化研究合二为一，在李春青看来，答案是否定的。除了文化研究与文学理论不对等的原因之外，还因为文学理论主要以文学现象为研究对象，这一点足以保证文学理论与文

---

　　①　李春青：《在审美与意识形态之间——中国当代文学理论研究反思》，216～217页，北京，北京大学出版社，2006。
　　②　李春青：《在审美与意识形态之间——中国当代文学理论研究反思》，264～265页，北京，北京大学出版社，2006。

化研究的"异质",也因此,二者可以和而不同地存在。①

李春青是通过反思的方式来建构阐释论的文学理论的。同时,他认为走向反思是未来文学理论发展的必然之途。就此而言,我们的确可以将李春青所谓的"反思文艺学"之名冠在其建构的理论形态之上。非常有意思的是,李春青的反思文艺学与我们论述的陶东风的反思性文学理论有异曲同工之妙。陶东风通过文艺学学科反思告诉人们文学理论的知识是建构的,任何一种知识都是可以反思的,我们要建构属于今天的文学知识。从这个方面来说,陶东风的文学理论可以称为建构论文学理论。李春青通过反思文艺学的方式让人明白作为基础理论学科的文学理论知识在当今应该是阐释的,知识生产主体应该是阐释者身份。通过阐释,我们可以建构自己的文学知识。借此,文学理论的危机将被克服,文学理论的合法性将获得重构。从这个方面来说,李春青的文学理论可以称为阐释论文学理论。

第二节 文学理论的知识构型反思与 文学理论的合法性重构

在文艺学学科反思之中,陈晓明也是值得关注的一位学人。在为数不多的相关文章中,陈晓明提出了颇具冲击力的观点。在 2004 年《文艺研究》组织的一组题为"当代文艺学学科反思"的文章中,陈晓明撰写了《历史断裂与接轨之后:对当代文艺学的反思》②一文;同年,

---

① 参见李春青:《在审美与意识形态之间——中国当代文学理论研究反思》,61~62页,北京,北京大学出版社,2006。

② 2003 年 11 月 2 日,首都师范大学文学院联合《文艺研究》编辑部,召开了题为"日常生活审美化与文艺学美学学科反思"的研讨会,会后《文艺研究》编辑部刊发了这组文章。除陈晓明一文外,《文艺研究》编辑部还刊发了陶东风《日常生活的审美化与文艺社会学的重建》、曹卫东《认同话语与文艺学学科反思》、高小康《从文化批判到学术研究》等文。

在《中国社会科学》组织的一组题为"文学理论建设与批评实践"的笔谈中①，陈晓明发表了《元理论的终结与批评的开始》一文。这里主要依据他这两篇重要文章来讨论其对文学理论知识构型的反思及对文学理论合法性重构的思考。

陈晓明对文艺学学科的知识构型问题进行了非常尖锐的反思。他首先对文艺学学科状况进行了现象描述。依其观察，文艺学学科的知识出现了"分离"乃至"断裂"，具体而言包括以下几种情况。

首先，大多数其他文学学科与文艺学知识不辞而别。原来文艺学学科乃其他文学学科的基础与前提，而今大多数文学学科已经不再理会文艺学了。不可否认，陈晓明所言的确是事实。现如今，古代文学、现当代文学几乎不再与文艺学打交道，甚至认为文艺学学科乃"假大空"的"玄学"，写的文章也是"言之无物"，没有文学性。同时，也出现了很多文艺学学科的学人离开文艺学的现象，而暗度陈仓地把文艺学研究"文学史化"，比如，与现当代文学研究相差无几。还有另一种情况则是，由于其他文学学科的研究不再理会文艺学学科了，于是文艺学学科干脆远离文学研究，彻底和文学研究扞格不入。

其次，文艺学学科教学与科研分离。其意是说，文艺学学科教师在课堂上给学生讲授的知识与他自己在科研中所生产的知识似乎毫无关系。应该说，这种分离的确是存在的。例如，文艺学学科的教师也许会在课堂上讲授文学创造的过程，可是在实际的研究中基本不涉及这一问题。再如，文艺学学科的教师可能会在课堂上讨论典型、意境等概念范畴，但在个人的研究中从不与这些概念范畴打交道。事实上，对于大多数学人而言，课堂教学的知识的确无法成为其课题研

①　其他参与笔谈的学人及其文章为孟繁华《文化研究与当下的文艺批评实践》、南帆《文化研究：转折的依据》、贺绍俊《重构宏大叙述——关于当代文学批评的检讨》等。

究、论文写作的"对象"。甚至学生会在学习这些"课堂知识"之后，越发失去研究文学理论的兴趣。

再次，文艺学学科知识与文学实践分离。一直以来，文艺学学科豪情满怀也信心十足，总是有为文艺"立法"的良好意愿，要"给文艺提供一套行之有效的观念方法"，可是"当代文学实践早已是脱了缰的野马，跑得不知去向，现行的文艺学已经难以望其项背了"①。应该说，这一判断大体是能成立的。在现如今大多数情况下，文艺学的理论没有能力掌控文学的实践，更遑论文艺学学科知识与实际的文学实践形成互证互释的良好关系。虽然今日仍时有相关的文学作品讨论会、作家创作论坛之类的活动，但是参加者大多是现当代文学学科的学者，很少有文艺学学人的身影。②

最后，文艺学学科自身也出现了"声东击西"的分离现象。其意是说，很多学人实际上已经不再研究故有的文艺学"原理"，而是从事西方文论的研究（这是"击西"），但是又唱着"创建文艺学的中国学派或流派的高调"（这是"声东"）。陈晓明说的这种情形也是存在的。一方面，我们的确"都在憋着劲攻克西方当代理论的堡垒"③。20 世纪 80 年代，中国文艺学界开始积极努力向西方学习。进入 90 年代后，虽然在学习西方方面没有 80 年代那么热情高涨了，但就文艺学出现的语言学转型、文化论转型而言，我们恐怕无法否认其受到了西方文论的重大影响。如果说，改革开放以来我们把西方几千年的文学理论"按己所需"地学习了一番，或曰西方文论轮番"占领"了中国文艺学界，恐怕大家是有

---

① 陈晓明：《历史断裂与接轨之后：对当代文艺学的反思》，载《文艺研究》，2004(1)。

② 在一次北京举办的文艺学会议上，吴思敬老师提及，某文学作品讨论会只有他和陶东风老师受邀参加了。实际的情况也的确如此。笔者了解到只有陶东风、赵勇等少数几位老师会参与相关活动。

③ 陈晓明：《历史断裂与接轨之后：对当代文艺学的反思》，载《文艺研究》，2004(1)。

同感的。① 即使这种"学习""占领"是"错位"的，或"囫囵吞枣"的，或"有得有失"的，但我们都不可否认这种"学习""占领"的实际存在及其价值。② 一如有学人所言："20 世纪 80 年代以来，西方文论尤其是其研究方法被全面、系统和细致地介绍到中国，从而改变了中国文学的研究格局与思维模式。"③有学者在 2000 年前后论述 21 世纪文艺学美学的进一步突破发展时，还指出西方哲学当然也包括西方文论美学对于改变我们的思维方式，进而推动文艺学美学的发展所具有的重要意义。④

　　另一方面，20 世纪 80 年代以来，的确有学人或直接或间接强调过文学理论研究的"中国性"⑤，进入 90 年代后，文论的"中国话语"

---

　　① 钱中文先生曾写道："80 年代初，随着文学创作的创新局面的不断发展，中外文化交流的迅速展开，文学理论自身也提出了更新的要求；需要了解外国的文学理论成果，也要重建自己，从而开始走向理论的自觉。80 年代中期，出现翻译介绍外国文论的热潮。20 世纪著名的多种外国文学理论著作，形形色色的外国文学理论流派，相继被介绍过来，如形式主义文论、新批评文论、结构主义文论、叙述学文论、精神分析文论、原型批评文论、存在主义文论、文学接受理论、读者反应批评、现象学文论、阐释学文论、西方马克思主义文论、文学社会学、符号学文论、解构主义文论、比较文学理论等。短短十来年，中国当代文学理论几乎经历了西方近百年的理论历程。"参见钱中文：《文学理论：走向交往对话的时代》，214～215 页，北京，北京大学出版社，1999。

　　② 有学人甚至以西方文论的引介作为学位论文的选题。这一点足以见出我们学习西方文论的"劲儿"，同时也可以看出西方文论对中国文论的影响。用研究者赵淳的话来说就是："1990 年代文化转型以来，西方文学和文化理论的引介，无疑极大地拆解和改变了我们原有的话语、观念和范式。"参见赵淳：《话语实践与文化立场——西方文论引介研究：1993—2007》，10～11 页，南京，南京大学出版社，2008。

　　③ 孙绍振：《文论危机与文学文本的有效解读》，载《中国社会科学》，2012(5)。

　　④ 参见朱立元：《走向现代性的新时期文论》，263～274 页，上海，复旦大学出版社，2016。

　　⑤ 当然，20 世纪 80 年代，强调文论话语的中国性并不占据主流，甚至恐怕是声音极为微弱，但我们不能因此否认其存在的事实。20 世纪 90 年代，因提出文论失语症而名声大噪的曹顺庆先生就曾指出，他从 20 世纪 80 年代后期就已经开始探索中国古代文论历史地位和理论价值的路径了，之后才有了其有关失语症的思考。用他自己的话来说，就是 20 世纪 80 年代后期以来，"我已经在着手另一个层面的工作，即试图探寻重建中国文论话语"。参见曹顺庆：《重建中国文论话语》，见钱中文、李衍柱：《文学理论：面向新世纪》，150 页，济南，山东人民出版社，1997。

"中国特色""中国气派""中国风格""中国道路"，文论研究的"中国问题"，文论要讲述好"中国故事"等，更是得到了极大的彰显。① 至少在话语层面上，这种呼声越来越高。② 这一点陈晓明说得也非常准确："所谓文艺理论中国学派的诉求，根本原因还在于对当代文艺偏离原来的传统深怀焦虑，对转向西方现代资产阶级文论表示了怀疑。"③ 就文论研究的这两方面来看，的确存在"声东击西"这一分离现象。

陈晓明对上述分离情况的描述较为真实。不可否认，这种"分离"表明文艺学存在知识合法性"危机"。在陈晓明看来，这种危机④的根

---

① 20世纪八九十年代之交，由于社会历史语境的变迁，保守主义文化思潮此起彼伏，文论界出现了共享这一"中国性"知识型的诸多文论话语，如失语症、中国古代文论的现代转换、西方文论中国化、当代文论本土化、中国文论话语体系建设、西方文论的"强制阐释"论等。

② 不少学人自觉或不自觉地意识到，带上"中国性"似乎就会符合意识形态的需要，与主流话语所言之道路自信、理论自信、制度自信、文化自信甚相契合。于是，近年来，文艺学、美学、艺术学界有诸多与中华美学精神、中国文论话语体系建构、讲述中国故事等相关的课题、会议、论文。这虽然是此前的学界现象，但在当前语境下似乎显得代表主流话语。

③ 陈晓明：《历史断裂与接轨之后：对当代文艺学的反思》，载《文艺研究》，2004(1)。

④ 陈晓明所描述的这种合法性危机，也是其他众多学人所感受到的。事实上，大学文艺学学科反思就是从危机开始的。陶东风《大学文艺学的学科反思》(《文学评论》2001年第5期)和李春青《对文学理论学科性的反思》(《文艺争鸣》2001年第3期)等文艺学学科反思的重要论文，都对文艺学学科危机进行了描述。2003年12月3日至4日，在暨南大学举行的第四届全国文艺学及相关学科建设研讨会上，文艺学学科的危机成为一个核心话题。参见李亚萍、杨铜：《文艺学：危机与突破——第四届全国文艺学及相关学科建设研讨会综述》，载《暨南学报(人文科学与社会科学版)》，2004(1)。进入21世纪以来，关于文艺学学科危机的描述，可参考的重要文献还有如下诸篇。黄应全：《多元化：克服文学理论危机的最佳抉择》，载《浙江社会科学》，2002(1)；钱中文：《文艺学的合法性危机》，载《暨南学报(人文科学与社会科学)》，2004(2)；盖生：《论文学理论的有效性及价值剩余——对文学理论危机论的一种解答》，载《文艺理论研究》，2004(5)；李衍柱：《范式革命与文艺学转型》，载《东方论坛》，2005(4)；王纪人：《对当代中国文论有效性的质疑与分析》，载《天津师范大学学报(社会科学版)》，2005(2)；刘进：《文学理论的基本品格和功能——对"文学理论危机"话题的一种理论回应》，载《文艺理论研究》，2005(3)；李怡：

源直接而言与当今文学理论的知识构型是"苏联模式"有关。这种模式的文学理论借助了一套意识形态的元叙事，而随着社会历史文化语境的变迁，意识形态出现了松动、分裂，其统一整合的功能无疑是弱化了，甚至在某种意义上还失效了。① 这就必然导致以这套意识形态为元叙事话语的文艺学知识被"问题化"，也就是失去了往日的功能角色。用陈晓明的话来说就是："依靠意识形态的力量建构起来的文艺学体系，在意识形态稍加松懈的时期，显然就失去了中心化的力量。"② 在此境况下，文艺学出现危机，并表现出以上种种分离状况就显得可以理解了。

但危机之下的文艺学其实是继续以"西方为师"，转向了对西方文论尤其是西方现代文论的学习和研究。在陈晓明看来，这一路径选择其实是延续了马克思主义的薪火，只是偏离了苏联的传统。之所以这

(续注)《失落了文学感受的文学理论与文学批评》，载《西南师范大学学报(人文社会科学版)》，2005(4)；何志钧：《文学理论危机与文学理论的科学化》，载《烟台师范学院学报(哲学社会科学版)》，2005(2)；钱中文：《正视中国文学理论的危机》，载《社会科学》，2006(1)；朱立元：《关于当前文艺学学科反思和建设的几点思考》，载《文学评论》，2006(3)；葛红兵、宋红岭：《重建文艺学与当代生活的真实联系——文艺学学科合法性危机及其未来》，载《文艺争鸣》，2007(3)；赖大仁：《当代文论：危机及其应对》，载《学术月刊》，2007(9)；章辉：《文艺学危机与文学理论知识创新——访高小康教授》，载《甘肃社会科学》，2008(1)；童庆炳：《当下文学理论的危机及其应对》，见童庆炳、王一川、李春青：《文化与诗学》第1辑，北京，北京大学出版社，2010；孙绍振《文论危机与文学文本的有效解读》，载《中国社会科学》，2012(5)；肖明华：《分化、危机与重建——1990年代以来文学理论知识生产状况的一个考察》，载《江西师范大学学报(哲学社会科学版)》，2012(1)；陈伟：《文学理论：危机或新生》，载《文艺争鸣》，2012(9)。值得一提的是，也有学人认为文艺理论危机说大可商榷。比如，王元骧先生就认为，文艺理论的危机是一个伪问题。人们认为文艺理论有危机，完全是由于人们对文艺理论性质和功能有误解。在他看来，文艺理论"不只是说明性的、描述性的，更主要是反思性的、批判性的"，所谓文艺理论的危机说恰恰是把文艺理论视为说明性的、描述性的这一观念所致。参见王元骧：《析"文艺理论的危机"》，载《社会科学战线》，2010(8)。王元骧先生的观点值得我们进一步研究。

①　参见蒋原伦：《90年代批评》，1～25页，天津，天津社会科学院出版社，2000。

②　陈晓明：《历史断裂与接轨之后：对当代文艺学的反思》，载《文艺研究》，2004(1)。

样说，是因为当今文艺学所学习的西方文学理论与批评，依然浸透了马克思主义思想，都是马克思主义的"幽灵"。因此，现在的问题是：当今文论"顺着西方的马克思主义道路前行"是否可以走出危机，并重建其合法性？在陈晓明看来，还有两个问题要解决。其一，文艺学的"原理"如何可能与"西马"以及当代其他理论活的实践对话？其二，由于"西马"毕竟不是"老马"，因此，如何保证我们能心安理得地学习"西马"？

第一个问题在陈晓明看来是无法解决的，只能让其作为一个特殊的现象存在于人文学科的建制内。当然，陈晓明并未完全否认"文艺学原理"的存在价值。他写道："中国的文学理论或文艺学，就是以民族—国家为依靠的巨型寓言，在现代性的历史进程中，它无疑起到极其重要的作用。在它强有力的规范下，中国的文学理论把文学放置在革命事业的车前马后，为创建宏大的民族国家想象建立了一整套的表象体系。在相当的时期里，文学批评臣属于文学理论，二者共同维护着文学实践的秩序。文学理论学科在很长时期内主要围绕'文学基本原理'展开，对文学的本质、文学的意识形态性质、文学的社会作用、文学的发展规律、作家的创作方法、文学作品的构成特征等进行了定性阐释，目的是把对文学的本质规律认识确定在主导意识形态认可的意义上。"①除了肯定其历史存在价值之外，陈晓明还肯定了其对于当前人才培养的价值，即"它可以让学生尽快掌握文学的一般本质规律（尽管随后要花费更多的时间，让学生明白那些本质规律并不具有客观的真理性）"②。

陈晓明的观点当然有道理，我们的确应该把文艺学的原理视为一

---

① 陈晓明、孟繁华、南帆、贺绍俊：《"文学理论建设与批评实践"笔谈》，载《中国社会科学》，2004(6)。

② 陈晓明、孟繁华、南帆、贺绍俊：《"文学理论建设与批评实践"笔谈》，载《中国社会科学》，2004(6)。

个历史事件，将其置于特定的社会历史文化语境之中来理解。① 甚至可以说，只要知识存在的制度条件及其运行机制未根本改变，这样的知识就会一直存在下去。同时，客观地说，文艺学原理的学习对于培养学生的理论思考能力也有一定的积极意义。②

对于第二个问题，陈晓明认为，我们要"安心"地学习西方文论，原因有以下几点。

其一，在全球化互动的和平时代，过分狭隘的民族国家观念不足取，也不实际。如果我们还一味地闭门造车，以苏联文论模式为师而不与西方接轨，事实证明是不可能把我们的文论建设得有中国性的。这里，有必要补充一下，我们其实要警惕出现"闭关锁国"的状况。我们的确有可能在"闭关锁国"的环境下，制造出所谓纯净的中国性文论话语，如全部使用中国的概念范畴，并用民族价值观念来言说文学，借此建构一套有"中国性"的话语体系。但这样的文论话语可能是坏的，甚至是恶的。有学者曾颇有担当地指出，在抵制和拒绝西方资产阶级的思想、文化、理论最彻底的时期，我们的人文学科话语或没有特色而只能拙劣地照搬苏联，或有特色却整天说空话、套话、自欺欺人的话。③ 这恐怕是不可否认的事实，而且应该被铭记。

其二，在中国与西方关联甚密的国际政治经济环境下，多与西方展开跨文化交流是中西交流的题中应有之义，加之西方的文学理论批评较为成熟发达，如此交流无疑有助于推进我们的文学理论建

---

① 对于文学理论的苏联模式，也应该如此看待。在特定社会历史语境下，文学理论只能采用苏联模式。我们也是有选择地接受苏联模式的文学理论。苏联模式的文学理论对于当代学科意义的文学理论建设起到了重要作用，这是不可否认的。

② 关于文学理论的效用问题，笔者曾经撰文从现代性的角度予以讨论，可参见拙作《现代性视域中的文学理论的效用问题论略》(《湖北社会科学》2008 年第 1 期)。究竟该如何看待这套话语，以及文学理论的未来走向究竟如何，这都不是个人的观念所能决定的。在基础教育及高等教育环境并未改变的语境下，在"马工程"教材建设全面展开之际，文艺学原理是否会继续占领中心或重返中心仍未可知。

③ 参见陶东风：《文化研究与政治批评的重建》，315～316 页，北京，中国社会科学出版社，2014。

设。有学人甚至认为，西方文论已经是我们的"参照系"，是我们的"传统"。"百余年来，中国的文学理论和批评不仅把西方文学理论当作重要的参照系和理论资源，而且，从西方引入的各种理论资源已经深深融入了中国本土的传统之中，成了中国自'五四'新文化运动以来形成的'新传统'的一部分。无论我们的主观意愿如何，这种局面在较长的时间之内难以改变，甚至还有逐渐强化的趋势。密切关注当代西方文学理论和批评的走向，并不意味着简单的'西化'和'拿来'，而是开创中国文学理论和批评新局面的动力之一，这早已成了中国学术界的一个基本共识。"①我们已经是，也只能是在这一传统上开创文论建设的未来。

其三，虽然学习西方多年，但事实上，我们对西方的了解尚不十分深入。只有十分熟悉西方文论的文脉，并能受其启发能动地将其运用在中国文论的知识生产过程中，我们的学习才算是达到了目的。陈晓明因此写道："中国的文艺学还需要下大气力研究西方当代的理论与批评，真正能把别人优秀成熟的成果吃透，在这个基础上再谈创建中国的文艺学不迟。"②我们认为，陈晓明的观点是中肯的。我们的确应该先老老实实地做"学生"，待自己的确可以生产出有效的知识之时，我们也就真正地与国际接轨了。那时候，中国文论的合法性也就获得了重构。因为这样的知识既可以与中国的文学文化实践形成互证互释的关系，又对中国之外的文学文化实践有启发意义。倘果真如此，上述当代中国文论的诸种"分离"情况当是可以避免的。

陈晓明接下来对如何学习西方进行了较为具体的阐发，重点提出了以下两点做法。

第一，走进西方文论史。在文艺学学科教学与研究中至少要

---

① 阎嘉：《21 世纪西方文学理论和批评的走向与问题》，载《文艺理论研究》，2007(1)。

② 陈晓明：《历史断裂与接轨之后：对当代文艺学的反思》，载《文艺研究》，2004(1)。

让"西方文论史"与过去的原理型文论"平起平坐"。同时，特别要重视西方现代文论史的研究与教学工作。陈晓明认为，研究西方文论史时应该重视个案研究，对之做具体探讨，要像解读一个具体的文本一样对待西方文论。简而言之，就是对理论进行"批评"："区别只在于，面对文学作品更多的是阐释审美经验感受，而面对理论文本和观点，要阐述的是这些理论的来龙去脉及其逻辑关系。这些阐述不再有那么强的元理论观念，其批判性也不再偏执于意识形态立场，也没有那么强烈的建立什么具有民族国家标志之类体系的愿望。"①

第二，要走理论的批评化之路。我们知道，西方的理论，特别是现代的西方理论，大都是批评实践的产物。其产生的理论一般都是阐释某一具体文学文化现象的理论，如新批评、结构主义诗学、精神分析学、女性主义等。很少有去寻找所谓文学普遍规律、文学原理的理论。简而言之，西方文学理论大多是批评流派。这些批评流派往往具有阐释具体文本的能力。因此，既然我们走的是西方文论之路，那我们切不可再去凭空建构理论，或依托某一元叙事话语反复地解释某一原理，而应该如西方文学理论一样成为批评化的理论，或者让理论批评化。陈晓明于是称："文学理论这门学科——如果它依然存在下去，并且势力雄厚的话，它应该更多地朝具体的批评发展。"②理论的批评化选择既是缘于西方文论的事实，也是因为理论是知识，是有阐释力的知识，用陈晓明的话来说，它是"一项活生生的智力活动"③，而非意识形态式的"宣传"活动，更不是依靠权力禁

① 陈晓明、孟繁华、南帆、贺绍俊：《"文学理论建设与批评实践"笔谈》，载《中国社会科学》，2004(6)。

② 陈晓明、孟繁华、南帆、贺绍俊：《"文学理论建设与批评实践"笔谈》，载《中国社会科学》，2004(6)。

③ 陈晓明：《历史断裂与接轨之后：对当代文艺学的反思》，载《文艺研究》，2004(1)。

锢人们自由思想的"禁忌话语"和"规训"活动。① 这就要求理论能够对具体的文学文化现象/文本/活动展开有效批评，并在此过程中发现真知，建构理论。

陈晓明所言两点甚为重要。看得出来，他是针对"苏联模式"的文艺学有感而发的，其意无非是要把文艺学的构型转变为西方文论模式，特别是现代西方文论模式。

然而，西方最新的理论模式大有被具有后现代气质的文化研究取代的嫌疑。对此，陈晓明持较为理性而全面的看法。他承认虽然文化研究具有一些值得肯定的地方，是文艺学研究一个有意义的突破，但它毕竟大大削弱了文学的色彩，同时似乎具有霸权特征，因此"不可能预示着当代文艺学的远大前程"②。换言之，中国文艺学虽然因为文化研究的到来而与世界接轨了，在一定程度上获取了知识的合法性，但是并未引申出一条令人信服的未来之路。中国文艺学的未来发展尚在探索之中。

不过，陈晓明又认为，如果把文化研究改成文化批评，则顺应了理论向批评转型的思路，同时回应了当代社会朝着符号化方向发

---

① 顺便要说明的是，文学理论知识生产要有合法的制度条件，使得我们能够深入文学文本之中，既分析阐释文学文本，又真诚自由地讲述文学文本所表征的生存境况以及读者自身的个体生存感受。借此，方有可能生产出有"中国特色"的文学知识。我们非常认同陶东风所言："所谓人文社会科学的'中国话语'，就是切中当下中国人的生存经验，切中当下中国的真问题，对中国的历史和现实、政治和经济、文化艺术和日常生活有诊断力、解释力的话语。这样的话语才是有'中国特色'的。至于这个话语是否包含了西方理论或古人理论，是中国本土学者说的还是美国学者说的等，都是无关紧要的，要紧的是它能不能解释中国的现实。"参见陶东风、陈国战：《在西方理论与中国现实的错位处寻求创新——陶东风教授访谈》，载《中华读书报》，2014-11-26。当然，这样说也并非要否认知识生产中个人道德力量及心性信念方面的作用。为此，我们也认同陈晓明所说的"文化大革命"后中国的文学家们都反思过"文化大革命"，"并且庆幸自己离开了那种立场和态度。多年过去了，有理由认为，作为一种处理知识的方法和对待知识创新的态度，有多少人真正从意识深处抹去那些印迹"。参见陈晓明、孟繁华、南帆、贺绍俊：《"文学理论建设与批评实践"笔谈》，载《中国社会科学》，2004(6)。

② 陈晓明：《历史断裂与接轨之后：对当代文艺学的反思》，载《文艺研究》，2004(1)。

展的问题，而符号化意味着一切向文化象征领域转化的趋势乃是事实。① 这样说来，文化批评就有其可取之处了，也代表了新近发展的理论的批评化走向。于是，文艺学虽然面临危机，但也大有可为。用陈晓明的话来说，即"文学理论恰逢其时，它一旦不再故步自封，而以开放势态去迎接当代学术和文化的挑战，就可以大有作为。它可以通过对当代符号化的文化现实进行分析阐释来获得生命力。在这样的状况中，理论不再是铁板一块的概念，也不是对本质规律的穷尽，而是化解到无数具体独特而生动的文学文本中，化解到文化现象中，化解到图像和任何符号中，化解到一切的感受和体验中。这是理论死亡而又迅速复活的时刻，这是没有理论而理论无所不在的时刻"②。

总之，通过对文艺学知识构型的反思，陈晓明认为当代文艺学学科要从"苏联模式"中走出来，只有在研习"西方文论"的基础上朝"批评化"发展方向深入地走下去，方有可能与国际接轨。借此，才能克服当代文艺学的知识合法化危机，进而使文艺学知识的合法性在未来获得重构。

顺便提及的是，有学人认为，当代文艺学学科建设要面对外国文论传统、中国现代文论传统和古代文论传统。③ 但这三者之间是否存在矛盾冲突？如果我们承认，现代文论中注入了西方文论、古代文论的因子，现代文论传统与西方文论、古代文论则并不冲突，同时表明西方文论与古代文论可以凝结成现代文论传统形态，那么我们可以认为这些传统之间其实是没有冲突的，它们本身并不

---

① 参见陈晓明、孟繁华、南帆、贺绍俊：《"文学理论建设与批评实践"笔谈》，载《中国社会科学》，2004(6)。

② 陈晓明、孟繁华、南帆、贺绍俊：《"文学理论建设与批评实践"笔谈》，载《中国社会科学》，2004(6)。

③ 参见钱中文：《文学理论：走向交往对话的时代》，252页，北京，北京大学出版社，1999。

冲突。

回到现实中，虽然中国文论内部之间的冲突也存在，但这一冲突主要是由西方的参与引发的。试着想象一下，如果现代文论传统没有西方因素，那么它与古代传统有什么区别？甚至当下中国如果没有西方元素参与，恐怕亦没有古今差异。① 因此，我们的冲突实际上主要是诸如意识形态的差异、地缘文化的差异、本质主义国家民族认同等因素的存在而导致的。有学人因此以新时期文论的发展为例，非常有道理地指出："我国新时期文艺学的发展与其他文化形态一样，是在古今中西复杂的矛盾与关系中进行的，但主要面对的中西之间的关系与矛盾问题。古今之间的矛盾与关系尽管在新时期仍有反映，但其重要性已让位于中西之间的矛盾与关系，并渗透其中。"②因此，陈晓明下述所言才非常真实："关于建立文艺学的中国学派的呼吁，就是针对当代文艺学的西化倾向的一种抵制和修正。这种呼吁，与其说试图从中国古代文论中吸取精华来重建当代文艺学，不如说仅只是怀着对苏联体系的眷恋与对西方发达资本主义文化体系的警惕。"③陈晓明认为，当代文艺学学科建设更为重要的是解决如何面对外国文论传统的问题。这或许正是他此文的问题意识。基于这样的问题意识，在中国人"还对'西欧北美'持深刻的歧见"的语境下，他自觉地呼吁当代文论建设要重视西方文论传统，

---

① 当然，古代文论传统并不是铁板一块的，也有国外因素。因此，不应该本质主义地看待中国古代文论传统。我们认为，也不应该不加反思地将古代文论传统视为中国文论的代表，在建设中国文论时应该以现实问题和实际需要为导向，开放地建构当代中国文论新传统。

② 曾繁仁：《新时期西方文论影响下的中国文艺学发展历程》，载《文学评论》，2007(3)。

③ 陈晓明：《历史断裂与接轨之后：对当代文艺学的反思》，载《文艺研究》，2004(1)。

这是值得我们肯定的。①

　　十几年后，我们发现陈晓明所言还是有一定预见性的。环顾学界，虽然尚不可说理论的批评化已然实现，但文化批评的确给文艺学带来了新气象。也有学人在这些方面做出了成绩。例如，有学人顺应西方理论的发展方向，基于对西方理论的研究，并结合具体的社会文化语境，对中国文学文化现象/文本/问题展开了具体研究，从批评中生发理论。在有限的视野里，我发现陶东风即这样的学者。他自觉地意识到："要实现中国文化理论的创新，就必须一方面借鉴西方现有的理论资源，从中寻找启发；另一方面立足于中国的本土经验，考察中国社会环境尤其是制度环境的特殊性，并在二者之间出现明显错位的地方，寻求中国文化理论创新的可能。"②多年来，他都在按此观念，孜孜以求地建构政治批评③，可谓重建文艺学合法性较成功的个案。

　　此外，值得一提的还有王一川。二十几年前，他就有了"理论的批评化"观念④，虽然其意不是反思文艺学学科，但是他表达了对文艺

---

　　①　处理好和西方文论的关系的确十分重要。它甚至牵涉文艺学学科的命运。全盘西化固然是不合适的，但如今，正如有学者所指出的那样，整个的文化气候朝着"更加本土化的方向发展"。参见王学典：《中国向何处去：人文社会科学的近期走向》，载《清华大学学报（哲学社会科学版）》，2016(1)。在这一情况下，保持清醒的意识，不犯极端年代里的错误，合理地倡导西方文论，以开放的心态向西方文论学习，从而建设中国自己的文论，这应该是值得肯定的。极端年代里"全盘反西"思潮所导致的文学理论学科发展的后果值得警惕。因此，我们非常认同葛红兵等人的观点："告别文化民族主义和相对主义的文艺学，建构'生成'的文艺观，确立全球化时代的文艺学。""确立一种真正意义上的奠基于人类的以存在论为基础的世界性观念就显得非常必要，也许这是21世纪中国文艺学的最根本任务。"参见葛红兵、宋红岭：《重建文艺学与当代生活的真实联系——文艺学学科合法性危机及其未来》，载《文艺争鸣》，2007(3)。

　　②　陶东风、陈国战：《在西方理论与中国现实的错位处寻求创新——陶东风教授访谈》，载《中华读书报》，2014-11-26。

　　③　陶东风出版了三部相关著作，分别是《文学理论的公共性——重建政治批评》（福建教育出版社2008年版）、《文学理论与公共言说》（中国社会科学出版社2012年版）、《文化研究与政治批评的重建》（中国社会科学出版社2014年版）。

　　④　参见王一川：《文艺理论的批评化》，载《文艺争鸣》，1993(4)。

学发展新趋势的期待。进入 20 世纪 90 年代，王一川较早意识到了文艺学学科的问题，并积极为之寻找出路。他在具有反本质主义倾向、批评化色彩浓重的文学理论教材书写，兴辞批评的理论建构及批评实践等方面都有远见卓识。他还曾将其主编的"西方文论"命名为"批评理论与实践"，这无疑是较早对西方文论走向批评化的认知及行动。因此，我们不能否认王一川之于文艺学学科反思及合法性重构的积极理论价值与实践意义。近年来，王一川又围绕艺术公赏力问题展开了批评实践，并建构了也许可名之为"艺术公赏力批评"的"理论"。① 虽然就学科体制而言，艺术公赏力问题似乎是艺术学的事情，但是如果我们体认了文学的艺术性质，正视当今文学与视觉艺术（尤其是电影）的深刻关联，那么我们就不会否认艺术公赏力问题与文艺学的内在关联。我们甚至可以说，艺术学学科和文艺学学科会因艺术公赏力问题而与美学美育发生实际的互动，并可能都会在文化批评转型中汇通。因此，我们是可以将王一川的艺术公赏力理论研究与批评实践视作文艺学学科合法性重建的重要个案的。②

　　总之，陶东风、王一川等学人晚近的研究与陈晓明的文艺学学科

---

　　① 近年来，王一川发表了一系列相关文献，如《论艺术公赏力——艺术学与美学的一个新关键词》(《当代文坛》2009 年第 4 期)、《论公众的艺术辨识力——艺术公赏力系列研究》(《文艺争鸣》2010 年第 10 期)、《论艺术可赏质——艺术公赏力系列研究之三》(《当代文坛》2012 年第 2 期)、《通向公民社会的艺术批评》(《艺术评论》2012 年第 3 期)、《论艺术公信度——艺术公赏力系列研究之五》(《当代文坛》2012 年第 4 期)、《艺术公赏力的重心位移——艺术公赏力系列研究之六》(《当代文坛》2014 年第 4 期)、《通向艺术公赏力之路——以北大艺术理论学者视角为中心》(《当代文坛》2014 年第 5 期、第 6 期)、《艺术公赏力的动力》(《天津社会科学》2015 年第 2 期)等文。

　　② 值得一提的是，我们还可以从王一川主持"西方文论中国化与中国文论建设"的重大招标课题和基于此的研究成果，看出王一川在文艺学学科建设问题上非常重视西方文论。参见王一川等著：《西方文论中国化与中国文论建设》，北京，经济科学出版社，2012。就他的学术历程看，王一川也是受惠于西方理论的。他曾提及阅读詹姆逊的书和去牛津访学对自己的学术研究的重要影响。参见王一川：《读一本书，行万里路》，载《中国教师》，2003(7)。

反思和重建形成了"回应"。^①

当然，也有学人对陈晓明的意见不以为然。著名学者钱中文先生就曾对陈晓明所谓的"苏联模式"说提出了质疑。在他看来，特定时期的文学理论教材在一定程度上是存有陈晓明所言之问题的，但这也主要是 20 世纪 80 年代之前的事情了。80 年代中后期，学界开始对"苏联模式"文学理论教材进行清算，那时候的文学理论在"观念体系上、方法上、结构上，已经大大不同于过去，逐渐形成了开放的理论构架。在重大问题的阐释上，它们与苏联体系完全是不同的，这大体适应了当前文学科学发展的水平"^②。钱中文以文学本质问题的书写为例，认为 20 世纪 80 年代以后，人们已经抛弃了"苏联模式"的文学本质论，转而开始多元地理解文学的本质，并且找到了"文学自身最具有本质性的审美特性"^③。同时，在钱中文看来，作为教材的文学理论不能及时阐明当前出现的文学文化现象，这是事实。但他认为这是可以理解的，因为这当是文学批评的任务。我们甚至不应该要求文学理论能够迅速对这些现象做出反应，毕竟"文学理论对于从文学现象出发到观念的提炼与形成，又需要一个比较各种评论的得失的过程，一个扬弃与积淀的过程。所以难以指望从刚刚出现的文学时尚现象中，就能概括出一些普适性的原则，马上就写进文学理论教材"^④。至于以

①　陈晓明所言简单来说包括两个方面，即学习西方理论和走批评化道路。考察王一川、陶东风近十年来的成果，我们发现他们三人在此问题上观念较为一致，可谓英雄所见略同。

②　钱中文、刘方喜、吴子林：《自律与他律——中国现当代文学论争中的一些理论问题》，307 页，北京，北京大学出版社，2005。高建平也指出，20 世纪 80 年代以来，"新一轮西方文艺思想热，则在于打破已建立的体系，特别是以俄国文艺理论为基本框架的体系"。参见高建平：《全球与地方：比较视野下的美学与艺术》，83 页，北京，北京大学出版社，2009。

③　钱中文、刘方喜、吴子林：《自律与他律——中国现当代文学论争中的一些理论问题》，307 页，北京，北京大学出版社，2005。

④　钱中文、刘方喜、吴子林：《自律与他律——中国现当代文学论争中的一些理论问题》，309 页，北京，北京大学出版社，2005。

专著论文为代表的"一般文学理论"知识生产则早已摆脱了此一模式。也就是说，非教材的文学理论能够生产有效的文学理论知识。①

我们认为，钱中文的看法有一定的道理。从 20 世纪 80 年代中后期开始，教材文学理论的确已经不可与此前一概而论了。文学理论与文学批评也是有差异的。我们的确不能要求文学批评所生产的"知识"马上进入文学理论教材进行讲授，但问题是，钱中文先生的意见并不足以驳倒陈晓明。

第一，20 世纪 80 年代中后期以来的文学理论教材当然不完全等同于苏联模式，但问题是，它是在修正苏联模式，或对此模式进行再阐释，基本还是在维持此模式的前提下对其中某些具体的观念进行改造，并且是以另一种意识形态话语改造、替换苏联模式所依托的意识形态话语。一定意义上，文学理论教材可谓进入了"后苏联模式"。其表现恐怕就是，仍有不少文学理论教材企图依托某一元叙事的意识形态话语为文艺"立法"，却又没有能力提供批评文学的有效视点、方法，更遑论模式，以至于的确不能有效阐释文学，最终也就无法获取承认，只能实现表达个人愿景的效果。② 这与当代文学理论教材普遍没有基于对具体的文学现象进行批评，而后提升出理论，并最终实现批评的理论化的观念有关。归根结底，则是因其未曾彻底地从"苏联模式"中摆脱出来，尚未将文学理论研究规定为以生产有批评阐释能力的"知识"为旨趣。

仅以教材体例而言，当前仍有不少"文学理论""文学理论新编"类教材。这些教材并没有摆脱苏联模式的影响，仍然在追求体系的完整性，以本质论、创作论、作品论、读者论、发展论等几大板块讲述

---

① 参见钱中文、刘方喜、吴子林：《自律与他律——中国现当代文学论争中的一些理论问题》，304～313，北京，北京大学出版社，2005。

② 从这个方面看，强调文艺学学科的问题不在于思维方式上的本质主义，而在于某种特定知识生产机制、意识形态的元叙事模式等说法则是有道理的。参见支宇：《反本质主义文艺学是否可能？——评一种新锐的文艺学话语》，载《文艺理论研究》，2006(6)；李自雄：《当代中国文学理论反本质主义批判的批判》，载《学术探索》，2009(3)；李自雄：《反本质主义的错位与文学本质的重新言说》，载《汕头大学学报(人文社会科学版)》，2010(5)。

"知识"，但不联系具体的文学活动，以至于有学者说："这样一种辐辏式较为完备地概括了文学理论的诸多问题，与此同时也不可避免地带来学科发展封闭性的问题。"①我们认为，其最大的封闭性就表现在，这样的教材文学理论其实就是在以思辨的方式和故有的教材或直接或间接地"对话"，其差异往往源自各自所吸收的理论资源和观念的不同。它们基本不与现实变动了的文学文化实践形成切实的互动。而由于当代学科意义上的文学理论教材始自苏联模式，因此此一模式的教材便如幽灵一般地回旋在现有教材左右。这当是不可否认的事实。有学者曾对 1949 年以来的文学理论教材进行了回顾和反思，在谈到童庆炳主编《文学理论教程》、陈传才和周文柏《文学理论新编》、吴中杰《文艺学导论》这三本教材时，一方面肯定其"换代性"，另一方面则毫不避讳地理性指出："它们在词句、体例、框架、引文乃至个别分析中虽有刷新，但关于文学本质、特征、生成、发展、鉴赏、批评等的观点，却没有什么变化，从中可以发现蔡仪、以群理论的草蛇灰线，甚至还能找到季摩菲耶夫的影子。"②陈晓明的反思因此值得肯定，因为它有助于当代教材文学理论对此一模式保持警惕，并最终从这一模式中自觉地走出来。③

---

①　金永兵：《后理论时代的中国文论》，35 页，北京，文化艺术出版社，2014。

②　李珺平：《文艺学学科建设与教材建设的思考》，载《文学评论》，2002(1)。

③　进入 21 世纪以来，也有不少教材因学科反思而自觉走出"苏联模式"。其中较有影响力的有南帆主编的《文学理论新读本》(浙江文艺出版社 2002 年版，此后南帆又在此教材基础上出版了新版本的《文学理论》)、王一川的《文学理论》(四川人民出版社 2003 年版，王一川另有与此教材理念相似的《文学理论讲演录》)、陶东风主编的《文学理论基本问题》(北京大学出版社 2004 年版)。值得提及的是，童庆炳主编的《文学理论新编》(北京师范大学出版社 2005 年)、《新编文学理论》(中国人民大学出版社 2011 年版)亦是自觉走出"苏联模式"的教材。但由于种种原因，如在教材文学理论反思中童庆炳主编的另一教材《文学理论教程》曾被选为研究对象，因此童庆炳主编的该类教材的新意似乎没有得到应有的重视。对此，我们有必要参考吴子林在《从"建构"到"解构"——新时期以来童庆炳文学理论教材编纂思想研究》(《当代文坛》2013 年第 1 期)中的观点。另外，可参考吴子林《童庆炳评传》(黄山书社 2016 年版)一书第九章的相关论述。

第二，关于教材文学理论与文学批评的关系问题。依据钱中文的意思，他似乎认为教材就是一些稳定的知识，这些知识是对文学基本问题的普遍性、规律性认知，而批评则是对具体文学现象/问题/活动的阐释，两者的转换似乎并不容易。而且回到现实中，批评的问题和局限太多，也不能"留下什么实质性的东西来"，因此，不应该进入教材文论之中。看得出来，钱中文对批评是不放心的。但在陈晓明看来，根本就没有关于文学基本问题的所谓普遍性、规律性知识，有的只是对于具体文本/现象/问题有效阐释的知识，而且这些知识正是来自批评实践。因此，即使教材不讲述"批评"的理论，也应该对这些"稳定"的理论做事件化的理解，将它与语境联系起来，特别不能忘记其与批评的内在关联。

再回到一般文学理论知识生产的实际情状来看，我们认为，陈晓明的思考也是有针对性的。这里不妨指出当前依旧突出存在的两种情况。

第一种情况是我们的文学理论知识生产主要对一些基本文学问题进行玄想、思辨。其中最优者无非是能够做到有学理，有逻辑说服力，是读之却不觉得这是"文学"的"理论"。① 它只是在"文学理论学"

————————————

① 这里不妨顺便提及的是，这样的玄想思辨生产出来的知识还往往注重所谓的体系，一如苏联模式的教材追求完备的体系。我们认为要警惕这种体系性的写作。这一点已被不少学人指出。有学者曾以文学理论发展为例反思道："所谓'发展'被理解为建立一个准形而上学体系，它隐含着对理性、现代性问题的黑格尔式解释。这与中国传统文论的思维方式和话语实践方式不同，也与20世纪以来西方人文学科的发展趋向不同（反本质主义的、反形而上学的），无法有效地吸收这两种精神营养。进一步，问一问，谁需要这种体系的知识？它是一种什么类型的知识？这种知识是干什么用的？它是如何在历史中形成并被体制化的？这种体制化的结果是否影响、限制了我们的理论创新的思考？这只是一部分理论家的需要，还是实际历史中的文学研究实践的需要？体系化，意味着已经有一个成熟的东西存在了，已经有一个生动的、具有生命力的、对话语实践具有解释力的理论存在了。体系化不是理论家的任务，它从来不能带动理论的'发展'。一种部颁标准教科书的要求不能成为理论家发明创造的要求。"参见靳大成：《研究文学理论，为什么要反思学术思想史？》，见王晓路等：《中外文化与文论》第8辑，101～102页，成都，四川教育出版社，2001。非常庆幸的是，晚近学人著书立说，往往很少是体系化的著作，更多是"论文集"。这是值得肯定的。

的层面上与文学有点关联，具有一定的存在理由。① 但不可否认的是，这类文学理论因其"知识"品质较低而往往不具备传世功能，以至于我们在书写文学理论史时，常常为言说的对象犯愁。我们往往很难发现一个概念范畴、一种思想观念、一种批评方法甚至一篇有原创的论文是中国文学理论界的。这对于研究者个人而言，恐怕也是或悲剧壮美或荒诞虚无的事情，即从事一辈子的所谓文学理论知识生产，结果却没有办法在文学理论历史上留下哪怕只言片语。很多学人一旦停止著述，就会开始被人遗忘。同时，这样的文学理论知识更遑论辐射到其他学科了，即使对文学学科之内的二级学科都鲜有影响力。

第二种情况是大多数文学理论研究著述是在对西方某一知识做注解。注解当然是有必要的，但问题是我们不能就此留步，而应该在理清文脉的基础上学会知识生产的技能，最终生产出可阐释当下中国文学实践的知识。或者说，要有能力从本土的批评实践中创制有效的知识。

如果上述情况确实存在，恐怕我们的确要先承认"苏联模式"的存在。即使 20 世纪 80 年代以后我们已然在摆脱这一模式，但毋庸讳言，我们需要继续加大对这一模式的反思，进而用陈晓明所言之方法去解决问题，即先好好地学习西方文论，待自己上路了，再来生产自己的知识。当然，学习西方文论不是简单地移植介绍，更不是沾沾自喜于自己因外语好而能够即时做"传声筒"，更好的做法恐怕是通过学习回到自身的语境和问题中，从批评实践出发，而后生产出与文学有内在关联的理论知识。② 实际上，不少学人已经在这样做了，陈晓明因此强调说："文学理论正在最大可能地吸取国际学界的成果，这是一个

---

① 我们认为，在反思文艺学的框架下进行"思辨"是有必要的，也是值得肯定的。

② 需要说明的是，陈晓明在反思之后的重建只是一种选择，我们没有必要排他性地理解它。对于摆脱"苏联模式"，其他学人也有自己的做法。比如，王元骧曾从马克思主义的视角对此进行过研究。参见王元骧：《立足反映论，超越反映论——兼谈我对苏联文艺学模式认识上的突破历程》，载《杭州师范学院学报》，1996(5)。

艰难且需要胸怀的漫长过程。真正在理论的同一层次和水准上对话，才有学术的创造性发生。而对这一领域而言，只有文学批评可以抹去理论的民族身份，因为理论资源可以共享，可以面对不同的文学文本。例如，某些具有民族身份特征的文学文本的探讨，会使人们处在同一学术层次上。如果只在理论原创性上过分强调民族身份，强调东方西方的对立，这不会有结果。因为，中国长期被一种元理论话语支配，要在短期内有理论的原创性，那是不切实际的想法。"①

第三节　文学理论知识学问题的其他讨论

对于文学理论的知识学讨论，尚有其他学人参与。这里我们再以张法、余虹等学人的研究为中心予以简要考察。②

首先，张法主要对教材文学理论的"知识学模式"问题展开了反思。③ 他先从学科命名的角度考察了教材文艺学的百年历史，发现教材文学理论的名称在民国时期主要是"文学概论"，在中华人民共和国前期是"文艺学"，而改革开放以来则是"文学理论"。这三种名称的文学理论教材分别以田汉的《文学概论》、以群的《文艺学》和童庆炳主编

---

① 陈晓明、孟繁华、南帆、贺绍俊：《"文学理论建设与批评实践"笔谈》，载《中国社会科学》，2004(6)。

② 对文艺学学科进行知识学意义的反思，尚有不少值得介绍的重要学者和重要文献。这里仅列举一部分学者的文献，以弥补不足。李西建：《文化转向与文艺学知识形态的构建》，载《文学评论》，2007(5)；葛红兵、宋红岭：《重建文艺学与当代生活的真实联系——文艺学学科合法性危机及其未来》，载《文艺争鸣》，2007(3)；赖大仁：《当代文论：危机及其应对》，载《学术月刊》，2007(9)；章辉：《文艺学危机与文学理论知识创新——访高小康教授》，载《甘肃社会科学》，2008(1)。张荣翼、许明、蒋达卓等：《关于文艺学知识依据的对话》，载《长江学术》，2008(1)；冯黎明：《论文学理论的知识学属性》，载《文艺研究》，2008(9)；邢建昌：《从知识、知识生产的视角进入文学理论的反思研究》，载《河北师范大学学报(哲学社会科学版)》，2016(2)。

③ 张法曾和课题组成员张旭春、支宇、章辉等学人一道，对中国文学理论教材进行有点有面的研究反思。参见张法、张旭春、支宇、章辉：《世界语境中的中国文学理论》，合肥，安徽教育出版社，2010。

的《文学理论教材》为代表。从田汉的教材中可以看出，那时虽然西方理论占据主体地位，但是最终还是苏联模式取代了西方理论。在张法看来，其原因恐怕是苏式思维有益于推进中国现代性的总体性。苏联模式与中国之学突出整体这一点更为契合，而西方之学突出的是分科，与当时中国救亡图存需要强调整体性的语境不吻合。进入中华人民共和国时期，受政党政治实践的影响，西方理论在文艺学中消失了，中国文艺学曾经被苏联模式"全面占领"。虽然大学生编教材的"青春性实验"以及中苏关系恶化，使得中国文艺学与苏联模式有所区别，但是事实上多少还是受苏联模式影响的，并形成了"共和国模式"。张法将这种模式总结为三个方面的"遗产"："一是文艺学的学科命名；二是统编教材的四大结构；三是马克思主义的权威符号。"[①]在张法看来，改革开放以来的教材文学理论虽然试图"与时俱进"，但最终还是与"共和国模式"有"结构上和核心上的继承"，并因此出现了"用各种最新内容来填充原有结构时所呈现出来的矛盾性"[②]。

其次，张法对21世纪以来南帆主编的《文学理论新读本》、王一川的《文学理论》和陶东风主编的《文学理论基本问题》这三部文学理论教材进行了反思。在他看来，这三部文学理论教材都有一个共同的特点，即"学科本位意识得到更大的突出"[③]。这三部教材分别从三个方向对既有文学理论进行超越。南帆主编的教材以世界学术标准来定位自己的理论，王一川所著教材以文学本体逻辑来建构自己的理论，陶东风主编的教材则以历史多样性为追求。

在指出上述三部教材的知识学逻辑的同时，张法分别对其进行了

---

① 张法、张旭春、支宇、章辉：《世界语境中的中国文学理论》，14页，合肥，安徽教育出版社，2010。

② 张法、张旭春、支宇、章辉：《世界语境中的中国文学理论》，14页，合肥，安徽教育出版社，2010。

③ 张法、张旭春、支宇、章辉：《世界语境中的中国文学理论》，16页，合肥，安徽教育出版社，2010。

更为细致的反思，认为它们既有可取之处，也存在局限性。他指出南帆的教材以世界最高成就和最新观念来重新叙述文学理论新体系，给当代文学理论教材带来了一定的创新，但其线性进化论的文论观也导致文学理论出现了相应的弊端，如"失去了自己文学理论内涵中本有的优势"[①]。王一川的教材有诸多值得肯定之处，即"立足原有结构，回归文学特性，兼容中西理论，独创招牌新名"[②]。但该教材也有一些局限性。例如，它以感性修辞论为核心概念，因具有中国特色和个人化色彩，与追求普遍性、稳定性知识的教材不吻合。陶东风的教材在追求历史多样性和使用中西比较方法上有特色，并试图建构具有历史性和地方性的文艺学知识体系，但该教材在实际的写作中并没有完全落实好这个目标。[③]

在分别细读这三部教材之后，张法指出了它们共有的问题。三本教材都试图接受和理解世界主流学术的核心观念，即后现代思想，但最终"三本文学理论新著在运用西方最新理论的时候，不是走向了西方最新理论的反面，就是运用得力不从心，甚至南辕北辙"[④]。张法指出，中国文学理论是"整体逻辑性"的，西方文学理论虽然也有体系性，但更有流派性。而且，由于流派的存在，加上西方理论与批评关联密切，因此文学理论很容易走向后现代性。中国的文学理论由于缺乏流派，也非产生自批评，所以很难切实地实现后现代性，这就是三部文学理论教材很难用后现代性观念结构文学理论的重要原因。

最后，张法对中国文学理论进行了全球视野下的反思，指出了中

[①] 张法、张旭春、支宇、章辉：《世界语境中的中国文学理论》，168 页，合肥，安徽教育出版社，2010。

[②] 张法、张旭春、支宇、章辉：《世界语境中的中国文学理论》，170 页，合肥，安徽教育出版社，2010。

[③] 参见张法、张旭春、支宇、章辉：《世界语境中的中国文学理论》，172～176 页，合肥，安徽教育出版社，2010。

[④] 张法、张旭春、支宇、章辉：《世界语境中的中国文学理论》，183 页，合肥，安徽教育出版社，2010。

国文学理论在知识层面上的几点不足。一是由于在中国，起重要作用的世界史框架没有形成，因此进行宏大叙事很困难。中国从先秦以来的文学理论传统，以及始自王国维、梁启超的现代传统很难进入文学理论教材书写之中。二是与西方相比，中国缺乏流派型的文学理论，这导致西方的流派理论很难进入我们的教材文学理论，我们往往把流派文学理论看成流派理论史。三是中国文学理论缺乏"本土资料"，我们似乎一直在追赶西方先进的理论。①

张法的反思非常有价值，虽然他并没有提出具体的文学理论知识重建的理念与做法，但其反思无疑可以推进文学理论教材的"深入、扩展、前进"。他在让我们看清楚百年来教材文学理论知识生产状况的同时，也让我们获得了一些启发。简而言之，这包括以下几个方面。其一，我们的文学理论教材目前不可能完全用古代的术语范畴来书写，甚至难以用其作为主导范畴。这是因为中国现代性的进程并不具有自主性，在世界史中不占主导作用。其二，文学理论模式与文化精神和现实语境需要有关。例如，1949 年之前的文学理论之所以最终会被苏联模式替代，就是因为苏联模式符合中国文化的精神和现实需要，而这一时期的文学理论无疑是那个时代的表征，其中西方理论的阙如就是明证。回到当下，我们的文学理论知识生产应该意识到自身的复杂处境，更应该对文学理论知识生产的场域特点展开分析，这样才有可能更为自觉地应对教材文学理论的危机和挑战。但无论如何，我们都不可完全抛弃现有教材的书写经验，反而应该在继承各类教材长处的基础上，逐渐完善之，既而生产出更有个性但又有普遍性的好教材。其三，好的教材文学理论应以言说可批评阐释文学文化现象的知识为主。这就要求一般文学理论的知识生产要从问题出发，关心本土文学文化现象，生产出与之互证互释的知识。借此，教材文学理论才有可能获得本土的理论资源。

---

① 参见张法：《中国文学理论学科发展回望与补遗》，载《文艺研究》，2006(9)。

余虹也对文学理论进行了知识学的反思。这里我们仅述评其关于文学理论知识生产机制问题的讨论。

为了了解文学理论知识生产的机制，余虹首先对文学理论的知识特性进行考察。依其之见，文学理论知识具有寄生性的特点。也就是说，文学理论并不是独立的理论，而是寄生在其他理论之中的理论。对此，他描述道："古往今来的文学理论或者是哲学的，或者是神学的，或者是社会学的，或者是伦理学的，或者是政治学的，或者是历史学的，或者是语言学的，或者是心理学的，而从来就没有脱离诸'学'的文学理论。"①余虹所指出的这种寄生现象，也被诸多学者发现并指认。李春青就曾将这种现象命名为"文学理论的中介性"，其意与余虹几近相同。② 文学理论知识的寄生性实际上是牵涉到知识品质的

① 余虹：《文学理论的学理性与寄生性》，载《文学评论》，2007(4)。

② 李春青在 2004 年就指出过："任何一种文学理论都必然有所依托——在它背后总有一种可以称为'元理论'的东西存在着，或是政治的，或是宗教伦理的，或是哲学的。这就意味着文学理论根本上乃是一种'中介性'的理论，即某种'元理论'通向文学的必经之路。"参见李春青：《文学理论的中介性与合法性》，载《汕头大学学报(人文社会科学版)》，2004(4)。2005 年，李春青又撰写了相关论文《谈文学理论在社会文化系统中的位置》(《文艺争鸣》2005 年第 4 期)进行讨论。查阅文献，我们可以发现有不少学人对文学理论知识的特性进行了揭示。比如，李西建也曾指出："从学理的维度看，文学理论的知识形态不只是一个学科自足性的概念，而且是一个既与学科的知识谱系密切相关，又包含和融汇着其他学科的特定的思想、观念、理论与方法的多元知识系统。"参见李西建：《文化转向与文艺学知识形态的构建》，载《文学评论》，2007(5)。冯黎明也曾指出："文学理论，却从来未曾完全独立过。即使我们把圣伯夫以后的文学批评和文学理论视作文学理论作为学科知识形成的过程，但实际上 19 世纪以来的任何一种文学理论，都是靠从其他学科那里借取方法、观念以及术语、概念来建立自己的话语系统的。从严格意义上来说，文学理论虽然有自己的考察对象，即文学活动，但它对文学活动的阐释视点和阐释方法，却依赖于其他学科的供给。尤其是近代以来在'西学东渐'中建立起来的中国的文学理论，其理论话语并不具备真正意义上的独立性。像启蒙至当代的西方文学理论一样，时而从属于伦理学，时而从属于哲学，时而从属于社会学，除此之外它的主人还有语言学、心理学、人类学等。所以，近代以来的文学理论是一个不断接受招安的角色。它是在'亲友'的接济下过日子的。"参见冯黎明：《明天谁来招安文学理论？》，载《三峡大学学报(人文社会科学版)》，2006(5)。当然，不同的学人在指出文学理论这一寄生性之后，因其问题意识不同，会有不同的阐发和研究旨趣。

一个问题。有研究表明，知识品质由三个变量决定：第一，积累性；第二，解释力；第三，对其他学科的影响度。这三个方面越强，知识的品质就越高，自主性也就越强。①文学理论的寄生性说明文学理论知识的品质不高，自主性不强。它往往依托其他学科的知识，受学科之外的因素影响较大。为什么会出现这种情况呢？余虹认为主要因为文学理论的论说对象既是综合的，又是分化的。这就使得文学成为诸多学科的研究对象，而非专属于文学理论。那么，文学理论的寄生性带来的后果是什么呢？余虹将这一问题引入文学理论知识生产秩序的讨论中，最终目的是反思现有教材文学理论的知识建构问题。

在余虹看来，文学理论的寄生性使得文学理论的论述工具和学理逻辑由它所寄生的理论提供。对此，他举柏拉图等人的文论为例予以了说明。我们知道，柏拉图的摹仿概念并不是其诗论的专属概念，而是论述一切经验现象的哲学概念。依柏拉图之见，其他事物也是摹仿理式，诗歌只不过是对其他事物的摹仿，因此，诗歌是低级的摹仿。离开了对柏拉图哲学的理解，我们就不可能弄懂柏拉图的诗论。如果一改柏拉图的摹仿这一哲学概念的内涵，整个柏拉图的诗论就会随之改变。稍微了解一点西方文论史就会知道，亚里士多德的诗论之所以与柏拉图的诗论相异，就是由于其背后的哲学观念存在分歧。于是余虹得出结论说："文学理论的危机与冲突多不是来自内部而是来自外部，准确地说来自它寄生的理论。"②余虹接着指出，依托不同理论的文学理论虽然可以在特定历史时期被其他文学理论所取代，但在学理上不可取代。同时由于各种文学理论所依托的理论不同，因此冲突是必然的。整个西方文论一直在发生这种冲突。冲突有内部和外部的区分，共同之处是它们都有助于拓展理论空间。不同之处在于，内部冲

---

① 参见何艳玲：《学科自主性取决于知识品质》，载《中国社会科学报》，2015-06-05。
② 余虹：《文学理论的学理性与寄生性》，载《文学评论》，2007(4)。

突的双方可以兼容，是对原有理论的丰富；而外部冲突的双方不可兼容，是对原有理论的否定。文学理论知识生产的机制及知识秩序与这种矛盾冲突有内在关联，换言之，文学理论依托的理论运动是影响文学理论知识生产秩序及其走向的因素之一，另一个因素则是社会历史语境。但在余虹看来，理论依托是比社会历史语境这一因素更为隐蔽的因素。甚至可以说，文学理论知识生产秩序的更替转换和创新发展更多的不是社会历史语境的引导，而是由其依托的学理的变迁所主导的。

余虹接着以文学理论教材为例予以说明。例如，新时期之初，蔡仪的文学理论教材依托的是马克思主义的理论逻辑，具有高度统一和学理自洽的特点，因此具有极大的排他性，"以至于很多中文系毕业的学生要花多年的时间才能摆脱遮蔽而一见文学理论的多元景观"①。而 20 世纪 90 年代以来的文学理论教材，由于依托的学理大多是黑格尔式的辩证法，因此具有兼收并蓄的特点，显得更为开放多元。但这类教材依托的学理太多，互相之间甚至有不兼容之处，一如主编与撰写者之间存在差异而不兼容一样，并且这类教材又往往试图用一种学理来综合其他学理，掩盖各种学理之间的不可兼容性，这就导致了学生在学习这类教材时"获得的知识只是一堆糨糊"②。

由于中国文学理论的资源有相当一部分来自西方，因此余虹对西方文学之思的知识传统进行了细读。他分别考察了三大思路，即神学路径、人学路径和语言学路径。在他看来，这三大思路不可兼容。神学路径旨在探究文学的神圣超越性品质，以及与此相关的审美价值；语言学路径力图建立文学科学，而将文学作为封闭自足的语言结构来研究；人学路径否定文学的超越性可能，而将其还原为权力游戏或意识形态。然而，这三大路径却在中国文艺学教材中并置，形成知识建

---

① 余虹：《文学理论的学理性与寄生性》，载《文学评论》，2007(4)。
② 余虹：《文学理论的学理性与寄生性》，载《文学评论》，2007(4)。

构一体化景观，导致的结果是难以厘清的知识混乱和自身的迅速解体。事实上，在西方，这种现象十分少见。伊格尔顿的《文学理论导论》自不必说，即使韦勒克和沃伦的《文学理论》虽然依据新批评的学理逻辑建构知识体系，但也没有将异己的知识统一于自身。在余虹看来，这种开放的教材观念尊重历史上各路文学理论的差异，有助于我们更好地理解各路知识，对于开拓新的知识路径也不无益处。余虹最后说："我们能否设想这样一种文艺学的公共空间和知识秩序，在这里，没有'一体化'的冲动，没有强制的综合，它对各种文学研究的理路及其成果敞开，尊重它们的差异、冲突与争吵，从而为文学研究另辟蹊径提供必要的动力与张力？"①

　　余虹对文学理论知识的寄生性的反思及其关于文学理论知识重建的思考也是非常有价值的。由于文学理论的寄生性，它必定要依托其他理论以获得学理，而学理是要讲道理的，无法委曲求全，因此我们要尊重它，给它独立自由的空间。这一点甚至要有相应的制度保障，因为只有这样，才可能生成有个体风格的文学理论知识，才可能有百花齐放的文学理论花园。毋庸讳言，我们之所以缺乏流派型文学理论，一定意义上恐怕与此有关。大多数知识生产主体都不能明确地彰显学理。例如，审美派文学理论要用某一主义的学理来予以整合，这样似乎才显得全面、正确。殊不知这样的整合往往使其失去了一部分让自身成长为理论流派的深度空间。另一种情况是，一种新的学理一出现，故有的那种尚未深度研究的学理便被放弃了，或者又与这一新的学理调和，以显示知识生产主体的与时俱进，或形成表面的和谐，文学理论流派的形成因此变得殊为不易。为此之故，余虹所指认的"一体化冲动"值得每一位文学理论知识生产者警惕。当然，文学理论知识生产的"一体化冲动"并非完全能由知识生产主体控制，换言之，

---

　　①　余虹：《理解文学的三大路径——兼谈中国文艺学知识建构的"一体化"冲动》，载《文艺研究》，2006(10)。

这不是一个学理的问题，而是一个需要社会制度让渡自由空间的结构性问题。① 但是，这并不是我们无须重视文学理论知识生产学理机制问题的借口。

---

① 余虹曾联系政党政治实践的语境考察 20 世纪文学理论的"转型"问题。这说明他并非不明白这一道理。他特别强调学理问题，恐怕与其对文学理论的理解有关。在他看来，文学理论即"文学知识学"，"文学理论就是关于文学现象之根由与道理的论述与知识"。参见余虹：《文学知识学》，4 页，北京，北京大学出版社，2009。

第七章 文学理论的历史书写与另一种文学理论学科的反思

文学理论学科反思除了有逻辑层面的展开，如针对教材文学理论现状，言说文学理论知识生产的对象范围、思维方式、性质结构、功能效果之外，还有将反思延伸到学科历史的层面，通过回顾文学理论学科的阶段历程、发展脉络以及知识范型，来言说当代文学理论知识生产的传统和未来，可谓另一种学科反思方式。

综观已有的研究，人们对文学理论学科历史的书写有不同的时段框架，如百年、六十年、三十年之分。[①] 这里，我们选择其中一些具有学科反思意味的书写予以讨论。

---

① 这里需要说明三点。其一，这里所谓百年、六十年、三十年都是文献内指的时间，而非文献发表的时间，更非笔者撰写本书的时间。其二，除了百年、六十年、三十年之外，尚有十年时段、二十年时段、五十年时段等少量总结与反思的研究文献。例如，钱中文：《在蜕变中：新时期文学理论十年回顾》，见《文学理论：走向交往与对话的时代》，北京，北京大学出版社，1999；刘小新、王伟：《新世纪十年文学理论回眸》，载《华侨大学学报(哲学社会科学版)》，2011(1)；汤学智：《辉煌的 20 年——新时期文学理论研究述评》，载《社会科学战线》，1998(1)；张婷婷、杜书瀛：《新时期文艺学反思录》，济南，山东文艺出版社，2001；杜书瀛：《新时期文艺学前沿扫描》，北京，中国社会科学出版社，2012。其三，由于篇幅所限，这里仅选择了非常有限的几种文献，这也是非常遗憾的事情。

第一节　三十年时段中的文学理论学科
历史书写及其学科反思

　　将文学理论学科发展置于三十年时段中予以考察，与纪念改革开放三十年有关。① 这也说明文学理论学科历史不可能回避社会历史的

① 三十年时段的文艺学学科回顾与反思的文献较多，其中重要的有钱中文：《文学理论三十年——从新时期到新世纪》，载《文艺争鸣》，2007(3)；童庆炳：《政治化—学术化—学科化—流派化——从三十年来文艺学学术的发展看高校学术组织任务的演变》，载《江西社会科学》，2007(3)；童庆炳：《延伸与超越——"新时期文艺学三十年"之我见》，载《文艺争鸣》，2007(5)；王元骧：《当今文学理论研究中值得认真思考的三个问题——文学理论三十年的回顾与反思》，见《论美与人的生存》，杭州，浙江大学出版社，2010；董学文《近三十年我国文学理论的"转型"问题》，载《吉林大学社会科学学报》，2008(4)；董学文：《近三十年中国文学理论的趋势》，载《文艺争鸣》，2007(7)；董学文：《怎样总结新时期文学理论的历史》，载《甘肃社会科学》，2007(4)；董学文：《文学理论研究的指导思想问题》，载《高校理论战线》，2008(3)；董学文：《新时期文学理论回顾与反思的几个问题——纪念改革开放三十年》，载《社会科学战线》，2008(9)；董学文：《新时期文学理论研究的基本经验》，载《高校理论战线》，2008(10)；鲁枢元：《河东，河西——也谈文学理论三十年》，载《文艺争鸣》，2007(9)；马龙潜：《论新时期文学理论发展进程回顾和反思的思想理论基础》，载《甘肃社会科学》，2007(4)；周平远：《从"泛学科化"到"去学科化"——文艺社会学视角的中国文论30年及应对策略》，载《湖南社会科学》，2008(5)；李益荪：《思考和建议——我看30年文论发展的历程》，载《廊坊师范学院学报(社会科学版)》，2008(3)；王一川：《从启蒙思想者到素养教育者——改革开放30年文艺理论的三次转向》，载《当代文坛》，2008(3)；赖大仁：《新时期三十年文论研究》，载《文学评论》，2008(5)；邢建昌：《文学理论三十年的知识演进》，载《文艺报》，2008-10-18；汪正龙：《文艺学研究三十年》，载《文艺争鸣》，2008(11)；陈雪虎：《人文之维及其当代面对：文论美学30年回望》，载《当代文坛》，2008(3)；章辉：《西方知识与本土经验：新时期文艺学三十年》，载《人文杂志》，2008(6)；盖生：《价值焦虑：新时期以来文学理论热点反思》，上海，上海三联书店，2008。此外，学界还举办了相关学术会议。2007年6月23日至25日，华中师范大学等联合主办了"文学理论三十年——从新时期到新世纪"学术研讨会暨中国中外文艺理论学会第四届代表会。参见孙文宪：《文学理论三十年：从新时期到新世纪国际学术研讨会综述》，载《文学评论》，2007(6)。2008年，北京大学举办了"新时期文学理论研究的回顾与反思"学术研讨会。参见金永兵：《文学理论：站在新的历史起点上——"新时期文学理论研究的回顾与反思"学术研讨会综述》，载《高校理论战线》，2008(8)。2010年6月18日至21日，苏州大学举行了"回顾与展望：三十年来文艺学跨学科研究学术研讨会"。参见王耘：《回顾与展望：三十年来文艺学跨学科研究学术研讨会》，载《文艺理论研究》，2010(4)。

变迁。不少学人在书写文学理论学科历史的同时，甚至强调文艺学学科发展的经验与社会政治历史的关联，比如曾繁仁。

曾繁仁曾以"西方文论影响下的中国新时期文论发展与有中国特色文学理论体系建构研究"为课题，主编了《中国新时期文艺学史论》。该著作非常全面地对新时期以来马克思主义文论、中国古代文论、西方文论、文艺美学、审美教育、文化理论、网络文艺学、生态美学和生态文艺学、西方马克思主义等各个二级学科领域的知识生产进行了总结回顾，一定意义上起到了反思文艺学学科发展的作用。这里仅以曾繁仁撰写的《中国新时期文艺学史论》的导言为依据，考察其学科反思成果。[①]

首先，"解放思想，实事求是"的思想路线方针对于文艺学学科发展甚为重要。

在确立新时期起点的时候，曾繁仁将 1978 年"党的十一届三中全会"的召开作为标志年份。在他看来，这次会议所确立的"解放思想，实事求是"方针，对文艺学的改革创新起到了重要作用。确立 1978 年这一起点非常重要，它意味着"进一步明确了我国新时期文艺学发展的'解放思想，实事求是'这一思想指导主线，而今后的发展也仍然需要坚持这样一条主线。这应该是新时期文艺学发展的最重要经验之一"[②]。

曾繁仁以对三十年文论发展中的古今中西关系问题的处理为例予以了说明。不可否认，"我国新时期文艺学的发展与其他文化形态一样，是在古今中西复杂的矛盾与关系中进行的，但主要面对的中西之间的关系与矛盾问题。古今之间的矛盾与关系尽管在新时期仍有反映，但其重要性已让位于中西之间的矛盾与关系，并渗透其中"[③]。那么应该以怎样的态度对待西方文论？如何为西方文论尤其是西方现代文论定性？这时

---

① 该导言又独立成篇，曾以《新时期西方文论影响下的中国文艺学发展历程》为题发表在《文学评论》2007 年第 3 期上。

② 曾繁仁：《新时期西方文论影响下的中国文艺学发展历程》，载《文学评论》，2007(3)。

③ 曾繁仁：《新时期西方文论影响下的中国文艺学发展历程》，载《文学评论》，2007(3)。

候坚持"解放思想，实事求是"的思想路线就非常重要了。在新时期的文艺学发展过程中，正是依靠这一思想路线，我们承认西方现代文论在相对意义上有一定的先进性，对于我们有极为重要的参照价值。在评价"西马"文论时，"还是'解放思想，实事求是'的思想路线指导我们以科学的眼光来看待'西马'，肯定了它作为'左翼激进主义美学'总体上对资本主义的批判精神与结合新时代特点对马克思主义的某些发展与补充，从而将'西马'的许多有价值的内容吸收到我国当代文论建设之中"①。这足以见出"解放思想，实事求是"的思想路线对于文艺学学科发展的重要价值。

曾繁仁还以文论的"时空错位"为例进行说明。西方后现代文论虽然可能与我们有"时空错位"，但后现代文论本身也是复杂的，既有解构的后现代，也有建构的后现代。建构的后现代能够满足我们的现实需要，对于我们有积极的借鉴意义。解决错位的重要途径不是拒绝一切后现代，而是从中国的现实与语境出发，有针对性地去借鉴。换言之，只要"解放思想，实事求是"，就能合理地对待西方文论，解决所谓错位问题。曾繁仁因此指出，中西文论的关系总体而言处理得较好，中西文论的交流对话比较健康，其中一个重要的原因就是"我们始终是在新时期'解放思想，实事求是'这一思想路线的指导之下"②。

其次，不可忽视西方文论的重要作用，对西方文论要"给予客观的实事求是的评价"。

曾繁仁首先肯定了西方文论的重要作用。他列举了西方文论之于中国文论发展所起到的三个方面的作用。一是它"极大地推动了中国文论的现代转型"。毋庸讳言，新时期初期，由于苏联模式的文论限制了我国文论的发展，因此首当其冲地就是要摆脱机械唯物论的文论。此时引进的西方现代文论，由于具有突破"主客二分"思维模式的特点，对于机械认识论文艺观念也嗤之以鼻，因此正契合我们的需

---

① 曾繁仁：《新时期西方文论影响下的中国文艺学发展历程》，载《文学评论》，2007(3)。
② 曾繁仁：《新时期西方文论影响下的中国文艺学发展历程》，载《文学评论》，2007(3)。

要。于是，它与重新研究阐发的马克思主义经典文论一起，最终使我们的文论在马克思主义唯物实践观的理论基础之上，实现了现代转型。曾繁仁还对新时期以来在文论的哲学基础之由"物本"到"人本"，再到"主体间性"的轨迹转变过程中，西方文论所发挥的积极影响进行了肯定。同时，他还考察了西方文论对于新时期以来的文论"由外向内"转变和"由内向外"转变所起到的重要作用。二是西方文论有力地促进了"思想的解放，视野的拓宽，使我国当代文论呈现出从未有过的马克思主义指导下的多元共存的良好态势"。当代文论良好发展格局的存在，不能否认制度所让渡的公共空间起到的至关重要的作用，但也不能否认西方文论起到的直接作用。若没有西方文论在知识形态上的"众声喧哗"，当代中国文论的"百家争鸣"状况恐怕难以出现。就此而言，曾繁仁的观点是符合实际的。三是在西方文论的影响下，我们找到了我国当代文论发展的古今中外综合比较的发展道路和方法。

与此同时，曾繁仁也意识到，我们虽然引进了较多西方文论，但是存在吸收不够的现象。我们并没有借此完成有中国特色的当代马克思主义文论的建构。

最后，始终不忘如何建设当代中国文论，这无疑是文学理论学科发展的目标。

在曾繁仁看来，在新时期西方文论的影响下，我国文论界使用"综合比较"的方法来发展中国当代文论，是"非常重要的成果"。换言之，西方文论的引进，其根本目的还是帮助我们更好地建设当代中国文论。同时，回顾学科发展三十年的历史，其目的也是更好地建设今天的中国文论。我们可以看出，曾繁仁始终以如何建设当代中国文论作为问题意识。依其之见，当代中国文论必须在马克思主义的指导下，具体而言，要在"解放思想，实事求是"的思想路线与"古为今用，洋为中用"的方针指导下，走有中国特色的当代马克思主义文论发展之路。我们认为，就西方文论之所以能够对中国文论发挥重要作用而言，离开马克思主义的指导是不可想象的。为此，继续回到现实语境中，从实际出发，更为自觉地学习西方文论，既而找到一条有益于当代中国文论发展的道路，这与马克思主义的指导思想和旨趣目标是契合一致的。

应该说，曾繁仁对新时期西方文论影响下的三十年文论发展史的描述和评说是符合事实的。他对西方文论的重视和公允的评价，尤其值得当前某些对西方文论持偏见的学者重视。他所总结的学科发展经验和成绩也是非常值得我们珍惜的。虽然在万余字的论文中，他不可能做到更为细致地结合社会文化语境反思这些经验和成绩之所以可能的社会条件和学理原因，也因故没有批判性地提出学科发展过程中所存在的问题，但这些较为合乎文论发展实际情况和应然存在的肯定性观点，对于一个学科的持续健康发展来说已然有重大价值。因此，这种类型的学科反思是值得肯定的。

第二节　六十年时段中的文学理论学科历史书写及其学科反思

中华人民共和国成立六十周年之际，也出现了一些文学理论学科历史书写的文献。① 其中陶东风、和磊所著《当代中国文艺学研究

---

① 六十年时段的文艺学学科回顾与反思文献，主要有钱中文、吴子林：《新中国文学理论六十年（下）》，载《社会科学战线》，2010（4）；童庆炳：《走向新境：中国当代文学理论 60 年》，载《文艺争鸣》，2009（9）；金涛：《文艺学六十年：从理论初探到综合创新——访著名文艺理论家、北师大文艺学研究中心主任童庆炳》，载《中国艺术报》，2009-09-29；朱立元、栗永清：《新中国 60 年文艺学演进轨迹》，载《文学评论》，2009（6）；姚文放：《共和国 60 年文学理论的理想诉求》，载《文学评论》，2010（1）（该文完整版参见姚文放：《共和国 60 年文学理论的理想诉求及其嬗变》，见钱中文、丁国旗、杨子彦：《新中国文论 60 年》，43～53 页，北京，知识产权出版社，2010）；欧阳友权：《中西文论 60 年行进态势及成因》，载《贵州社会科学》，2009（10）；杨向荣、傅海勤：《边界位移中的知识建构与反思——六十年文艺学学科的发展走向》，载《理论与创作》，2009（4）。此外，学界还举办了相关学术会议。2009 年 7 月 16 日至 20 日，贵阳花溪召开了《"新中国文论 60 年"国际学术研讨会暨中国中外文艺理论学会第六届年会》。参见谭德兴、林早：《"新中国文论 60 年"国际学术研讨会综述》，载《文学评论》，2010（1）。

（1949—2009）》一书最有代表性，这也是笔者迄今所见唯一相关专著。因此，我们以这部书为对象，考察其在书写文艺学学科历史过程中可能凸显的学科反思性。

该书虽然有总括全书的导言，但细读之后会发现，它并没有明确的历史意识，一如它的标题并没有加上"历史"二字一样。但我们并不能因此否认其对于学科反思的重要性，甚至恰恰相反，我们认为该书导言《中国当代文艺学的公共性问题》所透露出来的反思性极其值得我们重视。

陶东风选取公共性作为理论视角，来反思中国当代文艺学存在的问题。他首先依托哈贝马斯、阿伦特的公共性理论资源，对文学公共领域进行了介绍，重点归纳了文学公共领域的规范性内涵。

首先，文学公共领域是广大文学公众就某些文学文化乃至社会问题展开公开和理性讨论的自主空间。所谓"自主空间"，就是说这样一个空间有其自身的游戏规则，参与讨论的主体是自由的、独立的、理性的，互相之间是平等的。

其次，文学公共领域的出现和存在需要社会条件，其中最为重要的条件就是国家与市民社会相对分离。这种分离使得公共领域的出现有了可能。公共领域就是介乎市民社会与国家之间的调节地带。文学公共领域的发生与存在一方面依赖这一调节地带的存在，同时它本身又表征这一调节地带的存在。换言之，所谓"文学公共领域"，即文学领域与国家权力领域出现了相对的分离，具有独立于国家权力领域的自主性。

再次，文学公共领域是多元和差异的空间。它是一个包容文学观念、立场差异性和复数性存在的空间，参与文学文化和社会讨论的主体可以各抒己见，各持其论。

最后，文学公共领域的交往和沟通以理性的方式进行。它以"较佳论证"作为评价和认同某一观念的标准，同时，文学公共领域参与者往往具有达成共识的真诚愿望，只是这种共识的达成不是通过暴力

（包括语言暴力）的方式，而是通过理性的方式。

基于文学公共领域的规范性界定，通过扩展文学公共领域与自主性、私人性、政治性的关系，陶东风反思了当代中国文艺学学科的文学公共性问题。

第一，文学的公共性与自主性。依据文学公共领域的界定，我们可以认为，没有文学公共领域的存在，就不可能有文学自主性，也不可能有文学公共性。文学公共性与文学自主性并不是矛盾的关系，相反是高度契合的关系。判断有没有文学公共领域的存在，关键要看文学公共讨论的空间是否不直接受国家权力的干预而具有相对的自主性，同时，参与文学公共讨论的主体是否可以独立自由地发表自己的意见。否则，无论怎样广泛而公开地发动群众参与，以至于形成群众性的文学运动，恐怕都不具有公共性。

毋庸置疑，1949 年以来的文学理论领域，发生了诸多文学运动，如形象思维问题的讨论、社会主义现实主义的讨论、电影《武训传》批判等。然而，这些文学运动是否形成了文学公共领域，彰显了文学公共性？在陶东风看来，答案是否定的。原因很简单，这些文学运动是由国家权力机关发动的，这倒在其次，关键是这些文学运动往往"统一制定了不允许质疑的文学理论"，也就是参与讨论的公众不能独立自由地发表自己的意见，即使出现短暂的"大讨论"，最终这些运动式的讨论也都会迫于形势而放弃理性辩论，所谓"较佳论证"更不会被理会，甚至在必要的时候会有场域外的权力直接干预，把体现国家意志的"意见"钦定为"真理"。当然，这些文学运动也往往不允许其他异见存在，其骨子里对多元、差异、私人的空间充满了敌意。

例如，形象思维问题在双百方针的语境下被"自由"讨论了一下，就被郑季翘的结论统一了意见。他指责肯定形象思维的观点是反党、反马克思主义的理论武器。这样上纲上线的结论，无疑借助了权力的威慑力。这表明文学运动放弃了自主的逻辑，而直接运行了另一套逻辑，原因是文学领域没有与国家权力相对分离，当然也就不是文学公共领域，遑论彰显文学公共性了。陶东风因此写道："那个时期的文学理论界看起来很热闹，'争论'不断，而且采取了群众运动的方式，但这种'争论'和'讨论'几乎都是在复制自上而下贯彻的文学主张。这里面既没有建立在个体差异性基础上的多元性和复数性，没有建立公民社会基础上的真正的参与（只有跟风的义务而没有不参加的权利），也没有理性地、批判性地发表不同意见的自由。其高度的统一性恰恰意味着文学公共领域的阙如，当然也意味着整个公共领域的阙如。"①陶东风的判断应该说是符合实际的。

有学人曾在评论《红楼梦研究》批判运动时说，它"标志着文艺界和学术界的'公共空间'从此残缺不全。这并不是说新中国此后就不存在文艺论争与学术争鸣现象，而是说从此很少再是纯粹性的平等讨论和自由争鸣，文艺思想和学术文化的争论往往夹杂着令人震撼的政治意识批判"②。之所以当时的文艺批判运动会如此，一如陶东风所指出的那样，根本上说，是由改革开放前国家与社会的关系结构决定的。③那时，国家与社会并未发生相对分离，同时文学领域不可能形成文学公共领域，文学自主性也就不可能形成。文学理论的目的恐怕也不是生产知识，而是宣传文艺政策。

---

①　陶东风、和磊：《当代中国文艺学研究（1949—2009）》，9页，北京，中国社会科学出版社，2011。

②　王嘉良、颜敏：《中国现当代文学史》下册，22页，上海，上海教育出版社，2004。

③　文艺批判运动之如是，甚至从延安整风运动时期对王实味、丁玲的批判就已经开始。对此，有学人评论道："这是延安时期发生的一场较大规模的文学批判运动，尽管这场批判运动因其对象不同而批判程度有别，但开了从文学思想批评上升为政治斗争运动之先河。它以政治斗争替代文学批评的运动方式，采取行政的手段有组织有步骤地开展群众性批判运动的方式，对受批判的对象进行分化处理的手法，都为新中国文学'公共空间'的瓦解埋设了有害的精神种子。"参见王嘉良、颜敏：《中国现当代文学史》下册，20页，上海，上海教育出版社，2004。

第二，文学的公共性与私人性。公共性与私人性之间并不是简单的敌对关系，似乎有了公共性就不能有私人性。这一点往往被我们误解。事实上，公共性与私人性之间一方面是敌对的关系，另一方面是相辅相成的关系。就理论逻辑而言，虽然公私关系的理解可以有很多种，但可以肯定的是，如果私人性消失了，公共性也就不可能存在了。[①] 或者说，此时所谓的公共性其实是坏的甚至是恶的公共性。这也就是历经特定时期的人们往往对公共性不怀好感的原因之一。

就公共领域中公众的生成历史看，对文学作品的私人化阅读对于培养公共领域中公众的私人自律、私人主体性有不可忽视的作用。对此，哈贝马斯曾指出："公共领域在比较广泛的市民阶层中最初出现时是对家庭中私人领域的扩展和补充。"[②] 由此出发，我们可以判断，如果文学领域的公共讨论丧失了私人的维度，也就是出现了"灭私奉公"现象，那么这样的文学公共讨论就不是在形塑文学公共领域了，也无法彰显文学公共性。

非常遗憾的是，中华人民共和国成立初期有些文艺批评理论活动就是这样对待私人性的。例如，对萧也牧创作倾向的批评实际上就是借助一套特定意义的政治话语消灭文学创作主体及其作品中的"私人性"。又如，1958年前后对诗人进行思想改造，要求知识分子灭绝"小我"，所谓"我们绝对不要为自己写诗，绝对不要为个人主义打算写诗"的说法也是要消灭文学创作主体的私人性。然而，当私人性被强行消灭之后，这样的文学创作主体会创作出怎样的公共性作品呢？不能表现私人性的作品又是怎样的作品呢？事实证明，这样的作家无法

---

① 公私的关系有一元论（灭私奉公、灭公奉私）和二元论。有日本学者曾提出"活私开公"的三元论理解。对于公私一元论，有学人曾很好地评论道："灭私奉公（公一元论）和灭公奉私（私一元论）是公私一元论的两种极端形态，尽管二者强调的重点不同，但在个人尊严丧失或者他者意识薄弱的公共性意识欠缺的问题上却是相通的。"参见卞崇道、林美茂：《公共哲学，作为一种崭新学问的视野》，见［日］佐佐木毅、［韩］金泰昌：《国家·人·公共性》，29页，北京，人民出版社，2009。

② ［德］哈贝马斯：《公共领域的结构转型》，54页，上海，学林出版社，1999。

从事创作，这样的作品往往都是虚情假意的，经不住时间的考验。因此，即使当时这些作品因为意识形态的需要变成了经典，但一旦时过境迁，便成了"伪经典"。同时，对私人性持完全敌意的文艺理论批评活动乃至整个文艺批判运动会造成大量灾难性的"冤假错案"，实在难以被历史原谅。①

正是因为极端年代里有对私人性的压抑，因此进入新时期之后，便出现了一种彰显私人性的文艺思潮，那些抒发个人性情、讲述私人经验的作品往往很受欢迎。例如，朦胧诗、伤痕文学、私人化写作等文艺作品就有不少拥趸。造成这种现象的重要原因之一就是，在私人性极其缺乏的时代，书写私人性就是最大的公共性。换言之，此时人们看重的不是私人性本身，而是私人性所具有的公共价值。陶东风因此不无道理地指出："私人化写作这种形式的出现本身，无疑是一个社会文化更加多元、写作空间更加宽广的标志，其积极意义应当被充分肯定。"②

第三，文学的公共性与政治性。文学的公共性与政治性之间的关系也容易被误解。说到底，这与人们对政治的理解有关。例如，当政治作为意识形态政治，并且与公共性敌对时，我们将发现，此时的政治往往是贬义词。人们活在这样的政治环境下，往往没有尊严，终日摆脱不了生活必需品的束缚，几乎没有任何行动的空间，以至于不可以自由地言谈，不能表达自己真实的想法，也不知道公共权力的运作

---

① 有学人用"私人空间的焦虑"来评论 1949 年以来尤其是 1956 年以来的文艺运动，这的确非常有见地。例如，柏定国就与道："毛泽东在二十年间曾经不懈地发起对资产阶级法权的批判，认为这是资本主义实施'和平演变'策略的根源。这可以看作'毛式焦虑'的一种具体表现，是一种政治无意识状态中对私人空间的焦虑。毛泽东批判资产阶级法权的前提经验，正是因为长期的战争造就的、少有私人自足空间的军事共产主义生活经验。"参见柏定国：《中国当代文艺思想史论(1956—1976)》，20～21 页，北京，中国社会科学出版社，2006。

② 陶东风、和磊：《当代中国文艺学研究(1949—2009)》，9 页，北京，中国社会科学出版社，2011。

规则，更不敢追问世界的真相，任何批评监督性的"异见"因此也就不可能存在。① 如果文学被这般意义上的政治所绑架，那么这样的文学领域事实上是没有公共性的。按照阿伦特的理解，这样的文学领域也就不是文学公共领域了，其公共性已消失殆尽。事实也的确如此，我们不妨看看钱中文对这种文学理论存在状况的叙述："50 年代，文学理论与政治的关系愈为紧密，以致往往合而为一，文学理论为文艺政策所替代，理论的启蒙精神渐渐弱化，以致被迷信所替代，60 至 70 年代末尤为如此。文学理论失去了自主性，也失去了自身，成了附庸与工具，自然也就失去了启蒙的品格。"② 虽然钱中文先生主要是从现代性启蒙而不是从文学公共性的角度对新时期之前的文学理论状况进行反思，但他指出此时期的文学理论丧失了自主性。没有自主性的文学理论不可能有文学公共性，这是我们在前面已然指出的。

如果文学理论遇见的政治是阿伦特意义上的，那么情况恐怕就完全不一样了。依据阿伦特研究专家蔡英文的阐发，阿伦特意义上的政治是"人的言谈与行动的实践、施为，以及行动主体随着言行之施为而做自我的彰显。任何施为、展现都必须有一展现的领域或空间，或者所谓的'表象的空间'，以及'人间公共事务'的领域……政治行动一旦丧失了它在'公共空间'中跟言谈，以及跟其他行动者之言行的相关性，它就变成另外的活动模式，如'制造事物'与'劳动生产'的活动模

---

① 人们常常因此情愿远离政治，因为政治的形象已然败坏了，可以用这样的语词来修饰，即敏感的，恐怖的，黑暗的，潜规则的，丑陋的，肮脏的，钩心斗角的，权力斗争的，谋取私利的，等等。陶东风对政治污名化现象进行过论述。他强调，由于长期封建社会的黑暗专制政治的作祟，更由于"文化大革命"造成的负面效应，在中国，"政治"被污名化，成为一个被极大败坏了的概念，以至于很多人认为政治就是权力斗争，就是阴谋诡计、以权谋私，等等。参见陶东风：《阿伦特与当代中国问题》，载《学术界》，2015(8)。

② 钱中文：《曲折与巨变——百年文学理论回顾》，载《中国社会科学院研究生院学报》，1999(6)。

式"①。此时的政治无疑是公共性彰显的政治，换言之，政治性即公共性，政治领域即公共领域。文学与政治的关系因此也就和解了。当文学有公共性的时候，也就是有政治性的时候；当文学有政治性的时候，也就是有公共性的时候，这不正是我们所期望的吗？

　　回到改革开放前的中国文艺学的知识生产，陶东风认为，那时候的文学运动往往与政治运动紧密相关。因此如下判断是非常真实的："在当代中国，文艺学的发展同政治文化几乎是息息相关的，或者说政治文化规约了文艺学发展的方向。"②但问题是，要区分此时的政治是何种政治。如果按照阿伦特意义上的政治来理解，那么此时的文艺学知识生产恰恰就是非政治的，甚至是反政治的。陶东风为此强调说："极'左'时期文艺学知识生产的灾难不能泛泛地归结为'政治'化，而恰恰是它在'政治'化外表下的非政治化，在于它缺乏真正的政治实践所需要的公共性。"③应该说，这种区分是非常重要的，否则改革开放之后的文艺学知识生产就无法从政治的角度去理解了。陶东风认为，改革开放以后，由于国家权力有限度地退出了社会领域，同时与文化艺术领域出现了一定的分离，此时的中国文艺学知识生产具有了一定的自主性，同时出现了公共知识分子和文学公共领域。当然，这种公共性表明阿伦特意义上的政治曙光照耀在了文学的上空。④

---

　　① 蔡英文：《政治实践与公共空间——阿伦特的政治思想》，60 页，北京，新星出版社，2006。

　　② 孟繁华：《中国 20 世纪文艺学学术史》（第三部），9 页，上海，上海文艺出版社，2001。

　　③ 陶东风、和磊：《当代中国文艺学研究(1949—2009)》，18 页，北京，中国社会科学出版社，2011。

　　④ 需要说明的是，改革开放以来文学公共领域的出现和存在也不是铁板一块的。包括陶东风在内的一些学者对此进行了更为细致的讨论，可参见赵勇《文学活动的转型与文学公共性的消失——中国当代文学公共领域的反思》(《文艺研究》2009 年第 1 期)、陶东风《论文化批评的公共性》(《文艺理论研究》2012 年第 2 期)、陶东风《从两种世俗化视角看当代中国大众文化》(《中国文学研究》2014 年第 2 期)等。

我们认为，陶东风选取了一个非常到位的视角，对六十年的文艺学知识生产进行了有力的考察，这是非常有价值的。在历史书写上，虽然他没有遵照既定的线性历史观对新中国文艺学六十年的历史进行有逻辑的描述，但是从某种程度上而言，他对改革开放前与改革开放后的区分，其实就已经在以文学公共领域的有无进行判断了。同时，陶东风虽然没有如其对教材文学理论的反思那样专门反思六十年的文艺学学科历史，但实际上是在以另一种方式展开，即选择一个与本土历史及当下生存经验紧密相关的观察视角，粗线条地言说其得失。为此，我们认为这另一种文学理论反思做出了突出的学术贡献，即将败坏了的政治文化给拯救过来了，为我们重新从政治的角度审视文艺学知识生产提供了可能。对此，陶东风是有自觉意识的，他曾经多次撰文"为政治正名"，希望"恢复政治的尊严"①，并且专门从政治的角度理解文艺学知识生产中的基本问题②，以求建构有效的政治批评。③

回到当下，文学理论学科危机的发生，恐怕就与我们不能从政治的角度审视文艺学，为此也就不能重构文学公共领域有关。这大大降低了文学参与公共领域事务的能力，丧失了文学介入社会生活并被人们青睐的诸多良机。从这个方面来看，陶东风的工作其意义不可谓不大。同时，反思让我们更好地看清了历史，当然，也给了我们重要的警醒，那就是文艺学知识生产要正确处理与政治的关系。我们"应该反对的不是文学理论的政治性，也不是因其经常健忘于此而往往导致的误解；真正

---

① 对此，可参见陶东风的《还"政治"以应有的尊严》（《新京报》2013 年 6 月 8 日）、《重建文学理论的政治维度》（《文艺争鸣》2008 年第 1 期）和《阿伦特与当代中国问题》（《学术界》2015 第 8 期）。

② 参见陶东风：《重建文学理论的政治维度》，载《文艺争鸣》，2008(1)。

③ 可参见陶东风《文学理论的公共性——重建政治批评》（福建教育出版社 2008 年版）、《文学理论与公共言说》（中国社会科学出版社 2012 年版）、《文化研究与政治批评的重建》（中国社会科学出版社 2014 年版）等著作。

应该反对的是其政治内容的性质"①。任何时候文学知识生产都不能脱离文学公共领域，否则生产的知识就是无效的，甚至贻害无穷。

第三节　百年时段中的文学理论学科
历史书写及其学科反思

百年文学理论学科历史的书写主要出现在 2000 年前后。② 杜书瀛、

---

① ［英］特雷·伊格尔顿：《二十世纪西方文学理论》，245 页，西安，陕西师范大学出版社，1986。

② 进行百年文艺学学科反思的有如下文献。王元骧：《中国文学理论研究的世纪回眸》，载《文学评论》，1998（5）（该文完整版见王元骧：《文学理论与当今时代》，246～294 页，杭州，浙江大学出版社，2002）；钱中文：《曲折与巨变——百年文学理论回顾》，载《中国社会科学院研究生院学报》，1999（6）；童庆炳、陈雪虎：《百年中国文学理论发展之省思》，载《北京师范大学学报（社会科学版）》，1999（2）；吴兴明：《现代性：检视 20 世纪中国文论的一种思路》，载《四川大学学报（哲学社会科学版）》，1999（4）；谢冕：《百年中国文论述略》，载《东南学术》，2000（1）；陈辽：《百年中国文论的回顾与前瞻》，载《徐州师范大学学报》，2000（2）；代迅：《百年回眸：世界文论格局中的中国文论抉择》，见王杰：《东方丛刊》第 3 辑，28～41 页，桂林，广西师范大学出版社，2000；冯宪光：《寻找百年中国文论的学术视点》，见王杰：《东方丛刊》第 8 辑，桂州，广西师范大学出版社，2001；夏中义：《"百年中国文论史案"研究论纲》，载《文艺理论研究》，2005（6）；李衍柱：《百年中华崛起与文艺学范式转换》，载《百家评论》，2013（1）；董学文：《中国百年文学理论嬗变的反思》，载《文艺理论与批评》，1998（3）；董学文：《中国现代文学理论进程思考》，载《北京大学学报（哲学社会科学版）》，1998（2）；陈传才：《文艺学百年》，北京，北京出版社，1999；赖大仁：《20 世纪中国文论的现代转型与发展》，载《学习与探索》，2001（5）；谭好哲、任传霞、韩书堂：《现代性与民族性：中国文学理论建设的双重追求》，北京，社会科学文献出版社，2005；杨春忠：《二十世纪中国文学理论史论》，济南，齐鲁书社，2007；吴炫：《文与道：百年中国文论的流变及问题》，载《文艺争鸣》，2011（1）；方克强：《百年中国文论研究的观念性缺失》，载《文艺理论研究》，2008（2）；王一川：《百年中国现代文论的反思与建构》，载《文艺理论研究》，2013（1）；洪永稳：《迷途与通途——对百年中国文论建设历史与现状的反思》，载《安徽农业大学学报（社会科学版）》，2014（1）；刘阳军：《"强制阐释"现象及其批判——兼反思百年中国文论现代化道路》，载《文艺评论》，2016（5）。此外，学界还举办了相关学术会议。1996 年 1 月 22—26 日，学界在广东湛江市、海南海口市两地联合主办召开了"20 世纪文艺理论的回顾与展望"学术研讨会。

钱竞主编的《中国 20 世纪文艺学学术史》是其中最为知名的著作。该书对 20 世纪的文艺学学术史进行了非常自觉而严谨的研究，由四部五本构成：钱竞、王飙撰写第一部，辛小征、靳大成撰写第二部上卷，旷新年撰写第二部下卷，孟繁华撰写第三部，张婷婷撰写第四部。①全书总序由杜书瀛撰写。②这里就以此总序为对象，考察其历史书写中的学科反思。

杜书瀛有自觉的历史意识和学术史意识，于是在该书导论部分辨析了"20 世纪"时段划分的合法性，将文艺学学术史与文艺学史、文艺学思想史做了相对的分离，追问了研究"中国 20 世纪文艺学学术史"的意义，说明了书写文艺学学术史的基本理念，描述了百年中国文艺学的运行轨迹，从学科历史发展中反思了有益的启示，等等。就此，我们可以认为，他的学术史书写是目前我们所见最为专业的书写，既

（续注）参见陶原珂：《跨越世纪的思考——"20 世纪文艺理论的回顾与展望"学术研讨会综述》，载《学术研究》，1996(5)。1997 年 9 月 14—19 日，学界召开了"中国文学研究的世纪回眸"学术研讨会。参见孙先科：《百年文学研究的学术性反思——"中国文学研究的世纪回眸"学术研讨会综述》，载《中州学刊》，1997(6)。2012 年 11 月 10 日，北京师范大学文艺学研究中心主办了"百年文学理论学术路径的反思"学术研讨会。参见袁晶：《"百年文学理论学术路径的反思"学术研讨会综述》，见童庆炳：《文化与诗学》第 2 辑，北京，北京大学出版社，2012。2014 年 10 月 17—19 日，学界在北京师范大学举办了"百年文学理论研究中的中国话语"学术研讨会。参见于阿丽：《反思与展望：如何建构中国文学理论话语——中国文艺理论学会第十二届年会暨"百年文学理论研究中的中国话语"学术研讨会综述》，载《文艺理论研究》，2015(3)。

①　该书 2001 年由上海文艺出版社出版。2007 年，中国社会科学出版社出版了第二版。

②　全书绪论又以《文艺学百年》为题收录在其《文学会消亡吗——学术前沿沉思录》（中山大学出版社 2006 年版）一书中，还曾以《从现代文艺学建设谈到百年学术史研究》[《扬州大学学报（人文社会科学版）》1997 年第 2 期]、《对中国 20 世纪文论和美学的回顾与反思》（《南都学坛》2005 年第 1 期）、《反思百年文论——中国 20 世纪文艺学学术史问题》（《中国社会科学院研究生院学报》2005 年第 6 期）等为题非连续地刊发。2013 年，这部分内容又被其纳入《从"诗文评"到"文艺学"——中国三千年诗学文论发展历程的别样解读》（中国社会科学出版社 2013 年版）一书第七章中，但有增删。鉴于引用的方便，这里主要以《文学会消亡吗——学术前沿沉思录》所收录的完整版本为参考。

具有开拓意义，又具有典范意义。

杜书瀛认为，研究中国 20 世纪文艺学学术史的目的是建设和发展有中国特色的现代文艺学。换言之，他认为我们要走有中国特色的现代文艺学学科之路。那么，这种建设如何可能呢？结合杜书瀛的说法，我们可做如下阐释。

首先，"面对现实，研究现实的新发展、新特点、新需要"。现实社会文化与文学是文艺学学科发展的根源和资源，文艺学学科的发展不能离开现实，相反要沉潜现实，捕捉现实，把握现实，努力与现实社会文化及文学形成互证互释的良性关系。在杜书瀛看来，这是最重要、最根本的。

其次，"面对传统，向传统寻求资源"。建设有中国特色的现代文艺学不能割裂传统，离开了传统的文论发展，往往没有本土文化气息，缺乏历史感，因此很难做出真正的实绩。包括古代文论在内的中华文化并没有因为现代社会转型而完全断裂，甚至在一定意义上，它依然幽灵般盘旋在当代。为此，我们需要自觉地从古代文论传统中寻求资源，并根据实际需要加以灵活运用。这恐怕是摆脱当前文艺学研究困境的一条有效途径。

再次，"吸收世界各民族的有价值的文艺学思想"。百年来的中国文论建设一直在学习西方，学习的结果是带来了中国文论的长足发展，这是不可否认的事实。不妨直接以学者的成长为例予以说明。"五四"前后王国维、梁启超、鲁迅那代学人与西学相遇而获益匪浅，并积极译介西学，推动了彼时文论的发展，这当是不可否认之事。当代学人的成长亦可为证。赵一凡、土逢振、王一川、王宁等文论界知名学者，几乎都有国外学习经验。[①]　即使没

---

① 1981 年，赵一凡去美国哈佛大学读博士；1986 年，王逢振去美国加州大学尔湾分校做博士后；1988 年，王一川去英国牛津大学做博士后；1990 年，王宁去荷兰乌得勒支大学做博士后。参见胡疆锋：《西风东渐 30 年——西方文论与新时期中国文论建设》，载《当代文坛》，2008(3)。

有直接出国学习，其他文论界知名教授都很难说没有研习过西方理论，更不可否认其学术成绩的获得与西方有关。对此，只需要看看他们的著述即可获此体认。为此，我们的确应该认同杜书瀛所言：外来的学术思想引入，往往是造成本民族文艺学发生重大变化甚至是质的变化的极其重要的因素。文艺学学科的发展不可一日停止向外开放学习，这当是不刊之论。

最后，在继承百年来文艺学传统的基础上"接着说"。当代文艺学学科建设要特别重视现代传统，因为它是离我们最近的传统。这个传统虽然也有外国因素，但毕竟只是因素，它更多是对现代社会文化和文学的回应。因为离我们近，所以当代文论发展受其影响最大，或者说，当代文论发展直接就从它那儿来。现代文论建设中遇见的问题，在当代恐怕都会遇见，如如何处理与西方的关系、怎样解决文论与政治的关系问题等。现代传统是怎样形成的？有哪些成绩教训？这都是我们要面对的。这恐怕也是杜书瀛研究 20 世纪中国文论的重要原因。因此，与古代传统相比，我们更应该重视这一传统。我们切不可绕开这个传统直接钻到古代的故纸堆里去。

杜书瀛在谈了如何建设中国特色现代文艺学之后，还从百年来中国文艺学的发展轨迹中，梳理了对当下学科建设有启示性的几点意见。

第一，走出"学术政治化"的误区。在杜书瀛看来，"学术政治化"是"制约百年文艺学学术研究深入发展的最重要的因素之一"[①]。毋庸讳言，"启蒙与救亡的双重变奏"是包括文艺理论在内整个 20 世纪的文化主旋律，为此，百年来的文艺理论的确从未远离政治，处理文学与政治的关系亦是文学理论的主题。这个过程中出现过政治对文论的

[①] 杜书瀛：《文学会消亡吗——学术前沿沉思录》，124 页，广州，中山大学出版社，2006。

极大伤害，以至于"文艺学完全成了政治的附庸和俯首帖耳的工具"①。就此而言，在文艺学学科发展过程中，如何维护自身的自主性，避免政治的伤害恐怕就是最重要的事情了。是否存在坚实的保护层呢？杜书瀛没有继续言说。我们不妨在此发挥一下。也许最为重要的是改变对政治的理解，既而改变政治的理论形态及其实践。一如我们曾指出的那样，政治实有多种形态。所谓"学术政治化的误区"，所谓"文艺文论乃至文化为政治所伤害"云云，其"政治"指的都是"坏的政治"，如意识形态政治，甚至集权主义政治。如果我们的文艺可以创构一种具有公共性的政治，也就是通过建构文学公共领域，既而引导政治公共领域的生成，那么，就有可能最大限度地避免政治的伤害。② 就文学研究而言，这应当是政治批评或文学政治学努力的方向。③

　　第二，不封闭。百年来的文艺学学科发展告诉我们，什么时候闭关锁国，搞狭隘的、不开放的文化民族主义，什么时候文艺学学科建设就会停滞不前，甚至凋零萎缩直至消失。这的确是被实践所证明了的。例如，"文化大革命"时期的文艺学停滞不前的原因之一，就是自我封闭。那时的文艺学问题之所以很多，就是

---

　　① 杜书瀛：《文学会消亡吗——学术前沿沉思录》，125页，广州，中山大学出版社，2006。

　　② 王一川在反思百年文论发展时，呼吁用"知识制度保障学术健康发展"，这是有价值的说法。参见王一川：《百年中国现代文论的反思与建构》，载《文艺理论研究》，2013（1）。

　　③ 学界已然有学人在尝试做此工作。可参考以下相关文献。陶东风：《重建文学理论的政治维度》，载《文艺争鸣》，2008（1）；陶东风：《文学理论的公共性——重建政治批评》，福州，福建教育出版社，2008；何言宏：《当代中国文学的"再政治化"问题》，载《当代作家评论》，2008（3）；刘锋杰：《试构"文学政治学"》，载《学习与探索》，2006（3）；刘锋杰：《文学想象中的"政治"及其超越性——关于"文学政治学"的思考之三》，载《西北大学学报（哲学社会科学版）》，2009（6）；刘锋杰等：《文学政治学的创构——百年来文学与政治关系论争研究》，上海，复旦大学出版社，2013；曾永成：《文艺政治学导论》，成都，四川大学出版社，1995；朱晓进等：《非文学的世纪：20世纪中国文学与政治文化关系史论》，南京，南京师范大学出版社，2004。

因为只学苏联，没有进行真正的开放。新时期以来，通过如饥似渴地学习西方二三十年，中国文论逐渐在世界范围内产生一定影响。① 杜书瀛为此呼吁道："'莫封闭，要开放'，这是百年来文艺学建设和发展的重要经验。"②

第三，多元化。学术观点的多元和差异是正常的，没有分歧和异见倒极可能是不正常的。只要是在自由宽松的文化语境下，关于某一文学问题的理解必定是丰富多彩的。③ 同时，因为或可以集思广益，或有场域内角逐的存在，所以学界对某一问题的理解会更全面、更深刻。此时，文艺学知识生产状况就会比较好，学科的发展态势也总体向好，因言获罪的情况往往可以得到避免。为此，坚持学术的"百花齐放，百家争鸣"是正确的，这是被经验所证明了的。相反地，在"罢黜百家，独尊一家"的语境下，文艺学知识生产就无法正常进行了。这也是被事实证明了的。"文化大革命"企图消除歧见，最后"造成了一段时间学术研究包括文艺学学术研究凋零、衰败，万马齐喑"④。为此，我们非常认同杜书瀛所言："对学术发展来说，多样化、多元化绝对是一个好现象。多元化、多样化的氛围，也是学术发展的最好氛围。因此'百花齐放，百家争鸣'的政策，从学理上说，绝对是

---

① 比如，王宁就有一定的国际知名度。笔者近来通过中国社会科学院副院长张江教授与欧洲科学院院士、比利时鲁汶大学比较文学讲座教授西奥·德汉先生的交流对话，得知连对中国学界不甚了解的西奥·德汉先生都知道中国有个王宁教授。参见张江、西奥·德汉、生安锋：《开创中西人文交流和对话的新时代》，载《探索与争鸣》，2016(1)。

② 杜书瀛：《文学会消亡吗——学术前沿沉思录》，125页，广州，中山大学出版社，2006。

③ 杜书瀛甚至退一步说："实际上，这样单一的文艺学，即使它是科学的，也不足以说明那么复杂的文艺现象。"参见杜书瀛：《文学会消亡吗——学术前沿沉思录》，132页，广州，中山大学出版社，2006。

④ 杜书瀛：《文学会消亡吗——学术前沿沉思录》，129页，广州，中山大学出版社，2006。

发展学术的好政策。"①这也是文艺学界诸多学人主张交往对话的原因所在吧。②

第四，处理好"知"与"思"的关系。所谓"知"，其意是说文艺学学科的知识生产是科学研究，要搞清楚研究对象是什么的问题，也就是要走进它，搞懂它。但文艺学学科的知识生产是人文学科的知识生产，因此，不能停留于是什么的问题，或者在搞懂是什么的问题时，必定要在此基础上介入思想和价值观念，有形而上的思索。换言之，文艺学学科知识生产只有有"思"，才会深刻，才会有人文性。在杜书瀛看来，百年来的文艺学研究往往缺少哲理深度，抽象得不够，也就是偏于知而轻于思，知与思没有做到更完美的结合。③

应该说，杜书瀛的文艺学学术史书写非常专业，据此引发的反思也很有价值，其中最为珍贵的恐怕是他所指出的文艺学学科发展要赓续现代传统。这甚至是他研究中国 20 世纪文艺学学术史的根本原因。我们认为，突出现代传统这一点是非常重要的。这里我们就以此为重点进行一番简要讨论。我们先来看看关于当代文论的时段

① 杜书瀛：《文学会消亡吗——学术前沿沉思录》，129 页，广州，中山大学出版社，2006。

② 钱中文先生曾经以"走向交往对话"作为文学理论著作的书名，并且该书也非常强调多元差异的存在，认为对话交流是好的解决多元差异的理念和方法。这是值得学习的。参见钱中文：《文学理论：走向交往对话的时代》，北京，北京大学出版社，1999。杜书瀛曾经对新时期二十年的文艺学进行总结展望，并且意味深长地说道："如果说最初那 20 年由多元化走向大一统——最后特别是到 40 年代以后，成为马克思主义文艺学的一统天下。那么，最末这 20 年，由于当今时代性质所决定，未来的文艺学发展将不是由多元走向一统，而是走向对话，而且在可以预计的历史范围内将长时间地维持这种多元对话的局面。"参见杜书瀛：《文学会消亡吗——学术前沿沉思录》，134 页，广州，中山大学出版社，2006。顺便提及一件笔者经历的事情：童庆炳曾亲自为北京师范大学文艺学研究生创办名为"对话"的刊物，并且为该刊刊题写刊名。

③ 参见杜书瀛：《文学会消亡吗——学术前沿沉思录》，128～130 页，广州，中山大学出版社，2006。

划分问题。毋庸讳言，学界关于当代文论时段划分的理解至少有两种。

第一种，是约定俗成地将 1949 年或 1942 年以来的文学理论视为"当代文论"。这给人造成的印象是"当代文论"与"现代文论"有别。如果根据文论历史发展背后的"政党政治史"的异质而将两者区分开来，也未尝不可；但因此否认当代文论与现代文论的关联，甚至认为当代文论要有别样的现代性，这恐怕是不合适的。无论将现代作为简单的时段，还是将当代与政治史关联起来，我们都不否认，作为文学理论的现当代，其实都是或者都要追寻现代性。换言之，中国文论自"五四"以来就走向了现代世界，已然在世界文论场域中存在。这是我们无法否认的事实，也是未来发展的趋势。为此，杜书瀛将 20 世纪中国文学理论视为一个整体，认为它从古代的诗文评转变为现代形态的文艺学，这是非常有见地的。也正因此，我们不能过于强调现代文论与当代文论的异质性，以至于忘记了现代文论开启的现代性新质，而且这新质不可能不为当代文论所继承。即使当代文论在实践中出现了偏差，那也得认为正是因为它违背了现代文论传统。著名学者钱中文曾主张用现代性为理论视域观照中国 20 世纪文论，并认为已经形成了现代文论传统。钱中文还一再强调，当代文论建设只能以现代文学理论为基点。[①] 其观点与杜书瀛一致，可谓英雄所见略同。

第二种，是将"当代"约定俗成地视为"当今时代"，而后特别强调"当代"文论建设要有"中国特色"。为了强调有"中国特色"，有学人往往不加反思地忽略现代文论传统而主张直接回到古代文论传统，甚至在用语方面都要求恢复古代汉语，似乎如此才足以

---

① 参见钱中文：《文学理论：走向交往与对话的时代》，279～336 页，北京，北京大学出版社，1999。

表明其"中国性"。① 倡导"中国性"，甚至在中国古代文论传统中涵濡浸染固然是必要的，也是合理的，但问题是，已然进入文论世界史的中国文论，不能再臆想回到纯粹的中国古代，试图去那里寻找自我认同的"中国性"。实际上，中国古代并不是铁板一块的，它那里既没有纯粹的中国性，也没有能力独自代表中国文论的"身份"。

为此，杜书瀛强调当下要建设的文论应该是"有中国特色的""现代"文论，这是非常有见地的。他说，研究中国 20 世纪文艺学学术史就是要为"建设有中国特色的现代文艺学服务"②。杜书瀛曾自觉地联系世界历史来讲述中国 20 世纪文艺学学术史，并且指出："现代形态的文艺学，就是这样诞生、成长和发展的。这个过程现在

① 学者靳大成曾非常诚恳地指出，我们今天不可能像曹丕时代那样思考和写作，甚至也不会如桐城派那样写作。于是，他断言："在 20 世纪初的十几年时间里发生了一些历史性的变化，使我们与伟大的古典传统断然划开了一道鸿沟，而在这个断层的此岸，现代学术体制及其规范已然出场。由此我们形成了一套关于历史合理性、关于现代性、关于知识的合法性、科学方法论等观念体系，形成了我们观察问题、思考问题的认识论框架。这才是前人所惊叹的千年未遇之变局。棋局已换，定式和下法还能重复吗？"参见靳大成：《研究文学理论，为什么要反思学术思想史？》，见王晓路：《中外文化与文论》第 8 辑，100页，成都，四川教育出版社，2001。钱中文先生也曾就此写道："我们不可能再来使用古语说话。如果直接转向古代文论，那么很可能我们一时连话都不会说了。因为，古代文论中不少话语，我们已对它们十分隔膜，在语义上，与当代文学理论已不相通用，我们不可能用古代文论的话语来阐述当代文学现象。虽然有个别学者使用古代话语撰写著作，但也只是针对古籍，而难以对现代文学进行评论。"他认为，我们只能在现代文学理论的基础上，充分地研究古代文论，把其中的有用成分，包括它的体系与各种术语，最大限度地分离出来，不是表面地使用一些古代文论的术语，而是丰富其原有的含义，赋予其新义，与现代文学理论、西方文学理论融合起来，使其成为当代文学理论的血肉，形成当代文学理论的新形态。这将是具有中国特色的文学理论的新形态，一种在长远时间里不断生成、不断丰富、体现现代性的文学理论的新形态。参见钱中文：《文学理论：走向交往与对话的时代》，329～330 页，北京，北京大学出版社，1999。我们认为，这样的说法是有历史感的，也是负责任的。

② 杜书瀛：《文学会消亡吗——学术前沿沉思录》，98 页，广州，中山大学出版社，2006。

仍在继续。"①因此，我们在强调"中国特色"的同时，切不可忽视杜书瀛所言及的"现代"二字。王一川更是径直用"现代文论"来总括百年中国文论。② 总之，这是值得我们重视的。

我们把上述三种时段的文学理论学科历史书写纳入学科反思的问题框架中予以述评，是非常有必要的。其一，它可以让我们明了文学理论学科知识生产的得失，既而更为自觉有效地展开文学理论知识生产。其二，如果不将它纳入学科反思的框架中叙述，我们往往理解不了这些研究成果，比如贴上论题宏大论证浮泛的标签，或者与空疏的学风扯上关联。而一旦我们明白其反思的意图，则可免去这些不必要的误解。其三，对于学人自身而言，这种研究往往是个人的学科历史，而这种历史的书写在表明其学术的自觉外，还提供了人们观察文学理论学科历史书写的一个视角，甚至是一个真正的历史视角，因为大多的文学理论学科历史书写往往杂碎拼贴而并没有自觉的历史观。鉴于此，我们有必要重视这种以书写学科历史的形式来展开学科反思的做法。

---

① 杜书瀛：《文学会消亡吗——学术前沿沉思录》，103 页，广州，中山大学出版社，2006。

② 参见王一川：《百年中国现代文论的反思与建构》，载《文艺理论研究》，2013(1)。该文是较为全面地对百年中国文论进行反思与建构的重要文章，这里因篇幅所限没有做专门介绍。但要说明的是，我们已经自觉吸收了其思想。

第八章 文学理论的未来：走向反思性的文学理论知识生产

探讨文学理论的未来走向问题，是文学理论知识生产趋于自觉的一个表征。这种探讨并非要去为文学理论的发展做理性的预测和独断的建构，而是为了更好地进入当代文学理论知识生产史的语境之中。1999 年出版的《走出审美城——新时期文学审美论的批判性解读》《80 年代中国文艺学主流话语的反思》《作为科学的文艺学是否可能？——文学研究的个人经验》等几种共享了反思性知识型的文学理论文献进入了我们讨论的视野，这是由于它们再生产性地参与到了当前及未来的文学理论知识建构之中。借此可以认为，反思性文学理论知识生产推动和开启了文学理论的未来之路。反思性文学理论知识生产具有学理的合法性与实践的可行性。它是现代知识体制下一种具有自觉性的文学理论知识，这种文学理论知识能有效地阐释现实的文学/文化问题，本身又具有独立把握时代精神的能力，能与其他人文社会科学知识一起参与社会历史文化的建构。

第一节 文艺学学科反思与文学理论的未来

对于从事文学理论知识生产的学人来说，关注和思考文学理论的未来这样一个命题及其所标示的现实和理论问题是有必要的。毕竟这是一个涉及现代语境下的文学理论知识生产是否具有自觉性、科学性乃至现代性的重要问题。

不妨说，提出这个命题本身就是这种自觉性、科学性与现代性的一个表征。然而，这里我们并不拟就这一问题本身的发生、过程、影响等进行学术史式的考察与厘定。对于知识生产来说，更为要紧的工作是去具体地理解和阐释文学理论的未来这一较为实际的问题。需要特别强调的是，理解和阐释这一问题，并不意味着我们要对文学理论的未来进行理性的预测和独断的建构。我们考虑的是，如何在回答这一问题的时候，使这一问题本身问题化，从而更好地进入当代文学理论知识生产史的语境之中。

让我们先回到 1999 年。这一年是比较重要的一年。这不单单因为它是中华人民共和国成立 50 周年纪念年，又是一个世纪末之年。更为关键的是，这一年，出现了杜卫先生的专著《走出审美城——新时期文学审美论的批判性解读》、陶东风先生的论文《80 年代中国文艺学主流话语的反思》、许明先生的文章《作为科学的文艺学是否可能？——文学研究的个人经验》等文学理论类著述。① 细读此类文献，

---

① 需要说明的是，此类文献还有一些因篇幅所限未加讨论，如饶芃子的《借异而识同，籍无而得有——对文艺学学科的反思和展望》(《江苏社会科学》1999 年第 6 期)，杜书瀛的《内转与外突——新时期文艺学再反思》(《文学评论》1999 年第 1 期)、《"方法论"热——新时期文艺学的反思之一》(《文艺争鸣》1999 年第 1 期)、《新时期文艺学反思二题》[《山东理工大学学报(社会科学版)》1999 年第 2 期]等。此外，我们这里凸显了 1999 年的文献，但这并不意味着我们要将 1999 年本质化、神秘化，认为它有着命定的本质。相反，我们认为恰恰是由于相似文献的结构性出现，使这一年被建构成了具有阐释可能性的年份。我们只是将它视为一个阐释单位，而作为阐释单位的 1999 年，与此前此后的年份点是有关联的。简而言之，我们没有讨论 1998 年、2000 年等 1999 年前后的年份所发表的相关文献，但这不代表我们没有将其纳入视野中。比如，我们也关注了 1998 年杜书瀛发表的《新时期文学反思录》(《文学评论》1998 年第 5 期)、2000 年陶东风发表的《大学文艺学的学科反思》(《文学评论》2001 年第 5 期)等。只是由于论述的必要，我们提取了 1999 年这一年所发表的部分与我们的讨论有更为紧密关联的文献。其实，也正是此类文献于 1999 年前后的出现，才使我们关于反思性文学理论的判断显得更有依据。不过，20 世纪 80 年代关于文学理论的学科思考的文献和 90 年代以来有关元文学理论/元文艺学/元文学学/文学理论学/文艺学学/文艺理论学等方面的文献，基本上未被纳入我们的讨论中。这是由于在我们看来，其与反思性文学理论的关系是一个需要专门研究的反思性文学理论学课题。

我们可以发现它们共享了反思性知识生产范式，对新时期以来的文学理论知识生产进行了较为深入的反思。

《走出审美城》主要聚焦于新时期文学审美论，并对其进行较为全面和深入的"批判性解读"，这已然是一种反思。而且作者在该书正文部分还自觉地用了"反思"二字。例如，他认为关于中国文学理论的学科化设想与展望"是由对文学审美论的反思而做出的"。① 细而察之，这部著作的反思主要表现在两个方面。

一方面，对作为文学审美论理论基础的审美论进行了具有系谱学意味的考察和语境化旨趣的反思，认为审美论不是铁板一块、永恒纯粹的真理。恰恰相反，通过严谨的学术分析，《走出审美城》认为审美论其实是对康德的发挥，是把"美的艺术"扩展为艺术，把康德本来是在视觉艺术范围中论及的"美的艺术"等于形式的理论，不合学理地转换成了艺术等于美（审美），等于形式。② 这一转换的不合学理性，也就必然预示着以此为基础的文学审美论会发生思想观念与学术知识的矛盾："由于在思想观念上一味地追逐审美，把文学的审美性推向极致，并孤立起来，以至于在学术上无法面对文学的实际状况。"③通过反思，我们的确可以发现，一种知识的生产不是单纯的学理性问题，不是纯粹的与利益无关的事件。对此，该书在对审美论影响至深的唯美主义的理论观点进行反思后也得出了与之较为一致的结论，即唯美主义不是对文学艺术的客观、全面的理论概括，而是在特定历史条件下产生的一种知识。这种知识并不是不介入现实，恰恰相反，它在精神实质上是要表达一种对现实的

---

① 杜卫：《走出审美城——新时期文学审美论的批判性解读》，280 页，北京，东方出版社，1999。

② 参见杜卫：《走出审美城——新时期文学审美论的批判性解读》，7 页，北京，东方出版社，1999。

③ 杜卫：《走出审美城——新时期文学审美论的批判性解读》，204 页，北京，东方出版社，1999。

不满。①

　　另一方面，对文学审美论这一知识型的形成过程进行了反思。文学审美论是晚清民初时期从西方引进的，然后到新时期才逐渐渗透、扩张并取得话语权力，且最终成为主流理论。也就是说，这种知识型的形成也不是纯粹自明的，它同样有利益的诉求，是通过场域内的竞争角逐获取了暂时的合法性。《走出审美城》为此对现代时期王国维、鲁迅、创造社等之所以选择审美论的文化逻辑进行了考辨，并得出了结论："如果说王国维、鲁迅、蔡元培等人的审美论是与人本主义的功利论结合在一起的话，那么郭沫若、成仿吾等人的审美论则更偏于同社会学的功利论相联系。"②换言之，审美论之所以被广为选择，是出于一种利益的考虑，是为了解决现实人生问题的需要，而且这种形塑过程是在知识场域甚至是权力场域的较量中进行的。只需要想想现代以来围绕于此的种种文学论争，我们就会发现这一点，再想想现代至新时期之前这种审美论又极端衰败，我们更会对此有较真实的认同。同样，新时期文学审美论也是场域中的行动者出于各自利益努力争取来的，是刘再复、何新、钱中文、杜书瀛、童庆炳、王元骧等一代学人为了规避外在权力场域的过分干预，用跨学科、跨文化的知识作为资本而最终获取的。

　　在充分反思之后，《走出审美城》又进行了合乎逻辑的知识建构，也可分述为二。一是提出了走出审美城的知识理论与价值判断。所谓"走出审美城"，"并不意味着否认文学的审美意义和价值，而是要求突破在'二元对立'基础上建立的孤立封闭的审美王国，使文学回归文化的'大海'，从而使文学理论能够在一个宽广的视野里'全景式'地把

① 参见杜卫：《走出审美城——新时期文学审美论的批判性解读》，16页，北京，东方出版社，1999。

② 杜卫：《走出审美城——新时期文学审美论的批判性解读》，34页，北京，东方出版社，1999。

握文学"①。二是提出了一些具体的文学理论学科化设想。诸如让文学作为一种艺术，让文学作为一种文化，让文学理论作为一个学科；诸如消解美学与社会学的对峙，发挥文化研究的潜力，建设多元性、实践性、当代性的文学理论等。这些都可谓具有创新性与建设性的策略。事实证明，在后来的文学理论发展中，这些知识已然成了显学。

《80 年代中国文艺学主流话语的反思》更为自觉彻底地对 20 个世纪 80 年代中国美学文艺学主流话语进行了反思，其工作主要是从两个方面展开的。

一方面，是对布迪厄的反思社会学知识进行了较为精确而集约的解读，并以此建构了与美学文艺学学科反思相关而有效的知识视阈，得出了较为可行的与反思相关的程序性知识。陶东风认为反思主要是知识的生产与传播活动前提条件下的反思："反思不是满足于罗列在什么时候生产出了什么知识、它们的逻辑关系如何；而是追问这些知识是如何生产出来的，在什么条件下被什么人出于什么目的生产出来。"②为此，反思一般从以下两点着眼：一是反思某一知识的理论逻辑，也就是某一知识是如何生产出来的；二是反思某一知识的历史语境，也就是某一知识是在什么条件下出于什么目的生产出来的。

另一方面，是对 20 世纪 80 年代中国美学文艺学知识生产展开了具体的反思。文章专门选择了普遍主体与人的自由解放、文艺与审美活动的超功利等 80 年代美学文艺学的主导性话语进行讨论。陶东风认为，这些话语背后的理论预设就是西方启蒙主义现代性话语，正是依靠西方启蒙主义现代性的理性主义、历史主义、自由解放、普遍主体等话语，80 年代的美学文艺学话语才具有了合法性，并在知识场域中占据主导性位置。同时，80 年代的美学文艺学主导

---

① 杜卫：《走出审美城——新时期文学审美论的批判性解读》，250 页，北京，东方出版社，1999。

② 陶东风：《80 年代中国文艺学主流话语的反思》，载《学习与探索》，1999(2)。

话语又与当时的政治权力场域有着紧密的关联，充当了当时思想解放的急先锋。也正是凭借这种具有合谋嫌疑的关系，它才成了主导话语。

尤其值得注意的是，陶东风在自觉反思的同时，也进行了自觉的知识建构。通过反思，陶东风发现了 20 世纪 80 年代美学文艺学主导话语的建构史，同时也看清了它在 90 年代以来所遭遇的失效、冷遇乃至拒绝的困境。这种困境主要表现在 80 年代美学文艺学主导话语所具有的二元对立特点、自主性与超功利色彩以及自由解放等启蒙现代性的内质已经难以与 90 年代以来的社会文化语境相契合。为此，陶东风提出要把文化研究的理论与方法引入美学文艺学研究。换言之，文学理论要走具有历史化、语境化特点的文化研究式的知识生产之路。从后来的文学理论发展来看，且不说文化研究渐趋成了主导性的知识话语，单说它引发了文学理论知识场域的震荡这一点，就足以见出该文反思的效果。

《作为科学的文艺学是否可能？》一文以随笔性的文体，在看似没有很自觉的理论色彩的经验化叙事中，展开了对新时期以来文艺学知识生产现状的切身反思。以其之见，文艺学知识生产存在较大的不足，主要表现在知识生产者缺乏必要的自省，缺乏学科史的意识与实践，缺乏真实的问题意识。凡此种种，又主要源于文艺学缺乏有效的学科评价机制和完备的学术体制。其结果则往往导致："在本方向的研究水准上，作者提不出问题来。说不出哪些问题已经被什么人什么时候解决；说不出哪种成果已被公认，不必重复；说不出自己的课题在何种水准上解决何种层次的问题。如此年年岁岁循环往复，枉费了多少人的青春岁月。"[①]为此，许明呼吁要把文艺学建设成为具有反思性的学科，也就是科学的文艺学。这种科学的文

---

① 许明：《作为科学的文艺学是否可能？——文学研究的个人经验》，载《文学前沿》，1999(1)。

艺学的知识生产是被纳入有效的学术评价体制之中的生产，其生产者对自身的思维状态有着自觉的意识，对知识生产史有较为清晰的把握，对学术问题不乏敏锐、真实的判断。

通过上述简要的介绍，我们可以发现这三种文献虽然在形态上各有其异，如在叙述上《走出审美城》更为厚重，《80 年代中国文艺学主流话语的反思》更为敏锐，《作为科学的文艺学是否可能？》更有个性，但是它们都不约而同地回到新时期以来的当代文学理论知识生产史中反观自身，都试图在这种反观中考察出文学理论知识生产的运作逻辑、场域情状及其关系。而且，在反思的同时，这三种文献都试图突破、优化和推进既定的学术研究范式和体制，力图生产出更为有效的文学理论知识。

三种具有相似知识型的文献在同一年出现，这委实有些蹊跷，值得学界思考。这里，我们要指出的是，以上述三种文献为代表的这种具有反思性的文学理论，推动并开启了反思性的文学理论知识生产范式的生成，对此后的文学理论知识生产产生了较为深远的影响，而且这种影响依然在文学理论知识生产中散播，已然参与了当代文学理论知识的再生产，甚至成了知识生产者的一种结构性的力量。为此，也可谓塑造并敞开了对文学理论的未来这一问题的一种回答路径，这就是文学理论的未来已然在走向反思性的文学理论知识生产。这种看法是有较多事实依据与理论支撑的，不妨述之为以下几点。

首先，1999 年以来的文学理论知识共同体生产了一大批基于该学科的反思性知识，积累了不少与此相关的文化资本与话语权力，对所在学科造成了较为巨大的冲击，从而引领了文艺学学科研究范式的反思性走向。这里不妨以陶东风为例。可以说，陶东风就是这种反思性走向的主要引领者。在写作了《80 年代中国文艺学主流话语的反思》之后，陶东风继续发表了《大学文艺学的学科反思》《日常生活的审美化与文化研究的兴起——兼论文艺学的学科反思》《跨学科文化研究与批判的知识分子：兼论文化研究对于文艺理论的挑战》《文艺学知识的重建思路》《反思社会学视野中的文艺学知识建构》《告别花拳绣腿，立足中国现实——当代中国文论若干倾向的反思》《走向自觉反思的文学理论》等一系列具有较大影响力的论文，并主编了几种有自觉反思意识的文艺学著述，如《文学理论基本问题》《当代中国文艺思潮与文化热点》等。这些反思性的文艺学知识大有取代那些非反思性的、本质主义的文艺学知识的趋势，从而为文艺学知识生产走向科学实践提供了有力的保障。也正因此，才引发了 20 世纪 90 年代以来文学理论界一系列与之相关的学术热点与学术争鸣。诸如影响较大的日常生活审美化之争、文学理论的边界之争、文化研究与文学理论之争、文学理论的本质主义与反本质主义之争、文学经典的稳定性与开放性问题、文学理论走向文化诗学的建构等，这些都可谓与以陶东风为代表的学人所生产的反思性文学理论知识有关，已然成了无须争辩的学术事实。

其次，近年来的文学理论知识生产领域受布迪厄反思社会学知识与方法的再生产性影响甚为明显。诸如场域、习性、资本、误识、利益、建构、符号暴力等，一大批布迪厄的术语业已成为当下文学理论领域中的学术关键词。例如，有学者就在文艺学著述中直接言明受到了布迪厄的影响与启发，甚至提出了将反思文艺学作为一门课程的主张。① 值得一提是，这种布迪厄式的反思性由于力倡关系主义、反唯智主义、反权力、建构主义等具有一定反思现代性的知识与价值目标，因此很容易与福柯的话语理论、罗蒂的后哲学文化观念等后现代主义思潮这一同样具有反思现代性的知识与思想耦合，而这种后现代主义的知识与思想早已在中国文艺学知识场域中占有一定的位置，因此，反思性很容易渗透进文艺学学术场域中，成为其习性并生发出反思性的文艺学。同时，从这个角度来说，反思性文学理论的展开也是

---

① 参见李春青：《在审美与意识形态之间——中国当代文学理论研究反思》，341 页，北京，北京大学出版社，2006。

较有学理依据的。

最后，反思性文学理论研究已经逐渐得到学术场域的关注与认同，并逐渐走向体制化与合法化。这可以从一些知识事件中得到明证。例如，陶东风主编的具有反思性的文艺学教材已经走进了大学课堂，并多次再版；北京师范大学李春青和赵勇讲授了当代文学理论的学科反思课程，并且借此出版了相应的研究生教材①；北京大学、中国人民大学也有学者运用反思性的方法在课堂上讲授20世纪80年代的文学；张未民先生等人不仅在其执掌的国家级核心刊物上发表有关反思性文艺学知识的论文，而且还专门将其编选为《新世纪文艺学的前沿反思》一书出版。

为此，我们可以认为中国的文学理论研究共同体已然走在了反思性的文学理论知识生产之路上。在可预见的未来，我们不可能完全走出这种知识生产范式。毕竟它巨大的知识生产潜力还没有得到完全的发挥。它还没有成为某一场域的专一主人而引起力量的分化，因此还不会造成知识结构与思想场域的大动荡。出于这种判断，我们认为文学理论的未来与反思性文学理论知识生产之间还有一段和平共处的好时光。

然而，为什么要走向反思性的文学理论知识生产？究竟什么是反思性的文学理论知识生产？反思性的文学理论知识生产如何成为可能？对诸如此类的问题，上述几种文献都有不同程度的回答，只是这种回答本身也需要被理解和建构。为此，我们有必要在阐释中承继其路，并与之一道做些力所能及的相关工作，以接着讲的方式参与到当代文学理论知识生产之路的延伸乃至筑就中来。

第二节　反思性文学理论的合法性论证

走向反思性的文学理论知识生产的合理性与必要性可以从不同视

---

① 参见李春青、赵勇：《反思文艺学》，北京，北京师范大学出版社，2009。

角予以聚焦和理解，这里我们主要选择两个角度。

第一，是后形而上学知识观念的推动。

我们知道，黑格尔以后的西方思想史，其主导的知识型就是后形而上学。所谓"后形而上学"，并不是一个实体的概念，不是某一个具体的思想家的理论主张，而是一个思想型的概括。在这种思想型的装置中，人们不再采取主客二分的认知方式，不再把世界一分为二，不再去寻找那种所谓的纯粹的、终极的、永恒的知识与价值。在后形而上学思想看来，根本就没有那种知识与价值。后形而上学的这种观念导致了反思性思维方式的出现。我们不妨以黑格尔之后的马克思为例，来简要论及这种知识型所导致的反思性思维方式之发生的必要性。

马克思是一个具有后形而上学思想观念的开创者。这里，我们仅以其所继承与改造的重要的思维方式——辩证思维——为例。关于这种思维，詹姆逊阐发得较为出色。詹姆逊认为，辩证思维"是思维的平方，是正常思维过程的强化，从而使一种更新了的光线照亮这些过程强化的客体（对象）"[①]。这句话是什么意思呢？是说我们的思维方式要有反思性，要能反思到思维本身的局限性。比如，我们的思维也不可避免地有视角选择，已有的知识结构、文化素养、社会语境、认知兴趣等都会影响我们对思维客体或对象的判断，所以我们要"能够觉察到自己的思维与所研究的客体是一种同等的历史行动"[②]。

不妨提及的是，詹姆逊所阐释的这种马克思的辩证思维与布迪厄的反思社会学关联甚密。布迪厄就力图运用场域、资本、习性等概念反思知识/真理生产的运作逻辑。在他看来，"所有知识，不管

---

① ［美］弗雷德里克·詹姆逊：《新马克思主义》，2 页，北京，中国人民大学出版社，2004。

② ［美］弗雷德里克·詹姆逊：《马克思主义与形式》，308 页，南昌，百花洲文艺出版社，1995。

是凡俗的还是学究的，都预含了某种建构工作的观念"①。也就是说，所有知识/真理都是被建构出来的，无论是知识/真理的对象、范围，还是知识/真理的性质、特点，都不是自然如此的，因此，都需要展开科学反思，去发现其背后利益博弈、符号暴力的事实。布迪厄为此下结论说："社会科学必然是一种'知识的知识'。"②由此可知，布迪厄力倡反思社会学本身即对后形而上学的应答与参与，这就说明了走向反思的人文社会科学知识型是后形而上学思想史的内在诉求。

　　回到本土语境中，我们知道 20 世纪 80 年代的文化热以后，尤其是 20 世纪 90 年代以来，西方思想史上具有后形而上学旨趣的知识观念在中国广泛传播开来。尼采、海德格尔、伽达默尔、维特根斯坦、德里达、利奥塔、福柯、布迪厄、罗蒂、詹姆逊、阿伦特等欧美思想家被广为接受甚至炙手可热，他们再生产性地参与到了当代中国的知识场域之中。这种再生产性的参与，当然不是简单的知识观念移植，而是有着中国本土性的诉求。就其与文学理论知识生产的关联而言，两者之间有着内在的关联。不妨说，与思想史关联甚密的文学理论不可能摆脱后形而上学思想的影响。仅以知识/真理观而言，后形而上学知识型认为知识/真理不是主客二分的认识发现，而是亦主亦客的阐释所形成的意见。这种意见表明，那种绝对、单一、永恒的本质、规律是虚构的存在。在这种观念的塑造下，文学理论所意欲追寻的真理形态也就必然地要发生转换了。简单说来，文学理论所追问的知识形态不是那种实体性的真理，而是那种具有阐释意味的意见。既然如此，文学理论知识生产就应该去除真理崇拜。

---

　　①　［法］皮埃尔·布迪厄、［美］华康德：《实践与反思——反思社会学导引》，165 页，北京，中央编译出版社，1998。

　　②　［法］皮埃尔·布迪厄、［美］华康德：《实践与反思——反思社会学导引》，172 页，北京，中央编译出版社，1998。

然而，当我们回到现实中，却发现 20 世纪 80 年代所形成的文学理论知识观念依然在不合时宜地以绝对真理的形式再生产性地参与到 20 世纪 90 年代以来的文学理论知识生产之中，这就"严重地束缚了文艺学研究的自我反思能力与知识创新能力"①。在这种情况下，一种针对于此的反思性文学理论知识生产便应运而生了。

其实，穿越形而上学的迷幻而入住后形而上学之家，可谓文学理论知识转型的内在诉求，因为不如此，文学理论就会发生知识合法性危机。这一点，早已有学人提及："文学理论发展到后形而上学时代或后哲学时代，主体性标准、理性标准、科学标准等显然过时，不足以充当当今文论知识的合法性依据。"②的确，主体性、理性、科学性等表征着真理可以离开海德格尔所强调的"此在""存在"的形而上学思想，如果继续在文学理论知识生产之中发挥再生产性的效用，那么造成文学理论的知识合法性危机就是必然的了。因为如海德格尔所言，离开存在的真理是不存在的。"唯当此在存在，才'有'真理。唯当此在存在，存在者才是被揭示被展开的。唯当此在存在，牛顿定律、矛盾律才在，无论什么真理才在。此在根本不在之前，任何真理都不曾在，此在根本不在之后，任何真理都将不在。"③海德格尔要追问的是一种后形而上学的存在论的真理，而不是那种主客二分的认识论的真理。存在论的真理是超越对象性意识的、守护着那看不见的世界的、拒绝遵循目的—手段逻辑的真理。而认识论的真理会使世界丧失意义，使世界变得算计化、技术化和工具化。这样的世界，又如何可能有文学和文学理论呢？为此，后形而上学的存在论的真理才是文学和文学理论所追寻的真理。反思性文学理论正是一种钟情于

---

① 陶东风：《文学理论的公共性——重建政治批评》，117 页，福州，福建教育出版社，2008。

② 杨飏：《90 年代文学理论转型研究》，44 页，北京，中国社会科学出版社，2001。

③ ［德］海德格尔：《存在与时间》，260 页，北京，生活·读书·新知三联书店，1999。

后形而上学真理的理论，从这里，我们便可以看出反思性文学理论的兴发是有思想史理由的，那就是受后形而上学的召唤，或也可以说，是为了在后形而上学时代赋予文学理论以知识合法性而生成的一种知识话语。

第二，是为了回应社会科学的冲击。

随着现代化在新时期以来中国的散播，一个现代性的社会逐渐得以形成。但是，这个形成中的社会并不是铁板一块的实体化存在。例如，20世纪80年代与20世纪90年代就有相当大的不同。20世纪80年代，呼唤现代化是主导性的话语形态，此时更具感召力的人文学科占据着主导性的位置。进入20世纪90年代，现代性反思是主导性的话语形态，此时更具分析阐释力的社会科学的话语优势便逐渐凸显，甚至成为支配性的力量，对人文学科的知识产生了较大的影响。汪晖曾对社会科学的自主性建构中存在的压抑性进行了较为合理的评析："社会科学作为一个独立的知识体系进入中国的过程，伴随着一种制度性的实践。通过现代国家的制度性实践，特别是现代教育制度和科学研究制度的实践……原有的知识和语言的有效性逐渐丧失了。例如，如果我们用佛教的语言或者道教的语言讨论当代社会问题，那么，这种讨论至多被理解为个别人的意见，作为一种解释社会的系统知识则是无效的。这意味着，在历史的过程中，社会科学自主性的建立也包含了一个压抑性的过程，它使得其他知识彻底边缘化了。"①社会科学凭借其更具阐释力的优势被纳入现代国家的制度性实践之中，于是或直接或间接地导致人文学科在知识竞争中被冷落和疏远。这的确也是20世纪90年代以来社会科学兴起之后，文学理论这种人文学科的存在境况。文学理论如何回应现实的社会文化发展状况，如何才能增加其阐释的有效性，已经成了一个迫在眉睫的问题。

---

① 汪晖：《死火重温》，493页，北京，人民文学出版社，2000。

为了解决这个问题，文学理论走向了反思。这种反思，大体而言是从这样两个方面出发的。一是文学理论从业者较为主动地反思与调整自己的知识结构。对于人文学科内部的知识，主要是超越形而上学而走向后形而上学；对于人文学科外部的知识，则主要是吸取社会学、政治学的知识。① 这种超越与吸取可以为文学理论知识生产的理论逻辑转换准备知识学前提。而当这种具有反思性的后形而上学知识与反思社会学结合的时候，文学理论知识生产的反思性转向便势在必行。二是对文学理论知识生产本身的理论逻辑、存在的现实问题以及可能的未来走向进行反思与建构。文学理论通过这种反省与清理，转换和更新知识生产的理论逻辑，寻找这种知识形态所存在的理论问题与现实局限，进而解决、改进与完善文学理论知识生产状况。

文学理论的反思及其建构，使得文学理论知识与现实的关联性和接合度有了改观，特别是伴随着这种反思及建构而展开的文化研究与批评实践，更是增加了文学理论知识的阐释有效性。同时，这种反思也带来了文学理论本身的自觉，这种自觉至少产生了这样一个效果：文学理论走向了反思性的知识型，也就是出现了反思性的文学理论。反思性的文学理论有可能使得文学理论越来越独立于文学，成为能把握时代精神的知识，这也是文学理论走向自律的表征。这一点，已经有不少学者指出过。例如，金惠

---

① 参见陶东风：《文化与美学的视野交融——陶东风学术自选集》，26 页，福州，福建教育出版社，2000；陶东风：《社会理论视野中的文学与文化》，自序，1～6 页，广州，暨南大学出版社，2002。需要说明的是，这里我们主要聚焦性地参考了陶东风关于知识调整的学术记忆，并以之作为我们有力的论据。这固然是由我们的视野所限所致，但同时也是由于陶东风是反思性文学理论知识生产的代表性人物，这种参考无疑更有说服力。此外，需要指出的是，我们不将这种知识调整的年份点与反思性文学理论的发生看成是同时进行的，因为这一方面不符合知识生产的规则，另一方面与我们所认为的不能将反思性文学理论的发生追根溯源般地本质化为如 1999 年的想法也是一致的。不过，由于阐释的必要，我们抽取出一个年份点内的文献来予以言说应该说是有效的。同时，各种因素促使某一年份点被凸显也是具有一定意味的，值得投以关注和予以阐释。

敏曾提出"没有文学的文学理论"一说，并且认为："文学理论某种程度地从文学中疏离出来，赋予其哲学的品格绝对是文学理论的大解放。没有文学的文学理论就是推促它驶出小桥流水、向生活的大海破浪远航。"①这种"没有文学"的文学理论，倒不是说它与文学一点关系都没有，而是说它是将注意力转移到自觉地生产出关于文学的理论。陶东风也指出："通常人们把文学理论定义为研究文学活动规律的知识体系，但与其说文学理论是研究文学活动规律的，不如说它是研究文学活动的规律是如何被建构的？谁在建构这种'规律'？为什么建构这种'规律'？通过什么媒介建构这种'规律'？这种建构受到哪些因素的制约？能否像'上帝'那样超越地去建构？"②这也就是说，文学理论是追问为什么有这种关于文学的理论。而追问为什么有这种关于文学的理论，正是反思性文学理论题中应有之义。

反思性文学理论在 20 世纪 60 年代之后的西方其实也有所闻，只不过它常常被称为理论、批评理论。当然，其与我们这里所言及的反思性文学理论，虽然在自觉性、跨学科性、实践参与性等方面有深刻的契合，但还是有一定区分的。这主要表现在理论/批评理论，有可能不涉及文学，而反思性文学理论则不主张脱离文学。反思性文学理论力图建立文学理论与当下社会历史文化语境中的文学之间的有效关联。即使反思性文学理论不与具体的文学阐释相关联，它也没有完全离开文学。因为反思性文学理论在脱离具体的文学阐释的同时，也因借鉴了社会科学的知识旨趣而具有有效阐释某一文学理论知识的能力，也就是它能让人们理解某一文学理论被建构起来的内情。

总之，反思性文学理论因其能与文学建立联系，能有效阐释文学

---

①　金惠敏：《没有文学的文学理论——一种元文学或者文论"帝国化"的前景》，载《文艺理论与批评》，2004(3)。

②　陶东风：《走向自觉反思的文学理论》，载《文艺争鸣》，2010(1)。

理论知识生产的理论逻辑，因此回应了社会科学的冲击，同时这也是反思性文学理论的合法性所在。

第三节　反思性文学理论如何可能

究竟什么是反思性文学理论？简而言之，它是现代知识体制下生产出来的一种具有自觉性的文学理论知识。这种文学理论知识能有效地阐释现实社会文化/文学问题，其本身又具有独立把握时代精神的能力，能与其他人文社会科学知识一道参与社会历史文化的建构。这就意味着反思性文学理论往往有两种子形态。一种是"为文学的文学理论"（反思性文学理论的第一种形态），这种文学理论强调的是要有能力对文学活动进行有效阐释。此时的反思性文学理论主张运用各种人文社会理论知识，从事具体而语境化的反思性分析和科学性阐释，破除意识形态的幻象和平常误识的遮蔽，从而建构起文学理论与实际社会文化历史存在状况的关联。另一种是"作为学科的文学理论"（反思性文学理论的第二种形态），这种文学理论强调自觉地进行文学理论知识生产，反思某一文学理论知识观念和话语形态是如何以及为何建构起来的，在反思的同时建构一种具有问题针对性和时代精神气韵特点的文学理论。这样，这种文学理论就可以具有自律性，可以独立成为一种区别于其他人文社会科学的学科知识。

反思性文学理论又是如何成为可能的呢？

第一，反思性文学理论主张生产出具有阐释力的文学理论知识。它往往假借人文社会科学的知识框架对现实的较具公共意义的文学/文化现象/事件/问题进行阐释，力求分析得较为具体化、语境化和效用化。这种反思性的文学理论建构是一个实践层面的问题，需要在实际的应用层面中展开。但它也并非没有理论层面所需要注意的问题。例如，米尔斯所提及的"社会学的想象力"就具有一定的理论指导意义。米尔斯认为，"社会学的想象力"是一种"心智品质"，它能区分

"环境中的个人困扰"和"社会结构中的公众议题"，能够将个人和集体的困扰转换成公共议题，从而增强社会学的阐释有效性和公共参与力，也正因此，社会学才有前景可待。① 米尔斯的这种社会学的想象力无疑也是反思性文学理论所需要的。它至少提醒我们，反思性文学理论要想具有效用性和阐释力，成为反思性的文学理论，就必须参与到时代的结构性问题中，同时在这种参与中建构出一种公共话语的文学理论。②

　　这里不妨提及这种反思性文学理论研究需要注意的两个问题。一是要涉及包括文学理论在内的人文社会科学的知识，尤其要对那种具有方法论指导意义的知识了然于胸，但是在使用时需要力求反思化、历史化与实践化。二是要将韦勒克、沃伦所力主区分的文学理论、文学批评、文学史结合起来，合理地看待三者之间的关系。我们知道，韦勒克、沃伦认为，一方面文学理论与文学批评、文学史要加以区分，这是文学本体研究中最重要的事件③；另一方面三者之间是有关联的。这样看似辩证完备，但是，韦勒克、沃伦显然没有处理好它们之间的关系。

---

　　① 参见［美］C. 赖特·米尔斯：《社会学的想象力》，2 版，1～24 页，北京，生活·读书·新知三联书店，2005。

　　② 需要言明的是，"社会学的想象力"是否适合研究文学的文学理论，这是一个值得辨析的问题。如果我们不把较为私人形而上学的，诸如个体、生命、偶然、命运、死亡、意义等文学关注的现象与问题看成是认识论的问题和社会政治的实践性问题，那么"人文学的想象力"也许就具有天然的合法性。但是，我们认为，在后形而上学的时代，在当今文化社会语境下，"社会学的想象力"不应该强调到与"人文学的想象力"相冲突的地步。特别是当阿伦特提醒我们，尘世可以不死，只有人的"言说"和"行动"才能赋予人生意义的时候，我们更加坚定了这种想法的可取之处。参见［美］汉娜·阿伦特：《人的境况》，9～12 页、183～184 页，上海，上海人民出版社，2009。米尔斯也认为："更何况，严肃的艺术家自身也处于许多困扰之中，他们可以从由于社会学的想象力而变得生气勃勃的社会科学中得到大量的学术和文化的帮助。"参见［美］C. 赖特·米尔斯：《社会学的想象力》，2 版，17 页，北京，生活·读书·新知三联书店，2005。

　　③ 参见［美］韦勒克、沃伦：《文学理论》，31 页，北京，生活·读书·新知三联书店，1984。

这里仅指出一点，那就是韦勒克、沃伦在区分三者的时候，有可能造成文学理论知识生产的非反思性存在。因为韦勒克、沃伦所说的文学理论，即所谓的发现文学的原理、规律、标准的知识，可称之为"作为理论的文学理论"。在韦勒克、沃伦看来，这种文学理论其实是从文学批评、文学史的实践中独立出来的。独立出来之后成为文学批评、文学史可资参照的知识，这当然没有错，不过，需要说明的是，这种"作为理论的文学理论"恰恰是那种需要被"作为学科的文学理论"（反思性文学理论的第二种形态）予以问题化而进行反思的知识。也就是说，韦勒克、沃伦所谓的文学理论，并非可以离开反思而永恒存在的真理。这倒不是说没有"作为理论的文学理论"①，而是说，"作为理论的文学理论"其实也是在具体化和语境化的文学阐释活动中生产出来的，是从文学批评、文学史研究中转换生成的。这样说，不是要否认这种形态的文学理论具有一定的稳定性，而是要指出其非"公理性"的特点，它其实也是"一种历史性与地方性的话语建构"②。因此，当它作为理论逻辑和知识预设而再生产性地参与文学理论知识生产的时候，是有可能造成唯智主义的误识和偏见的，即"把世界看作一个旁观的场景，一系列有待解释

---

① 可以认为，文学理论至少有三种形态：一种是"为文学的文学理论"，一种是"作为学科的文学理论"，一种是"作为理论的文学理论"。这一点，笔者已进行专门论述。参见肖明华：《现代性视域中的文学理论的效用问题论略》，载《湖北社会科学》，2008(1)。关于三种形态的文学理论的关系，尚需仔细辨认。这里不妨简要提及三种形态的文学理论与反思性文学理论的关系：反思性文学理论有两种形态，即"为文学的文学理论"和"作为学科的文学理论"。"作为文学的文学理论"，注重的是其与文学的关系。"作为学科的文学理论"则主要是对"作为理论的文学理论"的反思。但是，"作为理论的文学理论"又可以由反思性文学理论的形态之一的"为文学的文学理论"生成，从这个方面来说，"作为理论的文学理论"也与反思性文学理论有某种关联。由此说来，反思性文学理论需要再反思。

② 陶东风：《文学理论的公共性——重建政治批评》，129页，福州，福建教育出版社，2008。

的意指符号，而不是有待实践解决的具体问题"①。也就是把本来要在具体的实践中解决的文学问题附和到某一文学理论观念之中，作为这种观念的例证。这正是文学理论缺乏有效阐释力的重要原因，也是文学理论界普遍存在的一个误区。反思性文学理论则力主走出这种误区。

为此，反思性文学理论认为，韦勒克、沃伦意义上的文学理论、文学批评、文学史要结合起来，让文学理论自觉地参与到文学批评、文学史的实践中，做到"理论的批评化"②，同时，在这种文学批评和文学史所展开的具体问题的解决中生产出有效的文学理论知识，做到"批评的理论化"③。

第二，反思性文学理论主张在反思中生产知识，以求达到文学理论知识生产的自觉性和有效性。这个维度的反思性文学理论的展开，大致可以从两个方面进行。

一方面，是有意识地就文学理论知识生产史进行反思，在这种反思中建构自觉的文学理论知识。反思文学理论知识生产史，不是简单地进行学术史编年写作，而是要将已有的文学理论知识问题化，追问某一知识是在何种语境下，在何种场域格局中，出于什么目的和利益生产出来的，其内在的知识逻辑又是怎样生成的，它解决了什么问题又引发了怎样的学术效果，等等。这个层面的反思性文学理论（"作为学科的文学理论"），往往研究的是该学科的基础性问题，如文学理论知识生产的历史和形态探究、文学理论知识生产的思维和方法问题、某一种文学观念的反思与建构、某一

---

① ［法］皮埃尔·布迪厄、［美］华康德：《实践与反思——反思社会学导引》，42 页，北京，中央编译出版社，1998。

② 王一川：《文艺理论的批评化》，载《文艺争鸣》，1993(4)。

③ 王一川：《批评的理论化——当前学理批评的一种新趋势》，载《文艺争鸣》，2001(2)。

文学理论关键词的概念史研究①、某一种文学理论教材的反思与建构等。

这种知识生产是要进入学术史之中并与之对话，在对话中达到知识与知识之间的内在会通，从而建构一种具有反思特点的知识。这样可以较好地凸显人文学科知识生产的累积性特点，强化人文学科知识生产的科学性和合法性。② 同时，这种进入"本土"文学理论史之中的

---

① 随着文化研究在文学理论界的盛行，关键词式的研究已然渐趋展开，也取得了一些成果，如赵一凡等：《西方文论关键词》（外语教学与研究出版社 2006 年版）；陶东风主编的"文化研究关键词丛书"（陶东风等《文化研究》、季广茂《意识形态》等）；洪子诚、孟繁华《当代文学关键词》（广西师范大学出版社 2002 年版）；汪民安《文化研究关键词》（江苏人民出版社 2007 年版）；周宪《文化研究关键词》（北京师范大学出版社 2007 年版）；廖炳惠《关键词 200：文学与批评研究的通用词汇编》（江苏教育出版社 2006 年版）；王晓路《文化批评关键词研究》（北京大学出版社 2007 年版）；安德鲁·本尼特、尼古拉·罗伊尔《关键词：文学、批评与理论导论》（广西师范大学出版社 2007 年版）；于连·沃尔夫莱《批评关键词：文学与文化理论》（北京大学出版社 2015 年版）；安德鲁·埃德加、彼得·赛奇维克《文化理论：关键概念》（河南大学出版社 2016 年版）。另外也有单篇论文涉及这一方面，如高建平《现代文艺学几个关键词的翻译和接受》[《陕西师范大学学报（哲学社会科学版）》2004 年第 4 期]、肖鹰《美学与文学理论——对当前几个流行命题的反思》（《文艺研究》2006 年第 10 期）等。这里所列举的关键词式的研究并非本文所提及的反思性文学理论研究的成果，这不仅因为大部分的研究成果与中国的文学理论有关，更为根本的问题是，其与反思性文学理论所认为的具体地进入本土学术史的反思研究有区隔。换言之，大部分研究都缺乏反思性，没有把一种知识历史化和语境化，而停留于词源学式的介绍。从这个方面来说，它还远未达到概念史研究的自觉。概念史研究与反思性文学理论的关系探讨，值得具体展开。关于概念史研究的要义，可参见梅尔文·里克特《政治和社会概念史研究》（华东师范大学出版社 2010 年版）；冯天瑜、刘建辉、聂长顺《语义的文化变迁》（武汉大学出版社 2007 年版）；金观涛、刘青峰《观念史研究——中国现代重要政治术语的形成》（法律出版社 2009 年版）；方维规《概念史研究方法要旨——兼谈中国相关研究中存在的问题》（见黄兴涛《新史学》第 3 卷，中华书局 2009 年版）；余来明《"历史文化语义学"研究方法举隅》[《武汉大学学报（人文科学版）》2011 年第 6 期]；孙江《概念、概念史与中国语境》（《史学月刊》2012 年第 9 期）等相关文章。

② 作为人文学科的文学理论知识生产的科学性和合法性问题，在后形而上学语境下渐已凸显。反思性文学理论对此具有一定的应答之效，这主要得益于反思性文学理论具有去独断性、交往对话性和公共领域诉求等特点。这无疑有助于通向科学性和合法性的知识构造，详细论证需另行探讨。

研究，可以摆脱文学理论对文学的依附性①，甚至还可以在一定程度上摆脱中国文学理论知识生产所固有的对西方理论的（苏化、欧化、东亚化）依附性地位。

出于这种考虑，我们认为有必要编选一部能得到较大认同的"现当代文学理论知识史选本"。这可以更好地让入门者进入知识生产的历史中，也有助于学术共同体的基本知识共识的建立。这种历史和共识的建立，正是一种学科走向自觉的表征。也正是这种自觉使得人们越来越觉得，这种反思性文学理论在走向"作为学科的文学理论"。在此基础上，还应该如现当代文学史研究一样设置"现当代文学理论史"等研究类的课程乃至学科，以此增加文学理论的学科自觉，促进文学理论知识生产的有效累积和有序增长。

另一方面，是以把握时代精神的高度来语境化和历史化地生产文学理论知识，使得人们仅仅通过文学理论的知识就可以理解当下的社会精神状况，以此来回应社会科学对包括文学理论在内的人文学科知识的冲击，进而使文学理论具有独立于其他人文社会科学知识的特点。借此，文学理论知识可以与其他人文社会科学知识一道，参与塑造人们的文化观念、感性生活乃至未来想象。

需要提及的是，这种文学理论的知识生产依然要借助哲学思想、社会理论、政治哲学乃至媒介理论，以此来面向文学乃至社会发言。例如，提出一套对"什么是文学""如何研究文学""怎样阐释文学的意义""什么是文学理论的知识""文学理论有什么用""文学理论的走向"

---

① 关于文学理论（批评）可脱离文学实践，以及文学理论（批评）的独立性价值的说法其实早在 1985 年前后就已出现："文艺评论是一门独立的学科，具有独立的品格和价值，它不仅直接关系到我们的文艺创作能否繁荣，而且对于改善我们民族的文化心理素质，提高整个民族的理论思维水平，都具有不容忽视的作用。"参见《全国十八家文艺评论刊物联合倡议书》，载《文艺评论》，1985(6)。1985 年，这种现象甚至成为一个话题，出现了刘再复《文艺批评的危机与生机》(《批评家》1985 年第 1 期)、陈骏涛《文学批评：在新的层次上跃起》(《批评家》1985 年第 5 期)等相关文献。其与反思性文学理论的发生究竟有怎样的关联，尚需仔细辨认和分析。

等问题的理解。① 一如某些学人所提及的："当代文论的内涵已经受到其他门类社会理论的影响，它所要承担的职责已不再是单纯的文学艺术解读，而是和社会精神、时代精神以及个体精神世界紧密相连。"②

由于文学理论知识话语的现代建制已经时间不短了，因此积累了自身合法性所需要的知识话语。③ 也正因此，文学理论才有可能走向自觉，才有反思的可能。可以说，反思性文学理论研究在当下已然有

① 20 世纪 90 年代中期以来的文学理论热点问题一定程度上都是围绕着这几个较为基础的问题展开的。这些问题是否以及应否具有"社会学的想象力"，是值得我们辨析的。

② 杨俊蕾：《中国当代文论话语转型研究》，281 页，北京，中国人民大学出版社，2003。

③ 可参见程正民、程凯：《中国现代文学理论知识体系的建构——文学理论教材教学的历史沿革》，北京，北京大学出版社，2005。另外，也正因此，学界已经有了不少文学理论学术史式的著作，如夏中义《新潮学案——新时期文论重估》(上海三联书店 1996 年版)；包忠文《当代中国文艺理论史》(江苏教育出版社 1998 年版)；陈传才《文艺学百年》(北京出版社 1999 年版)；童庆炳等《新中国文学理论 50 年》(安徽大学出版社 2000 年版)；庄锡华《二十世纪的中国文艺理论》(上海三联书店 2000 年版)；杨春时《百年文心——20 世纪中国文学思想史》(黑龙江教育出版社 2000 年版)；黄曼君《反思与超越——20 世纪中国文学与理论批评国际学术研讨会论文集》(华中理工大学出版社 2000 年版)；谭好哲、凌晨光《文学之维——文艺学的历史、现状与未来》(山东大学出版社 2003 年版)；毛庆耆、董学文、杨福生《中国文艺理论百年教程》(广东高等教育出版社 2004 年版)；蒋述卓等《二十世纪中国古代文论学术研究史》(北京大学出版社 2005 年版)；葛红兵《20 世纪中国文艺学思想史论》(上海大学出版社 2006 年版)；杨春忠《二十世纪中国文学理论史论》(齐鲁书社 2007 年版)；曾繁仁《中国新时期文艺学史论》(北京大学出版社 2008 年版)；董学文、金永兵等《中国当代文学理论(1978—2008)》(北京大学出版社 2008 年版)；伍世昭《中国 20 世纪文学理论批评价值取向研究》(人民文学出版社 2009 年版)；钱中文、丁国旗、杨子彦《新中国文论 60 年》(知识产权出版社 2010 年版)等文学理论学术史式的著作。这类著述有一定的反思性自觉，但其反思性的自觉程度却需要具体分析。同时，学界还出现了诸如杨厚《90 年代文学理论转型研究》(中国社会科学出版社 2001 年版)、杨俊蕾《中国当代文论话语转型研究》(中国人民大学出版社 2003 年版)、陈庆祝《九十年代中国文论转型——接受研究的视角》(中央编译出版社 2009 年版)、赵黎波《新时期文学批评的启蒙话语研究》(中国社会科学出版社 2008 年版)、陈力《20 世纪 90 年代文学理论研究中的转型阐释和话语建构》(中国社会科学出版社 2014 年版)等反思文学理论批评转型的著述。我们对于这类著述的反思性程度，也应做具体的分析。总之，这类著述的存在已然彰显了文学理论知识生产走向自律的可能性。

了一套自身的话语系统。它越来越学术化了，以至于可以离开具体的文学作品、文学史、文学批评，或者说整个文学活动来生产知识了，也可谓走向了"作为学科的文学理论"，而逐渐远离了"为文学的文学理论"。它不再需要跟着文学实践走，文学实践也可以不跟着它走。在这种境况下，人们的确可以认同这样一种说法："认为只有当理论用以说明艺术作品时该理论才有价值，这种假设非常有趣。这种想法背后潜伏着的是清教徒式的信念：任何无用的、不会马上产生现金价值的东西都是一种罪恶的自我放纵。"①

关于文学理论脱离文学存在的可能性，早有学者予以了指认："它（指文学理论，引者注）来自文学，但已然显出为一个独立于文学的思想文本，就像文学源于现实而又不等于现实，它能够不依赖于现实、不依赖于文学作品而是一完整之生命体。也正如文学作品可以反作用于社会一样，文学理论可以不经介入创作而直接地作用于社会。它虽然与现实隔着创作一层，但也间接地反映着现实，它本身堪称一精神现实，这里就不提文论家作为社会人对其理论与社会之连接的根本保证了，也不去说文论家在人性上的天赋美感，它不假外求而自有。文学理论一旦作为独立的、自组织的和有生命的文本，就有权力向它之外的现实讲话，并与之对话。文学理论不必单以作家诗人为听众，它也可以作为理论形态的'文学'与文学作品一道向社会发言。这不是僭越，而是其职责，是文学理论作为美学、作为哲学的社会职责。"②

"作为学科的文学理论"的确具有脱离文学的可能，它不以具体地阐释文学活动为目的，而以如何阐释文学活动为旨趣。例如，我们可以根据当下的反思社会学和公共领域的政治哲学观念，生产出一种反思性文学理论的阐释观念：文学文本的意义是由读者生产出来的，但

---

① ［英］特里·伊格尔顿：《理论之后》，84 页，北京，商务印书馆，2009。

② 金惠敏：《没有文学的文学理论——一种元文学或者文论"帝国化"的前景》，载《文艺理论与批评》，2004(3)。

读者是具有组织者、对话者和生产者多重身份的人：他要去细读文本；重建作者所处的历史场域，甄别作者当时的场域位置，从而发现他的利益诉求与文化观念。同时，我们承认读者会自觉或不自觉地受到其当前场域位置的影响。因此，读者当前所生产的意义也是需要再反思的，而且这种反思要借助一个公共领域的评价机制，只有这样才能得出较有共识性和确定性的文学意义。① 这种反思性文学理论的阐释观其实是在反思与重构已有的文学阐释学理论。因此可以说，这种反思性文学理论其实是在接着已有的文学理论讲，在"接着讲"的同时，其自身又不期然地演变为一种"作为理论的文学理论"。也就是说，此时的反思性文学理论成了一种具有实践性的理论，人们可以通过它来看世界。也正因此，反思性文学理论的展开就有了可能。② 不过，值得一提的是，从这里我们又可以看到，反思性文学理论在一定程度上其实也是一种文学理论。③ 然而，这种文学理论有反思诉求吗？

不可否认，反思性文学理论具有反思的自觉，但是其彻底的认识论断裂是不可能的，因为它自身其实也是一种关于世界的认识。为此，它吁求一种反思的反思，也就是说，我们有必要对反思性文学理论的知识生产本身进行自觉的再反思，以求尽量推进这种反思研究的彻底性与科学性。大致说来，反思性文学理论还有如下几个问题需要予以讨论。

---

① 参见简明华：《走向反思型文学阐释学》，载《文艺理论研究》，2009(4)。

② 目前可以做的工作，如编选近年来的文艺学学术争鸣与讨论集，反思性地分析和阐发这种讨论的知识观念与当下时代语境下的结构性问题等之间的关系，从而再生产性地塑造文学理论从业人员的自觉参与意识和有效实践能力，应当是非常有意义的事情。

③ 从这个角度看，反思性文学理论就具有三种形态："为文学的文学理论""作为学科的文学理论"和"作为理论的文学理论"。但"作为理论的文学理论"并不在反思性文学理论的反思视野之中，因为从思想史看，人们还没有达到反思反思性文学理论的程度，或者说，即使展开反思，也依然是使用反思性文学理论自身的反思观念，这就有可能进入反思的循环。为此，这里不予将"作为理论的文学理论"归属为反思性文学理论的子形态，而仅将其划入"作为学科的文学理论"之中。

首先，关于反思本身的科学性。反思性文学理论研究的知识生产主体如何对自身进行彻底的反思，这是一个需要被反思的问题。因为反思者自身也是"如鱼得水"般在被反思的对象之中，他不可能取得那种纯粹的上帝式的反思者位置。用海德格尔的话来说，反思者也是"此在"，他不可避免地有生存论所规定的"在世界之中"。用伽达默尔的话来说，就是反思者也不能逃避生存论意义上的"前理解"。这样一来，反思性文学理论又怎么能保证这种知识的科学性呢？同时，即便有了这种彻底的科学性，谁又能对这种科学性进行评价？其评价机制又该如何建立？这其实涉及阐释学之确定性的问题，涉及人们如何看待历史、主体、知识、意义的大问题。

对于这个问题，我们在这里只提出一点看法：反思性文学理论并不是一个实体性的存在，更不是一种逻辑游戏和教条性知识，而是一种实践性知识。也就是说，反思性文学理论认为，反思是文学理论知识在生产实践中的具体运用，它更多的是表明知识生产者在建构知识的时候要有自觉性，在假借理论的时候要警惕被理论所操控，警惕将某一理论当成死教条，从而遗忘了理论的实践性品格。如果这样来理解反思性文学理论的话，反思性文学理论依然可以取得元话语的位置。也正是基于这种理解，我们才认同陶东风之言："文学理论是对文学话语活动的自觉反思，如果说它和一般的文学研究或文学批评有什么不同，那么，这个不同就是它具有更高程度的自觉性，是元理论层面的话语活动。任何学科都有元理论，元理论就是理论的理论，是对理论话语的建构性本质的揭示。文学理论就是文学学科的元理论。"①不过，需要指出的是，当反思性文学理论由于具体的生产实践而伸展了其"为文学的文学理论"这一维度，并演化成一种"作为理论的文学理论"的形态时，它的被反思是必要的。比如，上述反思性文

---

① 陶东风：《走向自觉反思的文学理论》，载《文艺争鸣》，2010(1)。

学理论的阐释观就有被反思的知识诉求。

其次，关于具体的"第二阶"的问题研究之实践和开展。这应该是反思性文学理论研究的一个重要问题，因为反思性文学理论如上所述，有"作为学科的文学理论"的维度。这个维度的文学理论主要是对"作为理论的文学理论"的反思，也就是主要就已有的文学理论知识观念进行反思。然而，反思之后的具体建构工作往往不是一个理论问题，而是一个实践问题。同时，反思性文学理论的另一个"为文学的文学理论"的维度，其实也牵涉具体的实践问题，也就是究竟该如何具体地去阐释文学活动"第二阶"的问题。

不可否认，反思性文学理论毕竟是理论，倾向于"第一阶"式的存在，但是，这并不意味着它完全与"第二阶"的问题展开无关。其与第二阶的问题展开的关联主要在于，它不把第一阶的存在当成一个实体，也就是力图破除"唯智主义的偏见"，走出"理论拜物教"的困境，为理论祛魅。这样就使得反思性文学理论具有实践性诉求，从而让"第一阶"的理论与"第二阶"的实践得以较大程度的沟通与接合。这就有可能达到"经验研究中实践操作的重大变化，并带来了相当实质性的科学收益"①。

最后，关于个体意义/价值。反思性文学理论力求联系具体的社会文化历史语境科学有效地阐释文学活动中所遇到的问题，理解和阐释文学理论背后的理论逻辑，这无疑有社会科学化的倾向。然而，向来作为人文学科的文学理论，它处理的应该是与文学关联甚密的个体心性价值/意义的问题，这些问题难道可以被社会公共化地理解吗？

关于这个问题，我们的想法是，首先要承认诸如个体、生死、离别、偶然、意义、信仰、命运等私人形而上学问题的存在，要明

---

① ［法］皮埃尔·布迪厄、［美］华康德：《实践与反思——反思社会学导引》，45 页，北京，中央编译出版社，1998。

白这些问题并非可以通过社会科学及公共领域予以彻底解决，更遑论终结。从这个方面来说，形而上学时代的宗教、哲学、文学是具有正当性存在理由的。但是，由于后形而上学的转型，由于社会科学的冲击，由于现实的人生存在境况的变换，我们认为应该改变关于此类私人形而上学问题的看法。这里，我们接受的是阿伦特的意见。

在阿伦特看来，"公共领域中各部分的所有活动的目标，无论是文化的还是政治的，都不是满足人的需求，而是赋予人类生活以意义"①。也就是说，价值、意义不是私人的、个体的，个体的人是没有所谓的意义、价值问题的。阿伦特认为，人的活动有三种形式，即劳动、制作、行动。劳动时的人是作为动物存在的，目的是维持人最基本的自然生命的需要；制作时候的人是作为人存在的，但其行事逻辑是功利的，因此，此时的人还不是完全自由的人；行动时候的人在公共领域中展现自我，自由存在，破除了目的—手段的行事逻辑，只有这时，人方为人。

"劳动动物要从囚禁于生命过程的无休止循环，从屈服于劳动及消费之必然性的困境中解脱出来，只能通过对另一种人类能力，技艺人的制作、制造和生产能力的运用。因为作为工具制造者，技艺人不仅减轻了劳动的辛苦操劳，而且建立了一个持久的世界。生命的救赎，即劳动所维护的生命，是无世界的，要靠制造活动来拯救；我们还看到，技艺人要摆脱他无意义性的困境，摆脱'一切价值的贬值'，和在一个手段—目的的范畴规定了的世界内不可能找到有效性标准的困境，只能通过言说和行动这两种内在关联的能力，因为它们像制造活动生产使用物一样，自然而然地生产着有意义的故事。"②也就是说，作为劳动时候的人，是要被作为制作时候的人拯救的，而作为制作时

---

① 陈伟：《阿伦特与政治的复归》，114 页，北京，法律出版社，2008。
② ［美］汉娜·阿伦特：《人的境况》，183～184 页，上海，上海人民出版社，2009。

候的人，又需要作为行动时候的人来拯救。其中的原因，则是人为物、为利而存在的时候不是人的存在，只有当人在公共领域中，真诚地生活在人与人的世界中时，人生才有意义。这也就表明意义是一个公共性的问题，一个与政治有关的问题。

需要说明的是，阿伦特要追寻的不是柏拉图以来至中世纪的那种在沉思理念与上帝中体验的意义，而是在实际的公共生活中真实经验的意义，或在哲学、神学般的沉思中思考与表达公共问题时所生成的意义。简言之，意义问题实为公共性的问题。①

如果我们认同阿伦特的看法，那么我们的确可以说，所谓"私人形而上学的价值/意义问题"，其实是一公共事件，是应该予以科学认识的。② 为此，反思性文学理论对文学所表达的意义社会科学化乃至公共化就是有道理的了。那么，这是否就意味着文学彻底是公共领域的存在了呢？的确，不可否认，文学可以作为私人领域存在，只是这里我们强调的是文学与公共性的关系。我们依然接受的是阿伦特的看法："行动者和言说者就需要技艺人在其最高能力上的帮助，即艺术家的帮助，诗人和历史编纂者的帮助，作家或纪念碑建造者的帮助，因为没有以上这些人，他们行动和言说的产物，他们上演和讲述的故事，就根本不会存在。"③包括文学在内的艺术，是要讲述与公共领域有关的故事的，文学也正是这样参与到公共领域之中的，如此才能生产出与人生关联起来的意义。这难道不是赋予文学意

---

① 参见陈伟：《阿伦特与政治的复归》，114～115 页，北京，法律出版社，2008。

② 阿伦特甚至认为，作为个体性的人之生死大问题也与公共性有关。依其之见，作为行动的人才有生死大问题。作为劳动、作为制作的人是没有生与死的，而只有生命的循环。阿伦特为此认为，只有作为行动的人才有死，也只有从行动的角度看，人之生才显得很神圣。此外，正因为人有行动，因此人可能做到不死，也就是不朽。可参见阿伦特《人的境况》第一章第三节的相关论述，另可参见其《集权主义的起源》最后一章相关论述。

③ ［美］汉娜·阿伦特：《人的境况》，132 页，上海，上海人民出版社，2009。

义/价值吗?①

　　需要说明的是，这里所指认的反思性文学理论知识生产的科学性以及所持有的将反思性文学理论的知识生产看作文学理论的未来这一未及深思的想法，无论如何也是需要再反思的。毕竟任何人都无法摆脱自我习性，难免会陷入一种非反思的陷阱之中。

---

　　①　在阿伦特看来，作为行动的人与作为劳动的人、作为制作的人不同。因为作为劳动的人是消费性的耗尽自我（如一顿饭菜吃完了就没有了），作为制作的人虽有持久性，但其特点是忘记制作者（例如，关于一张桌子是谁制作的，人们往往不会长久记住），而只有作为行动的人，才可以呈现出是其所是（如政治伟人的卓异）。但作为行动的人，也有自身的脆弱性，这主要是因为行动具有不可预测、不可逆转等风险。因此，我们就需要宽恕、承诺、友谊，同时也需要历史、艺术的记述。行动需要被记述这一点，则可以认为包括文学在内的艺术是行动的内在诉求。简而言之，行动吁请艺术，艺术因行动而参与了人生意义的建构。相关论述见阿伦特《人的境况》等著述。

第九章　走向反思型文学阐释学

第一节　问题的提出

在当下复杂的文化语境下，文学意义阐释的确定性已经成为一个问题，甚至成为一个人文学科的大问题。因为它不仅涉及理论上的文学观问题，同时涉及实践层面上的文学行动问题。为此，我们有必要进行思考。不妨先用较有感受性的提问形式将这个问题带出来。

我们常常说"一千个读者有一千个哈姆莱特"，同时，我们又常常说，"这一千个哈姆莱特毕竟是哈姆莱特"。这就必然产生以下问题：哈姆莱特能有一千个吗？一千个哈姆莱特中有正确错误之分吗？一千个哈姆莱特中有更符合作者意图或文本本身的吗？一千个哈姆莱特中有价值意义上的等级区分吗？问题似乎还可以继续问下去。但不管怎么问，其实都是一个问题，那就是文学意义阐释的确定性问题。文学意义阐释的确定性问题又可以分为两个相关的子问题。一是文学意义阐释自身的确定性问题。具体来说就是，文学意义由谁生产，又怎么生产？是否有确定的文学意义？二是文学意义阐释的确定性的评价问题应该如何展开。如果这两个子问题得以解决的话，那么文学意义阐释的确定性问题大概也就迎刃而解了。

第二节　现有的几种解决思路

目前，关于上述问题的解决思路大致有三种。当然需要首先说明的是，并不是一种阐释学只有一种声音，彼此没有任何分歧。其实每一种阐释学思路本身也是复杂的存在，是"和而不同"的，有细微的差异。因此，我们只是大致提取其共同性的思路，在宏观上进行一种具有合法性的言说。

第一种，传统阐释学思路。

在传统阐释学看来，意义是有确定性的，而主体是无限的，因此，文学意义生产者在阐释文学文本时往往会给自己一种上帝式的位置，认为该文本只有一种阐释，只要自己肯花工夫，就一定能找到其意义。这种意义究竟是谁生产的？传统阐释学往往有两种看法：一种认为是作者生产的，所以要知人论世，迎合作者的意图；另一种认为意义是文本生产的，所以要细读文本，找到文本的内在逻辑结构。关于后者，由于其具有反作者意图论的思想，所以在述及现代阐释学的时候我们再予以讨论。

传统阐释学的时间维度基本上只有一维，那就是过去。阐释者是站在过去之外的今天进行阐释，但过去与今天是无关的，阐释者与文本之间是没有时间局限的。换言之，文本不会随着时间的变化而变化，文本是传统，是"死物"。同时，文本与作者之间的关系也是明朗的、直接的，不存在什么"言不尽意""词不达意"的语言焦虑。

为什么会有这种文学意义阐释模式呢？这主要出于一种世界观的原因。这种世界观是稳定的，有神、上帝、圣人存在，而且他们才是意义的生产者，阐释者只是传达他们生产的意义，所以意义是稳定的。与这种世界观一致的是下述两种阐释学的思维方式。一种是主客二分的思维方式。这种思维方式是对象性的，即把世界看成一个摆在那里的对象，阐释主体就是去认识这个对象，而且是理性地去认识，认识的目的就是获取关于对象的真理而不是意见。西方的苏格拉底、柏拉图以及后来的黑格尔、施莱尔马赫、狄尔泰、赫希等主要持这种看法。另一种是天人合一的思维方式。所谓"天人合一"，就是认为主体与客体之间不是对立的，甚至根本没有主体与客体的意识。换言之，阐释者想当然地认为自己是圣人的阐释者，是得道者，所以自己的阐释是正当的。当然，这种阐释也是讲道理的，只是不管怎么讲道理，必定还是要设圣立法，依经立意，认为自己是述而不是作。可以说，这种阐释更多的是一种圣人崇拜式的、信仰式的阐释，所以它也不太需要所谓的意义评价机制，因为意义本来就是唯一正确的。

如果回到本章开头的问题，那么上述文学阐释学就会认为一千个读者只有一个哈姆莱特，而这个哈姆莱特就是由作者赋予我，再由我传达给你们的，这是最正确也是最好的阐释。其他问题因此也就不存在了。我们小学时候的文学阐释水平基本就是这样的，老师常常对我们说："本文表达了作者怎样怎样的思想，大家要记住这个答案。"这种阐释学思路在今天的文学意义生产市场中仍相当普遍。

然而，进入现代以后，随着上帝之死、神的隐没、圣人归天，这种阐释学难免遭人诟病。道理很简单，因为它难以再让启蒙了的主体信服了，没有人能够成为天然正当的上帝、神或圣人的使者。这样，人们就开启了属于人的现代阐释学。

第二种，现代阐释学思路。

现代阐释学由于受到反形而上学思路的影响，对主体的无限性有了一定的怀疑，认为主体是一个"此在"，他必定是在世界中存在的，必定有属于自己的"前理解"。因此，他不可能做到主客二分，也没有办法获取一个纯粹的普遍而唯一的真理。此在是有时间性的，因此他的阐释也不可能得到一种过去、现在、未来都正确的真理。简言之，这种阐释学的世界观不是稳定不变的，而是运动变化的；不是信仰派遣的，而是理性选择的；不是个体"任意"的，而是视域融合。与此一致的是，这种阐释学的思维方式是超越主客二分的，认为阐释是主体与客体的交流对话，意义是在这种交流对话中产生的。

同时，现代阐释学认为真理不是认识论的，而是存在论的。也就是说，真理早在我们阐释之前就已经置入文本，我们的阐释只不过是去应答；真理的历史是效果的，即没有那种永恒不变的真理，有的只是一种意义的真理。我们可以依据自己的"前理解"将这种真理大胆地牵引出来，从而为生活增加一种阐释的维度。

至于哪一种意义更具合法性，这个问题本来就不存在，因为意义永远是在变化中的，过去是今天的过去，同时也是未来的过去，过去、未来因今天而被激活，都聚集在今天这一时刻。所以意义是永恒敞开的，意义的历史是效果史。持这种观点的人主要有海德格尔、伽达默尔、利科、姚斯、伊瑟尔等。

在这种阐释学思想下，一个文学文本的意义生产主体就不是作者可以垄断的了，即使作者垄断了，大概也没有一个阐释者可以传达出来，因为阐释者没办法保持自己的纯粹性位置，他的阐释必定会误解作者。为此，现代文学阐释学力图将那种作者意图论的阐释思想定义为"意图谬误""感受谬误"，认为文学意义是读者、作者、文本在当下的世界语境中协商而生的，是多方会谈、互相应答的产物。

需要注意的是，这里所指的现代文学阐释学不包括那种宣布要避免"意图谬误"和"感受谬误"，却又力图在封闭的文本中寻找客观的"文学性"的文本阐释学。虽然这种阐释学对现代阐释学的形成起到了较大的作用，如有意义自律的现代意识，有去作者中心主义的现代阐释观，但是这种文本阐释学还是具有传统阐释学的较大弱点，即意义生成机制的封闭性、思维方式的主客二分性、去历史性等，因此，还是宜归入传统阐释学形态。我们这里所谓的现代文学阐释学，主要指汲取了文本阐释学优点但又主张多元对话交往的阐释学，在文学理论界主要以姚斯、伊瑟尔为代表。例如，姚斯就认为，阐释无法避免"前理解"，无法抛开历史，我们就是要"在文学与历史之间、历史方法与审美方法之间建构一座桥梁"①。伊瑟尔则提出"文本的召唤结构""隐在读者""空白"等一系列现代阐释学的观念，认为读者是文本的读

---

① 张中载、王逢振、赵国新：《二十世纪西方文论选读》，257 页，北京，外语教学与研究出版社，2002。

者，文本是读者的文本，"意义显示在一幅相像的图画中"①。也就是说，文学意义存在于读者的文本阐释活动中，离不开读者那种形而上学的阐释。

再回到开头的问题，现代文学阐释学认为，"一千个读者有一千个哈姆莱特"，这一千个哈姆莱特是作者、读者、文本在当下语境中共同生产的，因此，"一千个哈姆莱特必定还是哈姆莱特"。至于哪个哈姆莱特更具合法性，这个问题是不存在的。因为哈姆莱特永远是敞开的，我们没有办法去评判，也就不需要建构什么文学意义阐释的评价机制。

第三种，后现代阐释学思路。

后现代阐释学是比较极端的，要理出其学术理路是较为困难的。因此，我们只能尽力去发现后现代阐释学的踪迹。

在后现代阐释学看来，世界是碎片的、拼贴的。世界在空间上没有距离，在时间上只有现在，因此意义就是混乱的、没有中心的、没有整体的意义。主体是不存在的，存在也是精神断裂的，因此容易获取震惊效应。与其如此，不如说主体已然隐退，甚至如福柯一般直接宣布人之死。当然，说人之死，不是说人真的死亡了，只是说人都活在没有意义的世界中，一个权力弥漫而毫无主体性的世界。在这个世界中，人只有欲望，生不如死，因此，死恰恰是不死。但是，遗憾的是，死也不是一件有意义的事情，它已然不是一种反抗，死也充当不了不死的意义，死已经难以转换成为一个有意义的事件了。正如耿占春所言，在一个失去象征的世界里，"个人的死亡贫乏到了再也没有一点象征意义了"②，因为世界没有时空距离，人因此无处藏身，包括他的死亡。这也正是波德里亚所说的"死亡是猥亵的、令人尴尬的"③。

---

① ［德］沃·伊瑟尔：《阅读行为》，24页，长沙，湖南文艺出版社，1991。

② 耿占春：《失去象征的世界——诗歌、经验与修辞》，362页，北京，北京大学出版社，2008。

③ ［法］让·波德里亚：《象征交换与死亡》，259页，南京，译林出版社，2012。

这样一来，后现代也就不主张自杀了，因为没有意义。自杀成为一宗不等价的"消费"，这样的消费当然没人愿意进行，后现代为此主张活出风格、个性和艺术。所以高宣扬强调说，不理解后现代代表人物福柯的生存美学，就不能真正把握福柯的思想[①]，此言甚是。

在这种世界观的主导下，后现代阐释学的问题就不仅是认为作者的存在只会引发"意图谬误"和"感受谬误"，而是毫不宽容地认为作者应该死去，因为只有作者将这种文本的意义完全交付出来，读者才可以享受文本解读的快乐甚至极乐。至于这种解读是否合理与合法，这个问题早已不存在了，存在的是我们能在这种解读游戏中获取多大的极乐感。同时，文本也已然死去。文本是文本间性的，它不是一个相对别的文本可以存在的独立自足体。因此，文本甚至也不是意义的初级承载物。当然，意义不是读者赋予的，而是由这个混乱的世界里的权力派送给读者的，只不过读者还不清楚自身的处境而已，还在游戏般的虚幻中享受一种因解读带来的身体快感。一如福柯所认为的，作者只是一种作者功能，"在这种意义上，作者的作用是表示一个社会中某些话语的存在、传播和运作的特征"[②]。也就是说，作者实际上是一个权力争夺的承载物，是一种功能性的存在。因此，后现代主义阐释学甚至不主张交流，一如德里达在与伽达默尔交流时有意保持一种行动意义上的沉默，以示任何交流都是权力之争，交流是无意义的，难以沟通的。[③]

还是回到开头的问题，后现代文学阐释学会认为"一千个读者有一千个哈姆莱特"，这一千个哈姆莱特都是作为功能性存在的读者在极乐的游戏中制造出来的，意义评价机制等问题则都是无意义的。

---

① 参见高宣扬：《福柯的生存美学》，3页，北京，中国人民大学出版社，2005。
② ［法］福柯：《作者是什么?》，见王逢振、盛宁、李自修：《最新西方文论选》，451页，桂林，漓江出版社，1991。
③ 参见［德］伽达默尔、［法］德里达等：《德法之争——伽达默尔与德里达的对话》，41～45页，上海，同济大学出版社，2004。

第三节　建构一种反思型阐释学思路

至此，我们对三种形态的文学意义阐释学进行了简要的梳理。应该说，这三种形态的阐释学都是有存在的合法性的。但关键是，我们能否以此做出一种价值判断呢？

我们认为，这是有必要的，虽然对于后现代阐释学来说绝无必要。然而，吊诡的是，后现代其实也陷入了一种悖论[①]，因为它其实也是在表达什么。这种表达如果无须进入沟通对话领域的话，那就只能沉默了。但事实上，沉默是一种行动，它不代表一种理论的论证，因此，沉默是无效的。一如有学人在评价德里达对伽达默尔保持沉默时所言："德里达的最大误区在于，他退出对话的行动并不能在理论上达到对善良愿望的批判。理论的东西只能用理论来批判，而不是行动，而且退出对话并不能回击善良愿望的存在，它只是表明了一种非善良的态度——我不参加对话，因此我反对善良愿望。但善良愿望恰恰有一个界限，它只在对话中存在，它不要求对话之外的权力。"[②]这样说来，我们就有必要进行简单的沟通对话了，并且，我们期望在沟通对话中达成一种共识，从而对阐释学问题的解决有所助益。

的确，相较于传统阐释学的封闭、作者特权、意义单一，现代阐释学、后现代阐释学具有开放性、平等性、个体性甚至平民化等"意义生产市场化"的优点，这很契合于人文学科后形而上学化的大语境。因此，我们认为，现代阐释学、后现代阐释学比传统阐释学更具当下的合理性。

但是，现代阐释学与后现代阐释学也存在以下两个问题。其一，如何保证这两种阐释学不会走向知识/真理论的主观主义与相对主义？

---

① 参见[美]波林·罗斯诺：《后现代主义与社会科学》，264～266页，上海，上海译文出版社，1998。

② 王峰：《西方阐释学美学局限研究》，53页，哈尔滨，黑龙江人民出版社，2007。

其二，这两种阐释学，尤其是后现代阐释学是否会带来价值观上的犬儒主义与虚无主义？这两个问题的确是它们最遭人诟病的地方。甚至也可以说，这是现代阐释学与后现代阐释学无法绕过传统阐释学的地方。因为传统阐释学能提供一种难能可贵的确定性知识与价值，只是这种确定性在当下显得不合时宜罢了。因此，我们认为，应该对上述三种阐释学进行整体性的超越，取其优点，融合成新。

这里，我们尝试根据布迪厄的反思性社会学研究旨趣建构一种反思型的阐释学。

布迪厄反思性社会学是一种科学，这种科学当然不是自然科学。毋宁说，它是一种人文社会科学，是要增加人文社会科学的科学性的科学，用布迪厄的话来说，就是要建构一种"社会学的社会学"①，也就是要通过反思使人文社会学科的知识生产获得一种科学性。那么如何达到这个目的呢？

首先，通过反思努力保证知识生产的科学性。

反思性社会学认为，要保证知识生产的科学性，至少应该做到两点。一是反思知识对象，甚至做到认识论断裂。正如布迪厄所说："应当优先处理的，首当其冲、至关重要的问题，就是将社会上预先建构的对象的社会构建过程本身当作研究的对象。这正是真正的科学断裂的关键所在。"②也就是说，要自觉到研究对象是建构的、历史的、地方的、移动着的，它是一社会事件，一场域中资本较量的问题；而不是先验的、实体化的、铁板一块的、毫无利益的，所以不能习以为常地将它自然而然地正当化。二是对研究主体自身展开反思，对所有生产知识的知识生产主体进行反思，去发现知识的场域痕迹与利益逻辑，甚至不惜与学术共同体发生一定的断裂。这种自身反

---

① ［法］皮埃尔·布迪厄、［美］华康德：《实践与反思——反思社会学导引》，100页，北京，中央编译出版社，1998。

② ［法］皮埃尔·布迪厄、［美］华康德：《实践与反思——反思社会学导引》，352页，北京，中央编译出版社，1998。

思是很有必要的，因为研究主体不是与对象之间毫无关联的，恰恰相反，研究主体与其所要研究的社会世界本身之间就是一种契合关系。正如布迪厄所说："社会世界的结构已被它内在化了，这样它在这社会世界里就会有'如鱼得水'的自在感觉。"①反思者自身当然也应该处于被反思之中，应该接受彻底的质疑，只有这样才有可能生产出科学的知识。

这种反思性思想与上述现代阐释学与后现代阐释学的思想是相通的，都是对知识生产主体或阐释主体的有限性有清醒的认识。只是反思性社会学更注重从社会场域真实体验与科学分析这种研究主体的有限性及其带来的知识有限性，而现代阐释学与后现代阐释学往往从哲学现象学与美学的思辨层面体验研究主体的有限性及其所带来的知识有限性。

回到文学阐释问题，反思型文学阐释学认为文学文本没有一个天然正当的原意。所谓"原意"，不过是一种阐释，是历史的建构，难免烙上主体的有限性痕迹。也就是说，"一千个读者有一千个哈姆莱特"。因此，文学阐释一方面要阐释出一种文本意义，另一方面要分析包括自身阐释出来的文本意义在内的所有文本意义的生产逻辑，厘定每一种文本意义的场域关系，从而避免符号暴力的侵犯。同时，要维护科学的自主性，避免文本意义的直接权力场域化、社会场域化、经济场域化。也就是说，文本意义生产的场域要有自身的运行逻辑和交往机制，要保持文本意义生产场域的公平、公正、公开，并为之提供切实的制度化保障。当然，这是反思型文学阐释存在的一个重要前提，毋宁说，走向科学反思的文学阐释学是一个现代事件。

其次，因反思而努力捍卫理性的政治，从而保障科学的行动。

反思型社会学是讲科学的，但它并非像自然科学那样研究人文社

---

① ［法］皮埃尔·布迪厄、［美］华康德：《实践与反思——反思社会学导引》，360页，北京，中央编译出版社，1998。

会现象，也并不是没有独立批判性，没有人文价值的诉求，更不是要否认社会责任，否定"为什么需要阐释"这样一个具有文化政治性的重要问题。只是，它主张："社会科学的政治任务在于既反对不切实际、不负责任的唯意志论，也反对听天由命的唯科学主义，要通过了解有充分依据、可能实现的各种情况，运用相关的知识，使可能性成为现实，从而有助于确定一种理性的乌托邦思想。"①也就是说，它是要以一种负责任的方式，科学地参与到公共领域中，从而真实地阐释甚至改变、创造现实。

回到文学问题。反思型文学阐释学认为，文学阐释难免是一种价值阐释，只是它有更自觉的科学意识，不想在意识形态的屏蔽中仅仅对一种文艺审美现象与问题做一种简单的意识形态式的分析，提出一点或赞成或反对的口号式的立场，甚至借助学术场域之内或之外的权威力量来让其他人认同这种立场，以为这样就把问题解决了。反思型文学阐释学认为这不但会破坏文学研究的自主场域，而且很可能会屏蔽实际问题，让文学阐释陷入误识的囚牢中。为此，反思型文学阐释学认为，要得出一种科学的文学意义，就要具体地分析作为阐释对象的文学文本的场域位置，并且具体地反思阐释者自身的场域位置，然后在此基础上生产出一种文学意义，并借此科学地行动，最终理性地解决问题。因此，虽然说"一千个读者有一千个哈姆莱特"，但是这一千个哈姆莱特有科学与不科学之分。有些"哈姆莱特"也许是一种"意识形态"的符码，一种"他律"的"任意性"符码，而我们要做到的是"一千个哈姆莱特毕竟是哈姆莱特"这一点。因此，反思型文学阐释学认为，要避免过度阐释，要引入科学评价机制。

最后，反思型文学阐释学力求建构一种文学意义的评价机制。

文学文本的意义虽然是一种研究主体的个体阐释行为，但是这种

---

① ［法］皮埃尔·布迪厄、［美］华康德：《实践与反思——反思社会学导引》，258 页，北京，中央编译出版社，1998。

意义的生产也是不可能离开社会的，这已然是公共领域的问题。因为个体是在世界中存在的，是与社会结构同源的，"个体性即社会性"，所以虽然意义可以由个体阐释，但是意义不能是没有一点善良意志，没有一点可交流性的任意阐释。换言之，既然阐释者决然没有上帝式的纯粹性，那么怎么来保证这种阐释的科学性呢？

反思型文学阐释学认为，虽然我们要去反思、追问、分析文本阐释的主体有限性、知识局限性，但不是鼓励文本意义生产的无序化、任意化、狂欢化，从而走上相对主义、主观主义的道路。也就是说，"认识反思性根本不鼓励自恋症和唯我主义，相反，它邀请或导引知识分子去认识某些支配了他们那些深入骨髓的思想的特定的决定机制（determinisms），而且它也敦促知识分子有所作为，以使这些决定机制丧失效力；同时，他对认识反思性的关注也力图推广一些研究技艺的观念，这种观念旨在强化那些支撑新的研究技艺的认识论基础"①。与此一致，反思型文学阐释学也认为，反思本身不是目的，目的是有所发现，发现知识生产的机制，从而建构一种更为有效的知识，去保持有效的意义阐释。为此，我们就有必要建立一种意义评价机制。

那么，我们该如何展开这种略具规范性的建构工作呢？反思型文学阐释学认为，要引入评价商谈机制与公共领域。如此，大致要满足三方面的要求。其一，商谈过程要做到程序合法、形式平等。例如，文学意义生产的过程要自主，意义生产之后的传播和接受要自主。其二，那种在公共领域中达成的价值可以充当一定时期的稳定性选择。这种稳定性的价值形态一经形成就可以满足心性需要，同时影响行动者的实践，可以给心灵一种依托与追求。这样就可以在一定程度上避免价值犬儒主义与虚无主义。其三，那种在公共领域中被淘汰的意义

---

① ［法］皮埃尔·布迪厄、［美］华康德：《实践与反思——反思社会学导引》，49页，北京，中央编译出版社，1998。

阐释可以退出公共领域，但不妨在私人领域中存在。因为，那种私人形而上学的、不属于公共领域的问题在私人领域中解决是合理的，也是有必要的。

当然，这里有必要说明两点。一是我们较为赞同陶东风的观点，即知识建构要以规范性程序为基础，而且凭着这种规范性原则达成的共识有可能就是实质正义，这已是目前较为优化的选择了。[①] 在陶东风的启发下，我们认为，文学意义生产也要做到程序规范。只有在此基础上，公共评价机制才有可能建设好，甚至达到实质正义。这是目前文学意义生产的确定性问题较为优化的解决方法。二是我们不认为，意义的问题是个体的私人领域的问题，那种被退出公共领域的意义至少在目前还不是一种意义，而是一种欠交流的个体的幻象式理解。只要它不进入公共领域，我们当然不能干涉这种理解。关于这一点，我们很认同阿伦特。也正因此，我们认为，关于价值阐释的问题可以引入评价机制。为此，有必要对阿伦特的思想做简要说明。

在阿伦特看来，"公共领域中各部分的所有活动的目标，无论是文化的还是政治的，都不是满足人的需求，而是赋予人类生活以意义"[②]。也就是说，价值、意义不是私人的、个体的，个体的人是没有所谓的意义、价值问题的。阿伦特认为，人的活动有三种形式，即劳动、制作、行动。人为物、为利而存在的时候并不是人的存在，只有当人在公共领域中，真诚地生活在人与人的世界时，人生才有意义。也就是说，意义是一个公共性的问题，一个与政治有关的问题。阿伦特要追寻的不是柏拉图以来至中世纪的那种在沉思理念与上帝中体验的意义，而是在实际公共生活中真实经验的意义，或在哲学、神学般的沉思中思考与表达公共问题时所生成的意义。简言之，意义问

---

① 参见陶东风：《文学理论知识建构中的经验事实和价值规范》，载《天津社会科学》，2006(5)。

② 陈伟：《阿伦特与政治的复归》，114 页，北京，法律出版社，2008。

题已经是公共性的问题。① 所以我们认为，有必要引入关于意义的公共评价机制。这与上述反思型文学阐释学之将反思引入社会世界是一致的。当然，我们认为这种公共评价机制不是一种人为的甚至是政治的活动，而是一种科学自主性的存在。只有有了这种公共评价机制，文学阐释活动才会有自己独立的场域。

第四节　例证与结论：可能出现的第四种文学阐释学

通过上面的阐述，我们认为反思型文学阐释学是有可能成为第四种文学阐释学的。当然这还需要我们吸取更多有益的资源进一步建构它，不断地完善它。例如，我们还应该吸收一些经典的理论资源，应该在具体的文学批评实践活动以及中外文学史的研究中促使理论精致化。

例如，康德的思想对反思型文学阐释学就有理论上的助益。举其共通感来说，康德认为它"是一种共通的感觉的理念，也就是一种评判能力的理念，这种评判能力在自己的反思中先天地考虑到每个别人在思维中的表象方式，以便把自己的判断仿佛依凭着全部人类理性，并由此避开那将会从主观私人条件中对判断产生不利影响的幻觉，这些私人条件有可能会被轻易看作是客观的"②。在康德看来，判断力或鉴赏是有个体性的，但同时又有共通性。循此，我们也就可以说，文学阐释作为一种需要判断力的活动，具有先天的个体性与公共性。由于有个体性，因此它需要的是"自己思维"，需要的是个别性的阐释。同时，它又需要"在每个别人的地位上思维"，需要有公共的传达性与有效性。它不排斥反思，也不排斥公共评价机制。从康德的思想中我们可以看出，作为一种判断力的文学阐释，它自身是有

---

① 参见陈伟：《阿伦特与政治的复归》，114～115 页，北京，法律出版社，2008。
② ［德］康德：《判断力批判》，135～136 页，北京，人民出版社，2002。

一个共同美感的内在要求的，是有公共性要求的，是有反思性、确定性、科学性的要求的，因此，科学反思型文学阐释学是有美学的学理依据的。

为了对反思型文学阐释学有更深刻的感受，下面我们举《哈姆莱特》的文本来做一解释。《哈姆莱特》是否有原意，或是否"一千个读者有一千个哈姆莱特"？是否"这一千个哈姆莱特又毕竟是哈姆莱特"？这一千个哈姆莱特中有正确与错误之分吗？如何引入意义评价机制？我们不妨试做以下回答。

第一，《哈姆莱特》的文本作为一个阐释对象，是没有原意的。为了不引起误解，我们不妨把"原意"与"原义"区分开来。前者是一个意义的问题，意义是与理解、阐释有关的问题；后者是一个含义的问题，含义是与解释、说明有关的问题。比如，《哈姆莱特》的作者是谁，大致的创作年代是何时，有哪些版本，有多少个人物，传达了什么信息等，这样的问题不是"原意"的问题，而是"原义"的问题；不是理解与阐释的问题，而是解释与说明的问题。对于"原意"的问题，答案则是《哈姆莱特》没有原意。关于《哈姆莱特》的各种意义都是阐释出来的，都是一种价值阐释，套用接受美学的思想来说就是，"一千个读者有一千个哈姆莱特"。

第二，我们要关心的问题是，我们应该如何理解《哈姆莱特》阐释出来的各种意义？这大概要从如下三点出发。

一是对各种已经阐释出来的意义进行反思，发现其知识的场域逻辑与生成机制。比如，对于"《哈姆莱特》是写封建家族的衰亡史"的这种阐释，我们就不应该"背诵"或"信仰"，而应该知道这只是众多阐释中的一种。之所以当时会有这种阐释，固然是当时的科学场域的特点所致，诸如意识形态话语的主导性、阐释者的场域位置、知识场域的自律性程度、知识传播机制等各种因素。

二是阐释者完全可以根据自己当下的"前理解"去展开关于《哈姆莱特》的知识生产。比如，将之阐释为"《哈姆莱特》是写现代性转型中的命运问题"。只是这种阐释要有学理的论证，并且要有自觉的自我反思意识，做到不自封"权威"，不让人"信仰"。

三是要让《哈姆莱特》的各种意义在场域之中自由传播与公开存在。当然，在传播中已经被场域内的专家淘汰的阐释也可以存在于私人领域，或者存在于私人性的公共媒介中，如博客等。对于那些经过评审环节而已然公开存在的、与公共领域有关的阐释，则应该继续引入公共评价机制，展开场域内的争鸣，在争鸣中逐步达成共识，从而淘汰些危害公共性或不具备公共性的意义。需要说明的是，对于那些价值阐释相对丰富的经典文本，可以通过教育机制将其选入教材。但是要注意的是，即使是这种共识的价值阐释也不能让人"信仰"，而要让人参考、反思与选择。这里，我们对陶东风的教材理念较为认同，他认为："作为教科书，我们没有必要非得赞成其中的一种而反对另外一种，更不应该把其中的一种提取出来作为'普遍真理'强加于学生。教材的编者不应该是最后的'审判官'，他不应该也没有权利声称哪种文学观念是'真理'。最终的选择权应该交给学生自己。"[①]这一点是很重要的，因为它牵涉到我们这里所说的意义评价机制的问题。我们认为，如果从小学开始，学生就有了这种评价观念，就有了学术参与意识，那么这对其未来参与其中的学术评价机制的自主性形成无疑是有所助益的。

总之，反思型文学阐释学认为，我们应该走在现代阐释学、后现代阐释学的道路上，把关于文学文本的知识生产看成一种价值/意义阐释，在此基础上通过进一步的科学反思，并通过一套公共评价机制来达成共识，以确定知识生产的确定性。简言之，文学文本的价值/意义阐释的确定性问题最终应该在公共领域中解决。通过这种解决来满足传统阐释学之追求确定性的旨趣，这样才有可能实现对传统阐释

---

① 陶东风：《我的文艺学教材理念》，http://blog.sina.com.cn/s/blog_48a348be010004jq.html，2018-03-15。

学、现代阐释学与后现代阐释学的整体超越，从而让反思型文学阐释学成为第四种文学阐释学形态。为此，问题就到了该如何去维护一个具有自主性的公共领域，这已然是一个需要另行探讨的现代性问题了。

第十章　大众文化语境中的当代文学理论转型再反思

第一节　大众文化的兴起及其意义

大众文化在 20 世纪 90 年代兴起的重要性，几近达到无论怎样评说都不为过的程度。仅以其影响所及的长短时段而言，就可述之为三。

第一，由于大众文化表征并以"隐形书写"的方式参与了以资本、欲望、消费、享乐、财富、竞争、成功为主要内涵的新意识形态的建构[1]，同时对于实际构造一个全新的社会结构以及塑造一个时代的好的生活想象来说，都可谓起到了非常重要的作用，因此，它对于 20 世纪 90 年代这一时段的建构而言，发挥了重要的作用。以至于有学人说道："90 年代谁都离不开大众文化。"[2]

第二，大众文化在百年文化发展的时段中也具有重要意义。有学人甚至认为："如果有人问起 20 世纪对人类影响最大的文化现象是什么，那就是大众文化的兴起。"[3]这的确有几分道理。因为大众文化的兴起使得文化自身发生了巨大的转型。如果说 20 世纪是一个革命的世纪，曾因两次世界大战而使得文化几近成了民族的寓言，大多时候被赋予革命、救亡、斗争等宏大叙事的功能，并且还因第二次世界大战后的"冷

---

① 参见戴锦华：《隐形书写：90 年代中国文化研究》，南京，江苏人民出版社，1999。

② 王干等：《王干文学对话录》，129 页，桂林，漓江出版社，2004。

③ 贾明：《现代性语境中的大众文化》，导论，1 页，上海，上海人民出版社，2007。

战"格局的逼仄，使得文化几乎成了直白的意识形态工具，那么大众文化的兴起改变了这一切，使得文化与意识形态的关联不再那么直接，倒是与日常的生活日益发生了关联。这一点有学者予以了深刻的指认："不管大众文化是恶魔还是福音，它都是 20 世纪'冷战'结束后人类最重大的历史事件，它的存在改变了我们的生活。它与这一阶段的人类最重大的变革——如经济全球化、意识形态变革、媒体革命、高科技与互联网、新经济浪潮与当代世界文化产业的发展——都有着千丝万缕的联系。它的存在是构成当代社会体系与生活实践甚至制度构架的重要方面。"[1]

第三，即使置于千年的文化史框架中，大众文化也可谓占有重要的位置。有学人依据大众文化的特性指出，大众文化的兴起表征了群体文化向个体文化的转型。[2] 这恐怕是有相当道理的，因为大众文化的确是一种参与可能性极大的文化形态，它在程序上吁求所有个体的参与和选择。这一点即使不可以在大众文化的生产中直接做到，也基本可以在大众文化的消费中做到。支撑这一点的缘由，恐怕是大众文化乃一种整体的生活方式。有学者认为，大众文化表征了人们生存方式的改变。"从深层结构的角度看，90 年代娱乐文化的勃兴所蕴含的是，当代人的生命存在方式正由延续了几千年的'生存—实用'结构转换为当代的'生存—娱乐'模式。"[3]也就是说，大众文化回到了文化自身，它自身就是一种生活方式，因为唱卡拉 OK、上网、看电影本身就是人们的日常生活。

回到我们今天的生活世界，大众文化更是时代的文化英雄。有学人甚至仿海德格尔的技术之思，哲学化地将这个时代命名为"大众文化时代"[4]。不妨说，这是一个有学术阐释意义的话题。然而，我们在

---

① 金元浦：《重新审视大众文化》，载《当代作家评论》，2000(1)。

② 参见王晓华：《大众文化的独特功能与根本局限——个体文化概念的提出》，载《南京社会科学》，1995(6)。

③ 刘士林：《90 年代的娱乐文化研究》，载《东方杂志》，2000(5)。

④ 范玉刚：《对大众文化时代命名的哲学阐释》，载《江苏行政学院学报》，2010(2)。

这里暂且不做深表，而只将关注点放置在因其所致的文学理论研究的转型变化这个具体的学术问题上。我们的目的是探寻如此重要的大众文化是如何影响了 20 世纪 90 年代以来的当代文学理论的知识生产的，它的影响又具有怎样的局限性，等等。

有学人曾指出："90 年代中国文化界的一个明显事实是从对文学的'审美'本质的思辨性沉思转向具体的'审美文化'或'文化'研究，已成为愈来愈多的文学理论学者不约而同的选择。这使我无法不获得这样一种清晰的感受：中国文学理论已经和正在寻找一种面向文化的新转变。"①的确，20 世纪 90 年代伊始，就有诸如审美文化研究、大众文化研究、文化研究以及与大众文化语境相关联的"理论的批评化"（批评理论）、文化诗学等与文学理论研究有关的转型方案、理论话题乃至专门领域。这已然可以让我们感受到 20 世纪 90 年代以来文学理论在大众文化的语境下发生了怎样的变迁。

第二节　文学理论的转型表征

不妨说，从知识学的角度看，大众文化的兴起成了 20 世纪 90 年代文学理论转型的一个重要的知识生产语境，使得 20 世纪 90 年代文学理论发生了转型，一定意义上可谓走向了"大文学理论"②。所谓"大文学理论"，并不是一种实体性的文学理论形态，而是我们借以概括

---

① 王一川：《面向文化：文学理论的新转变》，载《文艺报》，2000-07-04。

② 这是借用童庆炳先生的一个说法："著名文艺理论家童庆炳教授在最近的一次学术沙龙上，提出了一个'大文学理论'的观念，引起了与会学者的极大兴趣和热烈讨论。童教授指出：近年来文艺理论界的热门话题，如人文精神问题、终极关怀问题、知识分子在现代社会中的地位问题、后现代主义和后殖民主义问题等，已远远超过一般文学理论的范围，是人文知识分子全方位地把握当代文化现实的理论企图。这种企图又多多少少与文艺理论问题相关，因此可称之为'大文学理论'。"参见毛峰：《重建一种诗性尺度——走向大文学理论的时代》，载《文艺评论》，1996(2)。另可参见魏家川：《走向"大文学理论"？》，载《文艺评论》，1996(2)；张婷婷：《中国 20 世纪文艺学学术史》第四部，359～370 页，上海，上海文艺出版社，2001。

20 世纪 90 年代转型之后的文学理论的一个知识型。其具体的内涵大致可以从三个方面来看。

第一，研究的对象已然跨出了文学，扩大到了包括文学在内的一切大众文化现象。这些大众文化现象往往是与大众的日常生活息息相关的表意实践活动和具有较大构造生活力量的物质产品。①

文学理论关注大众文化等文化现象似乎天经地义，理由很简单，那就是大众文化是这个时代的重要表意符号②，甚至文学都已然在这个市场经济时代不可避免地大众化了。③ 正如有学人所言："大众文化的转型使文学面临其产生以来最大的挑战，文学进入边界日益模糊的

---

① 关于 20 世纪 90 年代以来文学与大众文化/"产品"的关系，我们也可以从电视节目的变迁中看出一二。有论者宏观勾勒了 1958 年电视诞生以来节目发展的三个阶段，即从以"宣传品"为主导的阶段到 20 世纪 90 年代以"作品"为主导的阶段，而 90 年代尤其是 90 年代中期以来，则是以"产品"为主导的阶段。参见胡智锋、周建新：《从"宣传品"、"作品"到"产品"——中国电视 50 年节目创新的三个发展阶段》，载《现代传播》，2008(4)。

② 不少论者认为，大众文化已然成为一种"新意识形态"。比如，戴锦华认为大众文化"隐形书写了" 20 世纪 90 年代以来的"新意识形态"。参见戴锦华：《隐形书写：90 年代中国文化研究》，南京，江苏人民出版社，1999。她还认为，大众文化"以愈加有力而有效的方式参与着转型期的当代中国文化构造过程"。参见戴锦华：《文化地形图及其它》，载《读书》，1997(2)。李陀则认为："大众文化可能正在成为今日意识形态和价值观念借以建构起来的主要动力和主要机制。"参见李陀：《"文化研究"研究谁？》，载《读书》，1997(2)。汪晖也认为："在 1989 年之后的历史情境中，中国的消费主义文化的兴起并不仅仅是一个经济事件，而是一个政治性的事件，因为这种消费主义的文化对公众日常生活的渗透实际上完成了一个统治意识形态的再造过程；在这个过程中，大众文化与官方意识形态相互渗透并占据了中国当代意识形态的主导地位，而被排斥和喜剧化的则是知识分子的批判性的意识形态。"参见汪晖：《九十年代中国大陆的文化研究与文化批评》，载《电影艺术》，1995(1)。王晓明同样认为 20 世纪 90 年代的大众文化让我们走进了可谓之为"新意识形态"的"大时代"。参见王晓明：《在新意识形态的笼罩下》，南京，江苏人民出版社，2000；王晓明：《半张脸的神话》，广州，南方日报出版社，2000。

③ 不仅文学已然大众文化化了，甚至文学批评都有了大众文化化的趋势。就微观而言，它已然成为一种批评形态，媒体批评可以说就是这样的形态。就宏观来说，文学批评的任何形态都可能无法脱离大众文化语境下的书商、媒体等，以至于有学者提出"'书商'等'文化工业'对批评的'引导'及各种批评形态间的互动关系，都是需要认真研究的新问题"。参见王一川：《批评的理论化——当前学理批评的一种新趋势》，载《文艺争鸣》，2001(2)。

'泛文化'状态。"①另有论者指出，作为大众文化的影视，用参照、吸收、改编等手段，使曾在 20 世纪 80 年代诗意启蒙主流中扮演精英角色的文学转向了大众文化。② 从这个方面看，大众文化抑或并非专指一种具体的文化形态，而是指任何一种包括文学在内的文化所具有的"现代性"。有学人甚至认为，用"泛文化"一词并不准确，因为它本就是社会转型的必然伴随物，是一种全新的文化现象。③ 文学理论因此与大众文化研究不相冲突，甚至转向为一种大众文化研究、文化研究或文化理论，才可谓做到了大众文化时代文学知识生产的名副其实。④ 一如有学者所指出的那样，20 世纪 90 年代的文学作品大都是以一种文化文本的面目出现的，因此 90 年代的文学批评转向文化批评"是一种合情合理的选择"⑤。

同时，如果考虑大众文化时代的文学性扩散使得广告、媒体信息等都具有文学性⑥，那么我们不妨说，文学理论的研究对象确实需要

① 黄崇超：《大众文化转型背景下文学的"泛文化"转向分析》，载《东北师大学报(哲学社会科学版)》，2010(2)。

② 参见王一川：《面向文化：文学理论的新转变》，载《文艺报》，2000-07-04。

③ 参见李春青、赵勇：《反思文艺学》，9 页，北京，北京师范大学出版社，2009。

④ 文学与大众文化、大众文化和文学理论的关系是值得继续细究的问题，需要将此问题置于特定的语境中做具体的分析。这里不妨再简要指出的是，只要不将文学视为纯自主性的，不将文学界定为精英的事业，并意识到 20 世纪 90 年代以来的历史语境和文学活动所发生的"制度性"改变，我们至少就不会将文学与大众文化二元对立起来。同时，如果我们不将文学理论视为生产"专家"的"学科"，并认同文学理论与公共领域需要紧密关联，我们就会对文学理论与大众文化的关系有全新的看法。

⑤ 赵勇：《文化批评：为何存在和如何存在——兼论 80 年代以来文学批评的三次转型》，载《当代文坛》，1999(2)。

⑥ 参见余虹：《文学的终结与文学性蔓延——兼论后现代文学研究的任务》，载《文艺研究》，2002(6)。该文对几种"文学性"形态的归纳可谓较为全面。对于广告的文学性，该文的说法是，它是"最为极端的消费文学，它将虚构、隐喻、戏剧表演、浪漫抒情和仿真叙事等文学手段运用得淋漓尽致"。对于媒体信息的文学性，该文的说法是，"按'美'的编码规则对'现实'进行'面部化妆'正是媒体信息的文学性之所在，那些被认为最无文学性的'现场直播'或'新闻报道'也是设计编排的结果，它有作者意图、材料剪接、叙事习规、修辞虚构和表演"。

变化，并且这种变化也一直都在进行着，那就是以"文学性"作为其研究的对象。这种以文学性作为研究对象的文学理论，常常被命名为批评理论/文化研究，也就是我们所言及的大文学理论。

此外，我们还可以就此补充一点，那就是大众文化的兴起促成了一种文学的文本观的被接受。这种文学的文本观将"文学"视为一种"语言符号"，并且不将此一语言符号看作壁垒森严的"牢笼"，也就是认同了德里达的这一观念："当批评家们把我的工作看作是这样一个见解的时候，我总是感到非常惊讶：语言之外别无他物，我们被囚禁于语言之中。实际上，解构主义想要阐明的恰恰是相反的观点。对逻各斯中心主义的批判首先也是对于'他者'和'语言的他者'的探寻。"①不妨说，大众文化的兴起使得我们接受了语言学转向之后的解构主义的观念，即认为世界都文本化了，而且相信这个文本的"文本性"仅是一种"语言符号"。作为语言符号，任何文本都是一种差异性的存在，永远不能实体化地显身为一个"本质"，而只能持续地延伸下去，这就是"文本之外无他物"。因此，我们能做的就是去理解文本的意义，而文本的意义是在与其他文本的比较、组合中显身的，也就是说，文本乃文本间性的一种关系性存在。

换言之，在大众文化的视域中，文学/文化没有一个永恒的实体需要坚守，文学/文化乃是一种整体的生活方式。②所谓高雅与低俗、民粹和精英、审美与非审美、文学与非文学的界限几乎是可以任意跨越的，甚至这样的区分根本不是一个问题。原来的经济基础决定上层建筑的唯物论也被重构。文化成为一种物质力量，是"社会再生产的有机组成部分"③，与政治、经济之间的关系不是决定与被决定的关

---

① ［法］德里达：《解构和他者》，转引自［美］理查德·沃林：《文化批评的观念》，294页，北京，商务印书馆，2000。

② 参见［英］雷蒙·威廉斯：《关键词——文化与社会的词汇》，101～109页，北京，生活·读书·新知三联书店，2005。

③ 汪晖：《九十年代中国大陆的文化研究与文化批评》，载《电影艺术》，1995(1)。

系，而是互证、互释与互择的关系。

与此一致，大众文化语境下的文学理论研究也往往不认为文学/文化有一个什么本质，而更多是将它视为一个文本，一个需要置于社会历史文化语境中去定位和理解的文本。人们可以从不同的角度理解文本，不同的文本之间可以成为阐释的关系。批评理论的兴起和文化研究的发生都可谓与这种大众文化语境下的文本观有内在的关联。在这种境况之下，文学又如何可能守护 20 世纪 80 年代那种无功利的审美，又怎能区隔出自己的趣味和身份？文学理论又如何不发生转型呢？

第二，研究中的理论资源及其提问方式发生了变化。20 世纪 90 年代的文学理论不再局限于传统本体论的那种哲学式的提问方式，而选择了现代社会学/社会理论的研究路径。① 或者更准确地说，它更为自觉地成为一种跨学科，乃至反学科/无学科的研究形态，任何学科资源都可以被使用。

早在 1994 年，张法就认为："有一个共通的东西是可以感觉到的，这就是文学研究正在汇入超学科的文化研究之中。"② 这种跨学科的文化研究如果要说是文学理论，那它也只能被称为一种"大文学理论"。这种"大文学理论"研究的提问方式，不以问"是什么"为旨趣，而以解释其发生的现实文化逻辑、社会机制和语境原因为指归，试图将研究伸入社会结构中，达到接合学术与现实的效果。因此，它不再去抽象地问文学是什么、文学有什么用、作家创作的心理机制怎样、读者怎样欣赏文学等所谓的文学理论基本问题。不但如此，它还改变了这种问题意识，认为"文学是什么"这样的问题甚至是没有意义的。退一步说，即使追问，也将无功而返。或者认为，"文学是什么"的问题没有正当的答案，任何答案都需要合法性论证。而任何一个合法的

---

① 参见陶东风：《社会理论视野中的文学与文化》，自序，1～6 页，广州，暨南大学出版社，2002。

② 张法：《中国文论转型的几个维度》，载《思想战线》，1994(4)。

答案，如果要走向中心之位，获取"认同"，那都可能是运用了一套话语压抑机制，是权力的隐蔽运作所致。从这个方面来说，任何合法的答案都不具有普遍意义，并且任何答案都可能随着语境的变化而变化。同时，它也不以文学应该怎样作为直接的问题意识，不对研究对象做规范性的、立法者式的提问，而往往转向一种具体和切合语境的阐释。换言之，它将研究的问题转换为一种文本之所以成为一种文本是如何可能的。

不妨说，在大众文化语境下，任何文本都难免是大众媒介、市场逻辑、大众趣味等合谋的产物。因此，只有这种提问方式才有可能切入问题之中，并得到实在的回答，才能追问到其文化逻辑、社会机制和语境原因等。甚至可以认为，只有转换提问方式及其所表征的研究方式，我们所获得的回答才可能具有较大的阐释效用。这也正是20世纪90年代文学理论如此提问的一个实际原因。在这种提问方式的转换中，也就逐渐发生了文学理论的转型。从此以后，主导研究方式主要是"描述并介入'文本'和'话语'（即文化实践）在人类日常生活和社会构成之内产生、插入和运作的方式，以复制、抗争乃至改造现存的权力结构"①。换言之，也就是文学理论走向了"文化研究"。

然而，为什么这种文化研究的研究方式能够在20世纪90年代的中国传播开来？原因恐怕也比较复杂。从小处看，这是由于90年代大众文化的兴起改变了文学的实际存在方式，人们需要改变理解文学的方式，一如上述将文学视为"文本"，而与这种"文本"观相契合的正是批评理论/文化研究。从大处说，这种方式恐怕切合了整个社会历史文化的转型，给我们提供了一种参与、理解这种转型的途径。有学者因此不无道理地指出："文化研究，特别是大众文化研究的出现与兴盛并不是偶然的，也不是局限于文论内部的一种自我逻辑发展，而

---

① ［美］格罗斯伯格：《文化研究的流通》，见罗钢、刘象愚：《文化研究读本》，69页，北京，中国社会科学出版社，2000。

是复杂的社会文化现实与文论发展的内在需要共同促成的。"①

第三，研究的目的不再是建设内在的心灵世界，而是理解外在的社会历史文化世界。内在的心灵世界被指具有道德理想主义和审美理想主义的嫌疑，其所表征的也正是几千年来中国文化的局限。在世俗化时代，它们不是被证明为虚幻，就是被指认为需要被"转换"。例如，我们不再以建构能体验生死、偶然、命运、宇宙感等个体形而上学的人格形态为能事，而以建构对话、合作、分享、交往等外向实践型的人格形态为旨归。不妨说，从以建设内在的心灵世界为重转换到以注重理解外部世界为主，抑或就有一种难能可贵的启蒙意味。②

这种转换还使得文学理论研究不以对文本、受教育者、其他研究者的"立法"指导为指向，而以与文本、受教育者、其他研究者共同攀谈和"阐释"这个外在世界为旨趣。20世纪90年代，不少学人进行了这种转换。比如，有学人指出了大众文化语境下的学术研究之于沟通、对话的重要性。③又如，有学人指出，面对大众文化文本，知识阶层要调整身份："一方面置身其中，促进其深入发展，另一方面又超乎其外，积极建构与商品经济相适应的社会价值观。"④另有学人，如王一川，则提出了文学理论的修辞学美学/诗学构想，认为要从启蒙走向沟通。⑤这些都可谓较早地实践了文学理论的这种转换。

而之所以发生这种转换，一个直接的原因就是大众文化塑造了这个时代的精神趣味。这种精神趣味，在我们看来就是公共性精神趣

① 陶东风：《大众文化教程》，6页，桂林，广西师范大学出版社，2008。

② 需要指出的是，对于20世纪90年代大众文化的启蒙，我们需要更为复杂的知识立场。这里并非毫无批判地完全认同。因为回到现实语境，这种启蒙并没有那么简单。而且即使在理论上，启蒙的存在样式也常常是一种张力的结构。

③ 参见陶东风、金元浦：《从碎片走向建设——中国当代审美文化二人谈》，载《文艺研究》，1994(5)。

④ 李春青：《"大众文化"与文学的命运》，载《求索》，1994(4)。

⑤ 参见王一川：《从启蒙到沟通——90年代审美文化与人文精神转化论纲》，载《文艺争鸣》，1994(5)。

味。所谓"公共性精神趣味"，结合阿伦特的看法，我们不妨认为，它是现代世俗社会的一种精神认同，是一种具有可见性、世界性特点的精神形态。它表明每个个体都能够在一个共同的世界里用言说、行动等可见的方式凸显个体性，并因此获取一种超越但不取消其私人生活的、有尊严的公共性存在。① 大众文化时代的公共性精神趣味使得文学理论研究的目的越来越世俗化、公共化了，也正因此，20 世纪 90 年代以来的文学理论较为看重其与公共领域关联的知识合法性。

具体而言，文学理论研究有了更为切实的目的，那就是要参与到社会文化的建构之中。大多数研究者希望通过切实的学术研究，来推动大众文化/文学朝着更为公共性的方向发展，既而让这个世俗的现实社会变得更为自由、平等、公正。

当然，需要说明的是，这并非意味着此前的文学理论就没有自由、平等、公正的诉求。只是，此前这些诉求更多的是一种体验中的建构，表现出远离尘世和疏远政治的旨趣，是以退为进的方式。而且这种诉求还非常有"共识"，一如有学人所言及的新时期的"个人共识"，即强调个人主体、个人解放乃文化的中心议题。② 20 世纪 90 年代以来文学理论所追求的自由、平等、公正则更为具体，更强调落到实处的建设，因此，它的研究也就更加语境化和分析化。由于不同学人对这种自由、平等、公正的理解判然有别，因此他们更多地表现出分化，所谓的新时期共识几近消失。这也正是大众文化研究过程中总会出现不同理解的一个重要原因。就此，我们也可以看出 20 世纪 90 年代以来的文学理论与 80 年代之前的文学理论研究目的的异同以及这种异同之下的学术新图景。

20 世纪 90 年代的"大文学理论"关注大众文化。大众文化通过其

---

① 参见［美］汉娜·阿伦特：《人的境况》，14～59 页，上海，上海人民出版社，2009。

② 参见张颐武：《"新文学"的终结与新世纪文学》，见王宁：《文学理论前沿》第 3 辑，248～250 页，北京，北京大学出版社，2006。

强劲的"新意识形态"能力塑造这个社会的结构，因而引发了诸多进行文学研究的知识分子的学术兴趣，这其中所暗含的正是一种学术研究的目的和利益诉求。而这种目的和利益诉求，无疑因为大众文化发生了转换。"大文学理论"更多不是分析大众文化如何审美，而是爆破其隐含了怎样的权力，表征了什么样的意识形态，是什么具体的社会机制和语境使得某种文化成为大众文化，等等。通过这种研究，我们既有可能找到大众文化的症候，也有可能爆破社会的结构性矛盾，既而推动整个社会文化变得更合乎自由、平等、公正等现代性价值。这样的研究也是为了获得一种更为切合语境的人文关怀。所以它并非如有些学者所指陈的那样"缺乏了人文的关怀"①。当然，这与此前的文学理论更多地局限在文本和审美之中表现出了明显的不同。

一是"大文学理论"扩大了阐释的视域，将文本置于更大的社会文化语境中来理解，并且将这种理解视为一个文本与另一个文本互证与互释的关系。因此，这并不意味着被研究的文本只有依附地位，是"附属物"②，失去了自己的主体性/自主性。毋宁说，它只是不认为文本是完全区隔的，不主张意义/价值没有公共性。

二是"大文学理论"不以区分出文本的好坏高低作为最终的目的，不以审美判断作为文本评价的旨趣和标准。它的最终目的更多的是解释一种文本为什么会如此。但是，这并不排斥文学理论的审美追求，更为合理的解释是，它的审美追求较为隐蔽和间接。一方面，它往往将一种好的审美、理想的审美有意无意地作为评判的参照物，只是在具体的研究中将这种好坏予以必要的悬置。另一方面，它要追问的是为什么一种好的审美、理想的审美不能在某一文本及其语境中存在。这样它又间接地回答了审美的高低好坏的问题。如果这样来理解，恐怕就不能说审美因素"被排除、榨干了"③。

---

① 钱中文：《全球化语境与文学理论的前景》，载《文学评论》，2001(3)。
② 钱中文：《全球化语境与文学理论的前景》，载《文学评论》，2001(3)。
③ 钱中文：《全球化语境与文学理论的前景》，载《文学评论》，2001(3)。

第三节　当代文学理论转型再反思

20 世纪 90 年代文学理论的转型与大众文化的兴起的确关联甚密，这几近成了一个学术常识。不妨说，只有在 20 世纪 90 年代文学理论的这种"大文学理论"转型下，我们才能理解为什么审美文化、大众文化在 90 年代如此迅速地进入了文学理论研究的视域之中，在合法性都未曾来得及详加论证的情况下，它甚至就已开辟出文学理论界专门的研究领域。[①] 同时，也正是在这里，我们才能理解，这种充当了"大文学理论"的转型功能的审美文化、大众文化研究的知识合法性区分为什么往往也以"转型"为标准。由此可见，转型为 20 世纪 90 年代的文学理论提供了一种较具合法性的话语权力。

需要指出的是，我们在反思当下文学理论知识生产的境况时，往往会将其不如人意之处与大众文化兴起的语境勾连起来。例如，有学人说，20 世纪 90 年代以来我国文学理论的"影响力逐渐减弱的重要原因之一，就在于它仍然拘守在原有的学科体系和模式中，与正在发生深刻变化的大众日常审美经验和文化生活的关系越来越疏远"[②]。这种说法当然有其道理，在一定程度上可谓凸显了大众文化的重要性，但它有忽视 90 年代以来文学理论已然发生转型这一事实的嫌疑。20 世纪 90 年代的文学理论并非拘守在原有的学科体系和模式中，且不说转型已然一如上述的发生，仅就大众文化已然作为专门的研究领域就可以证明。有学人曾较早地指出，20 世纪 90 年代以来，大众文化从

---

① 王一川曾认为"修辞论美学"具有审美文化研究的针对性。同时，对于大众文化研究，他提议建构一门"中国大众文化学"。我们可参阅其《从启蒙到沟通——90 年代审美文化与人文精神转化论纲》(《文艺争鸣》1994 年第 5 期)、《当代大众文化与中国大众文化学》(《艺术广角》2001 年第 2 期)等文。

② 陈传才：《当代文化转型与文艺学的重构——关于当代文艺学建设的思考》，载《文艺争鸣》，2003(3)。

"被歧视、受冷落的境遇一跃而成为影响文化主导性的力量，实践呼唤一种面对当下发言、富有阐释效力的文学理论话语的生成。在这种情势下，文学理论研究发生了潜在的然而却异常明显的转向"①。不妨说，这样的判断是较为准确的，这恐怕是由于把大众文化研究纳入了文学理论转型的框架之中，将诸如大众文化研究以及与大众文化语境相关的审美文化研究、文化研究、文化诗学都视为了一种新的文学理论形态。

然而，为什么在大众文化语境下发生转型的 20 世纪 90 年代的文学理论往往会被人视若无睹，令人不满意呢？这里我们仅仅提出一个与之相关的问题予以简要的讨论。在我们看来，问题的重要性在于大众文化的兴起为什么必然使文学理论发生转型，然而这样一个具有前提意义的问题并没有得到自觉的论证。

第一，转型并不具有天然的合法性。将大众文化的兴起与文学理论的转型勾连起来，其合法性更多来自对社会历史文化语境的理性分析。但这种语境毕竟与文学理论之间有着难以量化的诸多中介环节，诸如为什么语境变换就一定会导致文学理论的更替，甚至于为什么识时务般地主动投靠为佳之类的问题也多有存疑②。如此境况之下，文学理论为什么要转型，以及如何看待这种转型等问题难免会引起诸多争议。

更为现实的问题是，我们往往依据一种知识社会学的分析框架，认为有怎样的社会文化语境就会有怎样的文学理论转型，甚至还在相对而言纯粹、理想的语境中想象与认同这种时兴的转型，而对这种转

---

①　邢建昌：《90 年代文学理论的发展》，载《文艺报》，2000-12-05。

②　这里不妨说明的是，有时候，道理讲不通，但并不妨碍历史的实践发生。也就是说，20 世纪 90 年代文学理论的知识生产并非都是在有自觉的合法性意识的前提下被生产出来的，即便如此，也并不妨碍其实际的知识生产。这就使我们可以从经验的角度来指认 20 世纪 90 年代文学理论转型的合法性。同时，从我们已然意识到这个问题的角度看，我们的研究似乎有追问的意味，同时，这也使得我们的研究有一定的重建合法性的旨趣。

型缺乏深入的、有学理的批判性思考。事实上，某一具体的社会文化语境其实并没有这么纯粹和理想，它所裹挟的某种弊端完全有可能形成一个日后的病灶。20 世纪 90 年代文学理论的转型，其社会文化语境恐怕也没有这么纯粹和理想。因此，它所固有的弊病难免早已植入文学理论的转型之中，从而使得这种转型不可否认地具有某种局限性。晚近有学者非常敏锐地意识到了这一点，他认为，一个并不完美的社会语境使得 20 世纪 90 年代的大众文化/文学在发挥其"祛魅"的积极功能时也携有犬儒化、无聊化、娱乐化的弊病。① 在这种境况下，大众文化的兴起与文学理论的转型之间的关联性问题，岂不应该被重新"事件化"地加以理解和思考吗？答案是肯定的。例如，20 世纪 90 年代的文学理论在其具体的研究中并没有很好地培养出公共性精神和实践参与的能力，这一点值得重视。它恐怕也是人们对 20 世纪 90 年代乃至当今的文学理论表现出不满的一个重要原因。②

　　第二，什么是好文学理论？这个既与合法性相关又具有正当性的问题，并没有在 20 世纪 90 年代文学理论转型的语境中被讨论，更遑论达成共识。如此，就会导致什么是文学理论这个问题被遮蔽起来，以至于人们不把诸如与转型有关的大众文学研究、文化研究、文化理论、批评理论甚至文化诗学等视为文学理论。不妨说，文学理论界对于 20 世纪 90 年代的文学理论是怎样发生的，包括哪些形态，探讨了哪些问题，有哪些好的文学理论文献，恐怕都不是很清楚。这些问题也不可能随着大众文化的发生和文学理论的转型被自然而然地解决。

---

　　① 陶东风：《文学的祛魅》，载《文艺争鸣》，2006(1)。

　　② 从这个方面看，晚近文学理论的再政治化问题就值得人们重视起来。具体而言，在笔者有限的视野里，有两位学者的研究值得重视。其一，陶东风的政治批评。参见陶东风：《文学理论的公共性——重建政治批评》，福州，福建教育出版社，2008；陶东风：《文学理论与公共言说》，北京，中国社会科学出版社，2012；陶东风：《文化研究与政治批评的重建》，北京，中国社会科学出版社，2014。其二，刘锋杰的文学政治学。参见刘锋杰、薛雯、尹传兰等：《文学政治学的创构——百年来文学与政治关系论争研究》，上海，复旦大学出版社，2013。

因此，大众文化的兴起与 20 世纪 90 年代文学理论的转型之间的关系，成了一个需要继续进行研究的课题。例如：文学理论为什么要转型？文学理论的转型是如何进行的？什么是大众文化语境中好的文学理论？转型后的文学理论是什么？转型之后的文学理论研究如何可能……这些问题都应该得到更为深入的论证，都应该接合到 20 世纪 90 年代的社会文化语境乃至当下的问题意识中予以理解。其意义不可谓不大，至少它是一个牵涉到文学理论学科发展的基础问题。这里仅乃抛砖引玉，期待学术共同体能因此对之投以更多的关注。需要说明的是，我们并非反对已然具有一定事实意味的大众文化的兴起与文学理论的转型的发生，只是认为，文学理论的转型发展要有一个合法乃至正当的前景。我们依然需要将大众文化的兴起与文学理论的转型这一研究课题予以"问题化"①，并继续对它展开艰苦而长远的基础理论研究。

---

① 由"转型"而来的问题，在 20 世纪 90 年代文学理论中或自觉或不自觉地得到了追问与辩论，成为 20 世纪 90 年代文学理论的一道理论风景。虽然它还未曾有过一个具有共识性的答案，但这种提问本身就逐渐成就了一种回答，可将其命名为"反思性的文学理论"。对此，已有学人做了相关研究。参见李春青、赵勇：《反思文艺学》，北京，北京师范大学出版社，2009。

第十一章　文学理论危机的反思与"没有文学的文学理论"之合法性论证

晚近二十几年，文学理论学科中被指出现了一种"没有文学的文学理论"。倘若不狭隘地理解文学理论的学科性质，"没有文学的文学理论"是有存在合法性的。它既是文学理论自觉的表现，也是现代社会知识分化及理论自反性发展的结果，还是对现实文学/文化变化的积极回应。"没有文学的文学理论"对于具体的文学研究也不无方法论上的启示意义。在工具理性占支配地位的今天，探讨"什么是好的文学理论"，虽然也是一种"没有文学的文学理论"，但是能对文学理论的未来发展起到一定的价值引导作用。

第一节　文学理论的危机

20世纪90年代以来，出于各种原因，不少学人对当代文学理论学科进行了反思，表现出了对当今文学理论的焦虑、不满和期望。他们大多认为，文学理论学科发生了危机[①]，需要重建合法性，并提出了

①　就文献来看，20世纪90年代发表的相关论文大致如下。蒋济永：《当代文艺理论的危机（之一）——理论体系的危机》，载《柳州师专学报》，1993(3)；蒋济永：《当代文艺理论的危机（之二）——伪马克思主义的理论倾向》，载《柳州师专学报》，1994(1)；蒋济永：《当代文艺理论的危机（之三）——本体论走向虚幻》，载《柳州师专学报》，1994(2)；蒋济永：《当代文艺理论的危机（之四）——"当代形态"建构中的问题》，载《柳州师专学报》，1994(3)；蒋济永：《当代文艺理论的危机（之五）——文艺学作为一门学科的终结》，

一些具体的解决方案，如文学理论的批评化、中国古代文论的现代转换、西方文论的中国化、马克思主义文论的中国化以及文化诗学、文化研究等，这些都可谓共享了同一"知识型"。①

　　非常有意思的是，晚近又有两位知名学者在《中国社会科学》上撰文论及文学理论的危机问题，并英雄所见略同般地表达了一些相近的

（续注）载《柳州师专学报》，1994（4）；蒋济永：《补牢：对"当代文艺理论危机"的再叙述——答亡羊先生》，载《柳州师专学报》，1995（3）；张荣翼：《文艺理论阿基米德点的寻求》，载《海南大学学报（人文社会科学版）》，1997（3）；郭淑梅、孙津：《世纪末断想——文艺理论的动荡与危机（上）》，载《文艺评论》，1997（5）；郭淑梅、孙津：《世纪末断想——文艺理论的动荡与危机（下）》，载《文艺评论》，1997（6）；郑元者：《走向元文艺学——评〈文艺学方法论纲〉》，载《文学评论》，1996（4）；王光明、南帆、孙绍振等：《关于学科开放与文艺理论建设的对话》，载《福建师范大学学报（哲学社会科学版）》，1999（3）；陶东风：《80年代中国文艺学主流话语的反思》，载《学习与探索》，1999（2）；杜卫：《走出审美城——新时期文学审美论的批判性解读》，北京，东方出版社，1999；许明：《作为科学的文艺学是否可能？——文学研究的个人经验》，载《文学前沿》，1999（1）；黄应全：《多元化：克服文学理论危机的最佳抉择》，载《浙江社会科学》，2002（1）；钱中文：《文艺学的合法性危机》，载《暨南学报（人文科学与社会科学版）》，2004（2）；盖生：《论文学理论的有效性及价值剩余——对文学理论危机论的一种解答》，载《文艺理论研究》，2004（5）；李衍柱：《范式革命与文艺学转型》，载《东方论坛》，2005（4）；王纪人：《对当代中国文论有效性的质疑与分析》，载《天津师范大学学报》，2005（2）；刘进：《文学理论的基本品格和功能——对"文学理论危机"话题的一种理论回应》，载《文艺理论研究》，2005（3）；李怡：《失落了文学感受的文学理论与文学批评》，载《西南师范大学学报（人文社会科学版）》，2005（4）；何志钧：《文学理论危机与文学理论的科学化》，载《烟台师范学院学报（哲学社会科学版）》，2005（2）；钱中文：《正视中国文学理论的危机》，载《社会科学》，2006（1）；朱立元：《关于当前文艺学学科反思和建设的几点思考》，载《文学评论》，2006（3）；葛红兵、宋红岭：《重建文艺学与当代生活的真实联系——文艺学学科合法性危机及其未来》，载《文艺争鸣》，2007（3）；赖大仁：《当代文论：危机及其应对》，载《学术月刊》，2007（9）；章辉：《文艺学危机与文学理论知识创新——访高小康教授》，载《甘肃社会科学》，2008（1）；童庆炳：《当下文学理论的危机及其应对》，见童庆炳、王一川、李春青：《文化与诗学》第1辑，北京，北京师范大学出版社，2010；孙绍振：《文论危机与文学文本的有效解读》，载《中国社会科学》，2012（5）；肖明华：《分化、危机与重建——1990年代以来文学理论知识生产状况的一个考察》，载《江西师范大学学报（哲学社会科学版）》，2012（1）；陈伟：《文学理论：危机或新生》，载《文艺争鸣》，2012（9）。

　　①　参见肖明华：《分化、危机与重建——1990年代以来文学理论知识生产状况的一个考察》，载《江西师范大学学报（哲学社会科学版）》，2012（1）。

看法。其一，他们都认为，当今文学理论远离了文学经验，脱离了文学文本，以至于文学理论无关乎文学。即使有点关联，这关联也非常微弱。文学理论对文学文本的解读变得低效或无效。在他们看来，这一点正威胁着文学理论的合法性，让文学理论陷入了危机状态。① 其二，他们不约而同地认为，造成文学理论此种危机的重要原因是西方文论的引进。西方文论对中国当代文论的影响非常大，以至于其文学阐释力匮乏等缺陷也影响到了中国当代文论；同时，移植的西方文论与中国文学/文化相异太大，很难形成良性的互证互释关系，这就必然导致中国当代文论的文本阐释力弱化乃至缺失。② 其三，他们都提出了与文本解读相关的解决方案，如呼吁文学理论走向"本体阐释"，即以文学文本为核心来展开理论阐释，生产有关文学的原生话语、次生话语和衍生话语。③ 显然，"本体阐释"说与另一学者所提出的"建构文学文本解读学"④的方案几近形成了"互文"关系。

应当说，这两位学者的看法非常具有普遍性。这里我们不拟对这种看法做具体的回应，而仅就其所论文学理论无关乎文学这一点做一初步的探讨。⑤ 诚然，我们常常能听到"文学理论无关文学""失落了文

---

① 参见孙绍振：《文论危机与文学文本的有效解读》，载《中国社会科学》，2012(5)。

② 参见张江：《当代西方文论若干问题辨识——兼及中国文论重建》，载《中国社会科学》，2014(5)。另可参见张江：《关于"强制阐释"的概念解说——致朱立元、王宁、周宪先生》，载《文艺研究》，2015(1)；张江：《关于场外征用的概念解释——致王宁、周宪、朱立元先生》，载《清华大学学报(哲学社会科学版)》，2015(2)；张江：《场外理论的文学化问题》，载《探索与争鸣》，2015(1)；张江：《强制阐释的主观预设问题》，载《学术研究》，2015(4)；张江：《前见与立场》，载《学术月刊》，2015(5)；张江：《阐释模式的统一性问题》，载《社会科学战线》，2015(6)；张江：《前置结论与前置立场》，载《北京师范大学学报(社会科学版)》，2015(4)。

③ 参见张江：《当代文论重建路径：由"强制阐释"到"本体阐释"》，载《中国社会科学报》，2014-06-16。

④ 孙绍振：《建构文学文本解读学》，载《文艺报》，2013-09-06。

⑤ 晚近，对张江先生进行回应的文章比较多，并大多以专题、书信的形式发表在《文学评论》《文艺研究》《文艺理论研究》《文艺争鸣》《北京师范大学学报(社会科学版)》《清华大学学报(哲学社会科学版)》等重要刊物上。

学感受的文学理论与文学批评"等说法，其意大体是说，从事文学理论研习的人不读文学作品，不关注文学实践活动，没有文学感受，只会津津乐道于西方文学理论，并且往往用西方的文学理论硬套中国文学，以至于没有切实解读文学作品的能力，也无法"反作用"于文学实践活动。① 为此，他们认为，既然当今的"文学理论无关文学"，那称之为"没有文学的文学理论"是恰当的。② 既然文学理论无关文学，没有文学，那这样的文学理论对文学有何用处？文学理论因此被认为陷入了合法性危机，需要予以重建。

我们认为，"没有文学的文学理论"并不必然陷入合法性危机，相反它有其自身存在的合法性。通过检阅文献，我们发现，多年前金惠敏、刘方喜曾对这一问题做过很好的思考，已然为"没有文学的文学理论"进行了合理的辩护。

依金惠敏之见，文学理论"帝国化"了，在走向"没有文学的文学理论"。它冲出文学的限制，越来越作为一种独立的、自组织的和有生命的知识系统直接向社会发言，承担一定的文化功能，并迂回地作用于文学。同时，"没有文学的文学理论"获取了哲学品性，能行宗教、哲学之用。这些都使得其存在有充足的理由。退一步说，"没有文学的文学理论"是否合法，关键不是有没有文学，而是是否具有现代性反思的能力。③ 这样的辩护是有一定道理的。

刘方喜也非常有力地为"没有文学的文学理论"进行了辩护。其一，文学理论可以作为一种独立的知识系统存在。它可以离开文学经

---

① 参见李怡：《失落了文学感受的文学理论与文学批评》，载《西南师范大学学报(人文社会科学版)》，2005(4)。

② "没有文学的文学理论"这一说法借用了金惠敏先生的概括。参见金惠敏：《没有文学的文学理论——一种元文学或者文论"帝国化"的前景》，载《文艺理论与批评》，2004(3)。

③ 参见金惠敏：《没有文学的文学理论——一种元文学或者文论"帝国化"的前景》，载《文艺理论与批评》，2004(3)。

验生产自己的知识。比如，做某一文学理论知识的学理阐发、文学理论学术史的研究等。就实际情况看，这方面的工作还非常不够，极需学界用力为之。其二，文学理论除了解释文学活动的功能之外，还有其他功能，如"智"的功能。例如，它有娱人心神、激发智慧的精神作用。这一功能也足以保证文学理论的合法存在。简言之，文学理论完全可以是"学院精神"烛照下的知识生产活动，不是非得对具体的文学活动亦步亦趋。①

然而，非常遗憾的是，金惠敏与刘方喜的辩护并没有得到应有的重视，"没有文学的文学理论"也没有得到足够的"承认"，以至于"没有文学"被视为导致文学理论危机的重要乃至唯一的原因。这显然是带有局限性的看法。为此，我们有必要继续就"没有文学的文学理论"问题展开必要的讨论。

第二节　"没有文学的文学理论"之合法性论证

我们认为，那种认为文学理论一定要有文学，并以能否解读文学文本来判断文学理论合法性的观点，狭隘地理解了文学理论的对象、功能，甚至误解了文学理论的学科性质。这里不妨从以下三个方面进行论述。

第一，认为文学理论乃文学作品的解读学，这种看法狭隘地理解了文学理论的研究对象。

假定我们认为文学理论的研究对象是文学与文学活动，一方面，文学理论要探讨文学的特性与本质规律，而这种探讨无疑可以脱离文学作品的实际，从一种文学之外的角度（如学术政治）出发来对文学的特性与规律进行思辨。比如，关于什么是好文学的探讨就不一

---

① 参见刘方喜：《重建"学院精神"：文论危机的另一种回应》，载《中华读书报》，2004-02-11。

定要联系当前的文学文本实际。或也因此，我们才能理解刘方喜所言："文学理论有着自身的逻辑体系，一定的文学经验凝定为一定的范畴、理论后，会一定程度上按着自身的运作规律发展演变——揭示这种内在运作规律，也是文学理论研究的题中应有之意。"①另一方面，作为文学理论研究对象的文学活动至少包括世界、作者、作品、读者这四个要素，从任何一个要素出发都可以获得一种文学理论，都有非常值得研究的文学基本问题。例如：文学有什么用？什么样的人适合创作？读者对于文本意义的确定有什么作用？诸如此类的研究完全可以不联系具体的文学文本，更不需要解读具体的文学文本。

就此而言，把文学理论当成文学文本的解读学难道不显得狭隘吗？即使退一步说，文学理论以解释文学文本为能事，我们也不能想当然地认为文学文本解读就是逐层分析文学文本的语言、结构、形式、叙事风格与美学特性。因为对文学文本的研究有很多致思路径。比如，从文学体制/机制/制度层面对文学文本的考察，追问什么样的文本生产体制/机制/制度造成了当今文学文本的总体面貌等。这些做法都是非常有价值的，对于文学文本的理解非常有益。毕竟，"谈论文学的语言形式，并不意味着文学必须抛弃社会、历史、意识形态而仅仅把自己限定为语言形式"②，这当是无可辩驳的共识了。

第二，因文学理论不能有效地服务于文学文本的解读就否定其存在的价值乃至合法性，这是对文学理论功能的狭隘化理解。

虽然我们不否认文学理论要为解读文学文本服务，但也不能狭隘地把文学理论理解为解读文学的"工具"。凡是能有效解读文学文本的方法、技能和知识就被认为是有合法性的文学理论，反之则认

---

① 刘方喜：《重建"学院精神"：文论危机的另一种回应》，载《中华读书报》，2004-02-11。

② 南帆、刘小新、练暑生：《文学理论》，216页，北京，北京大学出版社，2008。

为不是，这无疑是一种"以对事实的阐释功效来衡量理论的价值"的实用主义做法。① 这样的做法看似理性务实，但问题是理论怎么可能直接用来解释具体的文学文本呢？一如王元骧指出的那样："相对于现象的'多'来说，理论只能是属于'一'的东西，因为观念作为经验现象的选择、概况、提升、内化的产物，它虽然属于一种形而上的知识而很难直接来说明现象。"②如果世界上的文学理论都只能直接地用以解释某一文学文本，那么这对于文学的发展其实很不利。因为文学理论在解释文学文本的同时，更多的是远离具体文本去建构一种普遍的文学观念、文学理想。此外，如果仅以文学理论是否能有效解读文学文本这一条为标准来衡量，那么文学理论学科就会陷入消亡，因为自古以来有大量不能直接用来解读文学文本的文学理论。正如大家都清楚的那样，"多数学者在遇到要对文学作品做实际分析和评价时，便会陷入一种令人吃惊的一筹莫展的境地"③。难道我们真的要全盘否定这样的中西方"理论"，而回归到中国古代的"评点"？又或者我们要把文学理论视为作家创作来谈？

第三，解读文学文本固然重要，但改变文学世界恐怕更重要，因此对文学理论性质的理解不可狭隘化。

文学理论是一门人文学科，它的根本性质在于反思性。④ 所谓"反思性"，至少有两重含义：一是文学理论要反思哪些结构性因素参与了某一文学观念的建构；二是文学理论要反思并穿越某一文学现实及其所表征的意识形态，既而建构文学的规范观念与理

---

① 参见王元骧：《对于文学理论的性质和功能的思考》，载《文学评论》，2012(3)。
② 王元骧：《析"文艺理论的危机"》，载《社会科学战线》，2010(8)。
③ ［美］韦勒克、沃伦：《文学理论》，140 页，北京，生活·读书·新知三联书店，1984。
④ 参见［法］安托万·孔帕尼翁：《理论的幽灵——文学与常识》，24 页，南京，南京大学出版社，2011。

想形态。①

反思性的文学理论不同于以解释和描述为能事的文学理论，它不以实用主义和解读具体文本为旨趣，而以批判思维和提出理想为追求。具有反思性的文学理论虽然也要解读文学文本，但对文学文本的解读不同于那种没有理论色彩的"文学解读"。正如孔帕尼翁所指出的那样："文学理论不是作品清单，或作品研究之清单，而是关于它们的某种认识论。"②或也因此，文学理论"必然是概括的、形而上的、带有思辨的色彩，用意不在于说明现象而旨在评判现状，以求对现状的超越，即引导现状向着应是的方向发展，因而往往被人视为'脱离实际的''大而空的'东西"③。我们如果能意识到文学理论的反思性，恐怕就不会因为它不着眼于具体文本的解读而认为它无关文学了。因为一方面，它是在为文学理想而努力，它要改变文学的现状；另一方面，它有借文学改造现实的冲动。因为依其之见，有什么样的社会内容/意识形态，就有什么样的文学形式/话语。可以说，这样的文学理论蕴含了可贵的人文精神，有回应现实的公共情怀。如果我们不故步自封在"语言的牢笼"中，往外跨出一步，那么我们就会认为这也是在理解文学。只不过这已经不是那种安于文学文本现状的解释了。因此，王元骧写道："理论一味地俯视现状，迎合现状，为现状辩护，而完全丧失了它固有的提问能力和反思精神。我认为这才是最大的脱

---

① 关于文学理论的反思性，李春青、陶东风、吴炫、邢建昌、王元骧等知名学者有诸多论述。参见李春青等：《反思文艺学》，北京，北京师范大学出版社，2009；陶东风：《走向自觉反思的文学理论》，载《文艺争鸣》，2010(1)；吴炫：《文学穿越现实导论》，载《当代文坛》，2010(9)；邢建昌：《理论是什么——文学理论反思研究》，北京，人民出版社，2011；王元骧：《对于文学理论的性质和功能的思考》，载《文学评论》，2012(3)。笔者也曾关注这一问题。参见肖明华：《文学理论的未来：走向反思性的文学理论知识生产》，载《内蒙古社会科学(汉文版)》，2010(6)。

② ［法］安托万·孔帕尼翁：《理论的幽灵——文学与常识》，11页，南京，南京大学出版社，2011。

③ 王元骧：《对于文学理论的性质和功能的思考》，载《文学评论》，2012(3)。

离实际!"①

20 世纪 90 年代以来，由于知识分子的学院化和专家化，文学理论批评走上了歧途，"逐渐演变成为各种方法论和可用科学方法予以验证的公式"，在解读作品时候往往不能"介入到作品的可能世界"②，在这个时候提倡具有公共情怀和超越精神的反思性文学理论无疑非常必要。为此，我们可以说，反思性的文学理论被简单地打入"没有文学的文学理论"并备受指责是不合时宜。同时，这也是对文学理论的误解，这种误解"更多恐怕还源于某些学人对理论的学科性质没有真正的认识和了解"③。

第三节　文学理论的转型与"没有文学的文学理论"之合法性再讨论

回到 20 世纪 90 年代以来的文学理论知识生产的历史与现实，"没有文学的文学理论"也应当得到承认。如果不承认这种文学理论，我们就容易否认晚近二十几年文学理论正在发生转型的事实。④

文学理论确实转型了，它最直观的表现就是研究对象发生了分化。现如今，文学理论的研究对象至少有三种，即文学、文化、理论自身。

首先，以文学为研究对象的文学理论往往研究文学的基本问题，

---

① 王元骧：《对于文学理论的性质和功能的思考》，载《文学评论》，2012(3)。

② 吴子林：《当代文学批评的歧途与未来》，载《小说评论》，2014(4)。

③ 王元骧：《析"文艺理论的危机"》，载《社会科学战线》，2010(8)。

④ 一定意义上，抱怨当今文学理论没有文学，其实是对"文学理论"走向"文化研究""理论""后理论"的不满。但文学理论几乎不可能不承认这种转向、不接受这种挑战。参见陶东风：《文化研究对于文学理论的挑战》，载《文学前沿》，2000(1)；陶东风：《日常生活的审美化与文化研究的兴起——兼论文艺学的学科反思》，载《浙江社会科学》，2002(1)；周宪：《文学理论、理论、后理论》，载《文学评论》，2008(5)；姚文放：《从文学理论到理论——晚近文学理论变局深层机理探究》，载《文学评论》，2009(2)。

如文学的性质与功能，文学创作的过程、机制与条件，文学作品的结构层次与体裁，文学接受的功能、效果，文学批评的模式、方法与价值等，这些都是被反复探讨的问题。通过对这些基本问题的探讨，文学理论发现了一些文学的特性及普遍规律，获得了一些"知识"，建构了"文学知识学"。[①] 同时，这些"知识"对于我们理解和具体阐释文学及文学活动不无益处。

其次，以文化为研究对象的文学理论常常认同威廉斯所理解的文化乃生活方式说[②]，然后顺理成章地将大众文化/文学纳入研究范围。同时，它还认同结构主义与后结构主义的观念，随之将一切都形式化、符号化、文本化。因此，文学性也就蔓延开来[③]，一切都顺理成章地成为"文学理论"的研究对象。文学理论的确越界扩容了。

最后，以理论为研究对象的文学理论则以追问和反思文学理论自身的一些问题为旨趣。例如：文学理论是什么？什么是好的文学理论？怎样研究文学理论？文学理论有什么用？文学理论的未来走向如何？文学理论与文化研究是什么关系？文学理论的合法性在哪儿？这些较为基础的问题都是其关注点。同时，以理论为研究对象的文学理论还常常进行理论个案的分析、理论术语的厘定、理论历史的梳理等，如对卡勒的文学理论做对象性研究，对文学性做关键词梳理，对百年文学理论史进行各种形式的书写等。

文学理论研究对象的分化与多元直接导致了文学理论的转型。

一方面，文学理论的构成空间乃至知识形态扩容了，转型了，逐

[①] 在《文学知识学中》，余虹认为："文学理论就是关于文学现象之根由与道理的论述与知识。"也有其他学人明确指出："文学理论可以初步理解为关于文学的种种知识。"参见南帆、刘小新、练暑生：《文学理论》，337 页，北京，北京大学出版社，2008。

[②] 参见[英]雷蒙德·威廉斯：《漫长的革命》，51 页，上海，上海人民出版社，2013。

[③] 参见余虹：《文学的终结与文学性蔓延——兼谈后现代文学研究的任务》，载《文艺研究》，2002(6)。

渐接受了文化研究/文化理论/文学性理论/批评理论/理论/后理论的合法存在。一定意义上我们可以认为，文学理论走向了"大文学理论"。① 它不再局限于探讨文学文本，即使以文学文本为研究对象，也不以文本的"内部"解读为目标，更不以文本的审美品鉴为鹄的，这就难免给人造成这样的印象：它是"没有文学的文学理论"。它在文学研究中的合法性也因此可疑起来。然而，这种文学理论真的没有合法性吗？答案无疑是否定的。

下面，我们以文化研究为例稍做解释。文化研究常常被质疑为"没有文学的文学理论"，但不可否认的是，在文学研究中使用文化研究的做法越来越普遍了，并且在实际的研究中取得了一些成绩。《〈红岩〉是怎样炼成的——国家文学的生产和消费》②、《中国当代文学制度研究(1949～1976)》③等就是这类研究的成功实例。这说明，"没有文学的文学理论"并非一无是处。不妨顺便说明的是，我们非常认同王晓明先生所言，即我们如果想要"有效地解释当今的中国文学，判断它今后的变化可能"，就必须有文化研究的理论、视野与方法。④ 相反，倘若我们依然抱着"这些都是文学以外的事情，我是研究文学的，这跟我有什么关系"的态度，要有效解释文学文本，恐怕是很难的。或也因此，我们需要转变文本观念，树立"新文本主义"观，即"不再把'文本'视为一个纯粹自律性的精神存在体，而是一个由多重物质与非物质要素合力而成的混杂'作品'存在体"⑤。基于这样的文本观念，文学文本的解读将不再是静态的、内部的、封闭的。并且，它将与文

---

① 参见肖明华：《"大文学理论"的转型——20世纪90年代以来当代文学理论发展走向的一个考察》，载《海南大学学报(人文社会科学版)》，2013(4)。

② 钱振文：《〈红岩〉是怎样炼成的——国家文学的生产和消费》，北京，北京大学出版社，2011。

③ 王本朝：《中国当代文学制度研究(1949～1976)》，北京，新星出版社，2007。

④ 参见王晓明：《六分天下：今天的中国文学》，载《文学评论》，2011(5)。

⑤ 谷鹏飞：《文本的死亡与作品的复活——'新文本主义'文学观念及其方法意义》，载《文学评论》，2014(4)。

化批评/文化研究合流，把文化研究视为"解释文学存在的各个层面，解释哪些因素共同制造美感的震撼"这样一种智识活动。① 总之，文化研究这些看似"没有文学的文学理论"对于包括文学文本解释在内的文学研究而言，是有切实价值的，它们之间并不形成实质的冲突。

另一方面，面对变化了的文学实际，文学理论学科主动求变创新，积极建构文学理论的学科发展之路。近二十年来，学界提出了诸多学科发展的思路，童庆炳倡导的文化诗学即其中之一。就研究方法来看，文化诗学不再守住故有的文学理论传统，不再认为文学研究只能采取故有的研究方法。依其之见，文学研究固然可以继续使用诸如文本细读的传统方法，但文化研究的方法也应该被文学研究所吸收。② 例如，文化研究所提倡的语境化、历史化、事件化的理论方法以及民族志方法，因其能够对文学文本的生产机制做深度的揭示，有助于理解文学文本何以呈现为这般面貌的关键问题，因此，值得文学研究采纳。这种以探讨学科发展走向为旨趣的文学理论无疑也是"文学理论学"，它以文学理论自身为研究对象，不直接解读文本，也不联系具体的文学创作实践。但这种文学理论学难道对文学无益？只要将这种文学理论学的理念落实到实践中，肯定会影响文学文本的解读。例如，以文化诗学的方法解读文本，可以丰富、深入文学文本的解读。这一点已然有具体的实例，如刘洪一的《走向文化诗学：美国犹太小说研究》③等。

此外，伴随着文学理论的转型，文学理论日益自觉。它不以研究文学而以反思文学理论自身为能事。这样的"文学理论"实际上就是"文学理论学"。它无疑是文学理论成熟的表现。道理很简单，因为"文学理论学"的最大特点就是其自觉的反思性。就目前来看，陶东风

---

① 参见南帆、刘小新、练暑生：《文学理论》，216 页，北京，北京大学出版社，2008。

② 参见童庆炳：《植根于现实土壤的"文化诗学"》，载《文学评论》，2001(6)。

③ 刘洪一：《走向文化诗学：美国犹太小说研究》，北京，北京大学出版社，2002。

所持的建构主义文学理论乃"文学理论学"最典型的形态。因为建构主义文学理论对自身持有高度的反思。[①] 但是，这种文学理论并没有文学性，更遑论对文学文本做具体分析了。然而，这样的文学理论没有价值吗？陶东风有力地回答了这一问题："如果没有反思性，文学研究就是不自觉的：它在不断地从事建构活动，却不知道自己如何在建构，哪些因素在制约和牵制自己的理论建构行为。它不知道作为话语建构的文学活动的机制是什么，其限度和可能性是什么，它还以为自己是一个不受制约的超越主体，因此也就不可能最终把这种制约缩减到最低程度。"[②]

第四节　"好文学理论"之问

毋庸讳言，无论从转型后的文学理论的研究对象、研究方法看，还是从构成当今文学理论的具体形态（如文化研究、文学理论学）来看，它们似乎确实属于"没有文学的文学理论"。但只要我们不采取过度的保守姿态，接纳这样的文学理论当是不无理由的。毕竟，看似"没有文学"的文学理论，乃是应对新的文学发展实践的结果，对文学文本的解读也是有所助益的。退一步说，当"几乎所有重要的公共问题的讨论声中，无论网上网下，都鲜有'严肃文学'作家的声音——这一情况已经持续了 10 多年"[③]时，如果我们还局限在对这样的文学文本做内部的细读与赏析，并且认为只有这样的研究才是文学理论的常态，那么我们就要怀疑这样的文学理论是否在助推文学从公共领域撤

---

① 20 世纪 90 年代以来的文学理论学研究不可忽视，相关研究成果已有不少，如董学文出版过归属于全国哲学社会科学基金研究项目的"文学理论学"专著（参见董学文：《文学理论学导论》，北京，北京大学出版社，2004），张荣翼等学人进行了归属于教育部人文社会科学项目的文学研究的知识学依据的"文学理论学"研究（07JA751009）等。

② 陶东风：《文学理论与公共言说》，175 页，北京，中国社会科学出版社，2012。

③ 王晓明：《六分天下：今天的中国文学》，载《文学评论》，2011(5)。

退，又是否在鼓动文学失去本有的"轰动效应"，并放弃基于这种"轰动效应"的担当与责任。这样的文学理论难道一定比所谓的"没有文学的文学理论"对文学的发展更有利吗？看来，我们很难否认这种"没有文学的文学理论"。

同时，无视文学理论学科特性的丰富性，否认晚近十几年的文学理论知识生产实践，将文学理论化约为文学文本解读技能，恐怕既不现实，也不应该。毕竟基于文学/文化的现实变化等原因，文学理论转型了，伸展了现代性的知识分化特性，自身也逐渐走向了成熟。"没有文学的文学理论"因此获得了合法性，有置身文学理论学科场域的足够理由。与其将当今文学理论归入"没有文学的文学理论"并抱怨乃至否认其合法性，还不如去追问"什么是好的文学理论"，借此提升文学理论的生产力，并将其作为未来文学理论发展的可行方向。

在我们看来，好的文学理论应当保持三种基本特性。

第一，专业性。所谓"专业性"，就是说文学理论要能够帮助人们更专业、更技术地理解文学活动，文学理论研究者要成为"文学理论家"。其中最见功夫处又尤其体现在两个方面：一方面，文学理论要对文学创作有直接的帮助，能够指导创作实践；另一方面，学过文学理论的人对文本的解读要比没有学文学理论的人更有章法，更为地道。由此来看，回到文学实践，建构科学的文学文本解读理念，提高解读文学文本的有效性，是有必要的。只不过，我们尤要强调两点：一是文学理论的专业性是"阐释者"的专业性，而不是"立法者"的专业性[①]；二是我们不能因此否认文学理论的其他特性以及基于这种特性所形成的"没有文学的文学理论"。

第二，公共性。一方面，文学理论的公共性要求文学理论要切实关注文学活动实践，积极回应变化发展中的文学/文化事件。这就要

---

① 参见李春青：《走向阐释的文学理论——文学理论学科性反思之一》，载《学术研究》，2001(7)。

求文学理论要批评化，要做具体的批评实践，努力让批评借助大众媒体的效应对文学生产以及公众的文学生活发生积极影响。另一方面，有公共性的文学理论要以文学/理论的方式参与公共领域事务，回应社会焦点问题，并在这种回应中生产一种能与现实构成必要张力的"思想观念"，讲述一种能穿越当前意识形态的文学故事。最近几年，文学公共领域问题的研究就是在挖掘和建构文学理论的这一特性。其中陶东风的"文学理论与公共言说"可谓较有代表性的成果。[①] 需要说明的是，在建构文学理论的公共性过程中，尤其不能因为一己之本质主义的文学观而排斥极具公共性的文化批评/文化研究。[②] 其理由也是充分的，而最为有说服力的恐怕是文学在当今时代本就具有媒介性与大众文化性，文学公共领域在当代历史上存在过[③]，甚至到现在也没有完全消失。这当能保证文学的文化批评之合法性。如果我们将整个世界都符号化/文本化/文学性化，那么文化批评即使是"没有文学的文学理论"，其合法性也无须再辩了。

第三，学术性。好的文学理论始终能保持高度的文学理论学术史意识，尊重现有文学/理论知识，并合理继承优良的学术史传统，梳理出合乎语境又切合逻辑的学理文脉，在此基础上推动文学理论的知识生产。从事文学理论研究可谓一种学术活动，它有自己学科的知识史，所以即使从事当代文论研究也应当有知识积累的意识。然而，正如刘方喜所指出的那样："我们的文学理论学科似乎总是缺乏一种'知识化'的追求，所谓'理论'往往仅仅成为一种意识形态化的价值论断。从文学理论研究的整体生态来看，我们既需要思想层面上的不断突进，同时也需要知识层面上的逐渐累积，后者人过薄弱不能说个不是以往文学理论研究的一个严重不足——而这种不足恰恰为文学理论的进

---

① 参见陶东风：《文学理论与公共言说》，北京，中国社会科学出版社，2012。

② 参见陶东风：《论文化批评的公共性》，载《文艺理论研究》，2012(2)。

③ 参见赵勇：《文学活动的转型与文学公共性的消失——中国当代文学公共领域的反思》，载《文艺研究》，2009(1)。

一步发展留出了较大的空间。"①文学理论研究具有的知识积累和学术史特性则使文学理论可以远离文学尤其是可以不做文学文本的直接解读，可以在思辨的王国里专心致志地做"文学知识学"的研究，也可以勤勉于文学理论知识历史的钩沉②，甚至有权利选择是否要在其研究中把握时代的精神。至于是否做"没有文学的文学理论"，应当也是可以自由抉择的。比如，凸显学术性的文学理论可以对文学、文本、作者等关键词做词源学的考索，以获得相应的理论知识；也可以在具体的个案研究中探究日本文学对郁达夫的影响，而无须涉及对郁达夫具体文学文本的解读。这样的研究当然还是文学理论，因为它能提供理解文学文本的虽不直接但有用的"知识"。

顺便提及的是，如果我们要语境化、历史化地理解"没有文学的文学理论"之所由生，明乎当今文学理论为什么是这样的面貌，那么探究 1949 年以来的当代文学理论是怎样发生的则是一个重要的学术问题。非常可喜的是，谢泳、贺照田等学者已对这一问题做了一定研究，并得出了一些有启发性的结论。

谢泳先生曾对 1949 年前后的文学理论变革问题下结论说："我认为，1949 年以前，中国的文学教育重心在'文学史'，无论是中国文学史还是西洋文学史。此后这个重心发生了偏移，由重'文学史'偏向了重'文学概论'，它的制度形式是在大学的学科设置中以教授'文学概论'为目的的'文艺学'学科的建立和逐渐完善，最终形成了职业化体

---

① 刘方喜：《重建"学院精神"：文论危机的另一种回应》，载《中华读书报》，2004-02-11。

② 我们认为，文学理论史的研究工作还需要特别加强。虽然当前已有一些文学理论学科史的书写，但尚留有较大的研究空间。目前的书写更多是对过往研究的简单描述和选择性介绍，尚缺乏有深度的研究，恐怕在历史意识、理论观念及方法论上也不很自觉。值得提及的是，学界已有人使用福柯的话语理论、伽达默尔的阐释学理论及布迪厄的反思社会学方法对某一时段的文学理论做专门研究。李春青的《在审美与意识形态之间——中国当代文学理论研究反思》、葛卉的《话语权力与 20 世纪 90 年代后中国文论转型》（中国社会科学出版社 2010 年版）等就是这类著作。

系。它的学术风格是'以论代史'，由于尊重事实的'文学史'传统本身具有怀疑的能力，对于新意识形态的建立有抵抗性，所以在新意识形态的建构中，它自然要受到轻视。文学教育中由'文学史'传统向'文艺学'的转移，使中文系文学教育的专业性受到影响。'文学史'传统的偏移，最后导致了大学中文系与历史系分科的严格边界，文、史分家基本成为事实，最终影响了中国学术的整体水平。"①

贺照田对 20 世纪八九十年代的文学及文学理论转型问题进行了历史化的研究，并得出结论："遗憾的只是当时的文学批评、文学理论界的主流取向，没能因势把这一内在历史势能转换成一种既内含真实历史课题又超越一般惯性反应的思考的动力，却主要是在构造现在与过去历史的二元对立，然后全力在离弃前三十年的政治、美学禁忌的方向上运动。"②

了解了文学理论学科的历史走向，我们就能理解为什么今天的文学理论会生长成这个样子。虽然这样的文学理论学术问题探究不能直接关乎文学与文学解读，但却有助于厚重地理解"没有文学的文学理论"，对于把握当今乃至未来文学理论知识生产的文脉与理路也不无启发。

好的文学理论是否非得要具备以上三个特性呢？在知识分化的现代语境下，要三种特性齐头并进显得有些不切实际。因此，我们可以以某一特性为所从事文学理论研究的发展重心，然后建构出某一特性鲜明的文学理论形态。只要具备了某一特性，就是好的文学理论。我们大可不必仅将是否解读以及能否有效解读文学文本作为好文学的唯一准则。退一步说，"没有文学的文学理论"其实并不阻碍，相反可能是在推动能专业解读文学文本的那种"好文学理论"的产生。因此，我

---

① 谢泳：《从"文学史"到"文艺学"——1949 年后文学教育重心的转移及影响》，载《文艺研究》，2007(9)。

② 贺照田：《时势抑或人事：简论当下文学困境的历史与观念成因》，载《开放时代》，2003(3)。

们认为，不能否认"没有文学的文学理论"，要知道它也是一种文学理论，甚至是一种"好的"文学理论。毕竟，它有公共性、学术性以及天然丰富的自觉性。

总之，文学理论的性质与功能是丰富的、开放的，而不是单一的、狭隘的，承认当今文学理论的转型是明智的。未来文学理论的发展是多向度的，而不是单维度的。虽然不可不强调文学理论在文学文本解读方面的专业性，但是我们也不可小觑与文学文本解读有着积极关联的文学理论的公共性与学术性。那种看似"没有文学的文学理论"是会继续发展下去的。

第十二章　当代文学理论知识生产状况再反思与"好文学理论"再问

20 世纪 90 年代以来，文学理论出现了新情况，其存在方式有了新变化。对于这种变化，学界至今都没有定论。例如，从变化的强弱程度着手，有人认为这种变化是断裂型的变化，有人认为这种变化是转型性的发展，还有人否认这种变化的存在，等等。对于变化的进一步阐释，更是五花八门。有人认为变化是一种现代性的再发生，有人认为变化是一种后现代性的遭遇，还有人认为变化是一种多元综合创新。对于这些聚讼纷纭的说法，这里不拟细加评说。我们认为，要想对当前文学理论有一个基本的判断和理解，要想对这些说法有较好的辨别，就有必要从不同的角度对 20 世纪 90 年代以来文学理论的知识生产状况进行一番较为全面的考察。

第一节　当代文学理论知识生产的分化

20 世纪 90 年代以来的文学理论发生了分化。这种分化又主要表现在以下维度上。

第一，文学理论主导范式消失，学术共同体出现"分化"，难以再用一种主导范式加以概括了。其中一个较为明显的变化就是，出现了各种各样的建设方案，如理论的批评化、中国古代文论的现代转换、马克思主义文论的中国化、西方文论的中国化、文化研究、文化诗学、政治批评等。当下，很少有新的方案出现了，人们似乎对寻找这样的方案不太感兴趣了，以至于我们可以感觉到文学理论没有"热点"了，甚至没有能够引起学术共同体的兴趣的话题了。说得更夸张点，文学理论研究恐怕到了不知道要研究什么、该研究什么以及怎样研究的地步。熟悉文学理论学科的人对此难免感到失望。学人们似乎普遍感到，文学理论已然从光荣与梦想的时代进入黯淡与无序的时期了。其实，这是分化所导致的一个效应。

第二，从文学理论的知识形态看，也出现了分化。相对而言，这些形态大致可分为三类。第一类是研究文学理论学科本身的文学理论。基于此，文学理论主要研究文学理论的学科特性与自身建设等思想与学术问题。比如，怎样建设文学理论学科，文学理论学科有什么用，等等。第二类是研究"理论"的文学理论。基于此，文学理论主要研究文学的学术思想，以生产基本观念为要旨。比如，什么是文学，什么是作家、作品、读者，某一文学作品有没有"原义"，等等。第三类是具体研究"文学"的文学理论。基于此，文学理论主要研究文学的知识与方法。比如，文学创作的过程怎样，文学作品的结构层次怎样，如何从事文学批评（文学批评的模式建构），等等。值得提及的是，文学理论知识形态的分化还有更为剧烈的表现，那就是基本上不以研究文学为旨归，而仅将文学视为通向解决其他问题之路的"文本"。例如，某些文化研究就有这样的倾向和做法。这类文学理论知识形态，基本上是要改名为"文化理论"了。

第三，文学理论的研究对象发生了"分化"。与文学理论的知识形态分化一致，文学理论的研究对象也发生了分化。有研究文学的文学理论，有研究学科的文学理论，有研究理论的文学理论，而且这几种研究对象自身还出现了更细的分化。比如，从文学形态看，有大众文学、精英文学、主导文学和民间文学的分化。这是文学理论的直接研究对象，或者说，这是研究文学的文学理论其研究对象所发生的分化。这种研究对象的分化导致了文学理论研究方法和研究范式的分化。例如，文化研究主要以研究大众文学/文化为旨趣，文化诗学更多则是对精英文学感兴趣。

需要强调的是，研究文学理论学科的文学理论，将文学理论自身作为研究对象，极具反思性，可谓"文学理论学"。[①] 自文学理论学科建制以来，尤其是 20 世纪 90 年代以来，随着学科建制的切实执行，这种文学理论越来越受重视。但往往是"没有文学的文学理论"[②]。不过，它对于文学理论的学术自觉而言，是有意义的。因此，陶东风写道："通常人们把文学理论定义为研究文学活动规律的知识体系，但与其说文学理论是研究文学活动规律的，不如说它是研究文学活动的规律是如何被建构的，谁在建构这种'规律'，为什么建构这种'规律'，通过什么媒介建构这种'规律'，这种建构受到哪些因素的制约。"[③]这也就是说，文学理论不是关于文学的知识，而是关于某一文学的知识是怎样生产出来的知识。由此可见，文学理论的研究对象的确有文学与文学理论之别，这也是一种越来越明显的分化。

第二节　当代文学理论的危机与重建

分化之下的文学理论发生了知识合法性危机。我们不妨从"学问"这个话题切入。从事文学理论研究，怎样才能做到"有学问"，而且这种"学问"具有"专门性"，能够相对地区隔其他领域的"学问"？比如，哲学家、社会理论家、法学家、经济学家、房地产研究者往往都是有"自身学问"的人。但是相比之下，文学理论家的学问总是难以凸显其

---

① 需要说明的是，那种以"教材"形式出现的所谓"元文学理论"也可以说是一种文学理论学。只是这种文学理论学往往缺乏反思性。关于这一问题，还需具体论证。

② 金惠敏：《没有文学的文学理论——一种元文学或者文论"帝国化"的前景》，载《文艺理论与批评》，2004(3)。

③ 陶东风：《走向自觉反思的文学理论》，载《文艺争鸣》，2010(1)。

"学科性"和"专门性"。甚至可以说，文学理论这个学科难以使人有学问。① 这是否与文学理论的研究对象有关，是否与文学理论远离文学有关？答案恐怕是肯定的。

文学理论的研究对象除了文学、理论之外，还可以是文学理论自身。但这几种研究对象，现在越来越远离"文学"了。这就奇怪了。如果说以理论、文学理论作为文学理论的研究对象，从而使得文学理论的注意力不直接指向文学，而最多提供文学研究的基本理念、宏观方法等，那往往就不怎么具体地阐释文学创作和文学作品，不提供一套具体而有效的阐释模式和批评方案了。这应该是可以理解的。但为什么那种将文学作为研究对象的文学理论也远离了文学呢？原因在于，重要的不是拿不拿文学作为研究对象，而是怎样将文学作为研究对象。现在，即使将文学当作研究对象，研究的也主要是其"文学性"，是"外部研究"，是在关注一种文学成为一种文学的原因和发生机制等，而不是怎样更具体地理解文学，阐释文学，进而区分出文学的好坏与高低。在这种境况下，文学理论也就"远离"了文学，并最终导致学科危机的出现。② 童庆炳就对这一点予以了指认："文学活动是文学理论赖以存在的根基。但现在的文学理论的现状是理论脱离实际，文

---

① 需要说明的是，对于这一问题的分析我们还可以从其他方面切入。比如，从文学理论的知识性质入手，它与文学理论是一门"中介性"的学问有关。所谓"中介性的学问"，意思是说文学理论生产的不是"上位"的知识，也难以生产出"源发"的知识。因此，它具有寄生性，需要从其他学科获得知识视域/理论资源。关于文学理论的知识性质的问题，可参见李春青：《文学理论的中介性与合法性》，载《汕头大学学报（人文社会科学版）》，2004（4）；张柠、徐欢：《作为"他者"的文学理论》，载《文艺理论与批评》，2006（1）；冯黎明：《明天谁来招安文学理论?》，载《三峡大学学报（人文社会科学版）》，2006（5）；余虹：《文学理论的学理性与寄生性》，载《文学评论》，2007（4）。

② 按理来说，这种以文学作为研究对象的文学理论最有可能诞生"文学理论家"，因为它可以具体地去言说"文学"。可是，即使是这一类文学理论，也还是局限于理论研究，往往以研究现成的理论为能事。这倒不是说要放弃理论研究，只是它依然不怎么对现实的文学现象/问题进行切实的关注。即使关注起来，也是举例来论证某一个理论，而不是针对具体的文学现象/问题生产出独到的"知识"——"文学理论"。从这个方面看，它也是远离了"文学"。

学理论对这些问题或者是漠不关心，不予理睬，或者虽然做了一些回答与解决，却显得力不从心，功效甚微。这就是危机。"①

这种危机的相关表现就是使我们缺少一套阐释文学的"技艺"，不能成为文学研究的专家，放弃了成为有"文学""学问"的"文学理论家"的机会。不妨说，学院内外，人们对文学理论家的学问诉求，更多的是指其"文学""学问"。可是，我们往往没有这样的学问，甚至很欠缺这样的学问。于是有学人指出，我国从事文学理论研究的学者缺乏鉴赏能力，"自己谈一套，也谈得头头是道，但无法面对活生生的文学作品与文学现象"②。

没有"学问"还有一个历史延续的原因，那就是文学理论一直以来充当一种"国家意识形态"的"宣传者"。在这种身份之下，文学活动往往不需要"理论"解释，而只需要"审批"。于是，文学研究只需要将文学分为左、中、右，只需要看其是符合主导意识形态的还是解构主导意识形态的，等等。在国家意识形态需要文学理论话语予以建构的时候，在文学需要借助文学理论话语获取文化资本的时候，文学理论提供给文学的并非一种"知识"。也就是说，它提供的不是一套解读文学的直接或间接的技艺，更多的是一种"政治正确性"。对于这一点，有学者非常精要地指出："在相当长一段时期，由于贯彻国家文艺政策的需要，文艺学被认为是指导各类文学研究的最重要的学科，只有那些能够坚持正确的政治方向的人，才被认为有资格担任文艺学的教学和科研任务。显然，文艺学在当时的显要地位，文艺学同其他文学学科之间的所谓主次关系，都是由体现在学术体制之内的权力关系赋予的。"③为此，文学理论尤其是教材文学理论，往往就是一种意识形态

---

① 童庆炳：《当下文学理论的危机及其应对》，见童庆炳、王一川、李春青：《文化与诗学》第 2 辑，北京，北京大学出版社，2010。

② 刘再复、李泽厚：《审美判断和艺术感觉——与李泽厚谈美学》，载《渤海大学学报（哲学社会科学版）》，2010（2）。

③ 罗钢、孟登迎：《文化研究与反学科的知识实践》，载《文艺研究》，2002（4）。

的表征。更有甚者，这样的文学理论往往不"讲道理"，失去了理论的基本品格。可想而知，这样的教育难以使人获取一套解读文学的技艺，更遑论成为有学问的文学理论家了。但是，这个没有"学问"的问题长期以来都没有被"问题化"地呈现出来。20世纪八九十年代之交，尤其是1993年以来，随着社会政治文化语境的转型，文学理论的意识形态性质和功能急遽弱化，即使以"工程"建设的形式来实施，恐怕也见效甚微。同时，市场体制化了的文学开始"势利"地处理与文学理论的关系，更多地把文学理论当成"鸡肋"。此时，文学理论就出现了知识的合法性危机。

危机中的文学理论大致从三个方面展开了"重建"工作。一是走向学科型文学理论，即围绕文学理论学科，提出了种种建设性的方案。这就是"学科型文学理论"在20世纪90年代兴起的一个原因。二是从国外学习"理论"，试图将其当作生产知识的"工具"。在这一动机之下，20世纪90年代以来的西方文论引介成了一个专门的研究对象。①三是回到现实，把那种市场体制化语境下的文学重新纳入研究的视域之中，并借此生产关于它的文学理论知识。可以说，这是一种以研究文学为旨趣的文学理论重建。20世纪90年代以来的文学理论界在这方面做了很多工作，但又大势所趋般地走向了文化批评理论，正如王一川所指出的，20世纪90年代以来的"中国文学理论已经和正在寻找一种面向文化的新转变"②。因此可以说，这种重建工作并没有收获多少有关文学本身的知识。

不妨说，这三个方面的重建工作，并没有培养出"文学理论家"，除了它们的研究对象往往都远离"文学"这个原因之外，还有两个值得提及的原因。

第一，文学理论所使用的理论资源方面的原因。文学理论在展开

---

① 参见赵淳：《话语实践与文化立场——西方文论引介研究：1993—2007》，南京，南京大学出版社，2008。

② 王一川：《面向文化：文学理论的新转变》，载《文艺报》，2000-07-04。

重建工作的时候，其理论资源大多来自社会学、政治哲学、媒介传播学等。① 由于受理论资源及其特点的制约，文学理论更为注重对社会语境、政治体制和媒介环境的分析。它往往把社会符号化为一个文本，一种具有文学性意味的存在，并以此作为文学理论研究对象。同时，它还借助这些理论资源对文学理论学科的知识生产本身进行分析和反思，将文学理论本身作为文学理论研究的对象。这也正是文学理论的研究对象远离文学，文学理论没有解读文学的切实技艺的一个直接原因。从这里我们甚至可以看出，文学理论在重建中的理论资源选择，恐怕还是它会以这样一种方式展开的重要原因。当我们未能把各种理论资源很好地转换为文学理论的有效知识视域时，尤其如此。如果说，各种理论资源能够成为一种知识/思想的一个重要原因，是其对某一社会问题特殊和有效的回答，那么，当其作为文学理论的理论资源时，就有必要做一转换，从而使得即使有诸如社会学的文学理论、政治哲学的文学理论，它也还是文学理论，而非社会学、政治哲学。

对于文学理论的理论资源选择问题，我们还可以继续思考。现代性进程中，人们越来越对那种具有清晰解释力的社会科学知识表现出极大的兴趣，而对那种偏于提供一种理解的人文学科知识表现出漠然乃至鄙夷。出现这种变化的原因，还是在于一种难以一时改变的体制性实践。汪晖曾对社会科学的自主性建构中出现的人文学科边缘化问

---

① 有不少学人从不同的方面指出了 20 世纪 90 年代以来文学理论与社会科学的关联问题。陶东风也曾自述其在 1993 年左右的知识调整问题，其中突出的即社会科学知识。参见陶东风：《文化与美学的视野交融——陶东风学术自选集》，263 页，福州，福建教育出版社，2000。王光明也曾回忆说："在 90 年代初，我预感到中国在变化，学问的方式也需要调整，同时比较自觉地读了一些书，自觉进行从批评到学术的转移。"参见王光明、南帆、孙绍振等：《关于学科开放与文艺理论建设的对话》，载《福建师范大学学报（哲学社会科学版）》，1999(3)。蔡翔则认为，80、90 年代的问题差异导致了文学研究的知识资源诉求的转型，80 年代围绕在哲学、美学、心理学周围，90 年代则凸显了以社会学、经济学、政治学为代表的社会科学对文学研究的重要性。参见王晓明、蔡翔：《美和诗意如何产生——有关一个栏目的设想和对话》，载《当代作家评论》，2003(4)。

题进行了较为敏锐的评析："社会科学作为一个独立的知识体系进入中国的过程，伴随着一种制度性的实践。通过现代国家的制度性实践，特别是现代教育制度和科学研究制度的实践……原有的知识和语言的有效性逐渐丧失了。例如，如果我们用佛教的语言或者道教的语言讨论当代社会问题，那么，这种讨论至多被理解为个别人的意见，作为一种解释社会的系统知识则是无效的。这意味着，在历史的过程中，社会科学自主性的建立也包含了一个压抑性的过程，它使得其他知识彻底边缘化了。"①在这种情况下，文学理论这种本具较强人文特性的学科也不得不从社会科学那里寻找理论资源，并以之为理论视角，这就难免使其社会科学化了。此一境况之下，文学理论又何以获得关于文学的"好理解"呢？这恐怕也是文学理论必然远离文学，"文学理论家"难孚众望的一个不可忽视的原因了。

第二，20世纪90年代以来文学理论学术体制方面的原因。激情退去的20世纪90年代，成了一个务实和建设的时代。大学里的知识生产渐渐体制化了，并具体地以学科建设作为知识生产的切实目标。

围绕着学科建设，文学理论界产出了一大批科研成果，但这批科研成果往往凸显的是学术旨趣，以理性的分析、材料的钩沉、结构的完整等规范性操作见长，那种注重审美判断和鉴赏感悟的文学理论"知识"反而遭遇压抑，甚至落得"不学无术"的名声，也难以在各种学术刊物上发表。在这种情况下，文学理论也就慢慢地远离了那种有效阐释/理解文学的文学理论。不妨再退一步说，即使这种学术体制化下的文学理论职业人员产出了一些与文学相关的所谓文学理论，恐怕也难以有效地理解文学，毕竟文学是不可能被纯粹的理性分析出来的。这也是作家几乎不看文学理论，读者往往不信任文学理论的一个重要原因。有学者曾切身地指出，一些文学理论书，甚至包括一些文学史著作，读过之后，"除了得到一些'知识'之外，完全无助于我提

---

① 汪晖：《死火重温》，493页，北京，人民文学出版社，2000。

高审美能力"①。个中原因，还可以认为是，体制化的文学理论知识不需要在市场上竞争，因此对于它能否有效地阐释文学，能否满足接受者（消费者）的诉求等问题，知识生产者往往不予考虑，甚至还美其名曰"无用之用"。

因此，一批没有多少"风格"和"自我"的知识肆虐般地大行其道起来，在知识生产的机器里循环往复地变着花样"组装"，招摇过市，"把文学活生生的肌体割裂为适合于学科细分和主题归纳的刻板格局，无可避免地扼杀了思想的自由发现和富有灵性的创造"②。张梦阳为此感叹道，文学理论知识生产者本应是"文学思想家"，现实却是文学研究学者。依其之见，这两种身份之间有着重要的区分："与文学思想家相区别，那些技术性的文学研究学者，却往往仅限于'技术化'地处理知识，缺乏'问题意识'，不具有理解问题特别是根柢性思想问题的兴趣与能力，对文学思想家提出的问题仅肯也仅能在技巧的层面上做出反应……尽管他们有时对知识掌握得很精确，资料积累很丰富，文章也写得条分缕析，甚至于很漂亮，但是却始终跳不出甚至意识不到奴性的思维窠臼，总是在奴性的思维定式制驭下进行着无效的劳动。即便他们做出的种种成果被贴上所谓'科学'的标签，换取了导师、教授甚至大师的头衔，也只能……是'奴隶的科学，奴隶的理性主义'。他们的勤勉，也不过是'奴隶的勤勉'。"③这样的说法虽然不乏偏激之处，但的确道出了为什么研究文学的"文学理论家"如此难以有"学问"。

如果说目前还存在这么多使得文学理论家没有学问的原因，而这些原因一时间还难以消失，那么我们可以下结论说，文学理论的

---

①　刘再复、李泽厚：《审美判断和艺术感觉——与李泽厚谈美学》，载《渤海大学学报（哲学社会科学版）》，2010(2)。

②　周宪：《文化研究：学科抑或策略？》，载《文艺研究》，2002(4)。

③　张梦阳：《从启蒙到普世——刘再复文学思想的一条主线》，载《渤海大学学报（哲学社会科学版）》，2010(2)。

重建工作并没有完成，现代性的知识分化及其所导致的危机还没有消除。为此，20世纪90年代以来的文学理论依然是一个值得继续深研的课题。

第三节 "好文学理论"再问

对于20世纪90年代以来文学理论的分化、危机和重建问题，如果我们继续思考，就会发现，的确还有很多深层的东西值得挖掘，需要问题化。例如：为什么会发生分化和危机？为什么重建难以奏效？表面看来，这是意识形态的转换，是社会语境的变化，是体制性的束缚，等等，但这些都是表层原因。虽然从知识社会学的角度看，这样的回答已然切合知识生产的实际情况，基本上不需要再追问了；但是如果换一个角度看问题，我们会发现，依然有一个隐微的原因使文学理论分化和危机得不到"停消"，更遑论在"停消"的基础上予以建构了。这个原因就是，现代性的发生使我们不知道什么是"好文学理论"。当我们不知道什么是好文学理论的时候，我们就难以找到建构文学理论知识合法性的可靠基础了。当然，这并不妨碍文学理论知识生产的实际运行。

需要说明的是，我们并非要将好文学理论视为一个形而上学的问题。换言之，"好文学理论"之问不是要追问出一个本质主义的、具有普遍性的乃至"科学"的答案，也并非要求得一个上帝般正当的存在。毋宁说，它是要在一个没有实体本质和天然正当的基础上，通过交往理性的施为，建构一种既具有合法性又具有正当性的文学理论。好的文学理论必定既合法又正当。我们要在重建文学理论合法性的过程中，考虑"好文学理论"的正当性问题。例如，我们可以远离文学来生产文学理论知识，但为什么要远离？我们可以从事文化研究，但为什么要从事文化研究？我们可以提出不同的文学理论建设方案，但为什么要提出这种方案？我们都有很正当的理由吗？如果没有，那么这样的知识生产就难以有好的合法性，也就难以有效地参与到这个时代的"结构性问题"之中，同时难以生产出关于文学的好文学理论，甚至还会加重文学理论的合法性危机。如此说来，文学理论的重建工作依然任重道远。

这里不妨从什么是好文学理论的角度，对文学理论的重建以及"文学理论家"如何可能存在等问题进行一个简要的"假定性"说明，以见出"好文学理论"之问的重要性。

首先，关于什么是好文学理论的问题，其答案不是现成的、实体的，但是我们可以基于所认同的理由，将好文学理论选择性地进行设定。比如，我们这样设定其研究对象：好文学理论的研究对象是开放的，只要某一研究对象具有"文本性"，通过对它的分析，我们就可以建立与现实社会生活的关联。

其次，如果这种设定的好文学理论，经过学理的论证之后，非常具有说服力，继而在学术场域之争中获胜了，也就是得到了合法的承认，那么文学理论的重建工作已然随着好文学理论争胜的过程展开了，接下来主要就是将这种好文学理论观进行具体化的实践的问题了。

最后，这样的好文学理论如果的确存在，那么"文学理论家"也就自然而然地诞生了。

如果上述假定性说明有道理，那么好文学理论的问题恐怕的确是一个重要的问题。不过，值得提及的有两点。一是在诸神纷争的现代语境下，好文学理论往往不止一种，因此，无须担心好文学理论乃现代性的敌人。二是好文学理论的论证，除了在学术场域中争胜的途径之外，还有在更大的公共领域中争胜等多种途径，因此，也无须担心好文学理论的学术体制化。但目前，我们要么缺乏"好文学理论"之问的意识，要么将好文学理论争胜的空间锁定在一个体制化的学术场域之中，从而导致即使有好文学理论，也难以有更合法化的好文学理论。而没有合法化的所谓的好文学理论，更多只是一种个体想象乃至文化控制，其生命力可想而知。这就是大学课堂难以有合法化的好文学理论的一个重要原因。更遑论在其他与文学有关联的空间中存在这种文学理论了。

　　既然如此，我们是否应该在已有研究成果的基础上，发起一场关于什么是好文学理论的追问和讨论，并借此展开新一轮的文学理论合法性重建工作呢？这无疑是一个值得学界投以关注的文学理论基本问题。

结　语

我们已大致地考察了文学理论学科反思本身。当然，由于种种原因，我们的考察尚留有不少的待完善之处。其中，尚有不少可追问的问题值得学界进一步展开讨论。这里，我们再选择其中三个进行一番简要的思考。特别说明一下，这里我们拟计划对文学理论学科反思本身进行反思。为了避免反思的无意义化，我们尽量结合文学理论的学术事实和历史现场来展开。

其一，文学理论学科反思有没有带来文学理论知识的增长与优化？

经历文学理论学科反思之后，文学理论走向了自觉。例如，已经形成了关于文学知识的不同立场和几种知识型构方式。按理，我们就可以按照这几种立场和方式努力细化、深化、丰富化，既而生产出关于文学的知识，这样庶几可以形成文学理论流派也未可知。可现实似乎并非如此。经过文学理论学科反思，学界恐怕难得再回顾一番来时的路。这就导致当前的文学理论研究缺乏历史感和共同感。所谓"缺乏历史感"，就是我们的文学理论教学与研究很少有"接着讲"的。在大多数情况下，我们也不知道这个学科领域中有哪几篇论文或著作举足轻重，有学术史意义。所谓"缺乏共同感"，就是说我们的文学理论界其实没有多少学科的基本问题能够引发大家的兴趣，似乎已然没有学科的共同问题了。当然，这种种现象的存在并非由文学理论学科反思所导致，相反，应该是这种种现象所指向的问题导致了文学理论学科反思即使意义重大，但却没有被具体落实。这恐怕会使文学理论学科的学术进程、教育教学受到极大的局限。例如，本科生要迈入文学理论学科似乎没有门道，硕士生要探究文学理论学科也感觉没有章法，即使博士研究生从事文学理论学科研究也有较大的随机性，而当前正在从事文学理论知识生产的教师、专家、学者难道真的清楚本学科教育教学的基本理念、核心问题、主要方法和重要文献？恐怕未必。为此之故，我们不妨从回顾文学理论学科反思并落实反思中的愿景开始，这不失为很好的开启路径。只有培养了学科的历史感，建立了学术的共同体才有可能解决上述问题。也许，有人认为这是学科化导致的问题，如今就是要去学科化，而以问题为导向来展开研究学习。这种说法当然有道理，但问题是去学科化并非不要学科，毋宁说是要力求避免学科化的弊端。而文学理论知识生产和再生产要有效、高效，恐怕还是要与既定的研究形成继往开来之势，还是要有一个良好的学术共同体。

其二，文学理论学科反思有没有实现其初衷？

应该说，文学理论学科反思的初衷是改变目前的教材文学理论现状。然而，教材文学理论目前依然没有多大改观。例如，在文学理论学科反思中被称为代表性教材的陶东风本、南帆本和王一川本并没有得到很好的传播。这虽然并非个人意愿所能完成，但不管是什么原因导致了当下现实，毕竟已经使文学理论学科反思的初衷难以实现。目前高校普遍使用的教材虽然传授的是文学的知识，但问题是这些知识由于存在难以改变的本质主义本色，因而缺乏实际的、具体的批评能力。而且，这些知识大多依托哲学思辨，缺少社会历史与文化理论的开放视野。换言之，当下的文学理论知识没有跟随时代做相应的调整，无论是学理的还是语境的调整。例如，没有依据文学理论学科反思中提及的文学理论知识的中介性、寄生性，而把文学理论知识寄生于更有阐释力的社会理论，这难道不是忘却了文学理论学科反思的初衷，从而限制了文学理论教材的魅力么？其直接的后果就是失去了后续的优秀知识生产主体，文学理论知识再生产已然或将要严重受挫。这从当前文学类研究生入学考试时，文学理论研究生报考的人数和质量的实际状况中可见一斑。

其三，文学理论学科反思是否带来了一个后果，即导致"作为学科的文学理论"的式微？

现如今，没有多少学人有讨论文学理论学科的兴致。原因之一恐怕与文学理论学科反思之后，文化研究的异军突起有关。文化研究注重现象个案研究，喜好使用民族志的方法，它更多是一种可以"简称为'理论'的范式作为理论指导所进行的实践活动"①。为此之故，讨论文学理论学科似乎显得空疏乃至落伍，以至于即使讨论学科问题，也是讨论文化研究的学科与非学科问题。例如，晚近几年讨论了文化研究的困境、文化研究的中国化等。而文学理论学科本身，似乎已经没有什么可以讨论的问题了。这是值得我们反思的。②

如此说来，文学理论学科反思还在路上。至少，我们应该吸纳反思的有益成果，并避免其后果，以不辜负文学理论学科反思中的智识付出。如果说，文学理论学科反思是对好的文学理论的追求，那么，是时候讨论什么是好的文学理论了。这里，不妨再给出几点关于好的文学理论的构想。

其一，好的文学理论是服务于文学的理论。好的文学理论是能够解释文学的理论。当然，这里的文学不一定就是精英的文学，它也可以是别的，如大众的文学。这就要求文学理论能够批评化，具备有效回应文学现象、文学问题和文学活动的能力。而这同时吁请我们的文学理论要回到文学，研究文学，而不应该主要根据某一主流话语或某一意识形态宣传来展开自己的研究。我们要说文学的知识话语，尽量回避言说文学的意识形态话语。虽然，文学理论不完全是一种科学活

---

① ［美］乔纳森·卡勒：《文学理论入门》，45 页，南京，译林出版社，2008。

② 晚近，李春青先生发表了一篇"作为学科的文学理论"的好文章。参见李春青：《文学理论亟待突破的三个问题》，载《中国文艺评论》，2018(5)。

动，不可避免地有其意识形态特性，但它一定要有学理和学统的自觉。这才是服务于文学的好理论。

其二，好的文学理论是知识型文学理论。现如今，文学理论不应该是完全依托于意识形态的文学理论，而应该是力求有说服力的文学理论。有说服力的文学理论一定是知识型文学理论，这一点已经被不少研究者认同。特别是在语境发生了变化，元叙事已然没法提供合法化的时候。对此，邢建昌曾不无道理地指出："已然走上 21 世纪的后现代语境下的文学理论讲述，应该是回到科学性地面上来的时候了。"①所谓"科学性"，其实就是要言明文学理论是生产文学知识的一门学问。

其三，好的文学理论，尤其是教材文学理论，是教育型文学理论。所谓"教育型文学理论"，就是服务于教学的文学理论。这种文学理论以学为主。例如，文学理论不应该完全按照文学理论自身的所谓学理来编排，而应该考虑到学习者的学段顺序，甚至要根据学习者的实际需要安排文学理论的教学工作。应该说，目前的教材文学理论最为缺乏的就是教育的维度。特别值得一提的是，我们有必要纠正那种把文学理论教育教学视为集中统一大家关于文学理解的活动，而非提升、增加、丰富大家关于文学理解的智识活动。要做到这一点，恐怕就得改变我们既定的文学理论教育教学的理念、内容、目标和方法等。

历经文学理论学科反思之后，应该尽力去实现"作为学科的文学理论"所构建的愿景。其中最为核心的愿景应该是走向"作为文学的文学理论"！所谓"作为文学的文学理论"，就是说，文学理论是服务文学的理论，是服务文学学习者的理论。这就要求文学理论关注文学，评论文学，在理论与批评的吐纳往返中实现双赢。同时，这也标明文

---

① 邢建昌：《理论是什么——文学理论反思研究》，273 页，北京，人民出版社，2011。

学理论要走向阐释，在阐释中生产知识，从而很好地向文学学习者提供可消费的精神文化产品，在理论生产与文化消费的良性互动中实现文学理论的价值。若此，好的文学理论也就诞生了。文学理论学科反思的愿景庶几也就实现了。

是时候从"没有文学的文学理论"走向"有文学的文学理论"了①，虽然二者之间并非扞格不入。

---

① 需要说明的是，我们也为"没有文学的文学理论"进行辩护，但这并非要否认"有文学的文学理论"。只要不非此即彼，二者是可以共存的。至于哪一种文学理论应该先行倡导，这得具体分析。当然，所谓"没有文学的文学理论"并不是说有一种文学理论完全没有文学，只是它与文学有隔层，有可能是"作为学科的文学理论"，也有可能是"作为理论的文学理论"。

参考文献

包忠文. 当代中国文艺理论史［M］. 南京：江苏教育出版社，1998.

柏定国. 中国当代文艺思想史论（1956—1976）［M］. 北京：中国社会科学出版社，2006.

陈传才. 文艺学百年［M］. 北京：北京出版社，1999.

程正民，程凯. 中国现代文学理论知识体系的建构［M］. 北京：北京大学出版社，2005.

曹卫东. 交往理性与诗学话语［M］. 天津：天津社会科学院出版社，2001.

陈思和，杨扬. 90 年代批评文选［M］. 上海：汉语大词典出版社，2001.

陈晓明. 表意的焦虑：历史祛魅与当代文学变革［M］. 北京：中央编译出版社，2002.

陈晓明. 后现代主义［M］. 开封：河南大学出版社，2003.

陈晓明. 不死的纯文学［M］. 北京：北京大学出版社，2007.

陈弱水. 公共意识与中国文化［M］. 北京：新星出版社，2006.

陈力君. 代言与立言：新时期文学启蒙话语的嬗变［M］. 杭州：浙江大学出版社，2007.

陈伟. 阿伦特与政治的复归［M］. 北京：法律出版社，2008.

陈庆祝. 九十年代中国文论转型［M］. 北京：中央编译出版

社，2009.

陈力. 20 世纪 90 年代文学理论研究中的转型阐释和话语建构[M]. 北京：中国社会科学出版社，2014.

陈国战. 走出"迷思"：网络传播公共性研究[M]. 北京：中国社会科学出版社，2017.

杜卫. 走出审美城——新时期文学审美论的批判性解读[M]. 北京：东方出版社，1999.

杜书瀛. 文学会消亡吗——学术前沿沉思录[M]. 广州：中山大学出版社，2006.

杜书瀛. 新时期文艺学前沿扫描[M]. 北京：中国社会科学出版社，2012.

杜书瀛，钱竞. 中国 20 世纪文艺学学术史[M]. 上海：上海文艺出版社，2001.

董学文. 文学理论学导论[M]. 北京：北京大学出版社，2004.

董学文，金永兵，等. 中国当代文学理论（1978—2008）[M]. 北京：北京大学出版社，2008.

董学文，李志宏. 文艺意识形态学说论争集 2[M]. 长春：吉林大学出版社，2009.

戴锦华. 镜城突围[M]. 北京：作家出版社，1995.

戴锦华. 隐形书写——90 年代中国文化研究[M]. 南京：江苏人民出版社，1999.

戴锦华. 犹在镜中——戴锦华访谈录「M]. 北京：知识出版社，1999.

邓正来. 关于中国社会科学的思考[M]. 上海：上海三联书店，2000.

邓正来，亚历山大. 国家与市民社会：一种社会理论的研究路径（增订版）[M]. 上海：上海人民出版社，2006.

段吉方. 理论的再生产[M]. 北京：北京大学出版社，2015.

高楠. 文艺学传统与当代的纠葛[M]. 北京：作家出版社，2005.

高楠. 改革开放 30 年中国文论建构[M]. 北京：文化艺术出版社，2013.

高楠. 西论中化与中国文论主体性[M]. 北京：文化艺术出版社，2011.

高宣扬. 福柯的生存美学[M]. 北京：中国人民大学出版社，2005.

高建平. 全球与地方：比较视野下的美学与艺术[M]. 北京：北京大学出版社，2009.

高建平，等. 当代中国文论热点研究[M]. 北京：中国社会科学出版社，2016.

葛红兵. 20 世纪中国文艺学思想史论[M]. 上海：上海大学出版社，2006.

葛卉. 话语权力与 20 世纪 90 年代后中国文论转型[M]. 北京：中国社会科学出版社，2010.

耿占春. 失去象征的世界——诗歌、经验与修辞[M]. 北京：北京大学出版社，2008.

盖生. 文学理论当下形态论——文学理论学探索[M]. 北京：社会科学文献出版社，2008.

盖生. 价值焦虑：新时期以来文学理论热点反思[M]. 上海：上海三联书店，2008.

盖生. 20 世纪中国文学原理关键词研究[M]. 北京：人民出版社，2013.

顾祖钊. 中国文化诗学的建构[M]. 合肥：安徽大学出版社，2016.

费孝通. 乡土中国[M]. 北京：北京出版社，2005.

冯天瑜，刘建辉，聂长顺. 语义的文化变迁[M]. 武汉：武汉大学出版社，2007.

冯黎明. 走向全球化：论西方现代文论在当代中国文学理论界的传播与影响[M]. 北京：中国社会科学出版社，2009.

冯黎明. 学科互涉与文学研究方法论革命[M]. 武汉：武汉大学出版社，2014.

冯毓云，刘文波. 科学视野中的文艺学[M]. 北京：商务印书馆，2013.

傅国涌，周仁爱. 回到启蒙：《方法》文选1997—1999[M]. 北京：经济科学出版社，2012.

傅国涌. 常识的立场：《书屋》文选1996—2001[M]. 北京：经济科学出版社，2012.

傅国涌. 直面转型时代：《东方》文选1993—1996[M]. 北京：经济科学出版社，2012.

贺桂梅. 批评的增长与危机[M]. 太原：山西教育出版社，1999.

贺桂梅. 人文学的想象力——当代中国思想文化与文学问题[M]. 开封：河南大学出版社，2005.

贺桂梅. "新启蒙"知识档案：80年代中国文化研究[M]. 北京：北京大学出版社，2010.

贺桂梅. 思想中国——批判的当代视野[M]. 广州：广东人民出版社，2014.

贺桂梅. 打开文学的视野[M]. 济南：山东文艺出版社，2017.

黄曼君. 反思与超越——20世纪中国文学与理论批评国际学术研讨会论文集[M]. 武汉：华中理工大学出版社，2000.

洪子诚. 问题与方法[M]. 北京：生活·读书·新知三联书店，2002.

洪子诚，孟繁华. 当代文学关键词[M]. 桂林：广西师范大学出版社，2002.

洪子诚，等. 重返八十年代[M]. 北京：北京大学出版社，2009.

胡亚敏. 文学批评与文化批判[M]. 武汉：华中师范大学出版

社，2007.

胡亚敏. 西方文论关键词与当代中国［M］. 北京：中国社会科学出版社，2015.

洪治纲. 多元文学的律动 1992—2009［M］. 广州：广东教育出版社，2009.

金元浦，陶东风. 阐释中国的焦虑——转型时代的文化解读［M］. 北京：中国国际广播出版社，1999.

金元浦. 范式与阐释［M］. 桂林：广西师范大学出版社，2003.

金元浦. 文化研究：理论与实践［M］. 开封：河南大学出版社，2004.

金元浦. 文学，走向文化的变革［M］. 保定：河北大学出版社，2013.

金元浦. 娱乐时代——当代中国文化百态［M］. 北京：群言出版社，2012.

金元浦. 追寻文化的意韵［M］. 北京：群言出版社，2016.

金惠敏. 媒介的后果［M］. 北京：人民出版社，2005.

金惠敏. 全球对话主义［M］. 北京：新星出版社，2012.

金永兵. 文学理论本体研究［M］. 北京：北京大学出版社，2007.

金永兵. 当代文学理论范畴导论［M］. 北京：北京大学出版社，2011.

金永兵. 后理论时代的中国文论［M］. 北京：文化艺术出版社，2014.

金观涛，刘青峰. 观念史研究——中国现代重要政治术语的形成［M］. 北京：法律出版社，2009.

金观涛，刘青峰. 兴盛与危机：论中国社会超稳定结构［M］. 北京：法律出版社，2011.

金观涛，刘青峰. 开放中的变迁：再论中国社会超稳定结构［M］. 北京：法律出版社，2011.

蒋原伦. 90 年代批评[M]. 天津：天津社会科学院出版社，2000.

蒋原伦. 媒体文化与消费时代[M]. 北京：中央编译出版社，2004.

蒋原伦. 观念的艺术与技术的艺术[M]. 北京：新星出版社，2014.

蒋原伦，王颖吉. 媒介文化十五讲[M]. 北京：北京大学出版社，2017.

蒋述卓，等. 二十世纪中国古代文论学术研究史[M]. 北京：北京大学出版社，2005.

蒋述卓. 文化诗学：理论与实践[M]. 北京：人民文学出版社，2005.

蒋述卓，李凤亮. 传媒时代的文学存在方式[M]. 桂林：广西师范大学出版社，2010.

蒋述卓，陶东风. 大众文化研究——从审美批评到价值观视野[M]. 广州：暨南大学出版社，2015.

蒋述卓，郑焕钊. 文化视野中的文艺研究与边界拓展[M]. 广州：暨南大学出版社，2016.

姜义华. 现代性：中国重撰[M]. 北京：北京师范大学出版社，2008.

孔范今，施战军. 中国新时期文学思潮研究资料[M]. 济南：山东文艺出版社，2006.

旷新年. 中国现代文学理论批评概念[M]. 北京：清华大学出版社，2014.

刘小枫. 现代性社会理论绪论——现代性与现代中国[M]. 上海：上海三联书店，1998.

刘小枫. 沉重的肉身——现代性伦理的叙事纬语[M]. 上海：上海人民出版社，1999.

刘小枫. 海德格尔与中国[M]. 上海：华东师范大学出版

社，2017.

罗钢，刘象愚. 文化研究读本［M］. 北京：中国社会科学出版社，2000.

陆扬，王毅. 大众文化与传媒［M］. 上海：上海三联书店，2000.

陆扬. 文化研究导论［M］. 北京：高等教育出版社，2012.

陆扬. 后现代文化景观［M］. 北京：新星出版社，2014.

陆贵山. 文艺理论与文艺思潮［M］. 北京：中国人民大学出版社，2007.

刘禾. 跨语际实践［M］. 宋伟杰，译. 北京：生活·读书·新知三联书店，2002.

李世涛. 知识分子立场——民族主义与转型期中国的命运［M］. 长春：时代文艺出版社，2000.

李世涛. 知识分子立场——激进与保守之间的动荡［M］. 长春：时代文艺出版社，2000.

李世涛. 知识分子立场——自由主义之争与中国思想界的分化［M］. 长春：时代文艺出版社，2000.

李彬，王君超. 媒介二十五讲［M］. 北京：清华大学出版社，2004.

李欧梵. 未完成的现代性［M］. 北京：北京大学出版社，2005.

李春青. 在审美与意识形态之间——中国当代文学理论研究反思［M］. 北京：北京大学出版社，2006.

李春青，赵勇. 反思文艺学［M］. 北京：北京师范大学出版社，2009.

李志宏. 文艺意识形态学说论争集［M］. 长春：吉林大学出版社，2006.

李志宏，金永兵. 站在新的历史起点上——新时期文学理论研究的回顾与反思［M］. 长春：时代文艺出版社，2008.

李泽厚. 中国现代思想史论［M］. 北京：生活·读书·新知三联

书店，2008.

李西建，畅广元. 追求与选择：全球化时代文学理论的价值思考[M]. 北京：商务印书馆，2010.

李凤亮. 彼岸的现代性：美国华人批评家访谈录[M]. 桂林：广西师范大学出版社，2011.

李艳丰. 历史"祛魅"与文化反思——大众消费主义时代文化与文学话语转型研究[M]. 北京：中国社会科学出版社，2013.

李自雄. 当代文艺学问题研究与探索[M]. 济南：山东大学出版社，2015.

李衍柱. 文学理论：思辨与对话[M]. 上海：复旦大学出版社，2016.

李旭. 当代中国文论话语：主体建构与身份认同[M]. 北京：中国社会科学出版社，2018.

林大中，孟繁华. 九十年代文存[M]. 北京：中国社会科学出版社，2001.

赖大仁. 当代文学及其文论——何往与何为[M]. 南昌：江西高校出版社，2008.

刘康. 文化·传媒·全球化[M]. 南京：南京大学出版社，2006.

刘锋杰，薛雯，尹传兰，等. 文学政治学的创构——百年来文学与政治关系论争研究[M]. 上海：复旦大学出版社，2013.

黎杨全. 数字媒介与文学批评的转型[M]. 上海：上海三联书店，2013.

刘阳. 文学理论今解[M]. 上海：华东师范大学出版社，2016.

毛崇杰. 颠覆与重建：后批评中的价值体系[M]. 北京：社会科学文献出版社，2002.

毛庆耆，董学文，杨福生. 中国文艺理论百年教程[M]. 广州：广东高等教育出版社，2004.

马大康. 叛乱的眼睛——审美与文化视野中的文学[M]. 银川：

宁夏人民出版社，2006.

孟繁华.众神狂欢——世纪之交的中国文化现象[M].北京：中国人民大学出版社，2009.

孟繁华，程光炜.中国当代文学发展史[M].2版.北京：中国人民大学出版社，2009.

马睿.文学理论的兴起：晚清民初的一份知识档案[M].济南：山东文艺出版社，2015.

南帆.文学理论（新读本）[M].杭州：浙江文艺出版社，2002.

南帆.理论的紧张[M].上海：上海三联书店，2003.

南帆.后革命的转移[M].北京：北京大学出版社，2005.

南帆，刘小新，练暑生.文学理论[M].北京：北京大学出版社，2008.

南帆.关系与结构[M].长春：吉林出版集团有限责任公司，2009.

南帆，刘小新.文学理论与文化研究[M].镇江：江苏大学出版社，2012.

欧阳友权，等.网络文学论纲[M].北京：人民文学出版社，2003.

欧阳友权.数字化语境中的文艺学[M].北京：中国社会科学出版社，2005.

钱中文，李衍柱.文学理论：面向新世纪[M].济南：山东人民出版社，1997.

钱中文.文学理论：走向交往对话的时代[M].北京：北京大学出版社，1999.

钱中文，刘方喜，吴子林.自律与他律——中国现当代文学论争中的一些理论问题[M].北京：北京大学出版社，2005.

钱中文.理论创新时代：中国当代文论与审美文化的转型[M].北京：知识产权出版社，2009.

钱中文. 文学理论：求索与反思［M］. 北京：中国社会科学出版社，2013.

钱振文.《红岩》是怎样炼成的——国家文学的生产和消费［M］. 北京：北京大学出版社，2011.

祁述裕. 市场经济下的中国文学艺术［M］. 北京：北京大学出版社，1998.

邱运华. 文学批评方法与案例［M］. 北京：北京大学出版社，2005.

邱运华. 静默的旋律［M］. 北京：社会科学文献出版社，2013.

秦晓. 当代中国问题：现代化还是现代性［M］. 北京：社会科学文献出版社，2009.

秦晖. 共同的底线［M］. 南京：江苏文艺出版社，2013.

盛宁. 人文困惑与反思［M］. 北京：生活·读书·新知三联书店，1997.

孙占国. 当代中国大众文化研究［M］. 长春：吉林人民出版社，1999.

孙立平. 断裂——20世纪90年代以来的中国社会［M］. 北京：社会科学文献出版社，2003.

孙晓忠. 方法与个案：文化研究演讲集［M］. 上海：上海书店出版社，2009.

孙晓忠. 巨变时代的思想与文化——文化研究对话录［M］. 上海：上海书店出版社，2011.

孙绍振，孙彦君. 文学文本解读学［M］. 北京：北京大学出版社，2015.

邵燕君. 倾斜的文学场——当代文学生产机制的市场化转型［M］. 南京：江苏人民出版社，2003.

邵燕君. 网络时代的文学引渡［M］. 桂林：广西师范大学出版社，2015.

史忠义. 现代性的辉煌与危机：走向新现代性[M]. 北京：社会科学文献出版社，2012.

宋伟. 当代社会转型中的文学理论热点问题[M]. 北京：文化艺术出版社，2012.

宋革新. 当代中国大众文本价值考[M]. 北京：社会科学文献出版社，2013.

宋玉书. 坚持与应变：大众传媒时代的文学及传播形态[M]. 北京：文化艺术出版社，2013.

单小曦. 媒介与文学：媒介文艺学引论[M]. 北京：商务印书馆，2015.

童庆炳，许明，顾祖钊. 新中国文学理论 50 年[M]. 合肥：安徽大学出版社，2000.

童庆炳. 文学理论新编[M]. 北京：北京师范大学出版社，2005.

童庆炳. 新时期高校文学理论教材编写调查报告[M]. 沈阳：春风文艺出版社，2006.

童庆炳. 美学与当代文化讲演录[M]. 桂林：广西师范大学出版社，2007.

童庆炳. 在历史与人文之间徘徊——童庆炳文学专题论集[M]. 北京：北京师范大学出版社，2007.

童庆炳. 文学审美论的自觉——文学特征问题新探索[M]. 北京：北京师范大学出版社，2011.

童庆炳. 新编文学理论[M]. 北京：中国人民大学出版社，2011.

童庆炳. 中国当代文学理论的经验、困局与出路[M]. 北京：北京师范大学出版社，2015.

陶东风. 社会转型与当代知识分子[M]. 上海：上海三联书店，1999.

陶东风. 文化研究：西方与中国[M]. 北京：北京师范大学出版社，2002.

陶东风. 文学理论基本问题[M]. 3 版. 北京：北京大学出版社，2007.

陶东风. 文学理论的公共性——重建政治批评[M]. 福州：福建教育出版社，2008.

陶东风. 当代中国文艺思潮与文化热点[M]. 北京：北京大学出版社，2008.

陶东风. 大众文化教程[M]. 桂林：广西师范大学出版社，2008.

陶东风，和磊. 中国新时期文学 30 年（1978—2008）[M]. 北京：中国社会科学出版社，2008.

陶东风，和磊. 当代中国文艺学研究（1949—2009）[M]. 北京：中国社会科学出版社，2011.

陶东风. 文学理论与公共言说[M]. 北京：中国社会科学出版社，2012.

陶东风. 文化研究与政治批评的重建[M]. 北京：中国社会科学出版社，2014.

陶东风，徐艳蕊. 当代中国的文化批评[M]. 北京：北京大学出版社，2006.

陶东风. 文化研究读本[M]. 南京：南京大学出版社，2013.

陶东风，等. 当代大众文化价值观研究[M]. 沈阳：辽宁教育出版社，2014.

陶东风，和磊，贺玉高. 当代中国的文化研究（约 1990—2010）[M]. 北京：中国社会科学出版社，2016.

陶水平. 现代性视域中的文艺美学[M]. 南昌：江西高校出版社，2008.

谭好哲，马龙潜. 文艺学前沿理论综论[M]. 济南：山东大学出版社，2001.

谭好哲，凌晨光. 文学之维——文艺学的历史、现状与未来[M]. 济南：山东大学出版社，2003.

汤学智. 新时期文学的欢乐与哀伤［M］. 郑州：郑州大学出版社，2009.

王逢振. 今日西方文学批评理论［M］. 桂林：漓江出版社，1988.

王晓明. 人文精神寻思录［M］. 上海：文汇出版社，1996.

王晓明. 在新意识形态的笼罩下［M］. 南京：江苏人民出版社，2000.

王晓明. 半张脸的神话［M］. 广州：南方日报出版社，2000.

王晓明，朱善杰. 从首尔到墨尔本：太平洋西岸文化研究的历史与未来［M］. 上海：上海书店出版社，2012.

王晓明. 中文世界的文化研究［M］. 上海：上海书店出版社，2012.

王德胜. 扩张与危机：当代审美文化理论及其批评话题［M］. 北京：中国社会科学出版社，1996.

王德胜. 文化的嬉戏与承诺［M］. 郑州：河南人民出版社，1998.

王德胜. 视像与快感［M］. 合肥：安徽教育出版社，2008.

王岳川. 思·言·道［M］. 北京：北京大学出版社，1997.

王岳川. 目击道存：世纪之交的文化研究散论［M］. 武汉：湖北教育出版社，2000.

王岳川. 中国镜像：90 年代文化研究［M］. 北京：中央编译出版社，2001.

王岳川. 中国后现代话语［M］. 广州：中山大学出版社，2004.

王元骧. 探寻综合创造之路［M］. 西安：陕西师范大学出版社，2000.

王元骧. 文学理论与当今时代［M］. 杭州：浙江大学出版社，2002.

王元骧. 论美与人的生存［M］. 杭州：浙江大学出版社，2010.

王元骧. 艺术的本性［M］. 上海：复旦大学出版社，2016.

王元化. 九十年代反思录［M］. 上海：上海古籍出版社，2000.

王一川. 中国现代性体验的发生[M]. 北京：北京师范大学出版社，2001.

王一川. 文学理论[M]. 成都：四川人民出版社，2003.

王一川. 中国现代学引论[M]. 北京：北京大学出版社，2009.

王一川. 西方文论中国化与中国文论建设[M]. 北京：经济科学出版社，2012.

王一川. 艺术公赏力：艺术公共性研究[M]. 北京：北京大学出版社，2016.

王宁. 全球化：文化研究与文学研究[M]. 桂林：广西师范大学出版社，2003.

王宁. "后理论时代"的文学与文化研究[M]. 北京：北京大学出版社，2009.

王维国. 论知识的公共性维度[M]. 北京：中国社会科学出版社，2003.

王干，苏童，等. 王干文学对话录[M]. 桂林：漓江出版社，2004.

王先霈. 新世纪以来文学创作若干情况的调查报告[M]. 沈阳：春风文艺出版社，2006.

王光明，等. 市场时代的文学——二十世纪九十年代中国文学对话录[M]. 合肥：安徽教育出版社，2008.

王晓路. 文化批评关键词研究[M]. 北京：北京大学出版社，2007.

王本朝. 中国当代文学制度研究（1949～1976）[M]. 北京：新星出版社，2007.

王峰. 西方阐释学美学局限研究[M]. 哈尔滨：黑龙江人民出版社，2007.

王亚南. 中国官僚政治研究[M]. 北京：商务印书馆，2010.

王纯菲，宋伟. 中国现代性：理论视域与文学书写[M]. 北京：

文化艺术出版社，2013.

王杰，段吉方. 文化与社会：马克思主义与20世纪中国文学理论发展研究[M]. 北京：中国社会科学出版社，2016.

王伟. 文化研究与中国问题[M]. 上海：上海三联书店，2016.

王建疆. 别现代：空间遭遇与时代跨越[M]. 北京：中国社会科学出版社，2017.

王双龙. 阐释的限度："强制阐释论"的讨论[M]. 北京：中国社会科学出版社，2017.

王晓渔. 文学、文化与公共性[M]. 上海：上海书店出版社，2018.

王汎森. 思想是生活的一种方式[M]. 北京：北京大学出版社，2018.

汪晖，余国良. 90年代的"后学"论争[M]. 香港：中文大学出版社，1998.

汪晖. 死火重温[M]. 北京：人民文学出版社，2000.

汪晖. 去政治化的政治——短20世纪的终结与90年代[M]. 北京：生活·读书·新知三联书店，2008.

汪民安，陈永国，马海良. 后现代性的哲学话语[M]. 杭州：浙江人民出版社，2000.

汪民安，陈永国，张云鹏. 现代性基本读本[M]. 开封：河南大学出版社，2005.

汪民安，盖琪，等. "微时代"的文化与艺术[M]. 北京：中国社会科学出版社，2015.

汪民安. 文化研究关键词[M]. 南京：江苏人民出版社，2007.

汪正龙，等. 文学理论研究导引[M]. 南京：南京大学出版社，2006.

伍世昭. 中国20世纪文学理论批评价值取向研究[M]. 北京：人民文学出版社，2009.

吴炫. 中国当代文化批判[M]. 上海：学林出版社，2004.

吴炫. 中国当代思想批判[M]. 上海：学林出版社，2001.

吴炫. 何为理论[M]. 北京：中国社会科学出版社，2013.

萧俊明. 文化转向的由来[M]. 北京：社会科学文献出版社，2004.

吴义勤. 中国新时期文学的文化反思[M]. 南京：江苏文艺出版社，2009.

吴向东. 重构现代性：当代社会主义价值观研究[M]. 北京：北京师范大学出版社，2006.

吴子林. 批评档案——文学症候的多重阐释[M]. 北京：中国言实出版社，2016.

谢冕，张颐武. 大转型：后新时期文化研究[M]. 哈尔滨：黑龙江教育出版社，1995.

谢冕，洪子诚. 中国当代文学史料选[M]. 北京：北京大学出版社，1995.

徐贲. 文化批评往何处去[M]. 香港：香港天地图书有限公司，1998.

徐贲. 人以什么理由来记忆[M]. 长春：吉林出版集团有限责任公司，2008.

徐亮，苏宏斌，徐燕杭. 文论的现代性与文学理性[M]. 杭州：浙江大学出版社，2005.

徐敏. 现代性事物[M]. 北京：北京大学出版社，2011.

许纪霖，罗岗，等. 启蒙的自我瓦解——1990 年代以来中国思想文化界重大论争研究[M]. 长春：吉林出版集团有限责任公司，2007.

许纪霖. 家国天下——现代中国的个人、国家与世界认同[M]. 上海：上海人民出版社，2017.

邢建昌. 理论是什么——文学理论反思研究[M]. 北京：人民出版社，2011.

夏中义. 新潮学案——新时期文论重估[M]. 上海：上海三联书店，1996.

余虹. 革命·审美·解构——20 世纪中国文学理论的现代性与后现代性[M]. 桂林：广西师范大学出版社，2001.

余虹. 文学知识学[M]. 北京：北京大学出版社，2009.

杨春时. 百年文心——20 世纪中国文学思想史[M]. 哈尔滨：黑龙江教育出版社，2000.

杨春时. 文学理论新编[M]. 北京：北京大学出版社，2007.

杨春时. 现代性与中国文学思潮[M]. 北京：生活·读书·新知三联书店，2009.

杨飏. 90 年代文学理论转型研究[M]. 北京：中国社会科学出版社，2001.

杨俊蕾. 中国当代文论话语转型研究[M]. 北京：中国人民大学出版社，2003.

杨春忠. 二十世纪中国文学理论史论[M]. 济南：齐鲁书社，2007.

杨扬. 新中国社会与文学[M]. 上海：上海人民出版社，2009.

杨雁斌，薛晓源. 重写现代性：当代西方学术话语[M]. 北京：社会科学文献出版社，2001.

杨玲. 转型时代的娱乐狂欢——超女粉丝与大众文化消费[M]. 北京：中国社会科学出版社，2012.

尤西林. 人文精神与现代性[M]. 西安：陕西人民出版社，2006.

姚文放. 从形式主义到历史主义：晚近文学理论"向外转"的深层机理探究[M]. 北京：北京大学出版社，2017.

赵勇. 透视大众文化[M]. 北京：中国文史出版社，2005.

赵勇. 整合与颠覆：大众文化的辩证法[M]. 北京：北京大学出版社，2005.

赵勇. 大众媒介与文化变迁——中国当代媒介文化的散点透

视［M］. 北京：北京大学出版社，2010.

赵勇. 法兰克福学派内外：知识分子与大众文化［M］. 北京：北京大学出版社，2016.

赵勇. 大众文化理论新编［M］. 北京：北京师范大学出版社，2011.

赵剑英. 世纪之交的中国文化［M］. 南宁：广西人民出版社，1994.

赵慧平. 批评的视界［M］. 北京：中国社会科学出版社，2004.

赵一凡，张中载，李德恩. 西方文论关键词［M］. 北京：外语教学与研究出版社，2006.

赵淳. 话语实践与文化立场——西方文论引介研究：1993—2007［M］. 南京：南京大学出版社，2008.

赵黎波. 新时期文学批评的启蒙话语研究［M］. 北京：中国社会科学出版社，2008.

赵宪章，王汶成. 艺术与语言的关系研究［M］. 北京：人民出版社，2013.

赵静蓉. 文化记忆与身份认同［M］. 北京：生活·读书·新知三联书店，2015.

曾永成. 文艺政治学导论［M］. 成都：四川大学出版社，1995.

曾繁仁. 中国新时期文艺学史论［M］. 北京：北京大学出版社，2008.

曾繁仁，谭好哲. 当代文艺理论问题［M］. 北京：人民出版社，2016.

曾军. 文化批评教程［M］. 上海：上海大学出版社，2008.

张颐武：从现代性到后现代性［M］. 南宁：广西教育出版社，1997.

张颐武. 新新中国的形象［M］. 济南：山东文艺出版社，2005.

张颐武. 现代性中国［M］. 开封：河南大学出版社，2005.

张婷婷，杜书瀛. 新时期文艺学反思录［M］. 济南：山东文艺出版社，2001.

张婷婷. 中国 20 世纪文艺学学术史（第四部）［M］. 上海：上海文艺出版社，2001.

张法. 文艺与中国现代性［M］. 武汉：湖北教育出版社，2002.

张法，张旭春，支宇，章辉. 世界语境中的中国文学理论［M］. 合肥：安徽教育出版社，2010.

张景超. 滞重的跋涉：新时期文学批评透视［M］. 哈尔滨：黑龙江教育出版社，2002.

张晶，杜寒风. 文艺学的走向与阐释［M］. 北京：北京广播学院出版社，2003.

张中载，王逢振，赵国新. 二十世纪西方文论选读［M］. 北京：外语教学与研究出版社，2002.

张旭东. 批评的踪迹——文化理论与文化批评：1985—2002［M］. 北京：生活·读书·新知三联书店，2003.

张旭东. 全球化与文化政治：90 年代中国与 20 世纪的终结［M］. 北京：北京大学出版社，2014.

张邦卫. 媒介诗学［M］. 北京：社会科学文献出版社，2006.

张志忠. 华丽转身——现代性理论与中国现当代文学研究转型［M］. 北京：首都师范大学出版社，2009.

张慧瑜. 当代中国的文化想象与社会重构［M］. 广州：中山大学出版社，2014.

张闳. 符号车间——流行文化关键词［M］. 上海：上海文艺出版社，2016.

张江. 作者能不能死：当代西方文论考辨［M］. 北京：中国社会科学出版社，2017.

张江. 阐释的张力：强制阐释论的"对话"［M］. 北京：中国社会科学出版社，2017.

张江. 当代西方文论批判研究［M］. 北京：中国社会科学出版社，2017.

庄锡华. 二十世纪的中国文艺理论［M］. 上海：上海三联书店，2000.

朱向前. 朱向前文学理论批评选［M］. 北京：人民文学出版社，2003.

朱立元. 新时期以来文学理论和批评发展概况的调查报告［M］. 沈阳：春风文艺出版社，2006.

朱立元. 理论的历险［M］. 开封：河南大学出版社，2013.

朱立元. 后现代主义文学理论思潮论稿［M］. 上海：上海人民出版社，2015.

朱立元. 走向现代性的新时期文论［M］. 上海：复旦大学出版社，2016.

朱晓进，等. 非文学的世纪：20世纪中国文学与政治文化关系史论［M］. 南京：南京师范大学出版社，2004.

朱国华. 文学与权力：文学合法性的批判性考察［M］. 北京：北京大学出版社，2014.

朱国华. 权力的文化逻辑：布迪厄的社会学诗学［M］. 上海：上海人民出版社，2016.

周宪. 审美现代性批判［M］. 北京：商务印书馆，2005.

周宪. 文化表征与文化研究［M］. 北京：北京大学出版社，2007.

周宪. 从文学规训到文化批判［M］. 南京：译林出版社，2014.

周宪. 文化研究关键词［M］. 北京：北京师范大学出版社，2007.

周宪. 中国文学与文化的认同［M］. 北京：北京大学出版社，2008.

周平远. 文艺社会学史纲［M］. 北京：中国大百科全书出版社，2005.

周志强. 大众文化理论与批评［M］. 北京：高等教育出版

社，2009．

周启超．开放与恪守：当代文论研究态势之反思［M］．保定：河北大学出版社，2013．

祝东力．美学与历史［M］．北京：时代华文书局，2015．

邹赞．文化的显影——英国文化主义研究［M］．广州：暨南大学出版社，2014．

邹赞．中国新时期文艺学家美学家专题研究［M］．广州：暨南大学出版社，2016．

郑崇选．镜中之舞：当代消费文化语境中的文学叙事［M］．上海：华东师范大学出版社，2006．

郑惠生．文艺学批评实践［M］．广州：广东高等教育出版社，2017．

韦勒克，沃伦．文学理论［M］．刘象愚，等，译．北京：生活·读书·新知三联书店，1984．

伊格尔顿．二十世纪西方文学理论［M］．伍晓明，译．西安：陕西师范大学出版社，1986．

伊格尔顿．理论之后［M］．商正，译．北京：商务印书馆，2009．

伊格尔顿．文学事件［M］．阴志科，译．开封：河南大学出版社，2017．

巴赫金．巴赫金全集：第五卷［M］．白春仁，顾亚铃，译．石家庄：河北教育出版社，1998．

卡勒．文学理论［M］．李平，译．沈阳：辽宁教育出版社，1998．

塞尔登．文学批评理论——从柏拉图到现在［M］．刘象愚，译．北京：北京大学出版社，2000．

塞尔登，威德森，布鲁克．当代文学理论导读［M］．刘象愚，译．北京：北京大学出版社，2006．

米勒．土著与数码冲浪者——米勒中国演讲集［M］．易晓明，编．长春：吉林人民出版社，2004．

米勒.重申解构主义[M].郭英剑,等,译.北京:中国社会科学出版社,1998.

哈利泽夫.文学学导论[M].周启超,等,译.北京:北京大学出版社,2006.

本尼特,罗伊尔.关键词:文学、批评与理论导论[M].汪正龙,李永新,译.桂林:广西师范大学出版社,2007.

伊瑟尔.怎样做理论[M].朱刚,谷婷婷,潘玉莎,译.南京:南京大学出版社,2008.

昂热诺,等.问题与观点——20世纪文学理论综论[M].史忠义,田庆生,译.开封:河南大学出版社,2010.

孔帕尼翁.理论的幽灵——文学与常识[M].吴泓缈,汪捷宇,译.南京:南京大学出版社,2011.

考斯基马.数字文学——从文本到超文本及其超越[M].单小曦,陈后亮,聂春华,译.桂林:广西师范大学出版社,2011.

贝西埃.文学理论的原理[M].史忠义,译.广州:暨南大学出版社,2012.

里奇.20世纪30年代至80年代的美国文学批评[M].王顺珠,译.北京:北京大学出版社,2013.

威廉斯.文学制度[M].李佳畅,穆雷,译.南京:南京大学出版社,2014.

布莱斯勒.文学批评:理论与实践导论[M].赵勇,等,译.北京:中国人民大学出版社,2015.

本尼特.文学之外[M].强东红,等,译.北京:人民出版社,2016.

弗莱.耶鲁大学公开课:文学理论[M].吕黎,译.北京:北京联合出版社,2017.

库塞.法国理论在美国[M].方琳琳,译.开封:河南大学出版社,2018.

威廉斯. 关键词：文化与社会的词汇[M]. 刘建基，译. 北京：生活·读书·新知三联书店，2005.

威廉斯. 文化与社会[M]. 高晓玲，译. 长春：吉林出版集团有限责任公司，2011.

威廉斯. 漫长的革命[M]. 倪伟，译. 上海：上海人民出版社，2013.

詹姆逊. 马克思主义与形式[M]. 李自修，译. 南昌：百花洲文艺出版社，1995.

杰姆逊. 后现代主义与文化理论[M]. 唐小兵，译. 北京：北京大学出版社，1997.

詹姆逊. 政治无意识[M]. 王逢振，陈永国，译. 北京：中国社会科学出版社，1999.

詹明信. 晚期资本主义的文化逻辑：詹明信批评理论文选[M]. 陈清侨，等，译. 北京：生活·读书·新知三联书店，1997.

詹姆逊. 新马克思主义[M]. 王逢振，编. 北京：中国人民大学出版社，2004.

贝尔. 资本主义文化矛盾[M]. 赵一凡，等，译. 北京：生活·读书·新知三联书店，1989.

勒庞. 乌合之众——大众心理研究[M]. 冯克利，译. 北京：中央编译出版社，2000.

斯特里纳蒂. 通俗文化理论导论[M]. 阎嘉，译. 北京：商务印书馆，2001.

斯道雷. 文化理论与通俗文化导论[M]. 杨竹山，等，译. 南京：南京大学出版社，2001.

默克罗比. 后现代主义与大众文化[M]. 田晓菲，译. 北京：中央编译出版社，2001.

费斯克. 理解大众文化[M]. 王晓珏，宋伟杰，译. 北京：中央编译出版社，2001.

费斯克. 解读大众文化[M]. 杨全强，译. 南京：南京大学出版社，2001.

霍尔，等. 通过仪式抵抗[M]. 孟登迎，等，译. 北京：中国青年出版社，2015.

霍尔. 表征：文化表征与意指实践[M]. 徐亮，陆兴华，译. 北京：商务印书馆，2013.

迈克盖根. 文化民粹主义[M]. 桂万先，译. 南京：南京大学出版社，2001.

史蒂文森. 认识媒介文化[M]. 王文斌，译. 北京：商务印书馆，2001.

麦克卢汉. 理解媒介[M]. 何道宽，译. 南京：译林出版社，2011.

凯尔纳. 媒体文化——介于现代与后现代之间的文化研究、认同性与政治[M]. 丁宁译. 北京：商务印书馆，2004.

斯威伍德. 大众文化的神话[M]. 冯建三，译. 北京：生活·读书·新知三联书店，2003.

加塞特. 大众的反叛[M]. 刘训练，等，译. 长春：吉林人民出版社，2004.

鲍尔德温等. 文化研究导论[M]. 陶东风，等，译. 北京：高等教育出版社，2004.

格罗斯伯格. 文化研究的未来[M]. 庄鹏涛，等，译. 北京：中国人民大学出版社，2017.

米勒. 文化研究指南[M]. 王晓路，译. 南京：南京大学出版社，2009.

阿格. 作为批评理论的文化研究[M]. 张喜华，译. 开封：河南大学出版社，2010.

霍克海姆，阿道尔诺. 启蒙辩证法[M]. 渠敬东，曹卫东，译. 上海：上海人民出版社，2006.

德沃金. 文化马克思主义在战后英国——新左派和文化研究的起源[M]. 李凤丹，译. 北京：人民出版社，2008.

鲍曼. 立法者与阐释者：论现代性、后现代性与知识分子[M]. 洪涛，译. 上海：上海人民出版社，2000.

科塞. 理念人：一项社会学的考察[M]. 郭方，译. 北京：中央编译出版社，2001.

雅各比. 最后的知识分子[M]. 洪洁，译. 南京：江苏人民出版社，2002.

萨义德. 知识分子论[M]. 单德兴，译. 北京：生活·读书·新知三联书店，2002.

古德纳. 知识分子的未来和新阶级的兴起[M]. 顾晓辉，蔡嵘，译. 南京：江苏人民出版社，2002.

李普塞特. 政治人——政治的社会基础[M]. 张绍宗，译. 上海：上海人民出版社，1997.

利奥塔尔. 后现代状态：关于知识的报告[M]. 车槿山，译. 北京：生活·读书·新知三联书店，1997.

利奥塔. 后现代性与公正游戏[M]. 谈瀛洲，译. 上海：上海人民出版社，1997.

沟口雄三. 中国的公与私·公私[M]. 郑静，译. 北京：生活·读书·新知三联书店，2011.

竹内好. 近代的超克[M]. 李冬木，等，译. 北京：生活·读书·新知三联书店，2005.

韦伯. 学术与政治[M]. 冯克利，译. 北京：生活·读书·新知三联书店，1998.

韦伯. 新教伦理与资本主义精神[M]. 于晓，陈维纲，译. 西安：陕西师范大学出版社，2006.

曼海姆. 意识形态与乌托邦[M]. 黎鸣，李书崇，译. 上海：上海三联书店，2011.

康德. 判断力批判[M]. 邓晓芒, 译. 北京: 人民出版社, 2002.

马克思, 恩格斯. 马克思恩格斯选集[M]. 北京: 人民出版社, 1995.

海德格尔. 存在与时间[M]. 陈嘉映, 王庆节, 译. 北京: 生活·读书·新知三联书店, 2006.

海德格尔. 海德格尔选集[M]. 孙周兴, 选编. 上海: 上海三联书店, 1996.

海德格尔. 形而上学导论[M]. 熊伟, 王庆节, 译. 上海: 商务印书馆, 1996.

海德格尔. 在通向语言的途中[M]. 孙周兴, 译. 北京: 商务印书馆, 1997.

加达默尔. 真理与方法[M]. 洪汉鼎, 译. 上海: 上海译文出版社, 1999.

伽达默尔, 德里达, 等. 德法之争——伽达默尔与德里达的对话[M]. 孙周兴, 孙善春, 编译. 上海: 同济大学出版社, 2004.

福柯. 知识考古学[M]. 谢强, 等, 译. 北京: 生活·读书·新知三联书店, 1998.

福柯. 规训与惩罚[M]. 刘北成, 杨远缨, 译. 北京: 生活·读书·新知三联书店, 1999.

福柯. 权力的眼睛[M]. 严锋, 译. 上海: 上海人民出版社, 1997.

阿伦特. 极权主义的起源[M]. 林骧华, 译. 北京: 生活·读书·新知三联书店, 2008.

阿伦特. 人的境况[M]. 王寅丽, 译. 上海: 上海人民出版社, 2009.

哈贝马斯. 交往行为理论: 行为合理性与社会合理化[M]. 曹卫东, 译. 上海: 上海人民出版社, 2004.

哈贝马斯. 后形而上学思想[M]. 曹卫东, 译. 南京: 译林出版

社，2001.

哈贝马斯. 公共领域的结构转型[M]. 曹卫东，等，译. 上海：学林出版社，1999.

罗蒂. 后哲学文化[M]. 黄勇，编译. 上海：上海译文出版社，2004.

亨廷顿. 文明的冲突与世界秩序的重建[M]. 周琪，等，译. 北京：新华出版社，1998.

亨廷顿. 第三波——20世纪后期民主化浪潮[M]. 刘军宁，译. 上海：上海三联书店，1998.

福山. 历史的终结及最后之人[M]. 黄胜强，许铭原，译. 北京：中国社会科学出版社，2003.

萨义德. 东方学[M]. 王宇根，译. 北京：生活·读书·新知三联书店，1999.

萨义德. 文化与帝国主义[M]. 李琨，译. 北京：生活·读书·新知三联书店，2003.

德里克. 后革命氛围[M]. 王宁，等，译. 北京：中国社会科学出版社，1999.

德里克. 跨国资本时代的后殖民批评[M]. 王宁，等，译. 北京：北京大学出版社，2004.

德里克. 后革命时代的中国[M]. 上海：上海人民出版社，2015.

波兹曼. 娱乐至死[M]. 章艳，译. 桂林：广西师范大学出版社，2004.

波普尔. 历史决定论的贫困[M]. 杜汝楫，等，译. 上海：上海人民出版社，2009.

布尔迪厄. 文化资本与社会炼金术[M]. 包亚明，编译. 上海：上海人民出版社，1997.

布迪厄，康华德. 实践与反思[M]. 李猛，等，译. 北京：中央编译出版社，1998.

吉登斯. 现代性与自我认同：现代晚期的自我与社会[M]. 赵旭东，方文，译. 北京：生活·读书·新知三联书店，1998.

吉登斯. 现代性的后果[M]. 田禾，译. 南京：译林出版社，2000.

鲍曼. 现代性与大屠杀[M]. 杨渝东，史建华，译. 南京：译林出版社，2002.

费瑟斯通. 消费文化与后现代主义[M]. 刘精明，译. 南京：译林出版社，2000.

瑞泽尔. 后现代社会理论[M]. 谢立中，等，译. 北京：华夏出版社，2003.

贝斯特，凯尔纳. 后现代理论——批判性的质疑[M]. 张志斌，译. 北京：中央编译出版社，2006.

罗斯诺. 后现代主义与社会科学[M]. 张国清，译. 上海：上海译文出版社，1998.

波普诺. 社会学[M]. 10 版. 李强，译. 北京：中国人民大学出版社，1999.

米尔斯. 社会学的想象力[M]. 陈强，张永强，译. 北京：生活·读书·新知三联书店，2005.

安德森. 想象的共同体：民族主义的起源与散布[M]. 吴叡人，译. 上海：上海人民出版社，2005.

埃尔，冯亚琳. 文化记忆理论读本[M]. 余传玲，等，译. 北京：北京大学出版社，2012.

沃格林. 记忆：历史与政治理论[M]. 朱成明，译. 上海：华东师范大学出版社，2017.

格里. 历史、记忆与书写[M]. 罗新，主编. 北京：北京大学出版社，2018.

利科. 记忆，历史，遗忘[M]. 李彦岑，陈颖，等，译. 上海：华东师范大学出版社，2018.

后　记

算起来，我对文学理论学科反思问题的关注已经有不少时日了。2002 年，我就读过陶东风老师的《大学文艺学的学科反思》和《日常生活的审美化与文化研究的兴起——兼论文艺学的学科反思》等文。虽然那时，我并没有完全读懂这两篇"反思类"的文章，但陶老师清晰的表述、鲜明的立场、有力的论证以及他给人的新锐形象都深深地折服了我。也正是从那时起，我知道了一个叫"文学理论学科反思"的问题。同时，这些阅读经验还赠予我此后持续关注该问题的缘分。

2006 年，已经毕业留校工作一年的我，才切实地了解到考博这件事的重要性。在一次学院例会之后，我的硕导陶水平老师主动和我聊起考博的事情，并且建议我报考陶东风老师在北京师范大学兼职招生的博士。读研期间的阅读经验，使我毫不犹豫地听取了陶水平老师的建议。

2007 年，我终于有了第一次进京的契机。考博期间，我迫不及待地参观了天安门广场，之后便去了北京大学。在北京大学转悠时，我看到不少地下室书店，于是毫不犹豫地"下"去了。然而，毕竟是身在千里之外，因此，也就只想逛逛而已，根本没计划买书。我更多的是想看看"大地方"是否有不一样的书。记得当时我有点小失望，觉得这些身处北京大学的"博雅书店"，似乎还不如我们江西师范大学附近的"青苑书店"精致。然而，当看到李春青老师《在审美与意识形态之间——中国当代文学理论研究反思》一书时，我当即改变了想法，觉得大地方的书店虽然不精致，但似乎更容易让我邂逅自己想要的书。反正最后我毫无悬念、毫不犹豫地把李老师的这本书买了下来。从此以后，我还改变了对李老师的"认知框架"：原以为李春青老师只会研究古代文论，没想到他还能写学科反思的好篇章。凡此种种，足以见出文学理论学科反思问题的确是我所关注的问题。

考博回来不几日，我就把《在审美与意识形态之间》这本书看得差不多了。接着就盼望能早日去北京现场倾听文学理论学科反思的课。也许是欲速则不达，"英语线"终于还是把我拦住了。2008年，我继续报考陶东风老师的博士。为了稳妥起见，我同时报考了陶老师招收博士的北京师范大学和首都师范大学。那一年，照例因为英语，我没有考上首都师范大学，却幸运地考上了北京师范大学。读博期间，陶东风老师正好带领我们研读布迪厄、华康德的《实践与反思——反思社会学导引》一书。当时我就觉得自己真是选对了导师！接下来，我如朝圣般每周挤公交从明光村出发去首都师范大学上课。一个学期过后，我便有了言说文学理论学科反思问题的冲动，于是，陆续写就几篇论文。现在我所写的这本书，可以说从那时候就已经开始准备了。

之所以回忆这段历程，是想说明我与文学理论学科反思问题是有缘分的，我也有足够的兴趣来考察这个问题，对相关文献也较为熟悉。但由于近年来一直奔波于生活，没有足够的写作时间，我往往只能熬夜挤些时间写，或在不上课的节假日和周末写。同时，由于没有"一间自己的书房"，写作时要临时找本参考书都殊为不易。这使我越来越体会到"学术条件"的重要性。

然而，断断续续地，我终于还是写出了二十多万字。非常幸运的是，其中不少文字还在报纸杂志上发表了。在此，我要感谢《文艺理论研究》《文艺报》《中州学刊》《内蒙古社会科学》《江西社会科学》《海南大学学报》《江西师范大学学报》那些素昧平生的编辑和主编。我还要特别谢谢李春青老师，因为是他约我写作此书的，并且还将这本书纳入丛书资助出版。这于我是多么荣耀和幸福！李老师为此书的出版颇费心思，期间我亦曾数次"打扰"他。其中甘苦，恐怕只有李老师自己才知道。这里，我也只能衷心地道一声谢谢！

我还要感谢陶东风老师欣然给我作序。这为本书增色多多。对于北京师范大学出版社的编辑们所付出的辛勤劳动，这里更要表示诚挚的谢意。能够在母校的出版社出书，实乃我最大的荣幸。我要感谢我亲爱的家人们。没有他们的支持，本书的写作恐怕还得拖延下去。

限于个人水平，我并未按照李老师的理念和方法将书稿写好，实在抱歉！这"第一次"写书经验，让我体会到了做学问的"艰难"，这绝对不是有"一间自己的书房"就能"对付"得了的。套用一位名人的说法，我想说："学问"，真可谓一位矜持的"恋人"，即使我为她奉献至今，但我依然不知道她究竟对我是怎样的心思！

也许，正因此，我才有了不断追求她的可能！大概也只能这样安慰自己了。

肖明华

2016 年 12 月 8 日于南昌

图书在版编目（CIP）数据

作为学科的文学理论：当代文艺学学科反思问题研究/肖明华著.
—北京：北京师范大学出版社，2019.3（2019.11重印）
（当代中国文学理论批判丛书）
ISBN 978-7-303-23350-2

Ⅰ.①作… Ⅱ.①肖… Ⅲ.①文艺学-研究-中国-当代
Ⅳ.①I206.7

中国版本图书馆 CIP 数据核字（2018）第 009948 号

营　销　中　心　电　话　010-58805072　58807651
北师大出版社高等教育与学术著作分社　http://xueda.bnup.com

ZUOWEI XUEKE DE WENXUE LILUN
出版发行：北京师范大学出版社　www.bnup.com
　　　　　北京市海淀区新街口外大街 19 号
　　　　　邮政编码：100875
印　　刷：北京京师印务有限公司
经　　销：全国新华书店
开　　本：787 mm×1092 mm　1/16
印　　张：21.5
字　　数：295 千字
版　　次：2019 年 3 月第 1 版
印　　次：2019 年 11 月第 2 次印刷
定　　价：66.00 元

策划编辑：周劲含　　责任编辑：梁宏宇　刘文丽
美术编辑：王齐云　　装帧设计：工齐云
责任校对：李云虎　　责任印制：马　洁